김 춘 수

KIM CHUN-SU

글누림 작가총서

김춘수

부단한 시적 실험의 도정과 무의미시

김지선 엮음

글누림

  김춘수의 무의미시를 처음 읽은 것은 대학교 3학년 때다. 「꽃」이나 「꽃을 위한 서시」처럼 비교적 가독성이 있는 시에 익숙하던 나에게 「처용단장」의 시편은 충격이었다. 도무지 이해할 수 없는 난해한 시의 문맥은 해석상의 난기류를 형성했으며, 그 속에 숨겨진 비의를 향한 응전의 의지를 타오르게 하였다. 나는 김춘수의 산문과 시론을 읽고, 포스트모더니즘 이론들을 읽으며 한 줄 한 줄의 축자적 의미를 재구성하는 데에 온 힘을 기울였다. 하지만 그의 시에서 계산된 의도와 실험 정신만을 느꼈을 뿐 교감을 하긴 어려웠다. 김춘수의 시를 감성적으로 느끼게 된 것은 석사논문을 쓰면서 그의 전집을 천천히 읽어나갈 때부터였다. 의미를 무시하고 읽는 그의 시는 언어가 주는 묘한 울림을 갖고 있었다. 파편적으로 반복되는 천사, 바다, 인동 새 같은 유년의 이미지들은 안온하고 서늘한 느낌을 주었다. 감각으로 느끼는 시는 논리적 의미 해명보다 훨씬 풍부한 질감을 지니며 독자를 고양시킨다.

  김춘수의 시는 난해성보다는 그 자신의 시론 때문에 오히려 해석의 도그마에 갇혀 있는지도 모른다. 시가 만들어지는 과정이나 의도를 전혀 모르고, 날것 그대로 보게 되는 시가 풍부하고 다양한 시의 지평을 열 수 있지 않을까? 김춘수 시 연구는 그동안 답보 상태에 놓여 있었다. 김춘수 시론에 의거한 해설이거나 부연설명에 지나지 않는다는 회의적 시선에서 자유롭지 못했다. 물론 난해성 해명이라는 일차적인 작업이 김춘수 연구의 선행과제이기 때문이지만 이제는 보다 객관적인 평가와 다양한 각도의 접근이 필요한 시기이다. 그의 시에 접근하는 다양한 해석학적 방법을 통해 김춘수의 시는 끊임없이 확대되고, 재평가되는 지점을 마련해야 할 것이다.

『김춘수 연구-'부단한 시적 실험의 도정과 무의미시'』는 이러한 취지에서 기획되었으며, 김춘수에 대한 심도 깊은 이해와 독창적인 접근 방식을 지닌 논문 10편을 싣고 있다. 다양한 시선의 확보를 위해 김춘수의 시에 대한 긍정적인 평가뿐 아니라 비판적인 견해를 지닌 연구도 수록하고자 하였다.

이 책은 크게 2부로 구성되었다. '1부 김춘수의 삶과 문학'에는 졸고 「관념의 부정과 무의식 표출의 시」를 수록하였다. 이 글은 본격적으로 문제를 제기하는 논문이기보다는 김춘수의 생애와 시적 특성을 통시적으로 풀어놓은 글에 가깝다. 시의 수사학과 서술의 특성을 통해 김춘수 시의 주체의식을 규명하려는 목적을 지닌 글이므로 전 시기에 걸친 김춘수 시의 형식적 특성과 주체의식에 관심이 있는 분들은 읽어주시길 바란다.

'2부 김춘수 시 연구 : 관점들'은 다각도로 김춘수 시를 연구하는 여러 연구자들의 논문을 모았다. <무의미 시>의 '무의미성'에 대한 비판적 견해, 김춘수 시론에 대한 연구, 김춘수 시의 자연 이미지의 변화양상, 환상 개념을 통한 무의미시의 구조 분석, 김춘수 시의 회화적 이미지 연구 등 이들의 연구는 다채롭고 새로운 방식의 접근을 통해 김춘수 시의 지평을 넓히고 있다.

　김춘수에게 인생이란 곧 시를 향해가는 도정이었다고 해도 무리는 아닐 것이다. 초기보다는 중기의 시가 중기보다는 말년의 시가 더 깊은 정취를 보이는 시를 썼던 김춘수는 천재성을 타고 난 시인이기보다는 평생을 노력하며 하나의 시학에 고정되기를 거부했던 시인이라 할 것이다. 하지만 이런 노력에 비해 김춘수는 모더니즘의 또 다른 축을 이루는 김수영 보다 조명을 받지 못하는 듯하다. 현실을 벗어나려는 의지로 현실에 저항한다는 김춘수의 논리는 지식인의 무기력한 변명이나 허위의식이라는 의심의 시선을 받기도 한다. 우리의 학계와 문단이 부르주아적인 지적 모더니즘보다는 리얼리즘이나 참여시, 전통 서정시에 호의적인데 그 이유가 있을 것이다. 그러나 한 시인이 전 생애를 걸고 시에 쏟아 부은 지적 탐구가 우리 시문학의 역사에 다른 측면의 획을 그었다는 사실을 부인할 수 없을 것이다. 쓴다는 행위에 대한 강렬한 자의식을 지녔던 김춘수 시인에 대한 보다 다양한 관점의 연구들이 계속되기를 바란다.

김 지 선

차 례

제 3 부 | **부 록**

제 1 부
김춘수의 삶과 문학

관념의 부정과 무의식 표출의 시

1. 김춘수의 삶—부단한 시적 실험의 경주와 이중의 평가

김춘수는 1922년 경남 통영에서 태어나 2004년 영면에 드는 마지막 순간까지 시작에 몰두하며 우리의 시문학사에서 독자적 행보를 보였던 시인이라 할 수 있다. 60년에 가까운 생애 동안 19편의 시집과 6편의 시선집을 상재하였으며 7권의 시론을 통해 시에 대한 이론의 탐구에 매진하였다. 그는 존재론적 탐구라는 평가를 받는 <꽃> 시편의 성공으로 유명세를 얻게 된 이후에도 끊임없이 자기 갱신을 거듭한 시인이다. 특히 『처용단장』으로 대표되는 무의미 시편과 시론은 우리 시사에 유래없는 독보적 성취를 거둔다. '무의미 시론'은 이후 오규원, 이

---

* 김지선 / 한양대학교 강사

승훈 등의 한국 모더니스트 시인들에게 영향을 미치며 '날이미지 시론'과 '비대상 시론'을 낳기도 했다. 또한 2000년대 환상시의 비재현적인 언어는 김춘수의 무의미시와도 연원이 있으리라 생각한다.

그는 1922년 11월 25일 경남 통영에서 태어났다. 비교적 유복한 환경에서 태어나 통영보통학교를 졸업하고 경기중학에 입학했으나, 일본인 교사에게 반감을 갖고 중퇴, 동경의 일본대학 예술학원 창작과에 입학했다. 1942년 일본 천황과 총독 정치를 비방했다는 혐의로 퇴학당하고 6개월간 유치되었다 서울로 옮겨졌다. 그는 이 당시의 기억을 평생 자신의 시작에 영향을 미친 사건으로 꼽는다. 이후 통영중학과 마산중·고교 교사를 거쳐(1946~1952) 해인대학과 경북대, 영남대 교수를 지냈으며(1960~1981), 1981년 국회의원을 역임하며, 방송심의위원회 위원장 및 한국시인협회 회장 등을 지냈다. 1945년 '통영문화협회를 결성하면서 문화 계몽 운동을 하는 한편 본격적인 시 창작을 시작하였다. 조향, 김수돈과 함께 동인지 『로만파』(1946)를 발간하였고, 유치환, 김현승, 송욱, 고석규와 함께 『시연구』(1956)를 발간하기도 하였다.

김춘수에 대한 평가는 이중적이다. 그의 시는 후세대 시인들에게 강력한 영향을 미치며 한국 모더니즘 시사의 독보적 존재로 자리매김을 하고 있다는 찬사와 더불어 극단적 비판을 받고 있다. 리얼리스트들에게 그의 시는 부르주아의 유희이며, 일각의 연구자들과 시인들에게 철저하게 의도된 작위적 시로 비춰지기도 하였다. 그에 대한 부정적 평가의 이면에 5공화국 시절 국회의원을 역임했던 경력이 낙인처럼 찍혀 있는 탓도 클 것이다.

이러한 평가는 한국적 모더니즘에 쏟아지는 회의적 시선이기도 하다. 한국 시사에서 모더니즘은 아방가르드 문학이 지닌 현실 부정의 전위성이 거세되고 현실과 유리된 유희성만이 남는 것으로 평가되어 왔다. 하지만 우리 문학의 장은 현실의 개념을 너무 좁은 테두리에 가두어 왔다. 김춘수가 의미하는 현실이란 의미와 이데올로기의 세계이다. 치열한 현장성을 거세한 관념적이고 추상적인 의미에서의 현실이다. 하지만 문학과 사유의 다양성을 수용한다는 차원에서 현실의 의미를 확대하는 것이 보다 발전적인 논의가 아닐까? 조급한 평가를 유보하고 김춘수 시와 시론이 추구했던 세계를 깊이 있게 천착하는 것이 연구자로서 바른 자세일 것이다.

언어실험에 매진해 온 시인답게 김춘수의 시는 각 시기별로 언술표현 상의 차이에 따라 시적 지향과 인식의 변모를 드러내고 있다. 이 글은 그의 시를 초기, 중기, 후기의 시기로 나누어 서술 기법의 양상을 검토할 것이다. 또한 시적 주체에 대한 인식을 토대로 김춘수 시의 미학적 특성을 축출하고자 한다.

2. 초기─자연을 드러내는 두 가지 방식 : 낭만적 서정과 관념적 상징

초기 김춘수 시들은 크게 두 가지 경향으로 구분된다. 자연의 풍경이 서정의 정서를 환기시키거나 상징적 이미지로 작용한다. 『구름과 장미』(1948)와 『늪』(1950)에 나타나는 시들은 대체적으로 풍경의 묘사를 통해 낭만적 서정과 개인의 정서를 극대화시킨다. 바람, 꽃, 바다, 구름, 나비와 같은 자연 이미지는 서글픔이나 허무의 정조를 부추기는 배경이 된다.

> 너도 아니고 그도 아니고, 아무것도 아니고/ 아무것도 아니라는데 꽃
> 인 듯 눈물인 듯/ 어쩌면 이야기인 듯/ 누가 그런 얼굴을 하고,/ 간다 지
> 나간다. 환한 햇빛 속을/ 손을 흔들며…/ 아무것도 아니고 아무것도 아
> 니고/ 아무것도 아니라는데,/ 온통 풀냄새를 널어놓고/ 복사꽃을 올려놓
> 고 복사꽃을 올려만 놓고,/ 환한 햇빛 속을/ 꽃인 듯 눈물인 듯 어쩌면
> 이야기인 듯/ 누가 그런 얼굴을 하고…
>
> ─「西風賦」 전문, 『旗』

　인용시에는 시의 리듬이 전경화되어 있다. 이때의 리듬은 생략과 반복을 통해 발생하지만 반복이 의미를 강조하기보다는 지연(遲延)시키는 데 기여한다. 첫 문장은 '아니고'와 '아무것도 아니라는데'라는 부정이 반복됨으로써 의미가 지연되어 "꽃인 듯 눈물인 듯 어쩌면 이야기인 듯 누가 그런 얼굴을 하고,"라는 구절이 상대적으로 부각된다. "꽃인 듯, 눈물인 듯, 이야기인 듯"의 구절은 꽃이며 눈물이며 이야기를 연상시키는 "누군가의 얼굴"로 비유되지만 이때의 '누군가'는 확정되지 않은 부정칭으로 역시 모호성을 부각시킨다. 이러한 서술의 방식은 서글픔이나 혼란, 허무와 같은 정서만을 강한 인상으로 남긴다. 「서풍부」라는 제목처럼 시는 바람처럼 모호하게 흔들리는 서글픔의 정서를 돋보이게 하도록 풀냄새와 복사꽃, 햇빛과 같은 풍경을 환기시킨다.

　다소 추상적이며 낭만적인 허무의 정서를 형상화하던 데에 주력하던 김춘수의 시가 초기의 대표적 특징인 존재론적 색채를 뚜렷하게 드러낸 것은 『꽃의 소묘』(1959)와 『부다페스트에서의 소녀의 죽음』(1959)

에 이르러서이다. 이 시기 그의 시는 여전히 허무와 서글픔의 정서에 사로잡혀 있으나 비유적 시어의 사용이 빈번해지고 상징성이 두드러 진다. 가령 꽃, 나무, 능금, 분수 등의 자연 이미지들은 시의 전체 맥락 을 통해 이데아와 실재를 지향하는 상징으로 승화되고 있다.

> 나는 시방 위험한 짐승이다./ 나의 손이 닿으면 너는/ 미지의 까마득 한 어둠이 된다.// 존재의 흔들리는 가지 끝에서/ 너는 이름도 없이 피었 다 진다./ 눈시울에 젖어드는 이 무명의 어둠에/ 추억의 한 접시 불을 밝히고/ 나는 한밤내 운다.// 나의 울음은 차츰 아닌 밤 돌개바람이 되어 / 탑을 흔들다가/ 돌에까지 스미면 금이 될 것이다.// …얼굴을 가리운 나의 신부여,
>
> —「꽃을 위한 서시」 전문

인용시는 나와 너를 대립시키는 구도를 지닌다. 나와 너는 단절되어 있고 나는 너를 지향하지만 그것이 불가능하다는 사실을 인지하고 있 다. 문제는 너의 존재가 무엇인지 투명하지 않다는 것이다. 시에서 너 는 어둠, 꽃, 신부라는 어휘로 상징되어 있으나 이 상징은 취의를 지워 버려 모호하다. 윌라이트는 이런 모호한 상징을 긴장성 상징 작용으로 설명한다. 긴장성 상징은 시의 맥락상 취의가 생략되어 우리의 지각경 험 자체만으로 전달되지 않거나 충분히 전달될 수 없는 광범한 일련의 의미를 뜻한다. 이는 생동적인 의미작용이지만 이때의 의미는 전적으 로 규정지을 수 있는 성질의 것이 아니라고 했다. 이처럼 시는 세계의 풍요롭고 경이로우며 신비스러운 것을 표출하고 환기시키는 것이기 때문에 자신이 자아내는 인식의 반응에 어느 정도의 모호성과 아울러

다양성을 허용한다.[1] 문제는 긴장상징에도 불구하고 상징(궁극적으로 언어)이 경직된 관념으로 환원되기 쉽다는 데 있다. 김춘수의 시에서 이런 불가지에 대한 절망은 인식론적 회의로 귀결되며, 언어에 대한 회의, 방법론적 회의로 이어지게 된다.

3. 중기-시의 원심적 구조와 관념 부정의 인식

1) 원심적 언술구조와 관념의 부정

『타령조·기타』(1969)부터 김춘수의 시는 방법론적 전환을 보인다. 김춘수는 자신의 시적 방법론을 「무의미시」라 명명하며 의미를 배제한 시를 원리로 내세운다. 「대상·무의미·자유」에서 그는 "어떤 시는 언어의 속성을 전연 바꾸어놓을 수도 있지 않을까? 언어에서 의미를 배제하고 언어와 언어의 배합 또는 충돌에서 빚어지는 음색이나 의미의 그림자나 그것들이 암시하는 제2의 자연 같은 것으로 말이다. 이런 일들은 대상과 의미를 잃음으로써 가능하다……"[2]고 무의미시의 방법을 설명한다. 김춘수 시론에서 의미를 배제한다는 말은 언어기호와 의미의 일 대 일 지시 관계를 벗어버리려는 시도로 해석할 수 있을 것이다. 이는 언어기호의 자율성과 언어의 물질성을 강조하려는 행위로 시적 언어가 가진 원심적 속성을 극대화시키려는 의도로 보인다.

바흐친에 의하면 언어는 구심적 언어와 원심적 언어로 구분된다. 구

---

1) 필립 윌라이트, 『隱喩와 實在』, 문학과지성사, 1982, 94~97면.
2) 김춘수, 『김춘수 시론 전집』, 현대문학, 2004, 523면.

심적 언어는 어느 한 중심을 향하며, 언어의 힘을 단일화하는 중앙집권적 특성을 지닌다. 이는 계급 조직적 힘을 강화하며 유지시켜주는 속성을 지닌다. 이에 비해 원심적 언어는 언어가 지니고 있는 다원적이고 상대적인 특징을 강조하며, 중심화에 맞서 언어의 역동적인 생성에 관심을 기울인다.[3] 여기에는 고정적이고 갇힌 사유를 벗어나려는 의지가 내재되어 있다. 칸트에 의하면 개개인의 경험에 좌우되지 않으며 모든 개인으로 하여금 경험하고 판단하는 것을 가능하게 해주는 선험적 조건(Apriori)이 근대인의 인식 내부에 조건지어져 있다. 이는 근대적 주체 개개인의 판단과 경험이 근대라는 물리적 조건 속에 포섭되어 되어 있다는 것을 의미한다.[4] 언어야말로 근대적 주체의 경험을 미리 한계짓는 내적 조건이라 할 수 있을 것이다. 원심적 시어의 의의는 우리 내부에 각인된 기성의 이데올로기와 사유를 내부로부터 해체시키려는 데에 있다고 할 것이다.

그러나 '대상에서 의미를 제거하기 위해 시에서 비유적 이미지의 사용을 자제하고, 장면을 포착하여 묘사하는 사생의 원리를 도입한다'[5]는 방법론에 대한 김춘수의 해설은 그의 시를 이해하기에 충분하지 못하다. 또한 『타령조·기타』부터 『처용단장』에 이르기까지 10개의 시집을 사생적으로 이미지를 묘사하는 방법론 하나만으로 설명하는 것은 무리가 따른다. 김춘수 시의 원심적 속성은 시어의 차원에서 작용하는 것이 아니라 시적 맥락과 구조의 차원에서 원심적 특성을 지닌다. 따

---

3) 김욱동, 『모더니즘과 포스트모더니즘』, 현암사, 2004년, 277면.
4) 이진경, 『근대적 시 공간의 탄생』, 푸른숲, 1997, 182~189면.
5) 김춘수 위의 책, 521~556면 참조.

라서 시 전체의 구조적 차원에서의 서술기법을 연구할 필요가 있다.

『타령조·기타』부터 「처용단장 1부」[6]에 이르는 시기의 시들은 반복적 서술의 구조를 형성하고 있으며 이미지가 병치를 이루는 두 가지 차원의 서술기법상의 특징이 나타난다.[7] 전통적 시의 병렬법과 현대적 시의 병렬법의 차이는 무엇보다 단순한 반복이 아니라 반복되면서도 이탈하는 차이로부터 생성하는 구조적 맥락에 있다. 즉 동일성을 지향하는 병렬이 아니라 동일성을 비껴가는 병렬, 눈에 띄지 않지만 분명히 존재하는 탈메커니즘적 병렬이 그 특징이다.[8] 김춘수의 시 역시 이러한 탈메커니즘적 병렬을 특징으로 한다. 특히 그의 시는 연결 어미의 연쇄적 사용이 반복의 패턴을 형성하다, 결정지연의 서술구조를 보임으로써 병렬패턴에 틈과 공백을 마련하는 데에서 찾아 볼 수 있다. 아래의 인용시를 통해 시적 서술의 역학 관계를 좀 더 상세하게 규명해보도록 하자.

　　사랑이여, 너는/ 어둠의 변두리를 ① 돌고 돌다가/ 새벽녘에사/ 그리운 그이의/ 겨우 콧잔등이나 입언저리를 발견하고/ 먼동이 틀 때까지 눈

---

6) 김춘수는 시집『처용단장』자서에 다음과 같이 밝히고 있다. "이번의 장편연작시 「처용단장」전 4부는 60년대 후반에 붓을 들어 91년 5월에 붓을 놓았으니 20년 하고도 4년 5년이 더 걸린 셈이다. (…중략…) 제1부와 제2부를 시지『현대시학』에 제3부와 제4부를 종합 문예지『현대문학』에 각각 연재했다. 십 수 년의 간격을 두고 쓰여졌다." 이처럼 오랜 기간에 걸쳐 씌어진『처용단장』은 하나의 작품의 특성을 지니면서도 서술기법 상 달라진 기법을 뚜렷이 보이고 있다.
7) 「처용단장 2부」의 시는 반복적 어구의 사용이 두드러지기는 하지만 이미지보다는 시의 리듬성을 강조했으며 일상적 언어가 형성하는 의미로부터의 일탈이 가장 심하다는 측면에서 따로 장을 구성하여 설명하기로 했다.
8) 성기옥, 같은 책, 277면.

이 ①밝아 오다가/ 눈이 ① 밝아 오다가, 이른 아침에/ 파이프나 입에 물고/ 어슬렁 어슬렁 집을 나간 그이가/ 밤, 자정이 넘도록 돌아오지 않는다면/ 어둠의 변두리를 ① 돌고 돌다가/ 먼동이 틀 때까지 사랑이여, 너는/ 얼마만큼 달아서 병이 ② 되는가,/ 병이 되며는/ 무당을 불러다 굿을 ② 하는가,/ 넋이야 넋이로다 넋반에 담고/ 타고동동打鼓冬冬 타고동동打鼓冬冬 구슬채찍 휘두르며/ ② 역귀신疫鬼神하는가,/ 아니면, 모가지에 칼을 쓴 춘향이처럼/ 머리칼 열 발이나 풀어뜨리고/ 저승의 산하山河나 ② 바라보는가,/ 사랑이여, 너는/어둠의 변두리를 돌고 돌다가…

—「타령조·Ⅰ」, 『타령조·기타』

　우선 눈에 띠는 반복은 "~고 ~하다가"라는 연결어미의 연쇄이다. 이는 행동이 연속되도록 구문화시키는데, '돌고 돌다가(방황−)/ 밝아오다가(+)/ 돌아오지 않는다면(−)'처럼 긍정적 의미의 자질에 이어 부정이 연속되도록 구문화되어 있다. 사랑을 찾아 방황하는 나라는 주체의 행위는 긍정과 부정을 되풀이하다 이어지는 "굿을 하는가/ 역귀신 하는가/ 바라보는가"처럼 한을 해소하기 위해 굿을 하는 등 절대자에게 운을 기탁하는 행위를 보인다. 무엇보다 시의 맥락상 가장 크게 두드러지는 반복은 수미상관의 구조이다. "사랑이여, 너는/ 어둠의 변두리를 돌고 돌다가"라는 두 개의 행이 시의 마지막에도 똑같이 되풀이되지만 여기에는 연속과 생략을 의미하는 줄임표가 붙어있음으로써 앞으로도 지금까지와 같은 사건이 패턴화될 것임을 구조적으로 암시해주고 있다. 이러한 서술어미와 행의 반복은 사랑을 찾아 헤매는 시적 주체에게 부정과 긍정의 모습이 교차적으로 연쇄되지만 결국 사랑이라는 결과를 찾지 못했으며, 이러한 과정이 앞으로도 계속해서 순환될 것임을 보인다고 해석할 수 있다.

　김춘수의 「타령조」 연작과 「처용단장 1부」에 이르는 시들은 이처럼
ⓐ 연결어미의 연쇄적 사용, ⓑ 결정 지연의 서술구조, ⓒ 수미상관의
서술구조, ⓓ 의문형 어미의 반복과 같이 어미의 사용을 반복적으로
패턴화한다. 이런 서술방식은 시의 표면에 드러나는 현상적 자아를 판
단과 결정을 내리지 못하는 존재로 보이게 한다. 이는 시적 자아의 태
도가 적극적인 주체가 아니라 수동성을 견지하고 있다는 사실을 알려
준다. 하지만 시는 시적 자아를 순환의 구조에 위치하게 함으로써 한
개인의 수동성을 존재 전체의 수동성으로 확장시킨다. 순환의 구조에
놓인 인간은 우주의 흐름에 따르는 미약한 존재이다. 역사도, 미래도,
자신의 사랑조차 어떻게 변할지 가늠할 수 없는 것이 인간이다. 이 시
기의 시에는 김춘수 시인의 불가지론적 면모를 형상화하며 인간에 대
한 연민과 판단에 대한 불신, 인식에 대한 회의가 배면에 깔려 있다.

　그의 시에 처용, 예수, 이중섭, 무정부주의자들과 같은 역사적 인물
과 신화적 존재에 대한 형상화가 많은 것은 개별 인간의 모습을 인간
전체의 보편적 삶으로 확장시키려는 의도로 볼 수 있을 것이다.[9]

---

9) 『타령조・기타』부터 『처용단장』의 시기에 이르기까지의 시를 모티프의 반복이나
　 토포스를 중심으로 정리해보면 다음과 같다. 『타령조・기타』-「타령조・기타」
　 13개의 연작, 유년기 이미지를 드러내는 시, 「시」 연작, 「처용」 연작 등이 나타
　 남. 『남천』-이중섭 모티프의 시들, 예수 모티프의 시들, 낮달, 석류꽃, 봄안개,
　 앵초 등 자연 이미지의 묘사시, 『비에 젖은 달』-달기, 흉노, 왕소군 등 역사적
　 인물과 예수시편 등이 주도적으로 나타남. 시선집 『샤갈의 마을에 내리는 눈』-
　 바쿠닌, 신채호, 푸르돈 등 무정부주의자들에 대한 모티프, 『처용단장』-처용의
　 서사가 시 전체의 정조와 이미지를 주도하며 동시에 앞에 나온 모티프가 모두 수
　 록되어 있다.

술에 마약을 풀어/ 어둠으로 흘리지 마라./ 아픔을 눈 감기지 말고/ 피를 잠재우지 마라./ 살을 찢고 뼈를 부수어/ 너희가 낸 길을 너희가 가라./ 맨발로 가라./ 숨 끊이는 내 숨소리/ 너희가 들었으니/ 엘리엘리나 마사막다니/ 나마사막다니/ 시편의 남은 구절을 너희가 잇고,/ 술에 마약을 풀어/ 아픔을 어둠으로 흘리지 마라./ 살을 찢고 뼈를 부수어/ 너희가 낸 길을 너희가 가라./ 맨발로 가라. 찔리며 가라.

—「못」 전문. 시선집 『꽃의 소묘』

한쪽 귀와 한쪽 볼이 화상을 입은 듯/ 모지라지고 있다./ 1872년/ 인터 하그 대회에서/ 덫에 걸려/ 제명될 때의 그 자국이다./ 자국은 오래 가리라. 동지/ 미카일 알렉산드로비치 바쿠닌,/ 파리는 지금/ 마로니에나무들이 잎을 떨구고/ 알몸이 되어 일모에/ 한천을 바라고 섰다./ —하늘에는 하느님 땅에는 국가↔권력,/ 익고 있는지 시들고 있는지 저기/ 쥐똥만한 겨울 열매들,

—「동지 바쿠닌」 전문, 『샤갈의 마을에 내리는 눈』

인용된 2편의 시에는 예수와 러시아의 무정부주의자인 바쿠닌의 인물이 모티프로 작용하고 있다. 이들의 삶은 부정과 고통, 고독의 정조로 드러난다. 「못」은 예수의 희생과 고통을 상징하면서 동시에 인간의 어리석음이 만들어낸 어두운 역사를 지시한다. 시에서 가장 부각되는 것은 "~마라"라는 부정명령어와 "~가라"는 지시적 명령어의 반복이다. 시의 현상적 화자로 연상되는 예수에 의해 지시되는 이러한 명령의 어조는 보편적 인간의 삶 자체를 고통과 아픔의 삶으로 규정짓고 운명화하고 있다. 「동지 바쿠닌」의 전반부 8행까지는 바쿠닌이라는 역사에 희생된 개인의 삶이 형상화되다 뒷부분은 마로니에 나뭇잎이 떨

어지고 있는 이미지가 병치되고 있다. 국가, 권력과 같은 헤게모니의 투쟁이 팽팽하게 대립을 이루는 땅을 천상에까지 연장시키며, 지금이라는 부사와 "익고 있는지 시들고 있는지"라는 판단지연의 구절이 돌출됨으로써 시는 전반부 바쿠닌의 고통을 지금 현재의 시간으로 확장시키며, 우리 모두의 삶이 순환적으로 반복될 것임을 암시한다.

푸코는『담론의 질서』와『감시와 처벌』을 통해 권력과 지식이 어떻게 결합하는지 그 메커니즘을 보여준다. 권력은 사회구조 전체를 둘러싸고 있으면서 그 구조 안에 내재하는 생산적 관계망이다. 권력은 어떤 대상을 지식을 통해 배제하고 억압하는 데 그치지 않고 적극적으로 개인을 구성하고 학문적 탐구 대상들을 생산하며 주체를 만들어낸다는 것이다. 모든 사회에서 사람의 몸은 통제하고 금지하며 조절하는 권력 앞에 노출되고 있다.[10] 그는 권력과 지식이 연계되어 억압되고 길들어진 주체는 결국 주체라 할 수 없으며 반주체라 할 수 있다는 사실을 파헤친다. 정상과 비정상은 결국 근대적 규율이 만들어낸 담론에 의해 판단되는 것이며, 우리의 인식은 이러한 담론의 실천물이 된다. 김춘수의 시에 나타나는 시의 주체의 모습은 수동적이며 억압된 인간 주체의 모습에 맥이 닿아 있다. 선택과 결정 앞에서 머뭇거리고 지연되는 인간의 수동성은 순환의 구조에 놓임으로써 벗어나지 못하는 체계의 악순환 속에 놓이게 된다.

「처용단장」의 2~4부는 서술방법의 극단적 실험을 통해 인간을 수동적 존재로 만드는 타자성을 해체하려는 욕망을 적극적으로 드러내고

---

10) 윤효녕 외,『주체 개념의 비판』, 서울대학교출판부, 1999, 170~173면 참조.

있다. 반복적 서술이 강화되고, 문장과 문장, 행과 행 사이의 의미의 간극이 커지며 탈맥락화가 더욱 심화되는 특성을 보인다. 가장 두드러지는 특성은 통사체의 해체인데, 단어 단위의 해체뿐만 아니라 음절을 해체하여 음운과 음운을 따로 떼어 배치하고 있는 양상을 보이기도 한다. 이러한 서술기법은 텍스트의 불확정성을 확대, 심화시킨다. 텍스트상의 불확정성은 시인이 의도하는 시의 의의가 텍스트상에 분명히 드러나지 않는 경우 커진다. 일반적으로 이는 의미부재를 가리키는 시의 무의미성과는 별개이며 독자에 의해 의미가 확정되길 기다리는 미확정적 자질이라고 할 수 있으며, 텍스트의 불연속, 불일치의 현상으로 담화론적 이해의 상황의 이해라 할 수 있다.11) 그러나 시인이 의도적으로 통사체를 해체시키고 지시적 의미의 영역을 제거하려고 하는 데에는 독자가 의미론의 차원에서 시의 불확정성의 공백을 확정시키지 못하게 하려는 의도가 숨겨진 것으로 이해할 수 있다.

　돌려다오./ 불이 앗아간 것, 하늘이 앗아간 것, 개미와 말똥이 앗아간 것,/ 여자가 앗아가고 남자가 앗아간 것,/ 앗아간 것을 돌려다온./ 불을 돌려다오. 하늘을 돌려다오. 개미와 말똥을 돌려다오./ 여자를 돌려주고 남자를 돌려다오./ 쟁반 위에 별을 돌려다오./ 돌려다오.

―「처용단장」 2부의 1

---

11) Beaugrande 저, 김태옥·이현호 공역, 『텍스트 언어학 입문』, 한신문화사, 1995, 128면 : 텍스트상의 불연속은 시적 언술에서 낱말이 대치, 생략되거나 혹은 어순이 바뀌거나 해서 의미가 연결되지 않는 것을 뜻한다. 텍스트상의 불일치는 텍스트에 전개된 지식들이 독자의 지식과 합치되지 않는 경우에 일어난다. 이때 시는 쉽게 읽히지 않는 불명료한 상태가 된다.

불러다오./ 멕시코는 어디 있는가,/ 사바다는 사바다, 멕시코는 어디
있는가,/ 사바다의 누이는 어디 있는가,/ 말더듬이 일자무식 사바다는
사바다,/ 멕시코는 어디 있는가,/ 사바다의 누이는 어디 있는가,/ 불러다
오./ 멕시코 옥수수는 어디 있는가

— 「처용단장」 2부의 5

인용된 두 편의 시는 의미의 차원에서 이해하려고 하면 해독 불가능
한 난해성의 함정에 빠지게 된다. 의도적으로 의미를 형성하지 못하도
록 단어와 단어, 문장과 문장 간에 구심적 의미를 형성하지 못하도록
문맥화시키고 있다. 시의 구조는 단순하다. 2부의 1의 경우 '돌려다오'
와 '앗아간 것'이라는 서술어에 '불, 하늘, 여자, 남자, 개미, 말똥, 쟁반
위의 별'이라는 단어만을 교체시키고 있으며 이러한 단어 사이에 어떤
연관성도 찾을 수 없다. 2부의 5는 '어디 있는가', '불러다오'만을 반복
하고 있다. 시에 전경화된 것은 리듬감이고 독자가 시에서 환기할 수
있는 것은 부재하는 대상을 염원하는 소망일 따름이다. 이승훈은 이러
한 되풀이가 낳는 리듬의 세계를 "적나라한 실존의 현기"라 부르기도
했다.12) 시의 함축적 화자와 독자가 서 있는 공간은 이러한 리듬을 통
해 약탈과 부재의 현기증 나는 곳으로 환치되며, 남는 것은 소망의 실
현을 꿈꾸는 주술적 메아리뿐이다.

요코하마크 コ ハ マ 헌병대가지빛검붉은벽돌담을끼고달아나던 요코하마
헌병대헌병군조모軍曹某에게나를넘겨주고달아나던박승줄로박살내게하
고목도木刀로박살내게하고욕조에서기氣를절絶하게하고달아나던 창씨創

---

12) 이승훈, 「의미와 무의미의 공간」 - 시 해설, 『꽃을 위한 서시』, 미래사, 2001년.

氏한일본姓을등에짊어지고숨이차서쉼표도못찍고띄어쓰기도까먹고달아
나던식민지반도출신고학생헌병보補야스다ヤス夕모의뒤통수에박힌눈 개
라고부르는인간의두개의눈 갸없어라어느쪽도동공이없는

―「처용단장」 3의 5

『처용단장』 3부는 통사체의 해체가 두드러진다. 통사체의 해체는 문법에 대한 부정이며 이는 의미부정의 극단에서 행해지는 시도라 할 것이다. 인용 시는 띄어쓰기도 되어있지 않고, 문장의 마침표도 없으며, 종결어미에 의한 완결도 이루어지지 않고 있는 언어의 일탈적 사용은 무엇인가로부터 급박하게 달아나려는 현상적 화자의 초조한 불안감을 조성한다. 그러나 여기에는 시적 화자의 도덕적 판단이나 비판이 개입되지 않는다. 식민지 상황을 서술하고 있음에도 민족이데올로기를 찾아볼 수 없으며 시의 서사가 해방의 의지나 열망으로 진행되지 않는다. 가해자인 야스타를 향한 연민의 정서만이 부각되어 있다. 이는 역사나 이데올로기와 같은 관념을 배면으로 물리치고 인간의 실존을 전면에 부각시키려는 시적 장치로 읽힌다.

근대사회의 제도화된 언어는 고정된 사유를 재생산한다. 따라서 기존의 언어로 행해지는 비판이나 거부는 오히려 사회적 체계나 이데올로기를 재생산할 위험에 우리를 끌어들일 수 있다. 김춘수 시 언어의 일탈적 사용은 창작의 주체 안에 각인된 언어가 불러일으키는 고정관념과 인식을 지우기 위한 시도라 할 수 있다. 이는 고정화된 사유가 불러일으킬 단일성에 대한 부정이며, 역사와 관념, 이데올로기에 대한 거부라는 김춘수 시의 두드러진 특징을 양산해낸다. 김춘수의 이러한

시적 언어의 사용 방법은 세계에 대한 작가의 태도, 인식과 관련이 있다. 기존의 "의미"가 지닌 강력한 관념으로부터의 탈주를 꾀하는 것은 세계가 지닌 획일적이고 견고한 체계에 대한 부정이다. 예술의 해체 현상은 단순한 방법론적인 차원이 아니라, 탈이데올로기와 탈경계성이라는 현대 사회의 격렬한 패러다임의 전환과 밀접하게 관련되어 있다[13]고 할 때 김춘수의 시는 이러한 현상을 극단적으로 드러내고 있다고 할 수 있다.

2) 자기 복제의 서술과 주체의 무의식 표출

사유의 고정화에서 벗어나려는 김춘수 시의 특징은 『서서 잠자는 숲』(1993)부터 『호』(1996년)에 이르는 시기에 들어 심화되면서 미묘한 변화를 보이기 시작한다. 서술기법상으로 반복으로 인한 시의 리듬감은 줄어들고 대신 산문적 진술이 부각된다. 또한 패러디와 패스티쉬와 같은 장르 간 탈경계를 보이는 특성이 부각된다. 장르의 탈경계성은 인식론적 회의의 연장선상에서 이해할 수 있다.

김춘수의 시는 기존 시 구절을 그대로 자기 시에 재배치하거나 모티프를 변주하여 다시 기술하고 있는 방법이 두드러진다. 이러한 정황으로 볼 때 김춘수 시는 패러디보다는 패스티쉬에 가까운 기법이 많다고 할 수 있을 것이다.[14] 이러한 현상을 어떻게 해석할 것인가? 기본적으

---

13) 신성환, 『한국 장편소설의 통합 장르적 성격 연구』, 한양대학교 박사논문, 2004년, 7면.
14) 린다 허치언, 앞의 책, 216면 : 패스티쉬는 타 작가의 작품으로부터 거의 변형됨이 없이 차용되는 것으로서 주로 구, 모티프, 이미지, 그리고 에피소드 등으로

로 패러디나 패스티쉬는 현실의 반영이 아닌 반영의 반영이라는 측면에서 독창성과 진정성에 대한 부정이다. 예술 작품이 일회적 독자성을 지닌 것이라는 창작의 고전적 규범을 해체하는 시인의 실험 의식이 드러나는 방법적 전략으로 예술관에 대한 패러다임의 변화와 직접적으로 관계가 있다. 이는 리얼리즘 문학에 대한 반작용이면서 동시에 모더니즘 문학이 보이는 진정성과 숭고성에 대한 거부의 몸짓이기도 하다. 김춘수의 시 기법 역시 같은 모티프를 반복하거나 자기 시의 모방을 시도한다는 점에서 예술의 일회성이나 절대성에 대한 회의를 보인다고 할 수 있다. 그러나 자기 시의 반복과 재현에 대한 재현으로 나타나는 미학은 재현 가능성에 대한 불신이라기보다는 재현될 수 없는 것을 재현하고자 하는 끝없는 욕망의 몸짓이라고 하는 게 보다 적절하다.

그 새는 꽁지 끝이 희고 몸뚱이에 비해 꽁지가 긴 편이다. 등의 털은 다갈색이다. 어른의 손 길이만 할까 그만한 크기의 새다. 뜰에는 사철나무 열매가 붉게 빛나고 있다. 눈이 내린 뒤의 설청雪晴의 하늘이다. 새는 눈 속의 그 사철나무 붉은 열매를 쪼아먹고 있다. 동생은 구둘목에서 잠이 들어 있고 어머님은 인두질을 하고 계신다. 화로에 잿불이 하얗게 식어가고 있다./ 그 뒤로 나는 나이가 들고 집을 떠나 유학길에 있었다. 서울의 하숙에서 겨울을 처음 맞게 되었다. 그해 겨울은 유난히도 눈이 많이 왔다. 학교에서는 겨울행사로 토끼잡이 사냥을 갔다. …정신 없이 몰이를 해가다가 나는 문득 눈 속에 야생의 새빨간 열매 하나를 보았다. 그러자 웬일일까. 그 야생의 눈이 똥그랗게 나를 보고 있다. 그 날 사냥에서는 토끼 두 마리를 잡았다. 죽은 토끼들의 눈이 왠지 자꾸

구성된다. 표면상의 일관되고 고답의 세련된 효과를 지향하는 패스티쉬가 표절과 다른 점이라면 남을 속이려고 하지 않는다는 것이다.

생각났다. …그러자 그 새가 또 나타났다. 키 큰 조모님은 허리를 구부
정히 낮추시고 내 눈을 살펴보셨다. 내 눈빛이 달라져 있었던 모양이다.
그 뒤로도 10년에 한번쯤 그 새는 내 눈앞에 나타나곤 한다.

—「새」 부분, 『서서 잠자는 숲』

위 시의 밑줄 친 새의 묘사부분은 「인동忍冬잎」(『타령조·기타』)의 ①
"눈 속에서 초겨울의/ 붉은 열매가 익고 있다/ 서울 근교에서는 보지
못한/ 꽁지가 하얀 작은 새가/ 그것을 쪼아먹고 있다/ 월동하는 인동잎
의 빛깔이/ 이루지 못한 인간의 꿈보다도/ 더욱 슬프다"와 ② "새장에
는 새똥 냄새도 오히려 향긋한/ 저녁이 오고 있었다./ 잡혀 온 산새의
눈은/ 꿈을 꾸고 있었다./ 눈 속에서 눈을 먹고 겨울에 익는 열매/ 붉은
열매,/ 봄은 한잎 두잎 벚꽃이 지고 있었다."(「처용단장」 1부의 7 부분), ③
"하늘 가득히/ 자작나무꽃 피고 있다./ 바다는 남태평양에서 오고 있
다./ 언젠가 아라비아 사람이 흘린 눈물,/ 죽으면 꽁지가 하얀 새가 되
어/ 날아간다고 한다."(「리듬·Ⅰ」, 『남천』)와 거의 똑같이 되풀이 되고
있는 부분이다. 이는 단지 시 구절이 유사하게 맥락화되어 있는 것 이
외에도 '붉은 열매를 쪼아먹는 새'의 이미지가 시의 전 과정을 전개하
는 기본 모티프로 작용하고 있다는 측면에서 김춘수 시의 토포스임을
알 수 있다.

이 네 개의 시에 다른 점이 있다면 변주된 시적 상황과 기법상의 차
이이다. ①, ②, ③은 이미지의 서술을 통해 각각 '슬픔', '자유와 억압',
'죽음과 초월'을 환기시키며, 새의 상황을 야생의 상태, 새장에 갇힌
상황, 죽음으로 인해 초월한 존재로 조금씩 변주시키고 있다. 그러나

인용된 「새」는 이미지의 응축을 통해 순간을 포착하는 ①, ②, ③과 다르게 통시적 흐름을 진술하고 있다. 시적 화자의 유년기, 유학시절, 자퇴시절과 같은 시간의 흐름을 따라 서술을 전개하는 이러한 방식은 새의 이미지가 시적 화자를 끝없이 압박하고 구속하는 억압의 대상으로 존재하게 한다. 산문체의 진술 방식은 리듬의 긴장을 사라지게 하고, 상황을 객관적으로 보이게 하는 문체상의 특징을 지닌다. 따라서 「새」는 앞의 시들에 대한 주석과 해설 같은 느낌을 주며 앞의 세 개 시의 중심 이미지와 정황의 상호 연계를 통해 독자에게 해석의 키워드를 제공해준다고 할 수 있다.[15]

김춘수의 시는 반복의 모티프로 새 이외에도 시적 화자의 유년기 친구인 '호'를 지배적으로 사용하고 있다.

"봄이던가 여름이던가/ 어느 날/ 햇살은 비쭈기나무, 아니/ 쥐오줌풀에 가 앉았다./ 호야 옛날에 죽은 내 친구야,/ 내가 부르면 새다리처럼 가는 다리/ 날개는 접고, 낮인데도/ 밤에 보는 듯/ 그는 어느새 다 늙은 땅두릅나무였다."

— 「처용단장」 3의 2

"호야, ⋯그때가 봄이던가 여름이던가, 비쭈기나무, 아니 죽어서 어느새 꽃 핀 쥐오줌풀에 가 앉은 너는 (누군가) 나를 데리러와서 나를 찾아

---

15) 즉 새의 상징성은 ① 야생의 상황에 놓인 새, ② 구속의 상황, 자유를 향한 욕망과 ③ 죽음으로만 가능한 초월에 대한 의지를 환기시킨다. 「새」와 ①, ②, ③의 시를 연계시킬 때 시적 화자는 억압된 심리가 나타날 때면 항상 자유와 억압의 이중적 존재인 새를 환기하게 되지만 현실의 삶에서 새와 같은 자유는 죽음으로만 가능하다는 이미지를 보여준다.

넬 때까지 꼭 꼭 숨어서 얼굴 가리고 네잎 토끼풀처럼 망국의 왕세자처
럼 그렇게 살아라 했다"

— 「처용단장」 3의 11 부분

　"눈물과 모난 괄호와/ 모난 괄호 안의/ 무정부주의와/ 얼른 생각나지
않는 그 무엇과/ 호야,/ 네가 있었다."

— 「처용단장」 3의 48부분

　세 편의 시는 모두 시적 화자의 어린 시절 친구 호의 죽음을 제재로
하고 있다. 첫 번째 시는 시적 화자의 내면에서 일어나는 자유연상이
다. 햇살→쥐오줌풀→호→땅두릅나무로 전환되는 이미지의 변주처
럼 김춘수 시에 등장하는 모티프들은 아무런 내적 연관이 없는 이미지
들이 돌출되어 전개된다. 이는 논리를 벗어난 영역에 존재하는 시적
화자의 무의식의 환기라 할 수 있다. 두 번째 인용시는 호의 죽음을
계기로 하여 세계로부터 은닉하여 살고자 하는 시적 화자의 욕망이 드
러난다. 세 번째 시는 민족 이데올로기로부터 탈피하고자 하는 무정부
주의의 염원, 죽은 친구 호와 같이 시적 화자의 내면에 간직했던 소망
을 열거한다.

　이와 같이 시적 존재를 억압하는 대상을 표출하고, 세계 내의 삶으
로부터 도피하여 죽음을 지향하는 것이 김춘수 시의 중요한 제재라는
것도 중요하지만 가장 핵심적인 사항은 반복의 행위 그 자체에 있다.
해석학 이론에 따르면 '반복의 서술방식'은 다음과 같은 의미를 지닌
다. 현존재의 확고한 투사에 근거하여 과거의 가능성들을 현존케 함으
로써 전통 전수의 근본이 되고 미래지향의 새로운 진전을 이루게 된다

는 것이다.[16] 하지만 김춘수 시에서는 반복에 담긴 의미가 변주되어 나타난다. 김춘수의 시는 전통을 전수하고자 하는 근본이 되는데 그의 의도가 놓인다기보다는 과거 자신의 내면을 지배했던 대상을 현재의 시에 현존케 함으로써 현재에도 미래에도 여전히 시의 화자를 지배하게 될 내면을 시의 표층으로 표출시키려는 시도라 할 수 있다.

이러한 표출 자체가 지니는 의미는 무의식의 심층에 가로놓인 것을 의식의 표층에 노출시킴으로써 무의식이라는 억압으로부터 벗어날 수 있는 가능성을 마련하는 데 있다. 반복의 구조는 관념의 억압 이전의 자신의 정체성을 표출하고자 하는 노력이다. 의식의 가두리를 넘어 무의식 속에 감춰진 내면의 끊임없는 노출은 의식과 무의식, 삶과 죽음을 이분적으로 사유하는 전통적인 인식을 해체시키고 은폐된 무의식을 환기시킴으로써 자기 정체성을 해방시키고자 하는 자유의 의지이다. 김춘수의 시는 주체에 대한 비판적 성찰보다는 거대 담론이나 이데올로기에 의해 억압당한 무의식의 영역을 드러내고자 하였다. 이런 무의식의 형상화는 이성적 주체가 억압한 정신의 은폐된 심연을 복귀시키려는 시도이다. 이는 주체의 절대성에 대한 회의이다. 주체의 절대화에 대한 회의적 시선이 그의 시에 내재되어 있는 것은 우리의 비틀린 근대에 대한 비판적 인식을 드러내는 계기가 될 수 있을 것이다.

---

16) 반복의 개념은 토마스 랜갠(Thomas Langan)의 말을 빌려 정리한 것이다(린다 허치언, 앞의 책, 217면 참조).

4. 후기-시의 순환구조와 주체의 무화

1) 탈중심화된 서술구조와 주체의 지연

1997년도에 발표된 『들림, 도스토예프스키』는 도스토예프스키의 소설과 상호텍스트성의 관계를 가지며 동시에 김춘수 이전 시와도 상호텍스트성의 관계를 갖는 서술 구조를 가지고 있다. 이는 두 가지 기법으로 설명될 수 있다. 도스토예프스키의 텍스트가 김춘수 시와 관계를 맺는 것은 패러디라 할 수 있다. 이를 패러디라 정의내리는 이유는 인물을 지칭하는 시어와 편지 형식을 통해 독자로 하여금 도스토예프스키 작품의 주체와 철학적 의미 등을 환기시키는 초맥락성을 갖고 있으면서도 이를 전도하여 새로운 인식을 드러내는 차이를 보이기 때문이다. 특히 이 시집은 거의 전체가 편지글의 형식으로 되어 있으며 제목은 거의 수신자의 이름으로 되어 있다. 또한 시적 화자를 발신자의 이름으로 정하고 있으며, 수신자와 발신자를 거의 도스토예프스키의 소설에서 발췌하고 있다. 시의 내용은 도스토예프스키의 소설 내용과 관계되면서도 구절의 중간에 자기 시의 문맥을 짜깁기하며 기존 시를 그대로 옮겨놓는 자기반영성을 보이고 있다.

여기서 중요한 점은 도스토예프스키의 작품이 패러디에 의해 드러나는 기호로 사용되는 데 머물지 않고 김춘수 기존 시의 맥락 속에 연쇄됨으로써 도스토예프스키의 작품이 원래 지니고 있던 기의가 지워지고 하나의 기표로서의 작용만이 강조된다는 것이다. 이러한 관계를 텍스트 상호 간에 접촉성을 지닌다는 측면에서 환유적[17]이며 시의 언술 구조 속에 연쇄적 관계를 지닌다는 측면에서도 환유적이라고 할 수 있다.

① 가도 가도 2월은/ 2월이다.
② 제철인가 하여/ 풀꽃 하나 봉오리를 맺다가/ 움찔한다.
③ 한 번 꿈틀하다가도/ 제물에 까무러치는/ 옴스크는 그런 도시다.
④ 지난해 가을에는 낙엽 한 잎/ 내 발등에 떨어져/ 내 발을 절게 했다.
⑤ 누가 제 몸을 가볍다 하는가,
⑥ 내 친구 셰스토프가 말하더라./ 천사는 온 몸이 눈인데/ 온몸으로 나를 보는/ 네가 바로 천사라고,
⑦ 오늘 낮에는 멧송장개구리 한 마리가/ 눈을 떴다.
⑧ 무릎 꿇고/ 시방도 어디서 온몸으로 나를 보는/ 내 눈인 너,
⑨ 달이 진다./ 그럼,

---

17) 시어의 산문화되는 경향을 야콥슨은 환유적 원리로 풀어서 설명하고 있다. 야콥슨은 『문학 속의 언어학』(문학과 지성사, 1989)에서 압축성이 강한 시어는 함축적 의미를 강하게 내포하고 있는데 반하여 산문화된 시어들은 표층적 의미를 드러낸다고 하였다. 하나의 문장은 수직의 축(계열체)과 수평의 축(통합체)의 작용에 의하여 이루어진다. 수직의 축은 등가성을 지닌 대체 가능한 여러 낱말들 중 하나가 선택되는 작용이 이루어지는 축이고 수평의 축은 이렇게 선택된 낱말들이 인접성의 원리에 따라 배열되는 통사적 축이다. 계열체는 은유의 원리가 통합체는 환유의 원리가 지배적이다. 따라서 산문화된 시는 유사성에 의해 작용되는 은유적 특성보다는 인접성을 강조하는 결합의 원리 즉 환유적 특성이 두드러진다. 은유와 환유는 전통적인 수사학에서부터 언어학 정신분석학에 이르기까지 확장되어 세계를 인식하는 인식론으로까지 확장되었다. 인식론으로써 은유와 환유는 다음과 같은 차이을 지닌다. 은유가 초월적이며 관념적 의미를 암시한다면 환유는 지각과 체험을 지시한다. 전자는 유사성을 원리로 하고 후자는 논리적, 인과적 관계를 기반으로 한다. 대체로 은유는 이성과 합리성을 강조하는 모더니즘에 비유할 수 있고 환유는 체험과 감성을 드러내는 포스트모더니즘으로 비유할 수 있다(한국기호학회 엮음, 『은유와 환유』(문학과지성사, 1999), 정원용, 『은유와 환유』(신지서원, 1996) 참조).

⑩ 1871년 2월/ 아직도 간간히 눈보라치는 옴스크에서/ 라스코리니코
프

— 「소냐에게」 전문

위의 시는 소설 『죄와 벌』에 나오는 라스코리니코프가 소냐에게 보
내는 편지의 형식으로 서술되고 있다. 옴스크, 라스코리니코프, 소냐는
선 / 악, 죄 / 벌, 실존과 허무의 문제 등 『죄와 벌』 텍스트에서 발현되는
전체의 의미를 환기시키는 기호다. 그러나 작품 속에 배어있는 도스토
예프스키 철학과 주제를 드러내는 기호는 다시 시의 맥락 속에 놓이게
됨으로써 기의를 지우고 떠도는 기표로서의 역할로 변모된다. 시에 매
긴 번호는 분석의 편의를 위하여 문장을 단위로 하였다. ①부터 ③까
지의 문장의 외연을 살펴보면 다음과 같다. ①은 2월이 끝나지 않음을,
②는 풀꽃이 봉오리를 맺을 시기가 아니라는 점을, ③은 옴스크가 움
츠리는 도시라는 점을 지시한다. ①과 ②는 ③으로 의미가 전의되어
가도가도 끝이 나지 않으며 봉오리를 맺지 못하는 2월의 시간적 의미
가 옴스크라는 공간으로 치환되고 있다.

④부터는 앞의 내용과 관련이 없어 보이는 문장이 병치되고 있다.
낙엽은 가벼움을 속성으로 하고 있으나 시적 화자의 발등을 절게 만드
는 무거움으로 작용한다. 여기서 시적 화자가 『죄와 벌』의 라스코리니
코프라는 점을 통해 낙엽이 발등에 떨어지는 사건은 라스코리니코프
에게 발생했던 사건들, 살인과 그에 대한 모든 고뇌를 지시한다고 할
수 있다. 그에 따라 실존의 무거움은 가벼움으로 환치된다. 그러나 ⑤
의 문장 '누가 제 몸을 가볍다 하는가,'는 다시 한 번 가벼움을 무거움

으로 바꿔놓음으로써 가벼움과 무거움이 순환되는 과정 속에 들어가게 한다. 여기서 중요한 것은 쉼표의 기능이다. 마침표를 쉼표로 바꾸어 사용함으로써 가벼움→무거움→가벼움의 의미 바꿈은 끝나지 않으며 계속됨을 짐작할 수 있다.

⑥, ⑦, ⑧은 김춘수의 기존 시에 존재하는 맥락을 작품에 사용하여 옛 텍스트에 완결성과 정체성을 부여하지 않으며 과거를 현재의 현존 속에 나타나게 하고 있다. 이 시에서 짜깁기 하고 있는 부분은 천사와 관계되는 부분으로 천사는 '눈', 즉 본다는 행위로 지시되는 환유성을 갖는다.[18] 시적 화자, 멧송장개구리, 소냐는 눈을 뜨고 보는 행위가 맺는 우연적 관계에 의한 것이며, 오늘, 낮, 시방의 시간부사가 사용됨으로써 현재의 현상임이 강조되고 있다. ⑨는 현상 자체를 주목하는 문장으로 볼 수 있다.

이러한 시의 분석은 크게 2월의 시간이 끝나지 않는 공간, 무거움/가벼움을 결정짓지 못하는 존재, 본다라는 현상이 상호주관적으로 드러남의 세 부분이 문맥 속에서 병치되고 있는 것으로 정리할 수 있다. 즉 시간과 공간에 대한 의식, 존재의 무게는 상호주관적으로 포착되며, 일시적으로 드러나는 현상일 뿐이다. 이처럼 주관적이고 주체중심적인 인식이 불가능하다는 역설적인 인식을 드러내는 방법으로 텍스트가 구조화되고 있다. 문맥을 통해 총체적 의미로 작용하지 않고 단지 연쇄적으로 나열되며 병치되는 서술방식은 탈구조적이라 할 수 있다. 이

---

18) 천사를 빛의 이미지와 '보기'의 행위로 환치시키는 모티프는 60년대 후반부터 김춘수 시에 자주 나타난다. 특히 『거울 속의 천사』에 주도적으로 나타난다. 이에 대한 분석은 뒤의 장에서 서술하기로 한다.

러한 탈구조적 서술방식은『들림, 도스토예프스키』전체를 통해 드러나는 방식이다. 시의 서술구조는 의미를 지연시킨다. 시의 서술은 종결되지 못하며 끊임없이 연속되도록 구조화됨으로써 의미는 일시적으로만 생성될 뿐 곧 지워지며 연기되는 것이다. 이는 세계 속에 고정된 의미 자체가 부재한다는 점을 보여주는 탈중심화된 세계인식이며, 주체는 이러한 세계의 탈중심화되는 구조 속에서 하나의 인식을 확정짓지 못하는 자로 나타나고 있다.

이는 라캉이 말하는 의미에서 환유적이다.[19] 라캉은 주체가 말을 하는 게 아니라 언어가 말을 한다고 한다. 기의는 말에 의해 언어 속에서 생산된다. 우리가 말을 할 때 행과 행 사이, 곧 고정점에서 기의는 계속 생산된다. 기의는 기표와 기표 사이, 의미작용 사슬의 텅 빈 구멍에 존재한다. 결국 주체는 언어의 사슬 속에 있고 이 사슬이 주체이다. 주체는 그가 일부로 참여하는 이 사슬을 따라 이동하며, 그는 기표로부터 끊임없이 미끄러지는 기의로 작용하고, 따라서 주체는 존재의 결핍이고 하나의 공허로 존재한다. 데카르트는 사유에 의해 주체가 존재한다고 주장하지만 라캉에 의하면 사유의 주체가 내가 아니다. 기의는 고정되지 않고, 기표와 기표 사이에 주체가 있고 이 주체는 결국 존재를 결여하는 것이다. 이는 곧 과정 속에 있고 또 동시에 과정 속에서 나를 상실한다.[20] 이처럼 김춘수 시의 주체는 판단의 주체가 아니라

---

19) 라캉은 환유를 $f(S \cdots S) \simeq S(-)s'$와 같이 함수화하여 기표가 기의를 꿰뚫지 못한다는 인식을 도식화하고 있다. 환유에 해당하는 S(능기)와 S(능기)의 연속(인접—기호로는 '…'이 인접의 정도와 간격을 나타낸다)은 S(-)s로 나타나듯이 서로 그 장벽을 돌파하지 못하는 상태를 가리킨다(김형효,『구조주의의 사유체계와 사상』, 인간사랑, 1989, 259면).

흘러가는 현상 속에 놓여 있는 존재일 따름이다. 그의 시의 문장의 끝에는 마침표가 아니라 쉼표가 자주 나타나는 것은 이러한 판단지연을 기호화하는 한 특성이라 할 수 있다.

　김춘수의 시가 앞 시기의 시와 달라지는 지점은 이러한 주체에 대한 인식에서 찾아볼 수 있다. 그의 시에 나타나는 주체는 판단과 인식의 주체는 아니다. 그의 시는 주체에 대한 인식론적 회의를 동반한다. 『들림, 도스토예프스키』부터 김춘수는 억압과 회의의 주체를 형상화하기보다는 현상 속에 놓인 주체, 시간이나 역사의 흐름 속에 같이 흘러가는 지연된 주체, 흔적과 궤적으로만 남아 있는 세계와 주체의 이미지를 포착하고 있다.[21]

2) 순환적 구조와 주체의 지연(遲延)

　『계단과 의자』에 나타나는 환유적 이미지가 주도적인 시에는 의자, 계단, 손, 다리 등을 소재로 한 작품이 많다. 이들 이미지는 가령 다음과 같이 나타난다. "손은 분명히 손목에서 잘려 있었다. 손목에서 잘려 나간 손은 지금쯤 어디를 더듬적거리며 헤매고 있을까?"(「손」 일부)처럼

---

20) 이승훈, 『탈근대주체이론, 과정으로서의 나』, 푸른사상, 2003년, 107~123면 발췌 요약.
21) 김승희는 이 시집에 나타나는 주체를 파쇄된 주체라고 표현한다. 『들림 도스토예프스키』에 나타나는 편지글이라는 시의 형태적 특징 자체가 단일한 의미 체계와 통일적 주체성을 분쇄하는 대화적 상호텍스트성을 보여준다고 하였다. 그러나 논자는 김춘수 시가 분열되고 파쇄된 주체를 포착하는 데에서 머무는 게 아니라 분열된 주체가 의미를 정박시키지 못하고 계속해서 연기되는 흐름 속에 놓여 있다고 보았다(김승희, 「김춘수 시 새로 읽기 : Objection, 이미지, 상호텍스트성, 파쇄된 주체」, 『시학과언어학』, 2004, 28면).

전체에서 잘려나가 부분으로 존재하거나 절단된 인간 육체의 부분이 사물과 치환되는 이미지가 주도적이다. 손은 전체 / 부분의 제유적 관계에 놓인다. 주체에서 단절되어 부분으로 남은 손은 '잡다'라는 손의 본래 기능을 대표하는 '더듬는다'만이 속성으로 남아 책상의 밑을 끝없이 떠돌다 흔적만 남기는 행위만이 부각되는 이미지로 서술되고 있다. 이는 주체와 단절되어 주체없이 흔적으로만 떠도는 행위로 확대해석할 수 있다. 이처럼 『의자와 계단』에 등장하는 환유적 이미지는 주체와의 단절과 더불어 육체가 사물로 치환되는 이미지로 나타난다.

> ① 그는 다리를 모두 꽃덤불에 묻고 허리 위만 내놓고 있었다. 바람이 몹시 부는 날이었다. 제비초리가 날리고 있었다. ② 허리 위만 내놓은 그는 공중에 조금 떠있었다. 어물어물하는 사이 그는 그만 새처럼 날아가 버렸다. ③ 나는 끝내 그의 다리를 보지 못했다. ④ 그 뒤로 나는 자꾸 어깨가 무거워졌다. 마치 넓적한 궁둥이 하나가 걸터앉은 듯한 그런 느낌이다.
>
> ─「의자」 전문

환유는 1차적으로 지시의 기능을 갖는다. 한 개체를 사용함으로써 다른 개체를 대신한다[22]. 따라서 환유는 은유와 달리 인접성을 통해 하나의 개체를 다른 개체로 대신하는 치환의 행위를 할 뿐 유사성을 획득하지는 않는다. 위에 인용된 시는 '그의 다리'가 '나'로 '나'의 다리가 다시 '의자'로 두 번 치환되고 있다. 위의 번호는 시상의 편의를 위해 임의적으로 붙인 것이다. ①은 바람부는 날 그가 다리를 꽃덤불

---

22) 레이코프 & 존슨, 『삶으로서의 은유』, 서광사, 1995, 68면.

속에 묻고 앉아 있는 모습의 객관적 묘사이다. ②는 허리 위 그의 상체가 날아가 버리는 모습을 묘사한다. ③의 진술은 그의 상체가 다리와 단절되어 있음을 알려주는 진술이다. ④는 나와 그의 치환이 이루어지는 부분이다. 그 후로 나의 어깨에 중량감이 느껴지는 것을 통해 두 가지 치환이 동시에 이루어지고 있음을 알 수 있다. 즉 나는 그의 다리이며 의자로 고스란히 변해버리는 것이다. 중요한 것은 이러한 치환이 유사성에 의해 이루어지는 것은 아니라는 점이다. 그의 다리와 의자는 전혀 동일성이 없으며 그의 다리이며 의자가 된 나 역시 그의 다리이며 의자와는 아무런 동일성이 없는 것이다. 남아 있는 것은 아무런 이유 없이 나란 존재가 떠맡아야 할 존재의 무게감일 뿐이다. 이 시는 나와 그라는 주체와 타자의 경계가 사라지고 다리와 의자는 부동과 이동의 경계를 해체하며 휴식의 가벼움과 이를 도맡아야 하는 중량감은 전도된다. 이처럼 세계를 이루는 현상과 모습 속에는 필연성은 찾기 힘들다. 세계는 우연과 내적 동일성이 없는 상태에서 이루어지는 관계를 지속할 따름이다.

역사적 서사를 소재로 하는 시에서도 이런 환유적 이미지의 시와 마찬가지로 총체성이나 필연성에 대한 인식은 찾아보기 어렵다. 서사성이 두드러지는 시는 대체로 통합의 축을 따라 층위가 같은 인접한 단어들이 결합하는 산문성, 즉 지시성을 원리로 한다. 마이클 라이언은 언어학에서 말하는 계열의 축과 통합의 축을 토대로 은유와 환유의 수사학적 양식의 차이를 나누어, 산문성을 환유적 특성과 유사하게 해석한다. 그에 따르면 은유는 서로 다른 것을 동일하게 만드는 유추적 사고방식으로 작용하며 초월을 강조하는 듯한 재현적인 형태로 나타난다. 그러나 환유는 동일성의 계략에 묶이지 않으며 세계의 규약으로부터도 자유롭다. 환유의 양식 자체가 가지고 있는 체험적이고 경험적 성격은 세계의 관념이나 패러다임으로부터 자유롭게 하는 서술의 양상을 띤다.[23]

위의 글에 따르면 김춘수의 시에서 산문적으로 서사를 차용하는 것은 환유적 양식이 지닌 이러한 특성이라는 측면에서 파악되어야 한다. 특히 서사가 총체성을 이루지 않고 환유적 이미지의 결합과 더불어 파편화되는 현상은 앞장에서 살펴보았던 탈구조화된 서술구조와 맞물려 의미의 유보, 총체성과 역사성 부정과 같은 김춘수 시의 특성을 드러내주는 데 기여한다.

　① 예수의 목에는 유태의 왕이라고 쓰인 호패가 차여져 있다.
　골고다 언덕의 좁고 꼬부라진 길바닥은 당나귀의 분뇨로 범벅이 돼

23) 마이클 라이언, 『포스트모더니즘 이후의 정치와 문화』, 갈무리, 1996년, 201~203면. : 은유는 역사 외부의 변화되지 않은 동일성의 세계를 함축하는 정적인 구조이다. ……그것은 규약, 연역 과정, 그리고 서로 다른 것들을 동일하게 만드는 유추적 사고방식을 통해 작용한다. 은유는 물질적 리얼리즘에 대한 초월을 강조하는 듯한 재현적인 형태 속에서 부여된다. …수평적인 수사학의 이름은 환유이다. 환유는 같은 층위에서 인접적인 단어들 사이의 연합적 연결들로 구성된다. …환유는 은유의 이상화하는 경향과 궁극적으로 모순되며 그것을 허물어뜨리는 물질성에 해당된다. 환유적인 기호들은 다른 경험적 기호들과 연결된다. 환유적인 수사학은 이상적이거나 감추어진 의미에 대해 더 고차원적인 의미론적 의미작용으로 상승되지 않는다. 환유는 이상적이고 보편적이라기보다는 경험적이고 특수한 것이다. 환유적인 의미들은 문맥 의존적이고 조합적이며 병렬적인 동시에 접속적이다. 환유는 두 사물들을 우월한 의미와 종속적인 구체적 형상으로 분리하는 대신 그 두 가지를 하나로 묶는다.…어떠한 규약도 환유의 의미를 결정하지 않는다."

있다. 경사진 오르막도 있다. 피와 땀이 온몸을 짓이기고 흙먼지가 눈을 뜨지 못하게 한다. 짊어진 십자가의 무게가 75kg이나 된다. 힘에 부대껴 쓰러지면 그때마다 누군가가 침을 뱉고 돌을 던진다. ② 이윽고 느린 박자로 해가 기운다. 멀리 골란 고원을 저녁 이내가 스쳐간다. ③ 이내는 땅위에 발자국을 남기지 않는다. 발이 없으니까,

—「계단을 위한 바리에떼」 부분

위 시는 골고다 언덕에서 십자가를 짊어지고 가는 예수의 서사가 차용되고 있다. 그러나 서사는 종교, 이데올로기와 같은 거대 담론 차원에서가 아니라 예수 개인의 고통으로 축소되어 묘사되고 있다. 주목할 점은 서술자는 예수를 나약한 인간들을 위해 희생하는 거룩한 존재가 아니라 고통에 힘겨워하는 나약한 개인으로 묘사하지만, 동시에 감정이 배재된 객관적 어조를 견지하고 있다는 것이다. ①까지의 부분에 의해 드러나는 것은 현상에 대한 관찰이다. 문장의 연속된 나열은 예수의 상황과 곁에서 함께 하는 '누군가'의 부정적 행위를 지시할 따름이다. ②에서 서사는 풍경의 묘사로 전환된다. 앞에서 골고다 언덕의 예수의 모습을 근경으로 포착하던 시선은 먼 골란 고원의 원경으로 시야가 확대된다. 이는 마치 클로즈업 기법에서 아주 멀리서 대상을 잡는 익스트림 롱샷[24]으로 카메라 기법을 전환하는 느낌을 준다. 게다가 저녁 무렵 골란 고원의 하늘은 이내(안개)가 자욱이 껴 있는 풍경으로

---

24) 아주 멀리서 넓은 지역을 촬영하는 카메라 샷. 배경이나 사건의 광대한 범위를 인상깊게 보여주기 위해 사용된다. 익스트림 롱 샷을 사용할 경우 팬보다는 극단적인 와이드 앵글의 정지된 샷이 더 적합하다. 익스트림 롱 샷은 부감대 위나 높은 곳, 건물 꼭대기, 산정 혹은 비행기나 헬리콥터 위에서 촬영하는 것이 가장 좋다(네이버 용어사전 참조).

시야가 자욱하게 흐려진 모습으로 나타난다. ③은 전환된 시상에서 한 층 더 나아가 앞의 서사를 완전히 단절시키며 파편화시켜 난해하게 만들고 있다. 여기에서 이내의 이미지는 발자국과 대립적으로 결합된다. 이내는 저녁무렵 하늘이 자욱이 낀 푸르스름한 빛이다. 멀리서만 어렴풋이 볼 수 있는 존재하면서도 존재의 실체가 없는 현상이다. 앞의 예수의 역사적 장면은 근경에서 원경으로 확대된 문맥에 의해 존재하면서도 곧 존재가 지워져 사라지는 현상이 된다. 존재의 고통과 같이 세밀한 의미는 사라지고 역사는 부재하는 현상으로 치환되는 것이다. 여기에 발자국을 남기지 않는다는 이미지가 개입되면서 장면으로 존재하는 현상마저 단절되게 된다. 발자국은 발의 제유이면서 다리의 제유이다, 이동하다는 동사적 의미의 환유가 된다. 그러므로 여기서 발자국이 없다는 이미지는 발이 없으므로 이동할 수 없고 또한 자취를 남기는 것이 불가능하다는 인식을 드러내게 된다. 이처럼 시는 종교적이며 신화적으로 확대된 시간의 흐름에 놓일 때 주체의 절대성이 사라지는 것을 포착한다.[25] 신화적 차원의 시간은 순환적 시간의식과 통한다. 이는 어떤 하나의 상황이나 계기란 일회적으로 그치거나 사라지는 것이 아니라 또 다른 시공에서 다시 반복되는 것이라는 순환적 인식을

---

25) 『의자와 계단』에는 앞의 『들림 도스토예프스키』처럼 탈구조화라는 서술기법의 연속선 상에 놓이며 반복적으로 자기 시의 서사적 모티프를 되풀이하고 있으며, 팔목이 없이 잘린 손, 다리가 잘린 주체의 의미지는 잘리는 행위로 인해 흔적과 궤적의 의미로 치환되며 역사속에서 사라지는 주체의 존재성을 나타내는 시가 많다. 또한 "어디론가 가버렸다"(「대까치」 중) "어디론가 가고 있다."(「海底터널 지나면」 중)의 사라진다는 의미의 시어를 자주 사용한다. 현재의 시간 속에 불현듯 유년의 한 순간을 돌출시킴으로써 과거와 현재의 시간을 해체하고 있다. 이는 순환적 시간에 대한 인식이 김춘수 시에 내재해 있다는 것을 알려준다.

내재한다. 역사도 과거와 현재와 미래의 시간이 때로 겹쳐지고 엇갈리며 진행되는 반복의 구조일 뿐이라는 순환적 시간을 드러내는 것이다. 이승훈에 따르면 순환적 시간은 계기성이 일정한 길이로 확장된 다음에 다른 방향에서 확장된 시간과 서로 만난다는 인식이 깔린 것이다. 마치 원형을 지향하면서 계속 반복되는 양상으로 나타난다. 이러한 시간의 구조는 유한한 삶 속에서 무한을 재현하는 기초적인 방식이 된다. 그러나 김춘수의 시에서 강조하는 것은 순환적이고 무한한 삶이 아니라 주체가 이 무한 속에 놓임으로써 주체성이 연기되고 사라지는 현상이다. 이후 김춘수 시에 자연의 이미지를 현상적으로 포착하는 시가 지배적으로 나타나는 것은 이러한 순환적 시간 속에 무화되는 주체 인식과 관련성을 지닌다고 할 수 있다.

3) 현상적 이미지의 시와 주체의 무화(無化)

『거울 속의 천사』(2001년)부터 마지막 유고시집 『달개비꽃』(2004년)에 이르기까지 김춘수의 시는 그 스스로 시집들의 후기에 밝히고 있듯이 아내를 잃은 슬픔과 그리움이 담긴 시이다. 서술기법에 있어서도 이전의 반서술의 양상을 지양하고 문장 단위로 행을 전개하며, 이미지가 지배적인 평이한 서술을 전개한다. 그러나 아내에 대한 그리움은 단지 정서의 차원에 머물지 않으며 그동안 김춘수의 시가 탐구해온 시적 대상들과 연관관계를 맺으며 부재와 흔적, 차이를 드러내는 시적 모티프로 작용한다. 시행은 간결해지고 서술어도 현상이나 상태를 나타내는 현재형의 동사로써 이미지를 드러내지만 그의 시는 시적 화자가 세계를 동일시하는 전통적인 서정시로 보기 힘든 지점을 찾아볼 수 있다.

> 거울 속에도 바람이 분다./ 강풍이다./ 나무가 뽑히고 지붕이 날아가
> 고/ 방축이 무너진다./ 거울 속 깊이/ 바람은 드세게 몰아붙인다./ 거울
> 은 왜 뿌리가 뽑히지 않는가,/ 거울은 왜 말짱한가,/ 거울은 모든 것을
> 그대로 다 비춘다 하면서도/ 거울은 이쪽을 빤히 보고 있다./ 셰스토프
> 가 말한/ 그것이 천사의 눈일까,
>
> ― 「거울」 전문, 『거울 속의 천사』

천사의 모티프는 그동안 김춘수의 시에서 계속해서 되풀이되고 변
주되어 온 이미지이다. 가령 「천사」라는 제목의 시에서는 "그것은 처
음에는 한 줄기의 빛과 같았으나 그 빛은 열 발짝 앞의 느릅나무 잎에
가 앉더니 갑자기 수만 수천만의 빛줄기로 흩어져서는 삽시간에 바다
를 덮고 멀리 한려수도로까지 뻗어 가고 말더라. 그 뒤로 내 눈에는
늘 아지랭이가 끼여 있었고, 내 귀는 봄바다가 기슭을 치고 있는 그런
소리를 자주자주 듣게 되더라"(『남천』)고 천사를 빛으로 묘사하고 있으
며, 「소냐에게」에서는 "내 친구 셰스토프는 말하더라./ 천사는 온몸
이 눈인데/ 온몸으로 나를 보는/ 네가 바로 천사라고,"(『들림, 도스토예프
스키』)처럼 온몸이 눈으로 된 존재로 천사를 서술한다. 두 시와 「거울」
은 천사의 모티프를 통해 상호텍스트적 연관성을 갖고 있지만 미묘한
차이를 발생시킨다.

빛의 이미지는 우리가 제대로 바라볼 수 없는 대상이며, 온몸이 눈
으로 된 존재 앞에서 시적 화자는 보여짐의 대상이지 보는 주체로 존
재할 수 없다. 라캉은 "응시는 시선 앞에 존재한다."고 하였다. 시선을

바라보기(eye)로 응시를 보여짐(gaze)으로 구분한 그의 '응시는 시선에 앞서 존재한다'라는 명제는 보기(seeing)에 의한 '존재론적 전환'을 일깨워준다. 곧 나는 한 곳을 보지만 모든 방향에서 보여짐으로 나의 존재를 깨우친다.[26] 「거울」에서 시적 화자가 거울을 통해 이쪽을 보고 있는 천사의 눈을 바라보게 되는 것은 앞선 두 시와 달라지는 지점을 암시한다. 라캉 식으로 말해 응시의 대상으로만 존재하고 거대한 존재론적 차이만을 감지했던 시적 화자는 거울을 매개로 천사의 응시를 마주하게 된다. 물론 이것은 거울이라는 매개에 의해 가능한 것이기에 천사의 세계와 나의 세계는 단절되어 있으며 거울 안의 세계는 "거울은 왜 뿌리가 뽑히지 않는가,/ 거울은 왜 말짱한가"라는 시적 화자의 의문처럼 이곳과 차이를 지닌 공간이다. 중요한 것은 시적 화자의 태도에 있다. 응시를 인식하지만 이를 억압의 대상으로 보지 않고 분열 자체를 수용하는 시적 화자의 태도에는 갈등을 찾아 볼 수 없다. 이러한 시적 화자의 태도는 현상적 이미지를 서술하는 시에서 더욱 잘 드러난다.

> 그때 누군가의 뒤(背面)에 숨어버린/ 까맣게 탄 한 톨의 망개알,/ 그때 그를 숨겨준/ 깊고 먹먹한/ 하늘,/ 오늘 어떤 귀 없는 새가/ 가고 있다.
>
> ─「또 가을」, 『달개비꽃』

> 풀꽃이 진다./ 둑길을 아득하게 한다. 둑길을/ 멀리멀리 떼어 놓는다./ 풀꽃 하나/ 저 혼자 가고 있다. 풀꽃이/ 진다./ 둑길을 아득하게 한다. 저도 모르게/ 둑길을 멀리멀리 떼어 놓는다./ 그렇다./ 하늘로 떠 있는 저/ 하늘.
>
> ─「슬픔은」, 『달개비꽃』

---

26) 민승기, 『욕망이론』, 문예출판사, 1994년, 194면 참조.

풍경을 묘사하는 이 두 편의 시는 흡사 동일성을 지향하는 풍경 시처럼 보인다. 풍경이란 시적 주체에 의해 지각되고 체험된 공간인데, 이는 관찰자의 시선과 관점에 의해 어느 정도 조경된 공간을 말한다. 풍경이란 말 속에는 시선이 전제되어 있고, 인위적인 조형의 의미가 내포되어 있다. 풍경의 구성에 있어서는 감각적 차원의 육안보다는 심안이 더 중요한 요소가 된다. 또한 풍경 자체도 시각적 이미지의 재현만이 아니라 시적 주체의 다양한 내면적 정조를 형상화하는 장소로서의 의미를 지니게 되었다.[27] 그러나 위 시의 풍경에는 시적 화자의 심안이라고 할 시적 주체의 내면적 정조를 찾기 어렵다. '가고 있다', '진다', '떼어 놓는다', '아득하게 한다'는 소멸과 분리의 현상 자체를 강조하는 동사를 진행이나 현재형으로 나열함으로써 풍경은 정서나 판단의 주체를 드러내지 않는다. 시적 화자의 시선은 대상의 흐름을 자연의 현상 그대로 포착하고 옮겨놓을 따름이다.

이처럼 후기 김춘수 시는 삶과 죽음, 존재와 부재의 차이를 인식하지만 이를 초월하려는 의지를 보이지 않는다. 이는 억압된 존재로써 주체 자체의 무의식을 표출시키고 이를 지양하려 했던 이전의 시와는 다른 지점에 가 닿은 김춘수 시의 특성을 보여준다. 마지막 세 편의 시집에 나타나는 그의 시에는 정서라는 감정이 노출되어 있기는 하지만 내면성에 의해 풍경을 절단하고 자신의 내면으로 세계를 일치시키려는 지향성 즉 동일성의 의지라고 부를 만한 요소가 배재되어 있다. 인간과 자연을 대립적으로 보는 시선은 근대 이후에 발생한 주체의 개

---

27) 이형대, 「금강산 기행가사의 시선과 풍경」, 민족문화연구 42호, 80~81면 참조.

넘에서 비롯된 것이다. 이러한 측면에서 볼 때 아래에 인용된 글이 시사하는 바는 크다.

> "동양적인 의미에서 사람은 낭만주의의 자아나 서구의 근대 주체인 개인과 동일하지 않다. 서구적 의미의 개인의 정서를 의미하는 정(情)은 타인과 구별되는 개성이지만, 동양에서 말하는 사람의 정(情)에는 타인과 구별되는 개념이 존재하지 않는다."[28]

헤겔은 동양의 서정시에 대해 다음과 같이 말하였다. "동양에서는 그 보편적인 원칙에 맞게 주체의 개별적인 독자성이나 자유도 허용하지 않으며, 그렇다고 그 무한성에 의해 내용이 내면화되어 그 안에서 심오한 낭만적 심정을 형성하지도 못하기 때문에 서양의 시와는 구별된다."[29] 이는 동양의 시에 대해 부정적인 측면에서 판단을 내린 것이지만 동시에 주체를 우위에 두지 않고 자연과 인간을 대립적 위치에 두지 않은 동양 미학의 특성을 부각시키는 말이기도 하다. 관념과 이데올로기, 체제의 억압으로부터 벗어나 자유를 꿈꾸었던 김춘수의 시는 이렇게 후기의 시에 이르러 세계와 주체의 구분에서 벗어나 주체라는 개념 자체가 무화된 시, 현상을 그대로 포월(抱越)하고 수용하는 미학을 지향한다.

28) 고봉준, 「서정시 이론의 성찰과 모색」, 『한국시학연구』 20호, 135면.
29) 헤겔, 『헤겔미학』 3, 나남, 1996년, 631면, 고봉준 앞의 글에서 재인용.

제 2 부
김춘수 시 연구 ; 관점들

김춘수 시 연구

1. 논점의 제기

본 연구는 김춘수 시 담론구성체[1]를 분석하여 전·후기 이질적인 시를 관통하는 시적 원리를 밝히려는데 목적이 있다. 이 목적은 궁극적으로 김춘수 시를 수사학적 차원에서 벗어나 담론 차원에서 분석하여 한국 모더니즘 시의 한 특징을 규정하려는 데 있다. 이 목적을 분명하게 하기 위해서 기존 연구에서 제기된[2] 문제를 되짚어 보기로 한다.

---

* 조두섭 / 대구대학교 국어국문학과 교수

1) Laclau / Mouffe, Hegemony and Socialist Strategy, 김성기 외 역, 1990, 131~139면. 김춘수 담론구성체는, 그가 김수영을 의식하고 언어를 분절하는 이데올로기에 대한 결백성이다. 김춘수, 『전집』 2, 문장사, 1982, 351면. 이하부터는 『전집』으로 표기한다.

김춘수 시를 하이데거에 준거하여 해명하는 존재론자들은 존재의 현존이라는 근원에 동일화로 이해한다. 전기 시는 근원과 존재가 상호 회통하는 동일화의 서정적 원리를 시적 방법으로 원용하고 있기 때문에 그 분석 방법이 적절하다고 하더라도 후기 시를 살펴보는 데는 한계가 있다. 후기 시는 근원으로부터 탈주하여 마침내 자신의 존재마저 부정하는, 즉 전기시를 역구성하는 반동일화 기제의 시라 할 수 있기 때문이다. 근원과 존재를 역구성하는 반동일화를 존재론적으로 해명할 수 있지만, 반동일화 자체가 그것을 거부하는 담론 기제이기 때문에 효과적인 방법이 될 수 없다. 그렇다면 문제의 본질은 자연스럽게 전·후기 시를 이질적인 현상으로 보지 않고 연속적인 것으로 이해할 수 있는 매개가 무엇이냐 하는 것으로 좁혀지게 된다. 그것은 전기 서정시와 후기 무의미시를 구성하는 담론구성화이든지 간에 존재를 존재로 구성하는 규정이기 때문이다.

다음으로 무의미시에 대한 문제인데, 무의미시가 기표에 기의가 미끄러져 마침내 존재마저 지워버린다는 점은 다시 생각하여 볼 문제다. 그 점은 무의미시가 "완전을 꿈꾸고 영원을 꿈꾸고 불완전한 역사를 무시해 버(리는)"[3] 시적 담론이라는 데 있다. 앞으로 밝혀지겠지만 무

---

2) 권기호, 「절대적 이미지」, 『시론』, 학문사, 1993.
  금동철, 『한국현대시의 수사학』, 국학자료원, 2001.
  김두한, 『김춘수의 시 세계』, 학문사, 1992.
  김춘수연구간해우이원회 편, 『김춘수연구』, 학문사, 1982.
  이은정, 「김수영과 김춘수 시학의 대비적 연구」, 이화여자대학교 박사학위논문, 1993.
3) 『전집』 2, 355면.

의미시는 관념으로부터 탈주하여 대상과의 거리를 없애버리고 마침내 대상까지 소멸하여 버리는 고도의 전략적인 시이다. 그렇다면 무의미시는 단순하게 기표에 기의가 미끄러지는 유희의 시가 아니라, 오히려 또 다른 타자를 배제하고 억압하는 담론이라는 데에 그 본질이 있게 된다. 여기서 본 연구의 입점은 분명하게 되는데, 그것은 무의미시의 무의미가 말할 수 있는 것과 말할 수 없는 것으로, 볼 수 있는 것과 볼 수 없는 것으로 대상을 특정한 방식으로 재단하고 분절하는 담론구성체라는 것이다.

본 연구는 이러한 관점에서 김춘수 시의 타자를 먼저 분석하여 그 타자와 관계를 맺는 주체 형태를 고려할 것이다. 김춘수 시의 타자는 자전적 시론『의미와 무의미』, 그리고 그가 독창적으로 고안한 서술적 이미지와 비유적 이미지에 주목함으로써 가능하다. 그런데 본 연구는 비유적 이미지와 서술적 이미지를 야콥슨의 은유와 환유로 설명할 수 없다는 점을 보다 분명하게 하기 위하여 폐쇄의 담론적 방법론을 원용한다.[4] 흔히 김춘수 시를 이해하는 수사적 은유와 환유는 계열체와 통합체, 선택과 결합, 유사와 인접이라는 이분법으로 그 특징을 말할 수 있겠으나 이 자체가 비유적 이미지와 서술적 이미지와 일치하는 것이 아니다.[5]

여기서 본 연구의 방향이 분명하게 되는데, 그것은 무의미시가 대상

---

4) Diane Macdonell, Theorise of Discourse. Basil Blackwell, 1987, pp.25~42.
5) 야콥슨이 러시아 서정시는 은유가 우세하고 영웅적 서사시는 환유적 방법이 압도적이고, 낭만주의와 상징주의는 은유적 과정이 우세하고 리얼리즘 환유가 우세하다는 지적에 그 이유가 있다.

을 지워버린 의미의 공백화가 아니라 오히려 타자에 대항하는 강력한 담론이라는 것이다. 앞으로 김춘수 모더니즘 시를 밝힐 수 있는 이 담론은 은유적 사유의 총체성을 역구성하는 절대적 이미지에서 찾아야 할 것이다. 김춘수 시의 이러한 점이 구체적으로 밝혀진다면, 우리시의 모더니즘시적 한 특징을 정리할 수 있는 가능성을 확보하였다는데, 본 연구는 의미를 가질 수 있게 될 것이다.

2. 동일화의 두 양상

1) 재현적 은유

김춘수 시는 자신이 독창적으로 고안한 서술적 이미지와 비유적 이미지의 두 유형으로 명확하게 나누어진다. 이미지 그 자체가 목적인 서술적 이미지와 이미지가 어떤 관념을 전달하려는 목적인 비유적 이미지가 그것이다. 그가 현대시의 계보를 작성한 이 두 유형은 관념과 감각을 어떻게 결합하거나 또는 분리할 것인가 하는 시의 근원적 문제로서 시 연구가 이전에 시인으로 고민한 결과의 산물이라 할 수 있다. 그래서 비유적 이미지와 서술적 이미지는 그의 시적 이력과 일치한다. 그런데 이 과제는 개인적 고민이 아니라 동굴 시대부터 후기 모더니즘시대 오늘날까지 계속 되풀이되는 물음이고 앞으로도 그치지 않을 물음이기도 하다. 시가 관념에 봉사할 것이냐 아니면 감각적 자율성을 고수할 것이냐 하는 문제는 감각을 지양해야 한다고 강변하는 헤겔의 관념적 사유의 반대편에 이미 감각적 사유도 함께 하고 있기 때문이다.

문제는 김춘수의 이러한 관심과 시적 실험이 수사적 차원이기도 하지만 그 바탕은 담론의 문제에 있다는 것이다. 비유적 이미지는 근원적 의미를 실천하는 동일화이다. 이에 비하여 서술적 이미지는 동일화를 역구성하여 근원 자체를 전도하는 반동일화이다. 비유적 이미지가 극단적으로 나가게 되면 시 자체가 관념과 다를 바 없게 될 것이고, 그에 반하여 서술적 이미지가 극단으로 나간다면 언어 자체도 저항의 대상이 된다. 여기서 비유적 이미지와 서술적 이미지가 단순히 수사가 아니라 관념을 분절하는 담론구성체가 될 수 있게 된다.

담론구성체는 말할 수 있는 것과 말할 수 없는 것을 분절하여 일정한 방향으로 의미를 생산하는 체계이다. 비유적 이미지와 서술적 이미지는 관념을 어떻게 배제하고 구성하느냐 하는 담론 구성의 문제이다. 이러한 점을 단적으로 드러내어 보여주는 점이 비유적 이미지와 서술적 이미지를 경계로 하여 현대시 계보를 작성한 것이다.[6] 어떠한 계보이든 푸코가 그러했듯이 담론 개입을 떠나서 작성할 수 없는 것이다. 그 계보는 관념을 한가운데 두고, 그것에 동일화하거나 반동일화하는 구성적 이미지로 경계 지우는 것이다. 여기서 보다 근본적인 이유가 드러나는데, 그것은 비유적 이미지와 서술적 이미지가 일정한 방향을 지니고 있다는 점이다. 그 방향은 존재를 구성하고 타자에 대응하는 방식에 의하여 결정된다. 즉 비유적 이미지와 서술적 이미지가 타자에 존재를 구성하는 기제라는 것이다.

---

6) 김춘수는 서술적 이미지와 비유적 이미지를 중심으로 하여 현대시의 계보를 작성하였다. 이것이 타당한 것인가의 문제를 떠나서 이미지가 관념을 분절하는 담론구성체라는 점을 본 논문에서는 중시한다.

이러한 점을 구체적으로 밝히기 위하여 먼저 동일화의 비유적 이미지부터 살펴보기로 한다. 동일화는 외적 실재에 내적 정신이 완전하게 일치할 수 있다는 근원에 대한 믿음에서 탄생한다. 이러한 믿음은 첫 시집『구름과 장미』에서 "나의 발상은 서구 관념 철학을 닮으려고 하고 있었다"[7]라고 고백하는 대목에서 쉽게 찾아진다. 이 믿음은 "세상의 모든 것을 환원과 제일인으로 파악해야 하는",[8] 그러므로 존재의 최종목표는 근원의 동일자가 되는 것이다. 기원에 동일화는 "이데아라고 하는 보이지 않는 존재"[9]와 상호 교응함으로써 가능하다. 이러한 동일화의 상호 구성적 원리가 시적 방법으로 전이된 작품이「꽃」이다.

> 내가 그의 이름을 불러 주기 전에는
> 그는 다만
> 하나의 몸짓에 지나지 않았다.
>
> 내가 그의 이름을 불러 주었을 때
> 그는 나에게로 와서
> 꽃이 되었다.
>
> 내가 그의 이름을 불러 준 것처럼
> 나의 이 빛깔과 향기에 알맞는
> 누가 나의 이름을 불러다오.

---

7) 그는 이러한 관념론에 몰두를 "도깨비와 귀신을 나는 찾아 다녔다."는 비유적 문장으로 나타내었다.『전집』2, 383면.
8)『전집』2, 383면.
9)『전집』2, 383면.

그에게로 가서 나도
그의 꽃이 되고 싶다.

우리들은 모두
무엇이 되고 싶다.
너는 나에게로 가서 나는 너에게
잊혀지지 않는 하나의 의미가 되고 싶다.

—「꽃」 전문

　작품 「꽃」을 구성하는 원리는 존재에 이름 붙이기다. 이름 붙이기는
주체가 타자를 동일자로 호출하는 것이다. 어떤 대상에 이름 붙이기는
단순한 명명이 아니라 어떤 것을 말할 수 있고 말할 수 없게 하는 담
론구성체로 타자를 규정하는 것이다. 즉 대상에 이름을 붙이기는 기표
에 기의가 갖고 있는 의미를 일정한 방향으로 나아가게 다른 의미를
배제하고 분절하는 담론의 개입이다. 「꽃」은 이러한 이름 붙이기의 담
론 과정을 구체적으로 보여준다.
　1연에서 '그'는 특정한 방식으로 의미를 재단하고 구성하는 이름붙
이기 이전의 어떠한 담론도 개입하지 않은 순수한 존재이다. 때문에
'그'는 '나'와 마주하고 있지만 존재의 구체적인 모습을 보여주지 못하
고 단지 하나의 '몸짓'에 불과하다.
　그런데 2연에서 '내'가 '그'의 이름을 붙여주자 '그'는 '나'에게 와서
의미 있는 '꽃'으로 나에게 다가온다. 여기서 '그'를 '꽃'이 되게 하는
것은, '그'를 '꽃'이라고 말할 수 있도록 '꽃'의 의미를 생산하는 담론
개입이다. 이 담론이 '그'를 '꽃'이라고 규정하고 다른 이미지를 배제

함으로써 '그'는 나에게로 와서 '꽃'이 되는 것이다. 즉 '그'를 '꽃'이 되게 하는 것은 '그'의 존재가 아니라 '나'의 담론이다. 이처럼 '그'의 의미가 '나'에 의하여 '꽃'이 되듯이 모든 존재의 의미도 자체가 생산한 의미가 아니라 타자가 구성한 의미를 재생산한 것에 불과하다.

수사학적으로 '그'가 '꽃'으로 명명되는 것은 은유인데, 이것은 탈관념적 이미지라기보다는 관념에 봉사하는 도구적 은유다. 그것은 내가 '그'를 '꽃'이라 명명하는 자체가 타자를 분할하는 담론 개입이기 때문이다. 그리고 '그'에게 이름 붙여진 '꽃'이 감각적 이미지라기보다는 담론이 규정한 하나의 관념이라 할 수 있기 때문이다. 이렇게 본다면 '꽃'은 수사학적 은유가 담론 차원에 있음이 더 분명하게 드러난다. 그러므로 내가 '그'를 '꽃'으로 명명하였지만 '꽃' 또한 다른 이름으로 붙여질 수 있다. 그렇다면 도구적 은유는 담론구성체의 기능을 수사적으로 실현하는 형태라고 할 수 있다. 여기서 내가 '너'를 '꽃'으로 명명하는 담론구성체가 무엇인가 하는 문제가 제기된다.

이 담론구성체는 김춘수 자신이 「유추로서 장미」[10]에서 구체적으로 밝힌 형이상학적 관념이다. 김춘수의 대부분 초기시가 은유에 의존하는 것도 은유가 동일화의 재현적 미학이라는 데에 직접적인 관련이 있는 것이다. 이로 본다면 '꽃'은 존재 자체의 감각적 이미지가 아니라 형이상학적 타자의 관념을 재현하는 이미지가 된다.

이러한 은유의 담론 층위는 3, 4연에서 더 분명하게 드러나는데, 그것은 2연과 3연이 대응되는 구조처럼 완전히 포개지는 은유에서 찾아

---

10) 『전집』 2, 383면.

진다. '나'는 '나'로서 의미 있는 존재가 아니라 누가 나의 이름을 불러줌으로써 '나'는 '그'에게 의미 있는 존재가 되는 것이다. 즉 내가 '그'를 '꽃'이라 이름을 불러줌으로써 '그'는 '꽃'이 되듯이 '나'도 '그'의 담론을 재생산함으로써 의미 있는 존재가 되는 것이다. 내가 "그에게로 가서 나도/ 그의 꽃이 되고 싶다"는 고백은 타자에 동일화의 기원이다.

이렇게 대응되는 네 연을 하나로 통합하는 것이 5연이다. 그런데 5연이 은유적 수사법을 사용하면서도 앞에서의 연들과 구분된다. 앞에서의 연에서는 내가 '너'를 환원하고 '너'가 '나'를 환원함으로써 각기 '꽃'으로 피어나게 된다. 그런데 5연은 '나'와 '너'는 각기 일방적으로 타자를 구성하는 것이 아니라 "우리 모두 무엇이 되고 싶다"고 희원하는 바처럼 상호 구성적이다. 그렇다고 하더라도 '우리'가 "하나의 의미가 되고 싶다"라고 하는 데서, '나'는 결코 '나'의 존재가 아니라 '우리'라는 내부의 타자가 구성한 '나'일 뿐이다. 그래서 5연의 '나'도 앞의 연들과 다를 바 없이 '하나의 의미'라는 타자의 관념이 이름을 붙여준 '나'라는 점에서 동일하다.

결국, 지금까지 분석을 통하여 작품 「꽃」이 타자에 일치를 갈망하는 동일화라는 것을 확인하였다. 이 믿음에 "하나의 의미가 되고 싶다"라는 강한 희원이 있으며 이 갈구에 '나'는 세계와 조화로운 일치를 이루는 존재이게 된다. 이러한 근원과 존재의 일치를 꿈꾸는, 마침내 정서적 회감하는[11] 동일화는 서정시의 세계관이다. 그런데 동일화는 모

---

11) E. 에밀슈타이거, 오현일 외 역, 『시학의 근본 개념』, 삼중당, 1978, 96면.

든 존재를 "하나의 의미"로 환원한다는데 문제가 있다. 동일화는 존재의 순수를 지키려는 비본질적인 것의 도전에 저항이기도 하지만, 그 반대로 개별 존재의 고유한 '의미'까지 지워버리거나 근원에 환원하고 억압하는 기제이다. 여기서 새로운 시적 방법은 예견된다.

2) 절대적 은유

김춘수는 "꽃을 소재로 하여 형이상학적인 관념적인 몸짓을 하게"[12] 된 시적 작업에 회의함으로써 변화를 가져온다. 그것은 동일화에 대한 회의인데, 다시 말한다면 형이상학적 관념이 개별 존재의 '의미'까지 환원하거나 주변화하는 것에 대한 회의이다. 동일화는 근원과 존재를 대립적으로 구분하고 그 차별을 이념적으로 정당화하여 근원에 존재를 환원하는 것이다. 여기서 김춘수는 자신이 '몸짓'하던 관념도 존재를 타자로 규정하고 타자를 자신의 동일화 내부로 전유하는 은유의 허구성을 발견한다. 도구적 은유의 허구성을 발견하는 것은 깨달음 이전에 "관념공포증"[13]에서 시작된다.

우리가 공포증으로부터 벗어날 수 있는 심리적 기제 하나가 대상으로부터 거리를 두거나 그로부터 탈주하여 자신을 절대화하는 것이다. 이것은 존재를 관념으로 재현하는 자리에서 그 자체의 고유한 자리로 옮겨 놓는 것이다. 여기서 김춘수의 새로운 시적 방법이 있게 되는데, 그것은 "내가 무엇이 되고 싶다" 그리하여 "우리는 함께 무엇이 되고

---

12) 『전집』 2, 351면.
13) 『전집』 2, 384면.

싶다"가 아니라 너에게 "너는 무엇이다"라는 존재 자체에 독자적 이름을 부여하는 절재적 은유이다.

절대적 은유는 근원의 이미지를 재현하는 것이 아니라 존재 자체의 리얼리티를 현시하는 것이다. 그렇다고 이것이 개별 존재들을 근원에 주변화하는 것이 아니다. 오히려 주변화 되어 있는 소수 개별 존재의 고유한 이름을 부여하는 것이다. 그렇기 때문에 절대적 은유는 동일화가 갖고 있는 문제성, 즉 타자를 은폐하여 단일화하는 것을 극복할 수 있는 대안이 될 수 있다. 이것은 타자의 욕망이 주체를 규정하는 것이 아니라 주체의 욕망이 주체를 규정한다.

> 사랑하는 나의 하나님, 당신은
> 늙은 비애다.
> 푸줏간에 걸린 커다란 살점이다.
> 시인 릴케가 만난
> 슬라브 여자의 마음 속에 갈앉은
> 놋쇠 항아리다.
> 손바닥에 못을 받아 죽일 수도 없고 죽지도 않는
> 사랑하는 나의 하나님. 당신은 또
> 대낮에도 옷을 벗는 어리디어린
> 순결이다.
> 삼월에
> 젊은 느릅나무 잎새에서 이는
> 연두빛
> 바람이다.
>
> —「사랑하는 나의 하나님」 전문

　이 작품을 구성하는 수사적 원리는 「꽃」과 동일하게 근원과 존재의 동일화의 은유이다. 은유가 단순하게 수사적인 방법으로 쓰이지 않은 것은 이 작품의 중심 이미지 "하나님"에서 확인된다. "하나님"은 형이상학적 관념론의 은유적 세계인식을 단적으로 드러내는 기호이다. 기독교적 의미로 "하나님"은 창조자로서 변화하는 자연 현상의 배후에 그 존재로서 영원불멸의 초월적 존재이다. 근원에 일치를 꿈꾸는 이러한 형이상학적 관념론과 이 작품이 무관하다고 할 수 없다.

　그러나 이 은유가 근원에 대한 존재의 재현적이거나 도구적이라고만 할 수 없고 오히려 지극히 감각적 이미지라는 데에서 두 층위로 나누어 생각할 수 있다. "하나님"(A)에 대하여 "비애"(a), "살점"(b)은 재현적 이미지라 할 수 있지만 "순결"(d), "연두빛 바람"(e)은 비재현적 이미지이다. 재현적 이미지와 비재현적 이미지를 함께 하는 것이 "놋쇠항아리"(c)이다. (a), (b)는 하나님의 재현적 이미지이지만 결코 하나님을 재현하는 이미지가 아니라 자기동일화의 이미지다. 그런데 반하여 (d), (e)는 하나님의 비재현적 이지미이지만 그렇다고 하나님과 무관한 이미지가 아니다. 오히려 하나님 존재를 부정함으로써 하나님의 대한 독자적 이미지를 만들어낸다. 이 두 지점의 한가운데 있는 "놋쇠항아리"(c)에 이러한 두 이미지가 겹쳐져 있다.

　그러나 엄격하게 말한다면 근원적 이미지 "하나님"에 치환되는 다섯 개의 이미지는 "하나님"의 재현적 이미지라고만 할 수 없다. 일반적 은유의 수사법으로 읽을 때 원관념 "하나님"(A)에 보조관념 "늙은 비애"(a), "푸줏간에 걸린 커다란 살점"(b), "놋쇠항아리"(c), "순결"(d), "연두빛 바람"(e)은 근원 회귀를 거부하는 이미지이기 때문이다. 그렇다고

(A)와 (a)~(e)가 상호 소통하는 이미지도 아니라 오히려 (A)의 이미지를 지워버림으로써 (a)~(e)는 자신의 이미지로 존재하는 콜라주 방식의 독자적 이미지이다.

여기서 재현적 동일화의 이미지도 결국은 근원 A로부터 탈주하는 비재현적 이미지라는 것이 확인된다. 즉 (a)~(e)가 근원 A의 존재를 부정하고 다시 (a)~(e)가 자신의 존재 의미로 복귀하는 것이 아니라는 것이다.[14] (a)~(e)는 (A)의 이미지를 재현하는 것도 거부한다. 즉 (A)에 대하여 (a)~(e)는 어떤 정보를 제공하거나 이해를 요청하지 않을 뿐만 아니라 자신의 정보도 제공하지 않고 그 자체를 절대화한다. 이것은 (a)~(e)의 이미지가 일정한 흐름을 구축하는 상호 간의 유사성을 찾을 수 없다는 데 알 수 있다. 다시 말한다면 (A)와 (a)~(e)가 상호 소통하는 것도 아니고, 그렇다고 개별 이미지 (a)~(e)가 서로 간에 소통하는 것도 아니다. 이점은 (a)~(e)가 재현적 동일화가 아니라 비재현적 동일화로 볼 수 있는 근거가 된다. 결국 이 작품은 동일화의 은유로 구성되어 있지만 은유로서 은유를 전도하는 비재현적 동일화를 실험하는 시라 할 수 있다.

그러므로 이 작품에서 시인이 의도적으로 분리한 (A)의 하나님에 대한 (a)~(e)의 이미지를 다시 연결한다는 것은 의미가 없다. 오히려 동일

---

14) 김춘수 은유의 절대성은 유치환의 「깃발」과 비교함으로써 가능하다. 「깃발」의 다섯 개의 이미지들은 깃발의 재현적 이미지이면서 동시에 다섯 개의 재현적 이미지이면서 동시에 다섯 개의 재현적 이미지는 상호 연결되어 인간의 이상이라는 이미지에 귀속된다. 그러나 「나의 하나님」의 다섯 개의 이미지는 하나님의 재현적 이미지가 아니고, 또 다섯 개의 이미지는 상호 연결을 거부하는 이미지이다.

화로서 동일화를 전도하는, 즉 관념 (A)에서 탈주하는 이미지 (a)~(e)에 주목하면 된다. 그렇다고 하더라도 수사적으로 은유에 기대고 있다는 점에서 타자로부터 결코 자유로운 것이 아니다. 그것은 감각적 개별 이미지들이 타자의 부름에 고개를 돌리면서 탈주하는 형국이다. 그 긴장이 절대적 은유의 신선한 낯설음이다.

3. 반동일화의 두 양상

1) 이미지의 절대화

앞에서 살펴본 동일화 시는 외적 실재에 내적 정신의 일치를 꿈꾸는 근원에 대한 존재의 믿음에서 탄생한다. 근원에 대한 믿음은 비본질적인 도전에 대한 저항이다. 그런데 김춘수는 "관념이란 시를 받쳐 줄 수 있는 기둥일 수 있을까"[15] 하고 관념에 대하여 회의하면서 새로운 시적 탈주를 시도한다.

근원에 대한 동일화는 존재의 입장에서 본다면 근원 또한 존재의 순수성을 훼손하는 타자라 할 수 있다. 관념도 하나의 이데올로기로서 존재를 환원하는 타자이기 때문이다. 김춘수가 "회의"하는 관념은 다름 아니라 이렇게 자신을 동일자로 환원하는 강제적인 이데올로기다. 이러한 관념공포증으로부터 벗어날 수 있는 길은 언어의 자율성을 부여하는 것이다. 그것은 언어가 진리를 재현한다는 언어의 도구

---

15) 『전집』 2, 351면.

성에 대하여 자유를 부여하는 무의미시의 실험이다. 무의미시는 관념에 대한 형상의 독자성과, 개념에 환원된 내부의 타자를 역구성하는 것이다. 이것은 동일화의 은유와 반동일화의 무의미가 변별되는 지점이기도 하다.

김춘수 무의미시의 타자는 언어 내부에 있는 관념이라 할 수 있지만 그것은 그의 삶의 안쪽에서 그를 억압하는 역사에 그 단초가 있다. 그는 20대 초반 일본 유학시절 요코하마 헌병대에 끌려가 영어 생활을 하고 20대 후반 6·25 때는 식솔을 거느리고 생사를 건 비극적 피난생활을 했다. 그는 이러한 역사적 체험을 통하여 "역사의 상대성과 역사가 쓰고 있는 탈이데올로기의"[16] 타자를 발견하게 된다. 이에 그는 "역사=이데올로기=폭력"[17]이라는 등식으로 자신을 환원하는 타자를 등식화한다. 이것은 역사적 체험에서 형이상학적 구원의 믿음에 대한 회의이다. 비극적 역사의 체험을 통하여 그는 "관념(이데올로기)의 감상에 사로잡힐 수 없다"[18]고 시적 태도를 분명히 한다. 여기서 무의미시가 수사학적 차원에 있는 것이 아니라 삶의 방식으로 하나의 이데올로기라는 것이 확실하게 된다. 그의 말로 한다면 무의미시의 이데올로기는 "완전주의자의 결백성"[19]이다.

김춘수가 역사와 이데올로기에 대응하는 방식을 스스로 도피라고 한 점은 당대 사회의 역사적 문맥에서 본다면 문제가 있다. 그러나 도

---

16) 『전집』 2, 573면.
17) 『전집』 2, 354면.
18) 『전집』 2, 354면.
19) 『전집』 2, 354면.

피가 단순한 도피가 아니다. 그것은 "불완전과 역사를 무시해 버리는", "아주 무시하는"[20] 것이다. 그것은 주체를 환원하는 타자에 저항하는 삶의 방식이자 시적 방식이다. 그렇다면 무의미시는 "완전을 꿈꾸고 영원을 꿈꾸고, 불완전한 역사를 무시해버리는"[21] 삶의 방식에 등가하는 시적 방식이라는 것을 알 수 있다.

김춘수는 형이상학적 관념에 대한 반동일화의 전단계로서, 앞항에서 「나의 하나님」 분석을 통하여 살펴보았듯이 절대적 은유를 실험한다. 이 실험도 마찬가지로 수사학이나 언어 차원에 있는 것이 아니라 담론 차원에 있는 것이다. 그에게 절대적 은유를 실험한다. 이 실험도 마찬가지로 수사학이나 언어 차원에 이는 것이 아니라 담론 차원에 있는 것이다. 그에게 절대적 은유는 형이상학적 관념을 전도하여 실재를 발견하는 시적 방식이다. 그가 은유를 실험하는 것은 은유가 형이상학적 관념적 사유를 명징하게 간직하고 있다는 점 때문이다. 그는 역설적으로 은유로부터 관념을 전도할 수 있는 근거를 제공받은 셈이다.

고전적 은유의 핵심은 전이다. 전이는 사유와 존재, 정신과 물질, 이상과 현실의 진정한 동일화를 추구하는 형이상학적인 관념적 사유이다. 문제는, 김춘수가 형이상학적 관념으로부터 탈주하기 위하여 왜 절대적 은유를 시도하는가 하는 점인데, 그것은 앞에서 말하였듯이 "관념공포증"[22]에서 벗어나기 위한 탈주라 할 수 있다. 왜냐하면 은유는 근원을 재현하면서도 근원으로 벗어날 수 있는 통로가 있기 때문이다.

---

20) 『전집』 2, 355면.
21) 『전집』 2, 355면.
22) 『전집』 2, 351면.

그가 발견한 탈주의 문은 은유가 존재 자체를 절대화할 수 있다는 것이다.

우리가 실재라고 하는 것은 실재가 아니라 관념이 규정한 실재이다. 이 점은 해결의 감각과 정신의 자기 동일화로 설명되어진다. 그런데 헤겔은, 은유가 자기 동일화를 파괴하는 힘을 갖고 있기 때문에 부정적으로 보았다. 그 이유는 직관성과 감각성이 형이상학적 관념으로부터 이탈된다는 데 있다.[23] 헤겔의 이러한 은유에 대한 염려는 개념이 직관을 환원하는 타자를 인정하지 않는 동일자의 이데올로기다. 김춘수가 은유에서 주목한 점은 관념이 타자를 환원하는 강제성과 그 동일화에 저항하는 힘이다. 그가 실험한 절대적 은유가 관념이 감각을 일방적으로 환원하는 강제성에 대한 회의에서 시작된 것은 당연하다.

김춘수가 절대적 은유 실험을 통해 관념으로부터 탈주하여 다다른 지점은 이미지 그 자체가 목적인 서술적 이미지의 무의미시이다. 절대적 은유가 대상으로부터 탈주하였다고 하더라도 대상의 관념에 연결되어 있다. 그 고리를 끊고 대상마저 외면할 때 서술적 이미지가 있게 된다. 재현적 은유나 절대적 은유는 내부의 차이가 다소 있다하더라도 타자의 이미지인데 비하여 반동일화는 존재 자체가 절대적 이미지이다.

그러므로 도구적 이미지는 동일자가 타자를 환원하여 그 차이를 지워버리는 동일화의 이미지이다. 김춘수가 동일화의 이미지를 예리하게 관찰한 것은 대상과 이미지의 차별성과 개별성을 일반성과 보편성으로 지워버리는 동일자의 강제성이다. 즉 존재 자체의 고유한 이미지를

---

23) 최문규, 『문학이론과 현실인식』, 문학동네, 44~52면.

왜곡하는 타자의 불순한 이미지를 발견한 것이다. 여기에서 타자의 이미지에 저항하는 무의미시의 서술적 이미지가 탄생하게 된다. 그러므로 서술적 이미지는 도피의 이미지가 아니라 타자의 이미지에 저항하는 존재 자체의 절대적 이미지이다. 그러므로 서술적 이미지는 대상으로부터 탈주하여 마침내 대상을 붕괴시키고 이미지마저 지워버리는 이미지가 된다.[24] 이러한 무의미시 가운데 먼저 타자를 소멸하고 존재 자체의 이미지만을 실험한 절대적 이미지시를 검토하기로 한다.

> 눈보다 먼저
> 겨울에 비가 오고 있었다
> 바다는 가라앉고
> 바다가 있던 자리에
> 군함이 한 척 닻을 내리고 있었다
> 여름에 본 물새는
> 죽어 있었다
> 물새는 죽은 다음에도 울고 있었다
> 한결 어른이 된 소리로 울고 있었다
> 눈보다도 먼저
> 겨울에 비가 오고 있었다
> 바다는 가라앉고
> 바다가 없는 해안선을
> 한 사나이가 이리로 오고 있었다

---

24) 김춘수는 이 점에 대하여 "같은 서술적 이미지라 하더라도 사생적 소박성이 유지되고 있을 때는 대상과의 거리를 또한 유지하고 있는 것이지만, 그것을 잃었을 때는 이미지와 대상과 거리가 없어진다. 이미지가 곧 대상 그것이다."라고 무의미시의 특징을 지적하였다. 『전집』 2, 169면.

한쪽 손에 죽은 바다를 들고 있었다

—『처용단장』 4

이 작품의 중심적 이미지 "바다"는 현실을 재현하는 이미지도 아니고 그렇다고 인간 내부의 감정을 현시하는 이미지도 아니고 어떤 추상적 관념을 유추하는 이미지도 아니다. 그렇기 때문에 우리가 "바다"의 이미지를 쉽게 공유할 수 없다. 우리가 "바다"의 이미지를 공유할 수 없는 것은, 이 작품이 우리가 쉽게 닿아 가는 것은 거부하기 때문이 아니라 우리의 관념이 먼저 앞서서 이 작품의 "바다" 이미지를 배제하기 때문이다. 즉 우리가 갖고 있는 "바다" 이미지가 "바다는 가라앉고/ 바다가 없는 해안선을/ 한 사나이가 이리로 오고 있었다"라는 낯선 이미지를 거부하기 때문이다. 우리가 낯설다고 하는 이러한 이미지도 사실은 타자의 관념이다. 그러므로 낯선 바다의 이미지를 이해하기 위하여 타자의 이미지로부터 탈주하여야 한다. 즉 "바다"는 바다라는 타자의 관념을 해체하였을 때 바다의 생생한 이미지가 나타나는 것이다. 타자의 관념이란 기표가 기의를 배제하고 억압하는 동일자의 표상체계이다.

이 작품의 "바다"는 의미를 지워버린 무의미의 "바다"가 아니다. 그것은 타자로부터 탈주하여 자체의 살아있는 의미를 간직하고 있기 때문이다. 그렇다면 바다의 이미지가 무엇인가 하는 것이다. 그 대답은 "바다"의 이미지가 무엇이다 하는 것 자체가 타자의 관념이라는 것인데, 그것은 결국 타자의 관념이 만들어낸 추상성으로부터 탈주하여 "결백성"[25]을 주장하는 것이다. 굳이 바다의 이미지를 말한다면 타자를 전복하여 "아주 아프게 무시하는" 것이다. 타자를 배제함으로써 "바다가 없는 해안선을/ 한 사나이가 이리로 오고 있었다"라는 낯선 이미지에 존재 자체의 이미지가 탄생하게 된다. 그 바다의 이미지는 타자의 의미 영역 밖에서, 작품 속에서 독자적으로 탄생하는 이미지다.[26] 그러므로 이 작품은 타자의 영역 밖으로 나가서 타자를 괄호로 묶어버릴 때 이미지가 드러나게 된다. 그것은 타자의 공백화 세계이다.

타자의 공백화는 주체의 고립이라는, 또 하나의 모더니티의 이데올로기다. 그것은 타자의 이미지를 차단하여 존재 자체의 순수성을 훼손하지 않고 간직하려는 자기 동일성이다.

2) 리듬의 절대화

김춘수의 서술적 이미지의 무의미시는 타자를 괄호로 묶어둠으로써 존재의 순수한 리얼리티를 드러낸다고 할 수 있다. 그러나 타자를 배제하는 것 자체가 타자를 억압하는 이데올로기라는데 문제가 발생한다. 다시 말한다면 존재의 절대적 이미지 자체가 하나의 관념이라는 것이다. 동일화가 개별 존재를 동일자 논리로 은폐하듯이 마찬가지로 타자를 배제하는 것도 타자의 은폐이다. 개별 소수의 진정성을 배제할

---

25) 『전집』 2, 352면.
26) 이 "바다"의 이미지는 타자의 관념을 괄호에 묶었을 때 탄생하는 이미지다. 비유적으로 이것은 우화의 「벌거숭이 임금님」을 이용하여 설명할 수 있다. 임금님은 옷을 걸치지 않고 말을 타고 거리를 거닐고 있지만 어른들은 아름다운 비단 옷을 입었다고 말한다. 어른들이 아름답다고 말하는 임금님의 옷은 타자의 관념에 동일화이다. 그런데 비하여 아이들은 벌거숭이라고 한다. 아이들은 타자의 관념 밖에서 임금님을 바라보았기 때문에 벌거숭이라는 것을 알게 된다.

수도 그 반대로 개별 소수를 절대화할 위험성은 내포하고 있기 때문이다. 완전을 꿈꾸는 시인에게 이러한 위험성은 용납될 수 없다.

이것을 극복할 수 있는 길은 앞서 살핀 동일화의 은유에 대한 비판을 다시 비판하는 데서 가능하게 된다. 동일화의 은유에 대한 비판은 근원에 대한 존재의 절대성을 부여하자는 것인데, 이도 따지고 보면 개별존재의 절대화이고 그 담론으로 타자를 배제하는 것이다. 이것이 가능할 수 있는 시적 방법은 이미지마저 없애버리고 소리만 남게 하는 것이다.

김춘수 무의미시는 여기서 그 내부가 변별되는데, 절대적 이미지의 반동일화는 절대적 이미지 자체를 회의하는 것이 아니라 그것에 대한 확고한 믿음이 있다. 그러나 반동일화를 비판하는 반동일화는 반동일화 자체마저 회의한다. 이것은 존재의 근원에 대한 반동일화이며, 존재를 존재되게 하는 근대적 이성에 대한 반동일화이다. 또 언어적 측면에서 이것은 기표를 기의보다 우위에 두고 기표의 물질성으로 의미를 차단하는 놀이다. 기표가 더 이상 기의를 지시하지 못할 때 기표는 주문에 불과하다.

그러므로 주문은 고도의 시적 전략으로 완전을 꿈꾸는 자의 결백성의 담론의 한 형태라 할 수 있다. 그 결백성은 타자의 관념이 환원하는 허구성을 비판하는 것이며 동시에 반동일화 주체의 절대성을 비판하는 것이다. 그런데 반동일화의 결백성은 존재를 존재되게 하지만, 당대가 요구하는 "해방적 역량보다는 인식의 허무주의와 정치포기주의에 빠질 수 있는 허점을 내포하고 있다"[27]는 우려를 불러일으킬 수 있다. 이러한 우려가 있기 전에 먼저 김춘수는 "결백성의 밀도"[28]를 제기한다. 이 "결백성의 밀도"는 이데올로기가 인간을 제압하는 절박한 상황을 해체하는 것이다. 김춘수의 시적 주문은 이러한 절박한 상황을 해체하는 주체의 결백성이다. 즉 주문은 타자와 언어적 소통을 거부함으로써 주체의 결백성의 밀도를 높이는 시적 전략이라 할 수 있다.

> 나이지리아 나이지리아
> 바람이 불면 승냥이가 울고
> 바다가 거멓게 살아서
> 어머님 곁으로 가고 있었다
> 승냥이가 울면 바람이 불고
> 바람이 불 때만다 빛나던 이빨.
> 이빨은 부러지고 승냥이도 죽고
> 지금 또 듣는 바람 소리
> 나이지리아 나이지리아

—「나이지리아」 전문

이 작품의 공간 "나이지리아"는 역사적이거나 현실적 공간을 재현하는 것이 아니라 인간의 시점이 배제된 비인간화 세계이다. 그래서 각 이미지들 사이의 내적 연속성이나 일치감은 찾기 어렵다. 우리가 목격하는 것은 어떤 통일적 이미지가 아니라 서열이 역전된 기괴한 이미지가 충돌하는 장면뿐이다. 상호 연관성이 없는 이러한 이미지는 앞에서 살펴본 「처용단장」처럼 주제가 타자를 배제하는 이미지와 동일하다고 할 수 있다. 그러나 「처용단장」의 전경화된 감각적 이미지와 「나이지

---

27) 윤호녕 외, 『주체 개념의 비판』, 서울대학교 출판부, 1999.
28) 『김춘수 전집』 2, 353면.

리아」」의 청각적 이미지는 확연하게 구별된다.

이 차이는 "이미지를 버리고 주문을 얻으려"[29]는 고도의 시적 전략에서 발생한다. 그것은 존재 자체의 이미지마저 리듬의 음영으로 시를 주문(呪文)이 되게 하여 익명의 정조를 환기하는 것이다. 주체를 타자로부터 분리시키고 마침내 시적 주체마저 분리하는 이러한 실험은 시적 결백성에 가깝다. 다 같은 서술적 이미지라도 타자로부터 탈주하는 이미지에는 주체의 믿음이 있는 반면 주체로부터 탈주하는 이미지는 그러한 순수한 주체마저 의심한다. 그러므로 「나이지리아」는 고립적 이데올로기와 그것의 해체라는 이중적 속성을 가진다. 이 탈주를 가능하게 하는 것이 "나이지리아 나이지리아" 반복되는 리듬이다.

첫 행과 마지막 행에 "나이지리아 나이지리아"로 반복되는 리듬은 상자처럼 시 전체를 둘러싸고 있어 내부의 '바람소리'와 '승냥이 울음'을 공명하게 한다. 그래서 '바다'의 시각적 이미지마저 '바람소리'와 '승냥이 울음'에 충돌하면서 청각적 이미지로 변한다. 이 변화는 전반부 "바람이 불면 승냥이가 울고/ 바다가 거멓게 살아서/ 어머님곁으로 가고 있었다"는 슬픔의 정조가 서서히 고조되는 것으로 쉽게 확인된다. 슬픔의 정조는 후반부 "승냥이가 울면 바람이 불고/ 바람이 불 때마다 빛나던 이빨/ 이빨은 부러지고 승냥이도 죽고"에서 전반부의 '바람'과 '승냥이'의 자리가 바뀌면서 공명이 더 높아진다. 고조된 정조를 다시 가라앉히는 장치가 "바람소리"에 거친 "승냥이 울음소리"를 생략한 것이다. 이 시에서 슬픔의 정조가 있다고 하더라고 그것은 어떤 이

---

29) 『전집』 2, 398면.

미지로 드러나는 것이 아니라 "나이지리아 나이지리아" 하고 부르는 리듬에 공명할 뿐이다. 이러한 공명에 의하여 이 시는 주문으로 변한다. 주문은 차츰 고조되었다가 다시 가라앉지만 공명틀이라 할 수 있는 "나이지리아 나이지리아"라는 울림에 의하여 우리의 영혼은 계속하여 전율하게 된다. 이 주문에서 기표의 울림 이상의 기의적인 의미를 찾는다는 것은 무의미하다.

김춘수 무의미시의 절대적 이미지시와 주술적 리듬의 시는 모두 기표의 관념으로부터 탈주하며 서정적 믿음을 회의함으로써, 총체성에 대한 믿음은 허구가 되는 것이다. 반동일화는 이처럼 주체의 순수성을 지키려고 자신을 환원하는 관념에 거리두기 전략이다. 그럼에도 반동일화는 타자를 배제하는 고립주의라는 점, 문제의 본질을 간과할 수 있다는 점, 그리고 반동일화 자체가 이데올로기로서 타자를 억압할 수 있다는 점에서 비판이 따를 수 있다. 따라서 김춘수는 그 문제점을 극복하기 위하여 주술적인 시를 실험하게 된다. 그러므로 주술적인 시는 주체와 타자를 모두 지워버리는 감춤의 미학에서 출발한다. 이 미학은 완전주의자의 결백성이다. 이 결백성의 밀도는 철저하게 타자를 지워버리고 주체마저 감추어 그 익명성의 정조마저 지워버리는 데 있다. 이러한 시적 사유는 서정적 동일화에 대한 믿음의 허구성을 비판하는 반동일화의 고립주의라 할 수 있다.

4. 결론

본 연구는 김춘수 시의 담론구성체 분석을 통하여 그의 시를 관통하는 원리를 밝히려는 목적에서 출발하였다. 이 목적은 궁극적으로 김춘수 시를 수사학적 차원을 넘어서 담론 차원으로 한국 모더니즘 시의 특징을 규정하려는데 그 의도가 있다.

김춘수 시의 담론구성체는 완전을 지향하는 존재의 결백성이다. 그 결백성은 전기 시의 서정적 동일화의 세계관과 후기 시의 모더니즘적 반동일화의 세계관을 구성한다. 동일화는 근원을 호출함으로써, 그 역으로 근원에 환원됨으로써 존재의 순수성을 지키려는 형이상학적 믿음이다. 이것은 존재가 근원을 재현하는 은유의 방식으로 실현된다. 그런데 김춘수가 은유에서 발견한 것은 은유가 타자를 배제하고 억압하는 폭력성이다. 여기에 근원에 거리두기의 반동일화 전략이 있게 된다. 그러므로 반동일화는 타자가 환원하는 그 동일화의 관념으로부터 탈주하여 존재의 순수성을 지키려는 또 다른 모더니즘시적 전략이라 할 수 있다.

동일화와 그것을 역구성하는 반동일화가 비유적 이미지와 서술적 이미지의 시적 방식으로 실현되지만 모두 존재를 위협하는 비본질적인 것에 대항하기 위한 전략이라는 점에서 상호 회통한다. 즉 비유적 이미지와 서술적 이미지가 표면적으로는 타자와 상호 회감과 타자로부터 탈주라는 차이에도 불구하고 그것을 구성하는 담론구성체가 관념을 분절하고 배제하는 기제라는 점에서 동일하다. 그러므로 중요한 사실은 무의시시가 무의미를 의미하는 것이 아니라 타자를 배제하는 강력한 이데올로기라는 것이다. 여기서 반동일 자체가 동일화와 다르지 않고 타자를 배제하는 또 다른 이데올로기라는 것이 된다.

김춘수 시의 모더니즘적인 성격은 바로 반동일화에서 드러나는데 그것은 동일화의 세계관을 역구성하는 기표의 물질성을 극대화하는 서술적 이미지이다. 그런데 기표의 물질성을 극대화 자체가 기표의 관념에 구속된다는 점에서 새로운 실험이 있게 된다. 이 실험으로부터 김춘수 시는 이미지의 절대화와 리듬의 절대화로 갈래지게 된다. 이미지의 절대화는 타자에 반동일화이고 리듬의 절대화는 주체에 반동일화다. 그 시적 실험은 타자를 지워버리는 절대적 이미지와 주체를 감추어버리는 절대적 리듬이다. 그런데 문제는 존재의 고유한 이미지를 위하여 타자를 지워버리고 마침내 주체를 감추어버릴 수 없다는 데서 시적 허무가 발생한다는데 있다.

이 허무는 타자의 이데올로기로부터 탈주하려 하지만 오히려 그것이 하나의 이데올로기라는 자각이다. 김춘수의 허무는 그러므로 무의미시가 관념으로부터 탈주하였지만 결코 자유로운 것이 아니라는 것을 시인하는 것이다. 여기서 무의미시가 탈이데올로기의 이데올로기시라 할 수 있는 이유가 있게 된다.

김춘수의 자연시에 나타난 심미성 연구

1. 문제 제기

자연은 고전시에서 현대시에 이르기까지 가장 보편적인 시적 대상이라 할 수 있다. 자연이 내포하고 있는 생명의 원리와 이치, 변화와 운동성, 그리고 생명을 양육하는 근원적 에너지로서의 기능이 인간의 생존에 필수적 요소로 관여하기 때문만이 아니라, 예술적 미감을 불러일으키고 동시에 인간의 존재성을 비추는 주요한 거울 역할을 하기 때문이다. 자연에 관한 시적 탐구가 끊이지 않는 까닭도 여기에 있다.

김춘수 또한 자연에 지속적인 관심을 보여 왔던 현대시인 가운데 하나이다. 그러나 김춘수의 시는 자연시의 관점에서 논의된 경우[1]가 지

---

* 엄경희 / 숭실대학교 국어국문학과 교수

극히 드물다고 할 수 있다. 이는 비대상의 시, 탈의미의 시를 통해서 존재를 구속하고 있는 일체의 것으로부터 해방과 자유를 얻고자 하는 시인의 시관, 즉 무의미 시론이 연구자들에게 지배적 영향을 끼쳤기 때문이다. 그는 무의미시를 "언어에서 의미를 배제하고, 언어와 언어의 배합, 또는 충돌에서 빚어지는 음색이나 의미의 그림자나 그것들이 암시하는 제2의 자연"2)이라고 말한다. 이 제2의 자연을 언어로 드러내기 위해 김춘수는 그만의 독특한 시작 방법을 견지해 왔으며, 그에 대한 연구 또한 무의미 시론과의 연관성 속에서 그 형상화 원리를 밝히는 것에 집중되었다.3) 따라서 김춘수의 시에 나타난 자연은 주로 묘사적 이미지 차원에서 분석되었다고 할 수 있다. 이처럼 그의 시를 자연이 아니라 이미지 묘사로 간주하게 되는 데는 그의 시에 드러난 자연이 여타의 자연시가 보여주고 있는 고전적 혹은 모방적 자연의 형상4)과

---

1) 김춘수의 시를 자연시의 관점에서 다루고 있는 대표적인 경우는 김준오의 논의를 들 수 있으며, 부분적으로 다루어진 경우로는 이은정의 논의를 들 수 있다. 김준오, 『시론』, 삼지원, 1995, 337~344면. 이은정, 『현대시학의 두 구도』, 소명, 1999, 113~117면.
2) 김춘수, 「對象·無意味·自由」, 『김춘수 전집 2 詩論』, 문장, 1982, 378면.
3) 김춘수 시의 방법적 원리를 밝히고 있는 기존 논의는 다음과 같다.
  엄국현, 「무의미시의 방법적 이해」, 『김춘수 연구』(김춘수연구 간행위원회), 학문사, 1982, 434~448면.
  오규원, 「無意味詩」, 『김춘수 연구』(김춘수연구 간행위원회), 학문사, 1982, 235~242면.
  이기철, 「무의미의 詩, 그 의미의 擴大」, 『김춘수 연구』(김춘수연구 간행위원회), 학문사, 1982, 336~343면.
  이승훈, 『非對象』, 민족문화사, 1983.
4) 고전시의 미학은 한 마디로 말하면 '규범의 미학'이라 할 수 있다. 고전시의 시 형상화 원리는 독창성과 특이성에 있는 것이 아니라 이미 만들어져 있는 규범적 가치를 발견하고 거기에 도달하는 데 있다. 관용어구나 전고(典故), 용사(用事)의

는 판이하게 다르기 때문이다. 그런 점에서 김춘수의 자연을 이해하는 데는 모방적 관점만으로는 불가능하다. 현대시의 미학은 '개성의 미학'이라 할 수 있다. 근대적 세계가 개인의 발견, 개체성의 존중을 강조하고 있는 것만큼 예술가의 미적 지향이 보편성보다는 개인의 독창성에 기울어져 있음은 당연한 현상일 것이다. 그럼에도 불구하고 현대의 자연시는 고전시에서 부각되었던 모방적 관점과 보편적 이해에 기초해 있는 것이 일반적 현상이다. 이와 같은 일반성에 비추어 본다면 김춘수의 자연시는 현대의 자연시 가운데서도 매우 특이한 사례라 할 수 있다.

한편 김춘수가 탈미메시스적 관점을 고수하고 있다 할지라도, 그리고 그가 비대상성이나 무의미성을 강조한다고 할지라도 언어는 본질적으로 의미 생성 작용력을 숙명으로 지니고 있으며, 해석의 잠재태로서 존재한다는 사실을 주지할 필요가 있다. 독서현상학의 입장에서 보면 그의 난해한 시 형상화 원리는 독자에게 무의미의 자유를 주기보다 오히려 강렬한 해석을 요구하는 것처럼 보인다. 성실하고도 집요한 독자라면 아이러니컬하게도 그가 주장하는 무의미를 넘어서 숨겨진 시적 의미를, 혹은 시인이 은폐하고 있는 의식성을 찾아내게 될 것이다.

빈번한 차용이 고전시의 미학을 밝히는 데 중요한 관건이 되는 까닭이 여기에 있다. 신의(新義)나 청신(淸新)이 강조되지 않은 바는 아니지만 고전시에서 보여지는 자연의 미는 개성보다는 시를 향유하는 사람과 그것을 창작한 사람이 동일하게 이해할 수 있는 보편의 원리에 근거해 있는 것이다. 성기옥, 「신흠 시조의 해석 기반─<放翁詩餘>의 연작 가능성」, 『진단학보』 81호, 1996. 성기옥, 「한국 고전시 해석의 과제와 전망─안민영의 <매화사(梅花詞)> 경우」, 『진단학보』 85호, 1998 참조.

이는 관습적 언어의 틀을 해체함으로써 의식의 자유에 도달하고자 하는 그의 예술적 노력이 성공했는가 아니면 실패하였는가 하는 차원에서의 지적이 아니다. 그런 결과는 중요하지 않다. 중요한 것은 언어를 통해 언어의 본질을 벗어나고자 했던 그의 역설적 시도이며, 그러한 시도가 창조해낸 시적 의미와 미감이다. 본 논의는 김춘수에 대한 기존의 논의에서 벗어나 그의 시를 자연시의 관점에서 분석함으로써 그의 미의식5)을 밝히는 데 초점을 두고자 한다.

한 가지 부연할 것은 김춘수의 시에 드러나 있는 자연물들이 모두 자연 자체의 존재성을 드러내는 것이 아니라는 사실이다. 자연시의 범주6)를 자연의 존재론적 가치나 의미, 속성, 이치 따위와 시인의 의식

---

5) 미의식은 대상에 대한 미적 의식과정, 혹은 미적 가치에 대한 직접적 체험을 뜻한다. 미의식의 활동은 대상을 향수 · 관조하는 수용적 태도와 그것을 창작 · 생산하는 두 가지 형식으로 드러난다. 그러나 이 둘의 활동 형식은 특히 예술 창작자에게는 대립되기보다는 상보적이라 할 수 있다. 대상을 미적으로 향수하는 예술가의 내면에는 이미 창작적 계기가 포함되어 있기 때문이다. 한편 미의식을 구성하는 심리적 요소로는 감각, 표상, 연합, 상상, 사고, 의지, 감정 등이 있을 수 있는데, 미의식은 이들의 복합체로 이루어진다고 할 수 있다. 이들 심리적 요소와 대상의 상호작용을 통해 시인은 대상을 점차 주관적 감정의 방향으로 이끈다. 그런 의미에서 미의식은 대상에 대한 주체의 지향의식과 긴밀한 관련을 갖는다. 편집부 엮음, 『미학사전』, 논장, 1988, 307~316면 참고.
6) 필자는 자연시에 관한 범주와 개념을 다음과 같이 규정한 바 있다. 자연시는 "자연의 존재론적 가치나 의미, 속성, 이치와 시인의 의식이 긴밀하게 연관된 경우를 뜻한다. 그런데 여기서 자연의 존재론적 가치나 의미란 자연 과학의 대상, 즉 자연의 생물학적 차원과 같은 객관적 층위를 뜻하는 것은 아니다. 문학이 자연을 미적 대상으로 삼을 때 거기에는 이미 인식 주관의 의식이 전제되어 있기 때문에 시에서 완전한 객관성으로서의 자연의 의미를 찾는 것은 불가능할 뿐만 아니라 무의미한 일이기도 하다. 그러나 시인의 주관적 정서나 관념을 토로하기 위해 자연 이미지를 표상화하는 경우는 자연을 '표현의 수단물'로 도구화하고 있는 것이기 때문에 엄밀한 의미에서 자연시라 할 수 없다. 왜냐하면 이와 같은 경우를 자

이 긴밀하게 연관된 경우로 한정할 때 김춘수의 시에서 자연물이 오로지 시인의 감정과 정서, 인식 등을 드러내는 '수단'으로 사용된 경우는 본 논의의 대상에서 제외되어야 마땅할 것이다. 예를 들어 김춘수는 초기시부터 다양한 자연물을 시적 이미지로 끌어들임으로써 자신의 감정과 정서를 드러내고 있다. 초기시[7]에 나타난 주요 정서는 상실감 혹은 소멸의 쓸쓸함, 그리움, 슬픔 등이라 할 수 있는데, 자연 이미지는 이러한 정서를 풍부하게 해주는 공간적 배경이 되거나 감정 이입의 대상으로 역할하고 있다. 「갈대 섰는 풍경(風景)」, 「황혼(黃昏)」, 「영(嶺)에서」, 「늪」, 「사(蛇)」, 「갈대」와 같은 시가 대표적인 예다. 이들 시는 특히 울음이나 슬픔과 같은 시어를 통해 시인의 감상성을 지배적으로 드러내고 있다는 특징을 지닌다. 이와 더불어 시집 『꽃의 素描』에서 '꽃'을 통해 존재론적 인식을 상징화하고 있는 「꽃」, 「꽃의 素描」, 「꽃을 위한 序詩」와 같은 작품도 제외됨을 아울러 밝힌다. 이처럼 자연물을 주관적 정서나 관념을 위한 수단으로 사용하고 있는 경우를 제외하

연시의 범주에 포함한다면 모든 시인이 곧 자연시인이 될 수밖에 없다는 논리가 성립되기 때문이다. 어느 시인도 인공적 사물만으로 자신의 내면을 표상할 수 없으며, 따라서 모든 시인이 자연 이미지를 시에 끌어들이는 것은 불가피한 일이라 할 수 있다. 그런 의미에서 자연과 시인과의 교섭 양상이 아니라, 자연 이미지를 연구하고 있는 경우는 본격적인 자연시 연구와 달리 일종의 이미지 연구로 보아야 할 것이다." 성기옥 외, 『한국시의 미학적 패러다임과 시학적 전통』, 2004, 소명, 317~318면.

7) 본 논의에서는 김춘수의 초기시를 1959년에 간행한 시집 『꽃의 소묘(素描)』 이전까지로 보고자 한다. 시작 원리의 큰 변화를 보여주고 있는 것은 『타령조(打令調)·기타(其他)』(1969)에 이르러서이지만 초기시의 감상성을 벗어나 존재와 인식이라는 철학적 물음을 시의 전면에 내세우고 있는 것은 『꽃의 소묘(素描)』부터이기 때문이다.

고, 자연에 대한 직접적이 태도를 드러내고 있는 예를 살펴보면 크게 세 가지 관점에 의해 그의 자연시가 형성되고 있음을 볼 수 있다. 그가 드러내고 있는 시적 자연은 ① 잃어버린 시원, ② 객관적 풍경, ③ 주관적 미의식으로 재조합한 자연 등이 그것인데, 이들은 ①에서 ③으로 순차적 변화를 보여준다는 특성을 지닌다. 본 논의는 이 세 가지 형태의 자연시를 분석하는 데 집중하고자 한다.

2. 잃어버린 시원으로서의 자연

원시 자연에 대한 동경은 인간이 문명화된 이후 문학에 지속적으로 등장한 테마라 할 수 있다. 특히 근대의 진보 기획에 의해 진행되었던 기계화와 산업화가 인간을 자연으로부터 분리시키고 인공의 세계를 구축하는 가운데 자행했던 비인간화 현상은 역으로 인간과 자연, 우주에 대한 유기체적 상상력을 부추기는 계기[8]가 되었다. 물질문명은 그것이 가져다준 편리함에도 불구하고 인간의 자연적 본성을 소외 혹은 박탈하는 억압의 요소로 인식되기 시작했으며, 그 결과 근대인의 억압된 심리는 역으로 '잃어버린 낙원' 혹은 '원시 자연'에 대한 동경을 반복적으로 구가하게 된다. '잃어버린 낙원' 혹은 '원시 자연'에 대한 동

---

8) 예를 들어 서구 낭만주의 시인들이 구가했던 원시 자연 동경이나 신화 탐구, 유기체적 자연관은 계몽적 합리주의자들의 의식을 지배했던 기계론적 우주관에 대한 반격으로 볼 수 있다. 그들은 인간과 국가, 자연을 연속된 우주로 파악함으로써 생명적 약동이 살아있는 이상적(원시적) 세계에 대한 관념을 예술로 형상화한다. 오세영, 『문예사조』, 고려원, 1983, 97~109면 참조.

경은 기계주의나 산업주의를 벗어나고자 하는 욕망만이 아니라 제국주의의 탄압이나 부조리한 역사 현실을 벗어나 보다 이상적 세계에 도달하고자 하는 근대인의 욕구를 함의하는 포괄적 상징으로 등장하기도 한다. 김춘수의 경우 주로 초기시에서 이와 같은 잃어버린 시원에 대한 동경을 발견할 수 있다.

간밤에 단비가 촉촉히 내리더니, 예저기서 풀덤불이 파룻파룻 돋아나고, 가지마다 나뭇잎은 물방울을 흩뿌리며, 시새워 솟아나고,
점점(點點)이 진달래 진달래가 붉게 피고,

흙 속에서 바윗틈에서, 또는 가시 덩굴을 헤치고, 혹은 담장이 사이에서도 어제는 보지 못한 어리디어린 짐승들이 연방 기어나고 뛰어 나오고……

태고연(太古然)히 기지개를 하며 산(山)이 다시 몸부림을 치는데,

어느 마을에는 배꽃이 훈훈히 풍기고, 휘넝청 휘어진 버들가지 위에는, 몇 포기 엉기어 꽃 같은 구름이 서(西)으로 서(西)으로 흐르고 있었다.

　　　　　　　　　　　　　　　　　　　　―「신화(神話)의 계절(季節)」 부분

첫 시집 『구름과 장미(薔薇)』(1948)에 실려 있는 이 시는 '돋아나다', '흩뿌리다', '솟아나다', '뛰어 나오다', '몸부림치다', '풍기다' 등의 동사에서 알 수 있듯이 약동하는 자연의 형상을 나타내고 있다. 초기시 이후의 개성 있는 시의 문법과는 달리 이 시는 자연에 대한 매우 소박

하고도 평이한 상상력을 드러내고 있음에도 불구하고 김춘수의 자연시의 출발점을 시사하고 있다는 점에서 간과할 수 없는 작품으로 판단된다.

이 시에서 주목해야 할 것은 제목에 함의되어 있는 시인의 의식이라 할 수 있다. 시인은 건강한 자연의 모습을 '신화의 계절'이라고 표현하고 있다. 생생하게 살아있는 자연 공간을 역사 이전의 시간에 위치시킴으로써 시인은 자연을 신비화하고 있는 것이다. 즉 시인은 현존하는 자연이 아니라 신화적 몽상 속에서 떠오르는 자연을 그려내고 있는 것이다. 이와 같은 발상은 그의 다른 시 「밝안제(祭)」에서도 반복되고 있는데, 시인은 이 시에서 우리 겨레의 태동을 "가지에 닿는 바람 물 위를 기는 구름을 발 끝에 거느리고, 만년(萬年) 소리 없이 솟아오른 太白의 멧부리를 넘어서던 그날은,// 하이얀 옷을 입고, 눈보다도 부시게 하늘의 아들이라 서슴ㅎ지 않았나니, 어질고 착한 모양 노루 사슴이 따라"라고 묘사하고 있다. 즉 그는 우리 겨레의 기원을 원시성에서 찾고 있음을 알 수 있다. 이러한 원시적 자연은 <신화의 계절>에서 보여지듯이 풀덤불과 짐승, 꽃향기, 구름이 하나로 어우러져 있는 아름다운 낙원을 연상시킨다. 그런데 이 시의 제목에 따르면 이러한 낙원은 현재가 아니라 아주 먼 과거에 존재했던 것이라는 논리를 생성시킨다. 따라서 이 시에서 사용하고 있는 현재진행 상태의 술어들은 몽상하는 주체의 현재성을 말해주는 것이지 자연 공간 자체의 현존성을 나타내는 것은 아니다. 이와 같은 해석의 가능성을 뒷받침하는 예로 「숲에서」, 「집 2」 등과 같은 시를 꼽을 수 있다.

이리와 배암떼는 흙과 바윗틈에 굴을 파고 숨는다. 이리로 오너라.
비가 오면 비 맞고, 바람 불면 바람을 마시고, 천둥이며 번갯불 사납게
흐린 날엔, 밀빛 젖가슴 호탕스리 두드려 보자.
　　아득히 가 버린 만년(萬年)! 머루 먹고 살았단다. 다래랑 먹고 견뎠단
다.…… 짙푸른 바닷내 치밀어 들고, 한 가닥 내다보는 보오얀 하늘……
이리로 오너라.

—「숲에서」 부분

　　밀림(密林)을 잃은 초원(草原)을 잃은
　　어쩌노 우리들의 살결은 조화(造花)의 생리(生理)를 닮아간다.

　　힘은 어디로 갔노?
　　산악(山岳)을 움직이던 원시(原始)의 그 힘은 어디로 갔노?

　　저녁에만 피는, 새하얀 꽃잎을 보고 있는 듯 우리들의 살결은 너무
슬프다.

—「집 2」 부분

　　시 「숲에서」는 원시 자연의 상태로 돌아가 문명 이전의 시대가 지닌
생명적 활기를 되찾고자 하는 욕망을 보여주고 있다. '이리로 오너라'
로 표현하고 있는 원시 공간의 현존성은 그러나 '아득히 가 버린 만년
(萬年)! 머루 먹고 살았단다. 다래랑 먹고 견뎠단다. ……'에서 볼 수 있
는 과거 회상과 맞물림으로써 그 의미가 약화된다. 즉 '이곳'이 지시하
고 있는 '숲'의 공간은 원시 자연의 공간이라기보다 그러한 생명 기운
을 일깨우는 몽상의 공간이라 할 수 있다. 「숲에서」가 원시 동경을 표
현하고 있다면 시 「집 2」는 이미 문명화된 인간의 초라함을 드러내고

있는 경우라 할 수 있다. '조화(造花)의 생리(生理)'처럼 비생명적인 상태로 접어든 인간의 존재성을 시인은 '우리들의 살결은 너무 슬프다'라고 탄식한다.

두 편의 시에서 알 수 있듯이 김춘수의 초기시에 나타난 자연은 시원 동경이라는 관념과 연관된다. 그의 시원에 대한 관념은 원시 생명에 대한 동경만이 아니라 이미 그러한 세계가 훼손되거나 소멸되었다는 상실감 또한 함께 내포하고 있다. 시 「푸서리」의 "솔개미며 수리랑 오소소 부는 밤에 휘휘 쫓겨가고, 눈보라 매운 햇살 천동이며 번갯불이 백화(白樺)와 장송(長松)을 후다닥 몰아갔다"와 같은 표현 또한 시원의 상실과 파괴를 의미한다. 아울러 시집 『꽃의 소묘(素描)』에 실려 있는 시 「눈에 대(對)하여」에서 시원 상실은 유년 상실로 변주되어 "우리들이 일곱 살 때 본/ 복동(福童)이의 눈과 수남(壽男)이의 눈과/ 삼동(三冬)에도 익는 서정(抒情)의 과실(果實)들은/ 이제는 없다"로 표현되기도 한다.

김춘수의 초기시에서 시원 상실을 드러내고 있는 시가 양적으로 많다고 할 수는 없다. 그러나 이는 그의 자연시가 막연한 자연 예찬 쪽으로 흘러가지 않고 주관적 조합에 의해 재탄생된 자연의 미를 추구하게 되는 까닭을 설명해 줄 수 있다는 점에서 그 중요성을 갖는다. 즉 김춘수는 문명의 세계에선 이미 생생한 자연의 미를 발견할 수 없다는 회의적 태도를 이들 시에서 암시하고 있는 것이다. 따라서 그는 자연을 발견하고자 하는 것이 아니라 창조하고자 하는 태도를 견지하게 된다. 초기시에서 발견되는 관념적 시원의 원시성이 이후 모방적 관점을 벗어나 유년적 환상으로 대체되는 까닭이 여기에 있다.

내 곁에는
바다가 잠을 자고 있었다.
잠자는 바다를 보면
바다는 또 제 품에
숭어새끼를 한 마리 잠재우고 있었다.

다시 또 잠을 자기 위하여 나는
검고 긴
한밤의 망토 속으로 들어가곤 하였다.
바다를 품에 안고
한 마리 숭어새끼와 함께 나는
다시 또 잠이 들곤 하였다.

— 「處容斷章 第一部 Ⅰ의 Ⅲ」 부분

　　1974년에 간행된 시선집 『處容(처용)』에 실려 있는 연작시 「처용단장」
은 유년의 기억과 자연의 결합을 통해 독특한 시적 공간을 만들어내고
있는 대표적 예이다.[9] 숭어새끼를 품고 있는 바다와 화자를 품고 있는

---

9) 「처용단장」에 관한 기존 논의들은 대부분 김춘수의 처용을 유년의 원초적 심리를
　반영하고 있는 상관물로 해석하고 있다. 김현은 김춘수의 소설 「처용」과 시 「처용
　단장」을 비교 검토함으로써 이 둘이 자전적 성격이 강한 작품임을 밝히고 있다.
　그는 김춘수의 처용을 수락·인고의 표상이며 할머니에 대한 외디푸스 콤플렉스
　의 한 변형이라고 설명한다. 또한 김주연은 김춘수의 처용을 "억압된 어린 시절의
　욕망" 표출로, 김준오는 "고통을 겪기 이전의 순수 자아"로 해석하고 있다.
　김현, 「김춘수와 시적 변용」, 『김춘수 연구』(김춘수연구 간행위원회), 학문사,
　1982, 151면.
　김주연, 「명상적 집중과 추억」, 『김춘수 연구』(김춘수연구 간행위원회), 학문사,
　1982, 166면.
　김준오, 「처용시학」, 『김춘수 연구』(김춘수연구 간행위원회), 학문사, 1982, 274~
　275면.

망토가 하나로 뒤섞이는 상상 작용을 통해 시인은 거대한 자연의 자궁 속으로 회귀해간 인간존재의 행복한 시원적 세계를 그려낸다. 바다를 품고 숭어새끼와 잠들어 있는 화자는 인간과 자연의 비대칭적 위계 구조, 즉 자연을 정복한 자로서의 인간과 인간에게 식민화된 자연이라는 불균형한 관계 구조를 벗어나 자연과 인간이 대칭, 혹은 평등한 관계를 이루는 원시 자연10)에 이르고 있는 것이다. 대칭으로서의 관계야말로 신화적 세계의 전형적 특질이다. 그러나 이 시에서 보여지는 원시 자연의 형상은 그의 초기시에서 보여지는 재현성과는 큰 차이가 있음에 주목할 필요가 있다. 이에 대한 논의는 이 글의 4장에서 보다 자세하게 다루어질 것이다.

3. 객관적 풍경으로서의 자연시

원시 동경의 관념과 더불어 김춘수의 초기시에 드러나는 또 하나의 자연의 모습은 주관적 감정이나 관념을 가급적 배제한 객관적 형상으로서의 자연이라 할 수 있다. 거의 비슷한 시기에 단일성을 벗어나 서로 다른 형태의 자연시를 창작하고 있다는 점이 표면적으로는 매우 특이하게 보일 수 있지만, 객관적 풍경으로서의 자연을 '잃어버린 관념적 시원'과 전혀 이질적인 자연으로 보는 것은 온당치 않다. 한 개인으로부터 표출되는 이질적 상상력들은 기실 단일한 의식의 다발로부터

---

10) 나카자와 신이치, 『곰에서 왕으로―국가, 그리고 야만의 탄생』(김옥희 역), 동아시아, 2003, 16~17면 참조.

그 지류를 형성한다는 점에서 유기적이다. 잃어버린 시원과 객관적 풍경으로서의 자연을 통해 김춘수가 공통적으로 드러내고 있는 것은 이미 비자연이 되어버린 인간의 개입을 가급적 배제하고 있다는 점이다. 이는 이후의 모든 시에서 공통적으로 발견되는 특징이기도 하다. 예수, 처용, 이중섭과 같이 초월성을 지닌 인물들이 등장하는 시편을 제외한 나머지 시편에서 김춘수는 현실 속에서 만날 수 있는 다양한 인간의 초상을 배제하는 성향을 보인다. 이와 같은 지향에는 불순함이 뒤섞이지 않은 순결한 세계에 대한 집착11)이 담겨 있다. 그의 시원적 자연이 신화적 신비의 세계라면, 객관적 풍경으로서의 자연은 그 신비의 빛을 현존성으로 간직한 감각의 세계라 할 수 있다. 이들 시편은 선명한 풍경과 그 풍경이 환기하는 다양한 감각을 감지하도록 묘사되고 있다는 공통점을 지닌다.

> 맺은 이슬 위에
> 아찔아찔 피어나는 것
> 밤새 슬픈 풀벌레의 입술 적시고
> 폴폴 널리는 꽃가루
>
> 瑟瑟한 산기슭을

---

11) 인간적 '비애'가 김춘수가 넘어서고자 했던 감정 가운데 하나라면, '순결'은 그가 도달하고자 했던 존재의 근원이다. 그의 시 「나의 하나님」에서 보여지는 '늙은 비애'와 '어리디어린 순결'의 궁극적인 통합, 「處容三章」에서 순결을 회복하고자 하는 처용의 고뇌, 유년의 환상과 관련된 많은 시편에서 드러나 있는 순결 추구 등은 이러한 지향을 반복적으로 드러내고 있는 예이다. 그런 의미에서 그의 '순결'은 관습화된 의미를 벗어나 순수 존재로서의 시를 창작하고자 하는 김춘수의 시관과 상통하는 면을 지닌다.

돌돌
개울물 흐르고
송아지 목덜미를 간질거리며
紫水晶 보얀 하늘 밀고 오는 것

보리 이랑 밀 이랑
누렁누렁 이랑 사이
꼬리치며 물결치며
기어오는 것

— 「黎明」 전문

구름 한 점 성급히 스쳐가면
뜰 안엔 왼통
연둣빛 그늘이 스며든다.
어드매쯤
배추꽃 냄새도 풍기는데
마당개미 날 짐승의
재재로운 세계가 멀어질 상하면
잎새 새 새로 주황색 놀이 돌고
해질 무렵에
고요가 감아드는 가닭마다 덩굴에는
주렁 달린 송이 송이 아쉰대로 한들이고……

— 「등(藤)」 전문

　시의 말미에서 김영랑의 시 「五月」의 영향을 발견할 수 있는 「黎明」은
자연의 공기적 감각을 부각시키고 있는 예이다. '아찔 아찔 피어나는
것', '폴폴 널리는 꽃가루', '송아지 목덜미를 간질거리'는 것 '꼬리치며

물결치며' 오는 것 등은 시각, 후각, 촉각 등 다양한 감각이 개방될 때 그 묘미를 느낄 수 있다. '슬픈 풀벌레의 입술'이라는 주관적 정감이 개입되기도 하지만, 이 시는 전반적으로 이와 같은 자연의 공기적 감각을 자극하는 데 주력하고 있다는 특징을 지닌다. 여기서 감각 이외에 다른 의미를 발견하는 것은 불가능한 것처럼 보인다. 즉 시인은 인식의 대상으로서 자연이 아니라 육체가 경험하는 감각적 대상으로서의 자연을 환기하고자 하는 것이다. 이때 자연은 순수 객관으로서의 자연의 형상을 지향하게 된다.

시 「藤」은 꽃송이를 주렁주렁 달고 있는 '등나무' 주변을 섬세하게 묘사함으로써 한 폭의 풍경이 만들어내는 분위기를 전달하는 데 주력하고 있는 것으로 보인다. 시인은 제목으로 '등꽃'을 내세우고 있음에도 불구하고 '등꽃' 자체만을 초점화하고 있지 않다. 등나무가 있는 뜰과 뜰의 시간 변화를 통해 정적인 사물에 다채로운 빛깔을 겹쳐놓음으로써 조화의 미와 살아있는 자연의 형상을 그려내고 있다. 구름이 드리우는 연둣빛 그늘, 배추꽃 냄새, 재재로운 소리, 주황색 놀, 그리고 고요 속에 한들거리는 연보라의 등꽃 송이의 어우러짐은 선명한 색감과 미세한 소리를 감각케 함으로써 등꽃이 흔들리는 한적한 뜰을 연상시킨다.

중요한 것은 시인이 이들 시에서 사물성 이외에 다른 무엇도 개입시키지 않고 있다는 점이다. 「산장(山莊)」, 「봄B」, 「봄C」 등과 같은 시편도 이와 동일한 발상을 드러내고 있는 예로 판단된다. 김춘수의 초기 시를 주도했던 것이 상실감 혹은 소멸의 쓸쓸함, 그리움, 슬픔이라고 볼 때 이처럼 인간의 감정과 관념을 완전히 제어하고 있는 경우는 매

우 이례적인 것이라 할 수 있다. 이러한 시편의 주제는 언어화된 풍경
이 환기하는 미 자체로 보는 것이 타당하다. 이 시에서 독자를 이끌고
가는 것은 인간이 배제된 자연의 투명한 감각이다. 오로지 시적 화자
의 시선에 따라 펼쳐지는 '뜰'의 풍경에 감흥함으로써 독자는 자연에
대한 섬세한 감각을 일깨우게 되는 것이다. 그러나 이처럼 객관화된
풍경 묘사는 인간의 심리나 감정을 움직이는 호소력이 약하기 때문에
강한 인상으로 각인되기 어렵다는 한계를 갖는다. 그럼에도 불구하고
이러한 시편들이 보여주는 다양한 자연물의 어우러짐은 이후 이질적
사물의 병치에 의해 만들어지는 김춘수의 '인공적 자연'과 깊은 관련
을 갖는다는 점에서 간과할 수 없는 부분이라 하겠다.

관념적 시원 동경과 객관적 자연 풍경의 묘사는 서로 전혀 다른 방
향에서의 자연에 대한 접근이라 할 수 있다. 전자는 물리적 자연 자체
보다는 시인의 관념이 시 형상화의 원인이 된다면 후자는 관념을 완전
히 배제한 채 자연의 미를 그 원인으로 삼고 있기 때문이다. 그러나
이러한 지향은 시원적 자연 상실과 축소된 형태로나마 그것의 감각을
되살리고자 하는 지향이 맞물리면서 나타난 결과로 보여진다. 김춘수
의 이 같은 자연 지향적 의식은 그의 시에서 자연이 지니고 있는 풍부
한 속성과 질감을 지속적으로 시의 질료로 끌어들이는 동력이 된다.

4. 주관적 미의식으로 재조합한 자연

시집 『꽃의 소묘(素描)』(1959)에 이르면 초기시에 드러난 관념적 시원

동경과 같은 추상적 주제의 자연시는 더 이상 등장하지 않는다. 객관적 풍경 묘사 또한 「바람」과 같은 작품에서 드물게 보여질 뿐이다. 수많은 연구 논의에서 지적되었듯이 『꽃의 소묘(素描)』에서 김춘수가 집중적으로 드러내고 있는 것은 존재 탐구의 문제이다. 따라서 이 기간에 씌어진 시편들에 나타난 '꽃'은 자연적 대상이 아니라 상징적 이미지라 할 수 있다. 그의 자연시가 다시 등장하기 시작하는 것은 『타령조(打令調) · 기타(其他)』에 이르러서이다. 그러나 이때부터 김춘수의 자연에 대한 태도는 이전에 보여주었던 소박한 접근 방식을 벗어난다. 김춘수는 주로 서로 낯선 사물을 병치하는 방법에 의해 독특한 '풍경'을 창조해낸다. 낯선 사물들은 서로 충돌하고 조우함으로써 그의 시가 환기하는 참신한 시적 정서와 긴장을 유발하는 근원적 동력으로 기능한다. 이때 그의 시에 등장하는 사물이 주로 자연물이라는 사실에 주목할 필요가 있다. 꽃, 바다, 바람, 눈, 구름, 물개, 거북 등 김춘수는 다양한 자연물을 시의 주요 소재로 끌어들이고 있는데 이들 가운데 '꽃'과 같이 관념이 투영된 개인적 상징물을 제외한 나머지 자연물은 자연시의 영역을 확장하는 데 기여하고 있는 것으로 보인다. 그러나 그의 자연시는 자연시의 일반적 형태와는 전혀 다른 느낌을 불러일으키는 것이 사실이다. 대부분의 자연시가 자연의 사실적 차원을 모방적 시각에서 접근하고 있는데 반해 김춘수는 이와 같은 접근 방식을 거부한다. 그는 경험적 차원에서 체험 가능한 자연 묘사의 방법에서 벗어나 개개의 자연물들을 새롭게 조합함으로써 제2의 자연을 창조해낸다. 그의 이와 같은 태도는 실경(實景) 체험을 바탕으로 씌어지는 고전적 자연시와 대조를 이룬다. 고전적 자연시가 경험을 바탕으로 언어화된다면, 김춘수의 자연시는 경험보다는 상상과 사유의 힘을 바탕으로 언어화되고 있는 것이다.[12] 따라서 그의 시에서 보여지는 각각의 자연물은 사실적 차원에서 빌려 온 것이지만 그것들의 결합은 낯설고 환상적인 '풍경'으로 재탄생 된다는 특징을 지닌다. 그의 이 같은 자연시의 경향은 특히 1960년대 후반에 출간한 『타령조(打令調)·기타(其他)』를 기점으로 본격화되기 시작하는데, 김준오는 이를 "반자연(反自然), 곧 인공적인 자연"[13]으로 규정하고 있다. 시인은 이미 존재하는 자연에 상상력의 앵글을 맞추는 것이 아니라 시인의 상상적 구도에 맞게 자연을 배치하고 조합한다. 기법 면에서는 차이를 갖지만 이러한 자연에 대한 태도 변화를 예고하는 시를 그의 초기시에 발견할 수 있는데 「나비」가 그 예이다.

　　나비는 가비야운 것이 미(美)다.
　　나비가 앉으면 순간에 어떤 우울한 꽃도 환해지고 다채(多彩)로와진다. 변화(變化)를 일으킨다. 나비는 복음(福音)의 천사(天使)다. 일곱 번 그을어도 그을리지 않는 순금(純金)의 날개를 가졌다. 나비는 가장 가비야운 꽃잎보다도 가비야우면서 영원한 침묵(沈默)의 그 공간(空間)을 한

---

12) 성기옥은 고전시에 있어서 시의 언어는 곧 행동이자 경험인 반면, 현대시에 있어서 시의 언어는 정신적 그림으로서의 형상성이라고 설명한 바 있다. 즉 고전시에 드러난 달·청풍·강산은 언어적 이미지가 아니라 경험될 상황으로 제시되는 것이며, 현대시에 드러난 자연물은 경험이 아니라 정신의 활동을 요구하는 사유의 언어인 것이다. 성기옥 외, 위의 책, 2004, 89~91면 참조.
13) 김준오는 김춘수의 반자연을 "현상적으로 보면 실제 대상을 객관적으로 묘사한 데생 같지만 이 풍경은 시인의 내면에만 존재하는 별개의 세계다. 시인의 상상력이 실제의 자연을 해체해서 재구성한 내면풍경이다. 즉, 작품 속에만 존재하는 자연"이라고 설명한 바 있다. 김준오, 위의 책, 1995, 338면.

가로이 날아간다. 나비는 신선(新鮮)하다.

　시 「나비」는 자연물에 대한 외형적 묘사를 벗어나 그것이 지닌 미적
본성을 꿰뚫는 상상 작용을 드러내고 있다. 나비가 지닌 가벼움의 속
성은 우울한 꽃과 침묵의 공간을 변화시키는 자연의 미적 힘이라 할
수 있다. 이때 나비의 가벼움은 공간과 공간 사이를 오가는 운동성을
뜻한다. '꽃잎'보다 가벼운 것의 움직임이 침묵의 무게를 해체시키고
있는 것이다. 이처럼 자연물이 지닌 미의 본질에 관심을 기울이는 김
춘수의 예술적 지향은 그의 자연시 형성에 가장 중요한 태도라 할 수
있다. 그는 자연을 통해서 인간 삶에 필요한 도덕적 이념을 도출해내
거나 아니면 문명적 생활에서의 자연성 회복을 강조하지 않는다. 김춘
수가 집중하고 있는 것은 자연의 심미적 성향이다. 이를 부각시키기
위해 그는 자연을 자신의 관점에서 재배치하는 것이다.

　　　샤갈의 마을에는 삼월(三月)에 눈이 온다.
　　　봄을 바라고 섰는 사나이의 관자놀이에
　　　새로 돋은 정맥(靜脈)이
　　　바르르 떤다.
　　　바르르 떠는 사나이의 관자놀이에
　　　새로 돋은 정맥(靜脈)을 어루만지며
　　　눈은 수천수만(數千數萬)의 날개를 달고
　　　하늘에서 내려와 샤갈의 마을의
　　　지붕과 굴뚝을 덮는다.
　　　삼월(三月)에 눈이 오면
　　　샤갈의 마을의 쥐똥만한 겨울 열매들은

다시 올리브빛으로 물이 들고
밤에 아낙들은
그 해의 제일 아름다운 불을
아궁이에 지핀다.

—「샤갈의 마을에 내리는 눈」전문

이 시는 삼월에 내리는 눈, 사나이의 정맥, 올리브빛의 열매, 그리고 아름다운 불이라는 이질적 요소들을 '샤갈의 마을'이라는 하나의 공간에 결합시킴으로써 환상의 세계를 만들어낸다. 삼월이라는 시간과 눈의 결합은 계절상의 어긋남으로 인해 낯섦을 불러일으키고 있다. 이는 삼월이 환기하는 따뜻함과 '수천수만(數千數萬)의 날개'가 만들어내는 다정하고도 가벼운 눈 이미지와의 결속으로 인해 보다 생명적이고도 독특한 삼월의 느낌을 생성시키는 데 기여한다. 이 시에서의 '눈'은 식물적 심상으로 드러나 있는 사나이의 '새로 돋은 정맥(靜脈)'을 어루만지고, '지붕과 굴뚝'을 이불처럼 덮어준다. 그리고 '겨울 열매'를 올리브빛으로 물들인다. 이와 같은 '눈'은 차가움으로의 눈의 물리적 속성을 벗어나 봄의 생명력을 부추기는 '온기' 역할을 하고 있다는 점에서 눈에 대한 고정된 인식을 갱신시킨다. 이 시에 등장하는 삼월에 내리는 풍요로운 눈은 만물을 얼게 하는 것이 아니라 돋아나게 하는 생명 에너지인 것이다. 김춘수는 봄의 생명적 기운을 이처럼 새로운 심미안으로 접근함으로써 진부하지 않은 자연 정경을 창조한다. 한편 '샤갈의 마을'이라는 이 시의 공간성은 이러한 생명적 자연을 보다 신비하고 환상적인 것으로 상상하도록 유도한다. 이와 같이 서로 낯선 것을 결합함으로써 새로운 자연미를 창조하고자 하는 그의 지향은 다른 시편을 통해 지속적으로 반복된다.

① 눈 속에서 초겨울의
　　붉은 열매가 익고 있다.
　　서울 근교(近郊)에서는 보지 못한
　　꽁지가 하얀 작은 새가
　　그것을 쪼아먹고 있다.
　　월동(越冬)하는 인동(忍冬) 잎의 빛깔이
　　이루지 못한 인간(人間)의 꿈보다도
　　더욱 슬프다.

　　　　　　　　　　　　　　—「인동(忍冬) 잎」 전문

② 그 해의
　　늦은 눈이 내리고 있다.
　　눈은 산다화(山茶花)를 적시고 있다.
　　산다화(山茶花)는
　　어항(魚缸) 속의 금붕어처럼
　　입을 벌리고 있다.
　　산다화(山茶花)의
　　명주실 같은 늑골(肋骨)이
　　수없이 드러나 있다.

　　　　　　　　　　　　　　—「유년시(幼年時) 3」 전문

③ 개고랑 물이 풀린다.
　　여기저기 강아지풀들의 목뼈가
　　부러져 있다.
　　조금 밝아지는 그늘인 듯

조금 밝아지는 그늘의 설토화(雪吐花)꽃 비탈인 듯
눈발은 삐딱하게 쏠리면서
가지 마, 가지 마, 너무 멀리는
가지 마라고,
다리 오그린 채 들쥐들이
푸른 눈을 뜨고 있다.

— 「늦은 눈」 전문

　위에 인용한 세 편의 시는 모두 김춘수의 자연시의 전형적 특징을
드러내고 있는 예라 할 수 있다. ①은 눈, 붉은 열매, 새, 겨울 인동 잎
을 ②는 눈, 산다화, 금붕어, 명주실을 ③은 개고랑 물, 강아지풀, 설토
화, 들쥐들의 푸른 눈 등의 이미지를 각각 결합하여 하나의 풍경을 만
들고 있는 경우이다.

　①에서의 붉은 열매과 꽁지가 하얀 새, 그리고 상록으로 월동하는
인동 잎 등에서 보여지는 선명한 색깔의 대비는 초겨울의 차고 투명한
감각을 그대로 전달해 준다. 시인은 꽁지가 하얀 작은 새를 '서울 근교
(近郊)에서는 보지 못한'다고 설명함과 동시에 추위를 견디고 있는 인
동 잎을 '인간의 꿈'과 대비시킴으로써 도시성이나 인공성에서 벗어난
신비스러운 자연의 모습을 강조하고 있다. 거기에는 인동 잎의 비장한
아름다움이 함께 겹쳐 있다.[14]

---

14) 김준오는 시 「인동(忍冬) 잎」을 "이것은 대상의 인상을 재현한, 단순한 소묘다.
　　즉 대상을 가진 서술적 이미지의 시다. 여기서 주체는 철저하게 배재되고 대상
　　만, 현상만이 존재한다. 주체가 개입되지 않음으로써 일단 대상의 리얼리티에
　　도달하는 길이 마련된 셈이다."라고 설명하고 있다. 김준오는 이 시의 1~5행까
　　지만 인용하면서 이와 같은 설명을 하고 있는데, 이 시의 6~8행을 보면 이러한

②는 눈을 맞고 있는 산다화의 겉모습이 아니라 그 내부를 들여다보는 독특한 시선을 드러냄으로써 산다화의 이미지를 그로테스크하게 묘사하고 있다. 눈 오는 공간을 어항으로, 산다화를 금붕어로, 산다화의 꽃술을 명주실과 늑골이라는 이중의 비유로 각각 전이시킴으로써 시인은 유년 시절에 대한 인상을 어항 속을 보듯 상상한다. ②에서 사용된 이 같은 비유들은 자연(유년)의 신비스러운 모습을 극대화하기 위한 장치라 할 수 있다. 유년의 어항 속에는 하얀 눈과 붉은 산다화와 산다화의 고운 꽃술이 일렁인다. 이와 같이 이질적인 사물의 기발한 조합이야말로 김춘수의 자연시가 지닌 가장 큰 특징이라 할 수 있다.

③은 개고랑 물이 풀린 봄을 배경으로 하면서도 늦은 눈의 추위를 동시에 감각하도록 묘사하고 있다. 마찬가지로 '설토화꽃' 같은 눈발의 환함과 더불어 목뼈가 부러진 강아지풀, 그리고 다리 오그린 들쥐들의 푸른 눈 등 서로 이율배반적인 것들을 함께 배치함으로써 복합적인 정서를 만들어낸다. 특히 '가지 마, 가지 마, 너무 멀리는/ 가지 마라고,'로 의성화되고 있는 눈발의 삐딱하게 쏠리는 소리는 '설토화' 이미지가 환기하는 화사함을 더욱 비애로운 것으로 부각시키는 데 일조한다. 이 시에서 보여지는 자연 풍경은 인간사에서 벌어지는 슬픔과는 다른 종류의 처연함을 전달한다. 거기에는 슬픔의 원인이 되는 사건이 존재하지 않는다. 자연 풍경 자체가 처연한 아름다움을 드러낼 뿐이다. 그

설명이 다소 무리가 있음을 발견하게 된다. 6~8행을 볼 때 이 시는 주체를 배제하고 있는 것이 아니라 절제하고 있는 것으로 보는 것이 타당하다. 여기서 배제냐 절제냐 하는 문제는 김춘수의 미적 특징을 밝히는 데 중요한 관건이 된다. 왜냐하면 이 시가 절제를 통해 비극미를 극대화하는 효과를 얻고 있기 때문이다. 김준오, 위의 책, 1982, 281~282면.

렇기 때문에 이 처연함은 맑음으로 다가온다.

시 ①, ②, ③은 경험적 자연의 세계와는 전혀 다른 자연미를 드러내고 있다는 공통점을 갖는다. 시인은 경험적 자연의 세계를 자신의 미적 지향에 따라 재배치함으로써 그만의 독특한 자연을 창조하고 있는 것이다. 이러한 자연시에서 발견되는 심미적 특징은 첫째, 서로 이질적인 것들을 결합·충돌시킴으로써 자연에 대한 새로운 감각과 감흥을 의도적으로 자극하고 있다는 점을 들 수 있다. 둘째, 시원적 관념으로서의 자연에 비해 그의 시각이 자연물의 세부 묘사에 치중하고 있다는 점이다. 이 디테일한 묘사는 마치 미니어처나 세밀화를 감상하는 듯한 느낌을 불러일으킨다. 그는 거대하고 웅장한 자연미가 아니라 작고 섬세한 자연미를 구성해내고 있는 것이다. 여기에는 불필요한 관념이나 추상성을 배제하고 사물 자체가 불러일으키는 감각적 미감에 충실하고자 하는 김춘수의 의도가 담겨 있다. 셋째, 이들 시편은 객관적 자연 풍경에 비해 상대적으로 정서적 감흥력이 강화되고 있다는 특징을 지닌다. 그러나 주목할 것은 이들 시에서 감지되는 정서적 감흥이 자연의 미감보다 우위에 있지 않다는 점이다. 즉 자신의 감정을 드러내기 위해 자연을 수단으로 끌어들이고 있는 것이 아니라는 점이다. 여기에는 정서적 감흥력이 완전히 배제된 객관적 자연 풍경만으로는 그 미감을 극대화할 수 없다는 의도가 담겨 있다. 시인은 주관적 감정을 절제함과 동시에 그것을 간헐적으로 침투시킴으로써 자신이 드러내고자 하는 자연의 미감이 최대의 효과를 거두도록 기획하고 있는 것이다. 「부두(埠頭)에서」, 「봄 바다」, 「라일락 꽃잎」, 「아침에」, 「남천(南天)」, 「석류(石榴)꽃 대낮」, 「천리향(千里香)」 등 많은 시편 또한 이에 속한다.

5. 맺음말

꽃과 새와 강과 사계절의 변화는 인간의 체험과 상상을 고무시키는 미의 원천이라 할 수 있다. 자연은 영속적이면서도 언제나 다채로운 변화와 운동성을 지닌 생명적 가치라는 점에서 무변화 상태로 정지해 있는 사물들과 차이를 갖는다. 거기에는 약동과 소멸을 거듭하는 오묘한 주기와 조화가 내재해 있다. 인간의 힘으로 이루어낼 수 없는 이 생명적 현상은 경이로움을 불러일으키기에 충분한 매혹을 지닌다. 인간이 구축해놓은 사회 현실이 모순과 부조리로 가득할 때 자연으로 귀의하고자 하는 욕망이 생겨나는 것은 이 때문이다. 자연은 '사악한 힘'의 논리가 배제된 생명의 장이라는 점에서 인간 세계와는 다른 순수한 미감을 그 안에 간직하고 있는 것이다. 조선 시대의 시인들이 자신의 이상을 실현할 수 없을 때 자연으로 귀의해서 강호가도를 형성한 것도 이와 관련된다. 현실과의 투쟁 관계를 벗어나 지속적으로 자연을 심미적 대상으로 삼고자 하는 근대의 몇몇 시인들의 의식 또한 이와 무관하지 않다. 고전시나 현대시 모두에게 자연은 사회 현실과 대립하는 가치와 미감을 지닌 대상이라 점에서 공통적이다. 특히 현대시에서 자연의 미감은 문명적 메커니즘이나 기계적 사물이 지닌 비인간적·비생명적 측면과의 마찰에 의해 부각된다.

김춘수의 자연시는 기계문명의 비인간성을 직접적으로 언술화하는 방식을 취하고 있지 않지만, 그의 환상적 자연미의 이면에는 이와 같은 현대인의 심리가 내재해 있는 것으로 볼 수 있다. 그의 자연시는 ① 잃어버린 시원, ② 객관적 풍경, ③ 주관적 미의식으로 재조합한 자연으로 순차적 변화를 보여주면서 시작의 방법에도 차이를 드러내고 있다. 초기시에 보여지는 '잃어버린 시원으로서의 자연'에서는 원시 자연에 대한 동경과 더불어 그것이 이미 훼손되고 상실되었다는 시인의 의식을 읽을 수 있다. 이들 시편은 경험적 세계에 존재하지 않는 신화적 자연을 지향하고 있다는 점에서 관념적이며, 그 시작의 방법 면에서는 기존의 시인들에게서 이미 보아 왔던 시원의 이미지를 반복하고 있다는 점에서 평이하다고 할 수 있다. 한편 '객관적 풍경으로서의 자연'에서는 인간의 관념이나 감정이 배제된 자연의 투명한 감각 미를 복원하고자 하는 의도를 볼 수 있다. 그러나 이때의 시작 방법은 다양한 자연 감각을 유기적 맥락으로 연결시키고 있다는 점에서 자연에 대한 모방적 관점을 완전히 벗어나 있지 않다는 것이 특징이다. ① 잃어버린 시원, ② 객관적 풍경으로서의 자연은 김춘수의 개성적 자연의 출연을 예고하고 있다는 점에서 매우 중요한 상상적 단계로 이해되어야 할 것이다.

①과 ②에서의 자연 탐구의 과정은 '주관적 미의식으로 재조합한 자연', 즉 김춘수의 독자적 자연미로 나아가는 바탕이 된다는 점에서 중요한 단계로 이해되어야 할 것이다. 그의 개성적 자연미는 이질적인 자연물을 새롭게 조합·배치하는 병치의 방법을 통해 생성된다. 이러한 자연시에서 발견되는 심미적 특징은 이전의 시에 비해 첫째, 서로 이질적인 결합이 가져오는 신선함과 낯섦을 의도적으로 자극하고 있다는 점, 둘째, 미니어처나 세밀화처럼 자연물의 세부 묘사에 치중함으로써 사물 자체가 불러일으키는 감각적 미감을 충실하게 드러내고 있다는 점, 셋째는 정서적 감흥력을 강화함으로써 자연의 심미성과 공감

력을 극대화하고 있다는 점 등을 들 수 있다.

 김춘수는 자연을 통해서 인간 삶에 필요한 도덕적 이념을 도출해내거나 아니면 문명적 생활에서의 자연성 회복을 강조하지 않는다. 김춘수가 집중하고 있는 것은 자연의 심미적 감각이라 할 수 있다. 모든 자연시의 발생 근원이 비인간성과 모순으로 가득 한 현실을 벗어나고자 하는 욕구와 맞물려 있는 것과 마찬가지로 심미성에 집중하고 있는 김춘수의 시적 경향 또한 이미 우리의 마음속에서 훼손되거나 상실된 순수 세계를 복원하고자 하는 예술적 노력으로 판단된다. 그는 개성적 자연미를 통해 예술의 본질적 기능인 쾌락적 지평을 확대하고 있다. 아울러 그의 '주관적 미의식으로 재조합한 자연'은 모방적 자연미의 소박성을 벗어나 자연의 심미성에 대한 새로운 창조적 관점을 제공한다는 점에서 가치를 지닌다 하겠다.

김춘수 시론의 낭만적 성격

1. 문제와 방법

　김춘수 시론의 낭만적 성격을 고찰한다. 본 연구의 전제가 되는 일
반적 가정은 그의 시론의 근간이 낭만주의에 있다는 것인데, 이를 확
증키 위해서는 방대한 양의 김춘수 시론 전체를 대상으로 한 총괄적인
검토와 기술이 필요하다.[1] 따라서 여기서는 논문의 형식과 요건을 고

---

* 이창민 / 고려대학교 국어국문학과 교수
1) 단행본으로 나온 김춘수의 시론집은 모두 8권이다. 『한국현대시형태론』(해동문화
　사, 1958), 『시론 : 작시법을 겸한』(문호사, 1961), 『시론 : 시의 이해』(송원문화사,
　1971), 『의미와 무의미』(문학과지성사, 1976), 『시의 표정』(문학과지성사, 1979),
　『시의 이해와 작법』(고려원, 1989), 『시의 위상』(둥지, 1991), 『김춘수 사색사화
　집 : 김춘수가 가려 뽑은』(현대문학, 2002) 이 중 『시의 이해와 작법』은 『시론 :
　작시법을 겸한』의 개정판이나 내용에 별 차이가 없다.

려해 연구 범위를 한정하고, 가설 입증에 필수적인 단서를 추출하는데 분석의 초점을 맞춘다. 시론 전체에 비춰보면 제한적이나 일반적 가정을 실증할 수 있는 한정된 수의 적절한 사례를 취해, 낭만성의 존재 여부를 논증하고, 그 정도를 상찰해 보는 것이 본고의 목적이다.

연구 대상으로 두 가지 자료를 택한다. 『한국현대시형태론』과 시집 『처용단장』 수록 평문을 텍스트로 삼아 대비적으로 분석한다.[2] 전자는 1958년에 나온 첫 번째 시론집으로 김춘수 시론 중에서 가장 학술적인 체재를 갖추고 있다. 일반적으로 그의 시론집은 이론, 작법, 단평, 산문 등이 혼재된 양상을 보이는데, 이것만은 예외다. 서지적 의의로나 학문적 가치로나 이 책은 시론 연구에서 간과할 수 없는 자료로 인정된다. 한편 후자는 시론집 형태로 간행되지 않은 자료다. 따라서 이를 대상으로 삼는 이유에 대한 설명이 필요하다.

주지하듯이 장편 연작시 「처용단장」은 김춘수의 대표작이다. 1991년 전 4부로 된 이 작품을 완결해 단행본으로 펴낼 때 김춘수는 총 42면에 이르는 5편의 산문을 덧붙여 내놓았다. 양식으로나 구성으로나 이전의 시론에 상부되는 글이다. 시집 머리말에서 그는 1960년대 후반부터 당시까지 "저간의 사정과 나의 시적 운신에 대해서는 장문의 글을 써서 함께 실었다. 더 이상의 말은 삼가키로 한다."(『처용단장』, 7면)는 말로 평문의 의의를 밝혔다.

---

2) 『한국현대시형태론』, 『김춘수 전집』, 2권 : 시론(문장, 1986), 13~121면 ; 『처용단장』(미학사, 1991), 135~176면. 이 둘이 기본 자료이므로, 이하에서 이를 인용할 때는 각주를 달지 않고 본문에 서명과 면수를 표기하며, 『한국현대시형태론』은 『형태론』으로 줄여 표시한다.

이에 따르면, 이 자료는 '무의미시'를 중심으로 한 시론의 요점을 집약하고 있는 것으로 간주할 수 있다. 사화집을 제외하면, 시론집 중 가장 나중에 나온 것은 『시의 위상』으로 1990년 3월에 씌어져 이듬해 3월에 출판됐다. 연작시 「처용단장」의 연재가 완결된 것이 1991년 6월이고, 시집 출간은 같은 해 11월이니, 이 책에 수록된 평문은 비록 시론집에 실려 있는 것은 아니나 김춘수 시론의 귀결을 추론할 수 있는 자료로 여겨진다.

요컨대 김춘수 시론의 시작과 결말을 보여준다고 판단되는 두 자료를 대상으로, 김춘수 시론의 낭만적 성격을 해명코자 하는바 논증의 순서는 역으로 취한다. 먼저 시론의 귀착점을 확인하고, 이어 출발점을 고찰할 것인데, 비교 분석의 근거는 형식 논리의 일치 및 개념 도구의 합치에 둔다. 양자의 비평 유형이 현대시사에 대한 연구와 자작시에 대한 해설로 크게 다른 까닭이다.

2. 연구동기와 기본개념

본 연구의 동기를 제시하고, 논증 과정에서 사용할 낭만주의에 관한 기본 개념을 적시하는데, 후자는 논문의 구성과 주제의 비중을 고려해 본문 뒤에 '보유'로 첨부키로 한다. 연구 동기는 두 가지 문제로 요약된다. 먼저 연구사와 관련된 사항으로서, 낭만적 특징임이 분명한 사실에 대해 검토가 진행되었음에도 불구하고 그것을 낭만주의와 연관된 술어로 규정치는 않은 기존 논의가 존재한다. 이 글의 관점에서는 '낭만주의'가 문학연구의 일반 개념이므로, 대상의 속성이 이에 부합한다면 마땅히 낭만주의 관련 용어를 통해 정리돼야 할 것으로 본다.

다음은 연구 대상에 관한 문제로서, 시론을 제기하는 입장과 시론 자체의 논리가 상충함으로써 발생한다. 시론에 시사된 태도의 차원에서 보면, 김춘수는 낭만주의를 비판하는 고전주의자의 입장을 견지했던 것으로 보인다. 하지만 그의 시론은 시에 대해서건 시인에 대해서건 낭만주의적 원리에 입각해 전개됐다. 따라서 김춘수 시론의 실질을 명확히 정의하기 위해서는 낭만주의 관련 술어를 그 명목으로 부여하는 일이 필요하다고 여겨진다.

본고에서 사용할 낭만주의의 기본 개념은 아르놀트 하우저의『문학과 예술의 사회사』와 츠베탕 토도로프의『비평의 비평』에 기술된 내용을 토대로 구성한다.[3] 전자는 정신사의 맹목성과 양식사의 공허함을 지양한 예술사학의 고전으로 평가받는 저술이므로 사조 관련 문제에 관한 한 개념 구성에 필수적이다. 한편 후자는 20세기 비평사에 대한 성찰로, 러시아 형식주의자에서 브레히트, 사르트르, 블랑쇼, 바르트, 바흐친, 프라이를 거쳐 토도로프 본인에까지 이르는 당대의 대표적인 비평 사상이 낭만주의 이데올로기를 근간으로 구축되었음을 밝힌 연구다. 이 책은 낭만주의의 개념을 일반적인 수준에서 파악하는 데 도움을 준다. 김춘수 시론이 한국적 전통 비판과 서구적 근대 지향 의식을 배경으로 하고 있다는 점을 감안하면,[4] 이 책의 효용은 더 커진다.

---

3) 아르놀트 하우저,『문학과 예술의 사회사』3권, 개정판, 염무웅·반성완 역(창작과비평사, 1999), 츠베탕 토도로프,『비평의 비평』, 김동윤·김경온 역(한국문화사, 1999).

1) 기존논의 검토

낭만주의나 낭만성을 언급치는 않았으나 그와 같은 술어로 규정하는 것이 적절하다고 생각되는 특징을 검출한 기존 논의 두 가지를 검토한다. 이승훈의 「김춘수의 시론」과 김동환의 「김춘수 시론의 논리와 그 정체성」으로,[5] 양자의 논평은 공히 김춘수 시론의 요체가 낭만성에 있음을 시사하는 것으로 간주해도 무방할 것으로 판단된다.

이승훈의 논의는 김춘수 시론에 대한 일련의 비평에 이어지는 것으로,[6] 부연에 가까운 방식으로 김춘수 시론의 요점을 간명하게 정리한 것이다. 그에 따르면, 김춘수 시론을 대표하는 것은 '무의미시'에 관련된 것들이다. 거기서 김춘수는 무의미시의 바탕인 이미지를 위한 이미지를 강조했는데, 이는 리얼리즘을 초극하는 데에 시가 있다는 인식의 소산으로 순수시에 대한 지향을 표시한다. 무의미시의 의도는 순간적

---

4) 이와 관련된 언급을 든다. 『한국현대시형태론』에 나온다. "한국의 신시사에 소월의 시가 높이 솟아 있는 것을 느낄 적에 괴롭다. 소월의 시와 시형태 속에는 역사의 흐름을 독단에 의하여 의식적으로 막으려는 외고집 같은 것이 있다. (…중략…) 현대란 개념은 그대로 서구란 개념과 직통해 버리지만, 우리가 그들을 직시하고 있는 한 그들은 만만히 우리를 삼켜 버리지는 못할 것이다. (…중략…) 소월은 이런 의미에서는 비겁했다고 하면 심한 말이 될까? 그들을 직시할 수 없었다는 의미로서는 소월은 오히려 그의 입장의 고집으로 하여 그들에게 심리적으로는 삼켜 버려진 것이나 아닐지?"(42면), "세계란 개념은 오늘에 있어 서구란 개념과 직통해 버리기 때문에 오히려 시에 있어서의 형태의 해체현상은 한국이 스스로 만들에 낸 것이 아니라, 피동적으로 서구에서 받아왔다고 해야 할 것이다."(21면)
5) 이승훈, 「김춘수의 시론」, 『한국현대시론사』(고려원, 1993), 202~212면 ; 김동환, 「김춘수 시론의 논리와 그 정체성」, 한계전・홍전선・윤여탁・신범순 외, 『한국현대시론사 연구』(문학과지성사, 1998), 285~300면.
6) 김춘수 시론에 대한 이승훈의 논의는 다음 책들에 모아져 있다. 『비대상』(민족문화사, 1983) 『한국시의 구조분석』(종로서적, 1987)

효과를 통해 영원의 세계를 재현함으로써 현재와 영원을 통합하는 것으로, 김춘수는 이를 가리켜 허무의 논리적 역설이라 했고, 이승훈은 이를 실존적 현기란 말로 바꿨다.

무의미시는 의미는 물론이고 대상조차 소멸시키는바 그 구조는 자유와 불안의 동일성이란 역설을 보여주며, 그 같은 논리는 결국 방법과 기교의 문제로 귀결됨으로써 시를 유희의 차원으로 이전시킨다. 무의미시 안에 남는 것은 방법론적 긴장뿐으로, 김춘수는 이 상태가 근본적으로는 도덕적 긴장과 같은 것이라 말했다. 이승훈은 이러한 등치의 기반이 기존 가치의 전적인 부정에 입각해 있으므로, '허무의 아들'로 명명된다고 지적했다.

그런데 이 허무의 산물은 또한 새로운 의미와 대상을 소생시킨다는 점에서 '허무의 제동'이 되기도 한다. 도대체 어떻게 의미도 대상도 가치도 없는 무의미시가 기성의 현실과 완전히 변별되는 실재를 환기하게 되는 것일까? 이에 대한 대답을 포함해 김춘수 시론 전반에 대한 설명을 집약하고 있는 언급을 인용한다.

① 결국 김춘수의 무의미시가 노리는 것은 현재의 영원화, 순간의 영원화라는 역설이다.
② 그의 방법론적 긴장은 기성의 가치관이 모두 편견이라는 인식 위에 서 있다.
③ 실재란 결국 우리가 생각하는 것에 지나지 않는다.
④ 우리의 마음을 연다는 것은 이제까지 우리가 구축해 온 합리적 인식의 틀을 파괴하는 일이다.[7]

김동환의 논의는 김춘수 시론의 중심선을 '형태시론'과 '무의미시론'으로 나누고, 양자의 연계 과정을 '태도'에 초점을 맞춰 분석한 것이다. 그에 따르면, 김춘수는 어느 경우에도 일관되게 시의 순수성과 절대성을 주창했다. 이는 김춘수 시론의 대전제와 같은 것이어서 두 시론의 주지를 포괄한다. 형태시론의 핵심은 시를 순수한 태도로 보는 것이며, 형태적 질서의 강조는 시와 현실을 분리하고자 하는 의도의 소산으로 판단된다.

　무의미시론의 본령은 비유적 이미지를 제외하고 서술적 이미지만을 전용함으로써, 관념을 배제하고 외부 세계와의 소통을 단절시키는 데 있는 것으로 여겨진다. 무의미시와 관련된 시론에서 김춘수가 반복해서 사용한 대표적인 상용어 중의 하나로 '허무'라는 낱말이 있는바 김동환은 이를 현실로부터의 초월을 지향하는 상태를 의미하는 개념이라 지적한다.

　그런데 형태시론이 무의미시론으로 전개되는 과정에는 특이하게도 그 매개항 격으로 관념 추구라는 경향이 개입한다. 김동환에 의하면, 이는 시를 현실로부터 단절시키기 위한 수단으로 취해진 것으로, '자아 지향'을 중추로 삼는다. 관념의 추구를 시와 현실의 분리 방편으로 만들어주는 자아 지향이란 의식의 본질은 대체 무엇일까? 이에 대한 답이 됨과 동시에 김춘수 시론의 전제와 결론에 대한 해명을 함축하고 있는 문구를 인용한다.

---

7) 이승훈, 「김춘수의 시론」, 207~208면, 211~212면.

① 김춘수의 시론은 형태시론과 무의미시론으로 대별된다고 할 수 있
   다. 그렇다고 해서 두 시론이 본질적인 변별점을 지니고 있다고
   할 수는 없다. 시와 현실의 분리라는 시에 대한 기본 전제를 자신
   의 창작과 결부시켜 설명해간다는 점에서 사실상 동일한 맥락에
   속한다고 본다.
② 릴케적인 것의 영향은 다양하게 파악할 수 있는데 김춘수의 경우
   는 '자아 지향' 쪽에 가까웠던 것으로 판단되며 이 '자아 지향'은
   세계를 자신의 선험적 사고와 감각 속에서 재구성해내고자 하는
   의식으로 볼 수 있다.8)

이상에서 요약적으로 검토한 두 논의의 요지는 좀 더 일반적인 술어
로 정리될 수 있을 것으로 보인다. 이승훈의 설명에서 핵심을 이루는
것은 모순의 통합, 가치의 부인, 주관의 강조, 이성의 부정이고, 김동환
의 분석에서 요체가 되는 것은 시와 현실의 분리와 세계에 대한 자아
의 우위인데, 이러한 요점들은 어느 것이나 낭만주의의 기본 개념에
해당된다 할 것이다.

2) 김춘수의 낭만주의 이해

본고에서 다루는 두 자료를 통해 보건대 김춘수는 낭만주의에 관해
상당히 비판적인 태도를 보였던 것으로 판단된다. 이에 대한 그의 언
급은 주로 고전주의나 상징주의에 입각해 이뤄졌는데, 상징주의를 제
외한 둘은 역사적 사조가 아니라 보편적 양식으로 간주된다. 『처용단

---

8) 김동환, 「김춘수 시론의 논리와 그 정체성」, 296면, 299면.

장』수록 평문의 마지막 대목에서 김춘수는 양자에 대한 이해 방식의 차이를 보수주의와 진보주의의 구분에 연결시켰다.

> 호메로스의 <일리아스>가 로만주의라고 한다면, 헤시오도스의 <일 과 나날>은 고전주의라고 할 수가 있다. 고전주의는 17세기고 로만주의 는 19세기에 국한되는 유일회적인 현상들이 아니다. 고전적 또는 로만 적이라고 부를 수가 있는 그런 성분들은 일반성으로서 언제 어디서나 늘 잠재하고 있다. 문학사에 있어서는 특히 그렇다. 문학사에서는 우리 는 진보주의자가 되는 것을 늘 경계해야 한다.
>
> —『처용단장』, 176면

고전주의와 낭만주의가 문학적 보편어로서 예술사에 지속적으로 작 용하는 요인을 제공한 양식임은 널리 알려진 사실이다.[9] 김춘수는 이 둘과는 달리 상징주의에 대해서는 일반성을 주장하지 않았다. 이 문제 에 대한 그의 관점을 정리하면, 낭만주의는 역사적 사조로서는 상징주 의와 대립하고, 보편적 양식으로는 고전주의와 대립하는 구도를 취한다.

상징주의와 낭만주의의 구별은 작법의 차이에서 비롯된다. "낭만주 의는 적어도 시에 한하여는 상징주의와 구분되는 것"(『형태론』, 70면)으 로, 그 변별 자질은 시작법에서 찾아진다. 발레리의 말을 그대로 따르고 있는 설명에 의하면, 보들레르가 상징주의자가 될 수 있었던 까닭은 "낭만주의의 시작법의 맹점을 철저히 분석 해부하여 비판"함으로써 "독 자의 수법을 가지게 되었다"(『형태론』, 43면)는 데 있다. 작법에 있어 낭 만주의의 결함에 대비되는 상징주의 특유의 수법이란 어떤 것일까? 그

---

9) 아르놀트 하우저, 『문학과 예술의 사회사』 3권, 217면 참조.

것은 바로 "방법에 대한 명확한 자각에서부터 출발"(『형태론』, 44면)해 내용에 대한 형식의 우위, 감정에 대한 지성의 선행을 확립하는 것이다.

> Maritain은 Dada나 sur-realism 계통의 모더니즘과 Cocteau, Eliot 등의 모더니즘을 구별하기 위하여 전자를 과격현대주의 ultra moderne라고 하였던 것이다. Maritain은 과격파를 "이지와 이성에 절망하여, 진리를 의지, 본능, 감정 또는 행동에 찾기 때문에 반이지주의라고 불리워진다"라고 하고 있다. 유형으로 나누어 보면 이것은 낭만주의다. 즉 예술보다는 인간이 앞선다. 다르게 말하면, 방법이나 기술보다는 내용이 앞선다. 방법이나 기술이 무시된다는 것이 아니라, 반항적 정열이 형성적 이지보다 선행한다는 말이다. Cocteau나 Eliot의 입장은 이에 비하면 고전주의다. 이지가 선행하고 있다고 할 것이다. 반정열적이라는 의미로는 그만큼 전자의 인간적인데 대하여 비인간적 주지적 예술적이라고 할 것이다.
>
> —『형태론』, 53면

이 같은 서술은 두 가지 전제로 인해 가능하다. 앞서 말한 양식의 보편성에 대한 일반적 인식이 첫 번째 전제다. 두 번째 전제는 김춘수 시론에 고유한 것으로, 시를 대하는 두 가지 태도가 있다는 논리다. 그에 따르면, "시를 내용의 면에서 보는 태도와 형식 즉 방법의 면에서 보는 태도"(『형태론』, 45면)가 있다. 전자는 느끼는 것이고 후자는 생각하는 것이다. 느끼는 것은 주정적 입장이고, 생각하는 것은 주지적 입장이니 전자가 바로 낭만주의적 태도고, 후자가 곧 고전주의적 태도라는 것이다.

요컨대 김춘수는 낭만주의를 주정주의로 규정했다. 그리고 고전주의의 견지에서 낭만주의를 비판했다. 그의 고전주의 개념은 방법과 기술을 골자로 삼는다는 점에서 작법과 수법을 요체로 삼는 상징주의와 상통한다. 김춘수는 낭만주의에 대해 '파괴'와 '혼란', 고전주의에 대해 '질서'와 '통일'이란 술어를 부여함으로써 일방적 태도를 분명히 했다.

> 자유시 이후 형태는 이꼴 장르가 될 수 없게 되었다. 이것은 정형시가 생기기 이전의 상태와 비슷하다. 그리고 낭만주의자들이 십구세기 초에 "낭만주의소설이야말로 모든 문학의 장르를 종합한 것"이라고 한 것과 통하는 것이 있다. 실은 낭만주의자들이 만한 종합은 종합이 아니라, 고전주의적 질서를 파괴한 데 지나지 않았던 것이다. (…중략…) 현금은 질서의 시대가 아니다. 통일된 이념이 문화양식을 규정하고 있는 시대가 아니다. 즉 고전주의시대가 아니다. 그러나 이런 상태 속에서 혼란의 원인을 구명하고, 질서와 세련과 통일된 미를 찾아 나아가야 할 것이다.
>
> ─『형태론』, 16~17면

낭만주의에서 소설은 장르의 종합인 동시에 "새로운 미학의 도달점"[10]이었으니, 김춘수의 힐난은 서구 낭만주의의 중핵을 겨냥한 것이었다고 할 수 있을 것이다. 한국의 경우에 대한 견해도 그 취지는 크게 다르지 않다. 『폐허』와 『백조』의 낭만주의는 주정주의의 극단화로서 퇴폐적, 도피적, 자학적, 탐미적, 병적 취미의 발로에 지나지 않았다고 평가된다. 비유컨대 "윤락한 여인이 발산하는 체취를 체취로서 즐기고 있는 상태"(『형태론』, 71면)에 불과했다는 것이다. 김춘수는 서구 낭만주의의 핵심에 접근한 시인으로 서정주와 유치환을 꼽았는데, 이

10) 츠베탕 토도로프, 『비평의 비평』, 53면.

들에 대한 논평은 서구 낭만주의에 대한 논의에서와 거의 같은 논리와
용어로 이뤄졌다.

김춘수는 "『화사집』의 세계는 Dyonisos적으로 혼돈하여 멀미가 난
다"(『형태론』, 71면)고 했고, 『청마시초』의 "의지의 고행을 치르고 있는
광경은 징그럽기까지 하다"(『형태론』, 115면)고 했다. 이런 반응을 야기
하는 기본적인 원인은 서정주의 시에서 "정감의 혼돈이 빚어내는 음
영"을 보고, 유치환의 시에서 "의지와 감정의 상극에서 빚어지는 다른
음영을 본다"(『형태론』, 73면)는 데 있다. 두 시집을 1930년대 후반 "한
국시의 서정의 깊이를 보여준 이면경"으로 평하긴 했지만 그 양식적
성격에 관한 한 김춘수는 결코 그 가치를 인정치 않았다.

"서정의 깊이로서 거기 비친 것은 겨우 도달할 곳에 도달한 한국의
낭만주의"(『형태론』, 72면)라는 양자에 대한 평가의 배경에는 낭만주의는
곧 주정주의라는 매우 간명한 등식이 놓여 있다. 한국의 경우를 논할
때 나오는 '서정'이란 말은 서구의 경우를 논할 때 쓴 '주정'이란 말과
같은 뜻을 지닌다. 김춘수는 '낭만'이란 술어의 의미를 '주정'이란 개
념에 한정하고, '서정'이란 용어를 그 동의어로 간주했다. 이로 인해
"서정은 보다 주정적 주관적 낭만주의적"(『형태론』, 76면)이란 기술이 가
능해진다.

낭만이건 주정이건 서정이건 이 낱말들은 전부 김춘수 시론에서 부
정적인 함의를 지닌 채 쓰인다. 이들이 관계되는 시적 경향 모두에서
고전주의와 상징주의의 특징인 방법과 기술에 대한 주지적 고려를 찾
아볼 수 없다는 이유에서다. 양식의 속성에 대한 규정이 단순하고, 판
단의 근거가 단일한 까닭에 낭만주의에 대한 김춘수의 비판은 대상 시

인에 상관없이 거의 같은 문구로 이뤄진다.

① 그의 시는 자연발생적이다. 전기한 서문에서처럼 제작하는 태도를
   방기한 그는 방법과 기술을 고려하고 있지 않기 때문이다.
② 그의 시형태는 흔들리고 있다. 일정한 자리를 잡지 못하고 있다.
   그가 방법을 주지하지 않았기 때문이다. 방법을 주지하는 시인이
   었더라면, 형태가 먼저 정해지고 그에 따른 언어와 문장이 올 것
   이다.

이들은 각각 유치환과 서정주 시에 대한 비판인데, 대상을 바꿔 적
용해도 전혀 지장이 없을 것이다. 양자의 차이는 공통의 결함에 의해
소거된다. 양식에 대한 김춘수의 설명에 의거해 추론하면, 외연상 낭만
주의와 고전주의는 모순 관계에 놓이게 되고, 고전주의와 상징주의는
유의 관계를 이루게 된다. 낭만주의의 내포는 주정과 서정인데 반해
고전주의와 상징주의의 그것은 공히 방법과 기술인 까닭이다.

그런데 낭만주의에 대한 김춘수의 논의 속에는 매우 독특한 두 가지
관점이 포함돼 있다. 먼저 그는 한국 시가 전체를 낭만주의의 소산으
로 봤다. "시가에 있어서의 한국의 전통적 입장은 소박한 낭만주의"
(『형태론』, 57면)라는 것이다. "한국시가의 원래적 성격인 서정주의"(『형
태론』, 102면)라든가 "한국의 전통으로서의 주정적 서정정신"(『형태론』,
118면)이란 말이 이에 상통한다. "적멸의 서정"이 "한국 내지 동양인의
생리의 잠재적 심부"(『형태론』, 118면)란 언급도 마찬가지다.

다음으로 김춘수는 특이하게도 고전주의의 이념적 지향을 순수주의
와 예술지상주의에 뒀다. 이는 서구 낭만주의에 대한 설명과 한국의

낭만주의에 대한 비판에서 유추되는 사실이다. 앞서 인용한 대로 김춘수는 '과격현대주의'를 유형으로 보면 낭만주의에 속한다고 했다. 예술보다는 인간을 앞세워 방법과 기술을 후행시켰기 때문이다. 이어 그는 한국을 대표하는 낭만주의 시인의 하나로 유치환을 들었다. 이유는 동일하다. 방법과 기술을 방기한 "그에게 있어서는 인생에의 희구가 곧 시였던 것이다." 그리고 나서 김춘수는 바로 다음과 같은 말을 덧붙였다. "반순수주의며 반예술지상주의다."(『형태론』, 73면)

　김춘수의 논지를 그대로 따르자면, 낭만주의는 반순수주의와 반예술지상주의가 되고, 고전주의는 순수주의와 예술지상주의가 되는데, 이는 상식에 어긋난다. 순수예술에 대한 규범과 예술을 위한 예술이란 원칙이야말로 낭만주의의 기본 원리가 아니던가! 김춘수의 논리대로라면 고전주의가 곧 낭만주의라는 역설적 결론을 피할 수 없다. 시에 대한 태도의 차원에서 김춘수는 고전주의자임을 자처했지만 그의 시론은 그 귀결로 봐 낭만주의 이념에 입각해 이뤄졌다고 하지 않을 수 없다.

3. 시론의 이념적 배경

　태도의 차원에 표명된 반낭만주의적 입장의 실상을 이해하고 보면, 김춘수 시론은 내용에서나 논리에서나 낭만적 이념과 요인을 기반으로 삼고 있는 것으로 판단된다. 본 연구에서 대상으로 삼은 『한국현대시형태론』과 『처용단장』 수록 평문은 그의 시론의 발상과 귀결을 보여주는 자료로서 의의를 가지는데, 전자에는 시의 본질과 가치에 대한 이론적 분석이 기술돼 있고, 후자에는 입론의 배경이 되는 이념적 지향이 서술돼 있다. 후자를 통해 먼저 김춘수 시론의 토대를 이루는 문학적 이념을 해명한 후에 시론의 구체적인 내용과 성격을 검토하도록 한다.

『처용단장』 수록 평문의 서두에서 김춘수는 자기 시의 기틀이 되는 세 가지 계기를 적시하고 있다. 이들의 요지는 각각 낭만주의적 술어로 '모순 의식'과 '탈현실주의' 및 '반계몽주의'로 지칭될 수 있을 것으로 보인다. 김춘수의 시론이 시작과 병행해 제출됐고, "그의 시론은 자신의 시에 대한 일종의 논리적 해명"[11]에 가깝다는 통설을 감안하면, 여기에 적기(摘記)된 사항은 시와 시론에 다 같이 해당되는 내용이라 하겠다.

> ① 나는 평생을 결국은 두 인물 사이에 끼여 이러지도 못하고 저러지도 못해 온 것이 아닌가 한다. (…중략…) 나를 괴롭힌 두 인물은 프로이드와 마르크스(혹은 크로포트킨)다.
>
> ―『처용단장』, 135면

> ② 60년대 후반부터 (…중략…) 현실 무감증 현상이 노출되고 역사에 대한 회의가 생기면서 이기적인, 도피적인, 또는 방관자적인, 무관심주의적인 상태로 나는 현저히 기울어져 갔다.
>
> ―『처용단장』, 136면

> ③ 나는 폭력·이데올로기·역사의 삼각관계를 도식화하게 되고, 차

---

11) 김동환, 「김춘수 시론의 논리와 그 정체성」, 285면.

츰 역사 허무주의로, 드디어는 역사 그것을 부정하는 지경에 이르게 되었다.

—『처용단장』, 137면

평문 시작 부분에 차례로 등장하는 이 세 가지 언급은 김춘수 시론의 이념적 배경이 낭만주의에 있음을 분명히 보여준다. ①을 모순 의식의 표현으로 볼 수 있는 것은 김춘수가 두 인물의 대비를 일련의 대립적 관념을 표상하는 기호로 사용하고 있기 때문이다. 프로이트와 마르크스는 각각 '인간'과 '사회', '심리'와 '물리', '자기 내 세계'와 '세계 내 자기'라는 개념의 연쇄를 대표한다. 여기서 마르크스가 개별 인간이냐고 묻는다면, 김춘수는 "아니 그로서 대표되는 (혹은 상징되는) 물리적 세계, 즉 사회 현실"(『처용단장』, 136면)이라고 답할 것이다.

이 같은 대립 구도의 설정이 낭만적 사고의 소산임을 좀 더 분명히 해 주는 두 개의 어사가 있다. 의식적 갈등에 대한 반응을 드러내는 "무한 압박"(『처용단장』, 135면)이란 어구와 '인간'이란 단어의 의미를 제한하는 '개인'이란 낱말이 그것이다. 전자는 "프로이드 관념, 마르크스(혹은 크로포트킨) 관념"(『처용단장』, 144면)의 교착 상태가 결코 해소되지 않을 것임을 시사하는 것으로, 낭만주의자들에게서와 마찬가지로 그에게 있어서도 "심적 제 관계의 내적 분열과 갈등"[12]이 의식의 본질적 형식을 이루고 있음을 말해준다.

'개인'이란 말은 이 평문 전체를 통해 계속해서 반복되는 핵심적인 용어로, 김춘수는 그 뜻을 명확히 하기 위해 '인간'이란 말 옆에 괄호

---

12) 아르놀트 하우저, 『문학과 예술의 사회사』 3권, 232면.

를 써 이 낱말을 부기한 상태에서 사회라는 개념과 대립시켰다. "인간(개인)과 인간이 만든 사회"(『처용단장』, 135면)라는 구절이 그렇게 만들어졌다. 특별한 부언이 없는 한 이 평문에 나오는 '인간'이란 개념의 내포는 모두 '개인'으로 한정된다. "이데올로기의 허구성으로 하여 희생된(짓눌린) 개인으로서의 인간"(『처용단장, 137면), "역사에 희생된(짓눌린) 개인", "개인을 파괴하는 역사의 악, 또는 이데올로기의 악"(『처용단장, 139면) 같은 구절이나 "나라는 개인은 역사로부터 완전히 소외된다"(『처용단장』, 174면)는 문장의 주체는 어디까지나 개체로서의 인간이다.

개인과 사회, 개인과 역사, 개인과 이념의 대립이라는 의식 구도는 자아와 세계의 갈등이라는 문학 체계와는 다른 것이다. 문학의 일반적 구성 방식으로서 자아와 세계의 갈등은 어느 일방의 세력이나 가치의 우위를 동일 범주 내에서 비교함으로써 종국적으로는 해소될 수 있다. 하지만 김춘수 시론에 상정된 관계는 해결이 불가능하다. 어떤 대립이든 간에 쌍방이 속해 있는 개념의 차원이 상이해서 우열을 판명할 수 있는 척도를 설정할 수 없기 때문이다. 사회와 역사와 이념의 악은 바로 그것들의 본성에서 유래한 것이고, 그로 인한 개인의 희생은 운명과도 같은 것이어서 피할 도리가 없다. 두 번째 인용문에서 시인이 자신을 파괴하는 악에 맞서 싸우지 못하고 도망쳐야 했다고 쓰고 있는 것이 이 때문이다.

②에서 서술된 네 가지 상태는 김춘수 시론의 기본적인 원리와 속성을 나타내는데, 그 어느 것이나 낭만적 문학관의 주요 내용과 연관돼 있다. 시를 대상으로 한 논의에서, '이기적 상태'는 주관주의와 개인주의, '도피적 상태'는 유미주의와 내재주의, '방관자적 상태'는 소외 의

식과 보상 심리, '무관심주의적 상태'는 상대주의와 허무주의의 표명으로 이어진다. 이 같은 상태를 초래한 원인으로 제시된 "현실 무감증 현상"은 예술과 현실을 분리하려는 기획과 결부되고, "역사에 대한 회의"는 계몽주의적 역사관을 일축하려는 시도와 연결된다. 세 번째 인용문은 김춘수 시론의 이념적 배경으로서 역사에 대한 부정을 야기한 원인이 무엇인지 여실히 보여준다.

③에 따르면, 역사는 폭력 및 이데올로기와 삼각 구도를 형성하고 있다. 역사는 이데올로기의 구현이고, 이데올로기는 역사의 근원이며, 폭력은 역사의 수단이라는 것이 김춘수의 생각이다. 여기서 '역사'란 정확히 말하면 실체가 아니라 계몽주의 역사관을 가리킨다. 그래서 김춘수는 "세계는 직선으로 앞만 바라고 전진해 간다는 역사주의자들의 낙천주의적 비전"을 거부하고, "세계는 윤회하면서 나선형으로 돌고 있다는 비역사 내지는 반역사적 생각"(『처용단장』, 140면)을 바탕으로 "역사주의의 (유일회적) 세계관을 배척하는 신화적·윤회적 세계관의 기교적 실천"을 기도한다. 그렇다면 그가 말하는 '역사 허무주의'나 '역사 부정주의'란 낭만주의에서 제기된 '역사주의'와 상통한다고 해도 무방할 것이다.

김춘수의 역사주의 비판은 극단적 주관주의에 의거해서 수행된다. 이는 역사 자체의 속성에도, 비판의 논리에도 다 같이 해당되는 말이다. 도대체 역사란 무엇인가? 철저한 반역사주의의 입장에서 그가 지적하는 역사의 정체를 명제로 정리한다.

① 역사란 역사가라고 하는 사람의 주관이 하는 짓거리다.

② 역사적 의미를 부여하는 것은 역사가의 주관―이데올로기다.

③ 역사란 기록(기술)이지 사실(실체)이 아니다.

④ 역사란 소설처럼 허구일 수밖에는 없고, 만들어지는 것이다.

―『처용단장』, 174면

①과 ②를 근거로 김춘수는 역사의 객관성을 부정한다. 그가 보기에 주관과 객관은 모순 관계에 있어, 주관적이면 객관적일 수 없고, 객관적이기 위해서는 주관적이지 않아야 한다. 김춘수는 "객관적 견고함과 주관적 독단 사이에는 상호주관적 화해라는 중간지대가 있다."[13]는 미학적 일반론을 인정치 않는다. 주관에 의한 객관의 왜곡은 두 가지 이유로 불가피하다. 주관은 곧 "편견"이고, 편견은 곧 "생리"(『처용단장』, 173면)라는 것이 첫 번째 이유다.

두 번째 이유는 인간의 본성에 관계된다. 설령 사람이 편견을 벗고 객관적 입장에 선다 하더라도 사실을 제대로 알 수는 없는데, 사실을 파악하는 인간의 능력에 한계가 있기 때문이다. 김춘수는 "인간에게는 사실이 허락되어 있지 않다"(『처용단장』, 173면)는 운명론적 언사로 역사에 대한 불가지론을 마무리한다. 객체에 대해서는 알 수 없고 오직 주체에 대해서만 말할 수 있다고 얘기함으로써 김춘수의 사론은 칸트의 인식론에 접근하는데, 칸트 미학이 독일 낭만주의 시대에 수립되었음은 주지의 사실이다.

그렇다면 역사가들이 하는 일이란 대체 무엇인가? "실은 사실을 모르면서 사실을 말로만 씨부렁거리고 있는 데 지나지 않는다"(『처용단장』,

---

13) 츠베탕 토도로프, 『일상 예찬』, 이은진 역(뿌리와이파리, 2003), 217면.

173면)는 것이 그의 답이다. 앞에 나온 '짓거리'란 표현도 그렇고 여기 나온 '씨부렁거린다'는 언사도 그렇고, 역사에 대해 말할 때면 김춘수의 말투는 상당히 거칠어진다. 평문에 기술된 내용에 따르면, 그 이유는 아주 실제적인 데 있다.

> 왜 5백년 전의 鄭夢周의 暗殺은 의미가 있는데 내가 日帝 때 당한 요 꼬하마 헌병대에서의 고문은 의미가 없다고 하는가? 의미의 있고 없음을 누가 가리는가? 나에게는 내가 당한 고문이 훨씬 더 의미를 가질는지도 모르는데 그것은 객관성이라는 어떤 역사적 미명 아래 뭉개지고 만다. 그 객관성이라는 것은 누가 또 가려내는가? 나에게는 어디 가서 호소할 방도도 없어진다. 나라는 개인은 역사로부터 완전히 소외된다. 나는 그때 학교도 퇴학당하고, 그 학력 때문에 10년간 대학에서 시간강사 노릇을 했는데도 아무도 나를 위해서 변호해 주지 않았다.
>
> ─『처용단장』, 174면

이 인용문은 이념적 지향의 형성 원인을 파악하는 데 상당히 요긴하다. 김춘수의 문학적 이념을 결정한 것은 다름 아닌 현실적 소외 의식으로, 이것이야말로 낭만적 논리라 하지 않을 수 없다. 이 요인의 중요성은 그가 이 평문에서 동일한 내용을 두 번이나 되풀이해서 서술하고 있는 데서 짐작할 수 있다. 김춘수는 문학적 동인으로서 이 일의 의미를 여기서는 '소외'라는 개념으로, 다른 곳에서는 "피해의식"(『처용단장』, 136면)이란 용어로 요약하고 있다.

앞에서 정리한 반역사주의적 명제 중에서 ③과 ④는 역사를 허구로 치부하고 있는데, 이로써 역사는 문학과 등가가 된다. 어차피 둘이 다 허구인 까닭이다. 역사와 문학의 차이는 전자가 "소설보다는 한결 리얼하게 속임수를 쓴다는 것뿐이다."(『처용단장』, 174면) 김춘수의 문학 개념은 시와 역사를 구분한 아리스토텔레스의 논리와 예술과 역사를 분리한 쇼펜하우어의 사상을 결합한 것이라 할 수 있다.[14] 김춘수의 구별이 아리스토텔레스의 구분과 다른 점은 양자를 모두 허구로 보면서, 어느 한쪽을 다른 한쪽의 보상 체계로 규정한 데 있다. 김춘수에게 문학이란 무엇인가? 아니 문학은 무엇을 할 수 있는가?

> 역사에 무슨 의미가 있다고 하는가? 있다고 하더라도 그 의미 부여는 역사가의 지독한 근시안적 독단에 지나지 않는 경우가 있다는 것을 생각해 보라. 이처럼 심한 허구가 또 어디 있을까? 그러나 나를 구제해줄 손이 있다. 그것은 문학이다.
>
> ― 『처용단장』, 175면

그에게 문학은 현실적 처지에 대한 '호소'고, 나아가 역사적 피해에 대한 '구제'다. "역사가 무엇을 구제한다는 것인가?"(『처용단장』, 175면)란 설의로 김춘수는 역사의 가치를 단호하게 부정한다. 널리 알려진 대로 낭만주의는 "예술과 문학 분야에서는 위대하지만 개인의 삶에서

---

14) 주지하듯이 쇼펜하우어의 미학은 낭만주의 음악의 정점을 표현한다. 예술과 역사의 관계에 대한 그의 논증을 든다. "어떤 행위의 외면적인 중요성은 현실에 미치는 영향과 결과에 의하여 측정되지만 그 내면적인 중요성은 인간성에 빛을 던지고 인간 생활의 특수한 면을 발굴하여 인간의 본성에 대한 깊은 진리를 깨닫게 하는 데 있다. 그러므로 예술에 있어서는 행위의 내면적 의의만이 중요하고, 역사에 있어서는 그 외면적 의의가 소중하다. 이 양자는 서로 분리되기도 하고 결합되기도 하지만, 실은 독립된 것이다." 쇼펜하우어, 『쇼펜하우어 인생론』, 최민홍 역(집문당, 2006), 121면.

는 불행하고 이해받지 못하는 예술가의 모델"[15]을 고안했다. 문학을 현실 대용 보상 체계로 정의함으로써 김춘수는 스스로를 바로 그에 부합하는 낭만적 예술가로 정립한다.

　김춘수의 논리대로라면 역사와 문학은 공히 편견과 기만을 통해 구성되는 주관적 허구에 지나지 않는다. 그런데 어떻게 하나는 개인을 억압하고, 다른 하나는 구제할 수 있는가? 당연히 역사에는 없고 문학에만 있는 특수성이 있다고 해야 할 것이다. 문학을 역사에서 소외된 개인의 구제책으로 만들어 주는 특별한 자질을 김춘수는 다음과 같이 설명하고 있다.

> ① 문학에서는 그 의미의 차원이 정몽주와 내가 다를 수가 없다. 역사가 의미라고 할 때, 그것은 어떤 이념을 가리키는 것이 된다. 따라서 정몽주가 김춘수보다는 이념에 더 가까우니까 의미의 비중을 그쪽에 더 준 것은 당연하다고 할 수가 있다. 그러나 문학은 다르다. 문학에서의 의미는 이념이 아니라 리얼리티다.
>
> ——『처용단장』, 175면

> ② 나는 드디어 고통이 기교를 낳는다는 사실을 알게 되고, 기교가 놀이에 연결되면서 생(고통)을 어루만지는 위안이 된다는 것을 깨닫게 되었다. 그러나 나에게는 갈등의 한쪽인 물리 세계를 잃어버린 해체된 현실(심리의 미궁)만이 소용돌이치고 없었다. 말하자면 나에게는 통상적인 뜻으로서의 대상과 주제가 없어졌다.
>
> ——『처용단장』, 137면

---

15) 움베르토 에코, 『미네르바 성냥갑』, 김운찬 역(열린책들, 2004), 105면.

③ 서술적 이미지로 된 일종의 물질시를 시도했다. 후기인상파 특히 세잔에서 볼 수 있듯이 개성이 포착한 자연의 인상을 일체의 선입견(관념) 없이 드러낸다. 왜곡된 자연이다. 시에서는 어쩔 수 없이 심리의 가두리가 그늘을 치게 된다.

—『처용단장』, 138면

이 인용문의 취지는 일반적으로 사용되는 낭만주의의 기본 술어로 요약될 수 있을 것이다. 여기서 김춘수가 주관성, 내재성, 유희성, 기술성, 감각성, 내면성 등을 문학의 고유한 속성이라고 주장하고 있다고 봐도 크게 무리는 아닐 듯하다. 이것들은 모두 시작의 원리로서 김춘수 시론의 핵심 개념을 이룬다.

①에 제시된 '리얼리티'란 흔히 쓰는 말로는 '주관적 진실'에 해당한다. 역사의 의미란 김춘수의 말처럼 이념일 수도 있고, 통상적으로 인정되는바 진리일 수도 있다. 이 둘을 다 제하고 남는 리얼리티의 내포는 프라이가 제기한 '언술의 체계적 적합성'[16]이거나 아니면 '주관적 진실'일 수밖에 없다. 김춘수의 말이 전자를 가리키지는 않을 것이다. 이 평문의 모두에서 자기 시작 태도를 가리키면서 쓴 "양심", "성실", "솔직함"(『처용단장』, 135면) 같은 언사가 '리얼리티'란 말의 뜻을 자체적으로 해명하고 있다고 생각된다.

역사와 변별되는 문학의 의미가 주관적 진실에 있다고 규정하는 것은 자신의 문학관이 낭만주의의 제일 원리에 입각해 있음을 밝히는 동시에 낭만주의의 핵심 프로그램인 내재주의적 기획에 참여하는 것이

16) 츠베탕 토도로프, 『비평의 비평』, 147면 참조.

라 할 수 있다. 헤겔의 지적처럼 낭만주의의 주문은 '주관성'으로, 이
것이 "객관적 세계에 대한 주관적 예술가의 승리"를 보장한다.[17] 객관
성의 패배는 진리 기준의 소멸과 가치 척도의 소실을 야기하고, 이로
인해 주관적 판단의 일반화 및 자의적 판정의 보편화가 발생한다. 모
든 것이 고유하다고 말하는 것은 모든 것이 "동격"이라고 말하는 것이
다. 이런 관점에서는 "예수와 유다 사이에도 정몽주와 김춘수 사이와
마찬가지로 차이가 있을 수가 없다."(『처용단장』, 175면)

②에서 김춘수는 문학이 곧 기교고, 기교가 곧 놀이라고 진술한다.
기교와 놀이는 김춘수 시의 요체로 세계와 현실을 무화시킨다는 것이
다. 문학을 이렇게 정의하는 것은 존재론적이기 보다는 기능론적인 것
이다. 문학이 무엇을 하는지가 가장 큰 문제가 되기 때문이다. 기교적
놀이라는 문학 개념은 낭만주의 특유의 기술적 유희라는 규정과 다를
바 없다. 낭만주의자들은 "예술의 순수한 형식성과 유희적 성격을 강
조하고 일체의 이념이나 이상으로부터 예술을 해방"[18]시키고자 '순수
유희'란 개념을 창안해 냈는데, 김춘수의 정의는 명분에서나 실질에서
나 그와 거의 동일하다.

③은 감각에 대해 말함으로써 일견 낭만적 사고에서 벗어나 있는 것
처럼 보인다. 하지만 김춘수가 말하는 감각은 어디까지나 개별 감각으
로서, 세계의 실재성을 가늠케 해주는 '공동 감각'[19]과는 무관하다. 인
상주의 미학에서와 마찬가지로 김춘수는 현실의 모방이나 재현을 거

---

17) 츠베탕 토도로프, 『일상 예찬』, 216~217 참조.
18) 아르놀트 하우저, 『문학과 예술의 사회사』 3권, 251면.
19) 한나 아렌트, 『인간의 조건』, 이진우·태정호 역(한길사, 1996), 272면 참조.

부하고, 자연의 인상이나 지각을 표현코자 한다. 이런 작법의 결과는 무엇일까? 궁극적으로 작품 안에 남는 것은 대상이 아니라 대상에 대한 개성적 시각일 뿐일 테고, 그렇다면 그것은 결국 주관의 표출에 그칠 것이다.

낭만주의에 대한 일반론에 따르면, 인상주의 미학을 통해 작가와 독자는 "낭만주의 이념의 상대주의와 개인주의의 원칙들에 더욱 가까이 있게 된다."[20] 낭만주의는 인간주의라는 공분모를 통해 고전주의와 연계되면서 인상주의와 대립한다. 그리고 낭만주의는 감각주의라는 동분모를 통해 인상주의와 연결되면서 고전주의와 대치한다.[21] 주관과 진실, 기술과 유희, 감각과 심리 중 그 어떤 것을 내세우더라도 김춘수의 문학적 이념은 낭만적 미학의 원리를 벗어나 제기되지 않는다.

양자의 차이는 크게 중요하지 않은 두 가지 사항으로 압축된다. 먼저 낭만적으로 양분된 요소들에 대한 평가에서 다른 점이 발견된다. 주지하는 바와 같이 "모순점들을 배제시키거나 반명제(유한/무한, 전체/일부, 삶/죽음, 정신/마음)를 해소시키지 않고 그것들을 공존하게 하는데 낭만주의의 진정한 특성이 있다."[22] 그런데 김춘수는 모순을 원리로서는 인정하되 어느 한쪽에 대한 지지를 공공연하게 표명했다.

다음으로 예술과 현실의 분리를 표현하는 방식에서 차이점이 보인다. "낭만주의는 일반적으로 일상적 현실의 불모성과 속악함을 거부하면서 이에 대립하는 반세계의 상을 설정하고 그 안에서의 화해로운 삶

---

20) 츠베탕 토도로프, 『비평의 비평』, 37면.
21) 아르놀트 하우저, 『문학과 예술의 사회사』 3권, 280~282면.
22) 움베르토 에코, 『미의 역사』, 이현경 역(열린책들, 2005), 299면.

을 노래한다고 말하여진다."[23] 하지만 김춘수는 그런 반세계의 모습을 그리지 않았다. 예술 자체를 반세계로 설정했기 때문이다.

4. 시의 본질과 가치

『한국현대시형태론』을 대상으로 시의 본질과 가치에 대한 낭만적 입론을 분석하기에 앞서 이 자료가 위에서 살핀 『처용단장』 수록 평문과 대비적으로 고찰될 수 있는지를 검토해 보기로 한다. 이 작업이 필요한 것은 김춘수의 시론이 텍스트로서 매우 다양한 성격을 가지고 있기 때문이다. 그의 시론은 연구, 실기, 논평, 수필 등으로 구분할 수 있는 다종의 텍스트로 구성돼 있고, 개별 텍스트에 따라 주제, 대상, 형식, 체재 등을 달리 한다.

따라서 서로 다른 양식과 내용을 지닌 두 자료를 동일한 논제 아래 함께 다루기 위해서는 대비의 근거를 우선적으로 제시하지 않을 수 없다. 그것은 논지의 유사성일 수도 있고 논리의 동일성일 수도 있겠는데, 여기서는 후자를 택해 논증키로 한다. 전자는 본문의 기술만으로도 충분히 유추될 수 있다고 판단되기 때문이다. 이 글이 대상으로 삼은 두 자료가 상동적인 논리에 입각해 기술됐음을 보여주는 간단명료한 세 가지 사례를 먼저 보인다.

23) 김홍규, 「1920년대 초기시의 낭만적 상상력과 그 역사적 성격」, 『문학과 역사적 인간』(창작과비평사, 1980), 233면.

① 허무가 곧 자유라고 할 때, 무엇으로부터의 자유, 즉 해방과 무엇
에로의 자유, 즉 선택(구속)을 동시에 뜻하는 것이 된다.

— 『처용단장』, 163면

② 우선 이 '자유'란 무엇으로부터의 자유일까? 운율로부터의 자유일
것이다. (…중략…) 다음 이 '자유'란 무엇에로의 자유일까? 산문에
로의 자유일 것이다.

— 『형태론』, 26면

③ 자유란 무엇인가? 이반 카라마조프에게 있어서는 하느님이 없다는
그 사실이 곧 자유다. 즉 자유란 하느님으로부터의 자유, 즉 해방
이다. 그는 말한다. "하느님이 없으니 뭘 해도 괜찮다" — 그래서
그의 시사로 즈메르쟈코프가 살부를 한다.

— 『처용단장』, 163면

④ (4)의 경우의 도표는 수자나 수식에도 머무를 수 없는 더 한층 철
저한 nihilism이다. "만약 신이 없다면 뭘 해도 좋다"는 Kililof처럼
"만약 절대의 권위가 없다면 뭘 해도 좋다"고 상은 권위 없는 시
대에 모험을 시도한다.

— 『형태론』, 67면

⑤ 老子의 자유는 말할 나위도 없이 그것은 자연이다. 天地不仁이란
무한한 해방을 뜻한다. 도덕과 문화로부터의 해방이다. (…중략…)
프로이드의 정신분석학이라는 것도 도덕과 문화로부터의 해방을
일컫는 것처럼 보이지만, 실은 도덕 및 문화와 자연과의 갈등이라
고 해야 하리라

— 『처용단장』, 163면

⑥ 산문의 리듬이 자연의 질서라고 하면, 운문의 리듬은 인간의 질서
다. (…중략…) 그러니까 운문의 정신인 산문의 리듬의 세련화 질
서화란 산문의 리듬의 자연상태를 인간의 이념이 비인간적이라고
배척한 데서 생긴 현상이다.

—『형태론』, 15면

이들 예를 통해 『처용단장』 수록 평문과 『한국현대시형태론』의 관
계 및 후자의 성격이 분명히 드러난다. 전자는 총론이고 후자는 각론
이다. 전자가 존재론이라면 후자는 시사론이다. ①은 사르트르의 논리
에 따라 "자유와 비주권의 동시적 현존"[24]이라는 실존주의의 문제를
지적한 대목인데, ②에서 김춘수는 같은 논리로 시사의 전개 과정을
해명하고 있다. ③은 ①과 동일선상에 있는 논의로, 도스토예프스키의
소설을 일례로 제시한 것이다. ④는 이상론의 일절로, 형식의 배경이
되는 정신을 설명한 것이다. ③에서는 『카라마조프의 형제들』이 보기
로, ④에서는 『악령』이 비유로 쓰였다.

⑤와 ⑥은 논리뿐만 아니라 내용에서도 김춘수 시론의 근거를 명확
히 보여준다. 전자에서 주목해야 할 것은 노자나 프로이트의 사상 자
체가 아니고 그것들을 고찰하는 김춘수의 관점이다. 여기서 해석의 지
평을 이루는 것은 문화와 자연의 대립이라는 낭만적 원리로, 이는 루
소가 발견해 일반화시킨 체계다.[25] 후자에서 김춘수는 운문의 리듬과
산문의 리듬을 자연의 질서와 인간의 질서로 대비해 놓고 있는데, 자

---

24) 한나 아렌트, 『인간의 조건』, 299면.
25) 아르놀트 하우저, 『문학과 예술의 사회사』 3권, 99면.

연 상태에 반대되는 인간의 질서란 '문화'일 것이므로, 문장 형식의 구별 역시 동일한 원칙의 적용을 받는다고 보지 않을 수 없다.

이상의 사례만큼 표면적으로 확연치는 않지만 심층적인 차원에서 두 텍스트의 논리적 상동성을 시사하는 두 가지 실례가 있다. 하나는 의식의 이중성 또는 자아의 이중화라 이름 붙일 수 있는 분석 기제고, 다른 하나는 시와 산문 혹은 시와 역사의 구분 방식이다. 앞의 예와 마찬가지로 이 둘도 근본적으로는 낭만적 사고의 소산이 볼 수 있다.

> ① 역사를 외면하면 역사는 복수한다. 이 이상의 더 지독한 관념이 어디 있을까? 역사를 회의하고 마침내 부정까지 한 나에게 이런 따위 관념이 나도 모르는 내 속의 어디쯤에 오래오래 도사리고 숨어 있었다. 참 딱한 노릇이다. 그 사실을 이제사 깨닫게 되었다니 또한 딱한 노릇이 아니랄 수 있을까?
>
> —『처용단장』, 143면

> ② 의식은 의식을 다시 의식하는 것이기 때문에 이상에 있어서는 일상적 자아를 반성하는 의식을 다시 반성하는 다른 또 하나의 의식이 어쩔 수 없는 악순환으로 처음의 의식의 대상이던 일상적 자아(인간의 간사, 교활 내지는 철면피)로 다시 돌아가서 이번에는 그것들을 부러워하고, 오히려 갈망하게 되는 모순에 빠지게 되는 것이다.
>
> —『형태론』, 109면

①은 자기 시에 대한 해설이고, ②는 이상 시에 대한 해석이다. 전자에서는 관념이 문제되고, 후자에서는 의식이 문제되나 둘의 내포는 크

게 다르지 않다. 어느 하나를 두 경우 모두에 쓰거나 둘 다를 사고방식을 나타내는 평범한 말로 바꿔도 무방할 것이다. 전자는 경험적 수준에서는 "이중적 생존양식"(『처용단장』, 136면), 실존적 차원에서는 "인간의 자기모순"(『처용단장』, 163면)으로 집약되고, 후자는 논리적 범주로는 "이율배반성"(『형태론, 109면), 문체적 형식으로는 "패러독스"(『형태론』, 109면)로 수렴된다.

자신의 관념이든 타인의 의식이든 정신을 분석하는 김춘수는 논리는 모순율을 부정하는 이원론에 의거해 이뤄진다. 단일한 사고 활동 속에서 하나의 생각은 그와 반대되는 생각과 대립을 일으키는데, 이 과정에서 은폐와 귀환의 반복이나 부정적 순환이 일어난다는 점에서 양자의 관계에는 의식과 무의식의 관계와 흡사한 면이 있다. 그리고 관념과 의식의 내용을 이런 심리 작용을 중심으로 이해하려는 구상은 낭만주의 문학에 통상적으로 나타나는 "이중인간, 즉 '또 하나의 자기'가 있다는 생각"에서 그리 멀지 않은바 낭만주의는 "정신분석학의 기본적 사실들을 발견"해내기도 했던 것이다.[26]

앞 장에서 검토했듯이 김춘수의 문학적 이념은 문학과 역사의 분간에 입각해 있고, 이는 아리스토텔레스의 구분을 낭만적으로 수정한 것이라 할 수 있다. 아리스토텔레스의 구별이 중립적인데 반해 김춘수의 변별은 편의적(偏倚的)이어서 진위·시비·선악·경중이 낭만적 원리에 따라 명확히 분별된다. 이념을 해명한 자료에서 아리스토텔레스의 분류가 설명의 배경으로 작용한다면 시사를 고찰한 자료에서 그것은 논

---

26) 아르놀트 하우저, 『문학과 예술의 사회사』 3권, 234면.

의의 단서로 정립된다. 아리스토텔레스의 시학은 두 텍스트의 심층적 맥락의 유사성을 탐색하는 데 유용한 색인인 동시에 『한국현대시형태론』의 이론 체계를 파악하는 데 필요한 전제라 할 수 있다.

　　시에 대하여는 본질론적 입장과 발생학적 입장에서 그 개념을 말해 볼 수가 있을 것이다. Aristoteles는 그의 『시학』에서 <역사가와 시인은 한쪽이 산문으로 쓰고, 다른 한쪽이 운문으로 쓴다고 하여 서로 다른 것이 아니다. (…중략…) 그러나 서로 다른 점은 한쪽이 사실 있었던 것을 말하고, 다른 한쪽이 있었을는지도 모르는 것을 말하는 데 있다>라고 하고 있는데, 아마 이것은 시를 그 본질에 있어 말한 것 중의 가장 권위 있는 말일 것이다. 이 입장으로 본다면, 시와 비시는 운문이냐 산문이냐 하는 문장의 종류에 따라 결정되는 것이 아니고, "있었을는지도 모르는 것"을 말했느냐, 그렇지 않았느냐 하는 데 따라 결정된다. 즉 내용의 성질에 따라 결정된다.

　　　　　　　　　　　　　　　　　　　　　　　　　　　—『형태론』, 18면

　이것은 지금 다루고 있는 자료 중 '서론'의 도입부다. 아리스토텔레스가 논의의 단서가 됨은 이 언급이 놓여 있는 위치만으로도 충분히 짐작할 수 있다. 김춘수는 시를 정의하는 관점을 본질론과 발생학으로 나누고, 전자에서는 내용의 성질, 후자에서는 문장의 종류(『형태론』, 18면)가 종차를 이룬다고 설명한다. 후자의 시각에서는 "시 곧 운문이라고 여겨온 시관"(『형태론』, 18면)이 성립한다. 그렇다면 김춘수의 입장은 어떠한가? 본질론을 따른다. "왜냐하면, 현대의 새로운 시관은 Aristoteles의 옛날로 돌아가 시를 문장의 종류로서 보고 있지 않기 때문이다."(『형태론』, 19면)

김춘수 시론이 아리스토텔레스 시학에 의거해 있음은 이로 봐 분명한 일이나 그 상동성은 형식 논리의 차원에 국한된다. 김춘수의 입론에서 아리스토텔레스의 역할은 시론 구상에 필요한 식과 항을 제공하는 일에 그친다. 김춘수는 아리스토텔레스로부터 시와 역사의 구분을 차용키는 했으나 양자의 관계와 각각의 정체를 본래와는 상당히 다른 방식으로 규정했다. 김춘수의 시론에 등장하는 '시학'의 개념은 원래 그대로가 아니고 외연과 내포를 크게 수정한 상태에서 사용된다. 먼저 김춘수는 시와 역사의 구분을 시와 산문의 구별로 축소하고, 양자의 대립을 예각화했다.

① 산문시 할 적의 산문에는 두 방면의 의미가 있다. Moulton 교수는 말하고 있다. "산문이라는 말은 이중의 임무를 다하지 않으면 안 되었다. 운문에 대한 산문이 있고, 또 시(필자주—창작문학)에 대한 산문이 있다." 그러니까 산문은 형식과 내용 양쪽에 다 걸린다. 하여, 산문은 "존재하는 사물에 관한 창조적이 아닌" 즉 토의적인 내용의 문학이란 성격을 가진다.

② 산문시는 형식으로 산문과 산문체라는 시형태를 가지는 동시에 내용으로 보다 토의적, 비평적이어야 된다는 말이 성립될 것 같다. 정신의 방향으로서는 산문시는 주지적 객관적 고전주의의 쪽에 서는 것이라고 할 수 있을 것 같다. 만약 그렇다면, 시(서정시)할 적의 서정은 어떻게 되는 것일까? 서정은 보다 주정적 주관적 낭만주의적이기 때문이다.

—『형태론』, 76면

①에서 산문은 두 가지 의미를 부여받는다. 문장의 형식으로 그것은 운문과 구별된다. 하지만 이 구분은 발생학적인 것이므로 여기서는 논외가 된다. 시와 산문의 대립은 본질론적인 것으로 아리스토텔레스의 분류를 개정해 적용한 것이다. 양자는 내용의 성질을 달리함으로써 구분된다. 산문은 존재하는 사물에 대한 토의적인 문학이다. 그렇다면 시는 부재하는 대상에 관한 창조적인 문학이 될 것이다. 김춘수는 이에 대해 '창작문학'이란 주를 달고 있다. 이 같은 논의는 순전히 문학 내적인 것으로 역사와 무관한 듯 보이지만, 기실 창조문학과 토의문학의 대립은 시와 역사의 구별과 마찬가지로 포괄적인 것이다.

시와 산문의 대립을 해명하는 이론적 근거는 문학의 기원에 관한 발라드 댄스설로 유명한 몰튼의 문학론에서 취해지고 있는데, 이에 대한 부연에서 김춘수는 토의 문학이 문학의 한 갈래가 아니고 그 자체로 협의의 문학 개념과 구분되는 별개의 범주임을 분명히 밝히고 있다. "토의문학(산문문학—Moulton은 철학, 역사, 웅변이 이에 속한다고 하고 있다)" (『형태론』, 89면) 같은 지적이나 "Moulton이 창작문학(시)과 토의문학(역사—Aristotle에 있어서의)을 갈라놓고"(『형태론』, 91면) 있다는 설명이 언급이 그 종으로 포함하는 유개념을 대상으로 하고 있음은 명백하다.

②에서 김춘수는 시와 산문이라는 상호 대립적인 영역에 내포된 의식적 지향에 대해 논하고 있다. 시는 창조문학이고, 산문은 토의문학이므로, 이를 통해 '창조'와 '토의'라는 술어의 의미가 자세히 밝혀진다. 내용의 성격에서 산문이 토의적, 비평적이라면 시는 지시적, 창작적일 것인데, 토의적 성향이 주지적, 객관적, 고전주의적 지향을 보이는 반면 창작적 성향은 주정적, 주관적, 낭만주의적 지향을 보인다. 김춘수

의 시론에서 산문시는 매우 특별한 장르로 취급받는데, 그 이유는 시와 산문의 차이가 "내용의 성질"에서나 "정신의 방향"에서나 이처럼 명확하기 때문이다.

산문시란 무엇인가? 그것은 장르의 위기에 나타난 장르로, "시대의 경향이 주지적 토의적(사변적)인 데서 오는 시의 비극"(『형태론』, 76면)이라는 것이 김춘수의 설명이다. 이 같은 수사는 일견 산문시의 정체성의 혼란을 암시하는 듯하지만 사실은 그 반대다. 시와 산문의 결합은 시류적이지만 시와 산문의 구별은 본질적이라 여겼기 때문에, 김춘수는 형식이 산문이면 내용은 반드시 토의적이어야 하고, 내용이 토의적이면 형식은 반드시 산문이어야 한다는 규범을 수립했다. 정지용과 김영랑과 서정주의 몇몇 시에 대한 분석을 보면, 이 규범이 평가의 원칙으로 엄격하게 적용되고 있음을 확인할 수 있다.[27]

형식으로서 시와 산문 및 그에 본유적인 속성 간에 설정된 본질적인 경계가 침해된 경우에 대해 김춘수는 '얄궂다', '이상하다', '모순이다', '우습다', '희화화한다', '호기이다' 같은 술어를 써가며 강하게 비판한다. 하지만 실지로 시와 산문의 내재적 자질이 그렇게 명확하게 판정될 수 있는 것일까? 실제 비평에서 토의적 성격과 지시적 성격, 비평

---

27) 정지용의 「호수 1」, 김영랑의 「동백잎」과 「꿈밭에 봄마음」, 서정주의 「봄」과 「부활」에 대한 비판을 시인별로 요약한다. ① 정지용 : 기지를 내용으로 했는데, 산문 형태를 택하지 않아서 "얄궂은 형태"를 낳았다. 감각적 내용인데, 산문 형태가 아닌 것은 "이상하다."(『형태론』, 50면) ② 김영랑 : 감각적 언어가 산문 형태를 가지지 못한 것은 "모순"이다. 감각적 언어가 산문 형태를 가지지 못한 상태가 시를 "우습게 하고" 있다(『형태론』, 51면). ③ 서정주 : 산문 형태의 문장에 음률을 드러내는 것은 "好奇에 지나지 않는다."(『형태론』, 75면)

적 성격과 창작적 성격은 물론 주지적, 객관적, 고전주의적 지향과 주정적, 주관적, 낭만주의적 지향을 구별하는 일이 가능한 것일까? 그러한 판단은 기껏해야 상대적일 뿐이지 않을까? 이런 질문에 대해 김춘수는 그야말로 낭만적인 답을 내놓는다. "오직 시가 되고 비시가 되는 것은 시인의 성실과 기량에 달려 있다"(『형태론』, 19면)는 것이다.

이것은 시와 역사 및 시와 산문의 구분 기준에 대한 대답인 동시에 시의 정의에 대한 답변인데, 이 대답 속에는 낭만주의의 기본 원리인 개인주의와 주관주의와 기술주의가 집약돼 있다. 그가 말하는 '시인'이 복수가 아니라 단수로서 '개인'임은 자명해 보인다. '성실'이란 말은『처용단장』수록 평문에도 나왔던 것으로, 주관적 진실을 뜻했던 '리얼리티'의 유의어다. '기량'이란 기술적 재능을 가리키는 낱말이므로, 역시 앞의 자료에 나왔던 '기교'란 말의 동의어라 해도 무방할 것이다. 아리스토텔레스를 인용하면서 시작된 논의는 여기에 이르러 개연성과 실제성, 보편성과 개별성은 말할 것도 없고 창조성과 토의성의 구분까지도 폐기하고 오로지 주관성과 기술성의 해명에 집중하게 된다.

『한국현대시형태론』에는 실제 비평의 이론적 토대를 서술한 세 개의 절이 포함돼 있다. 서문을 대신하는 「시형태론 서설」과 '여기서 말하고자 하는 시와 시에 있어서의 형태'란 부제를 단 「서론」 및 「시에 대한 인간적 태도와 비인간적 태도(하나의 전제로서)」라는 절이 그것들이다. 이 중 '서설'은 형태의 역사를 대상으로 발생학적 추론을 제기한 것이고, 「서론」은 아리스토텔레스와 몰튼의 시론에 의거해 장르론적 설명을 제시한 것이다.

나머지 하나는 시의 본질을 규정하는 두 가지 관점에 대한 논의로,

여기서 얻은 결론은 이 책 전체를 통틀어 작품 분석과 가치 판단의 '전제'가 된다. 제목에 들어있는 '전제'란 말은 허사가 아니고 시사 기술의 근거를 적시하는 실사다. 두 가지 태도 중 김춘수는 후자에 경도 돼 있고, 그런 입장에서 '비인간'이란 어사를 '형식', '방법', '기술', '주지' 등의 개념을 모두 포괄하는 표현으로 취했다.

> 시를 대하는 태도에 두 가지가 있을 것이라고 생각된다. 시를 내용의 면에서 보는 태도와 형식 즉 방법의 면에서 보는 태도가 그것일 것이다 (물론 이들의 종합적인 제3의 태도가 있겠으나 그것은 이념이고 현실적으로는 그 비중이 전기 두 가지 태도의 그 어느 쪽에든 더 많이 기울어져 있음을 본다). 시를 내용의 면에서 보는 태도는 보다 시를 두고 '느끼는' 그것이라고 하면 형식 즉 방법의 면에서 보는 태도는 보다 시를 두고 '생각하는' 그것이라고 할 것이다. 전자를 낭만주의적 태도라고 하면 후자는 고전주의적 태도라고 할 것이다.
>
> ―『형태론』, 45면

인간적 태도와 비인간적 태도는 개념적으로는 반대 관계지만 현실적으로 모순 관계를 이룬다. 전자의 핵심은 내용, 주제, 느낌에 있고, 후자의 요체는 형식, 방법, 생각에 있다. 전자는 "내용 편중의 낭만주의"로 귀착되고, 후자는 "형식 편중의 고전주의"로 낙착된다(『형태론』, 45면). "느끼는 태도는 주정적"이고 "생각하는 태도는 주지적"(『형태론』, 45면)임은 앞에서 검토한 낭만주의와 고전주의, 시와 산문, 시와 역사의 구분에 대한 김춘수의 견해에서 자동적으로 추론될 수 있는 사실이다. 이 같은 구별은 충분히 가능한 것이고, 그 자체로는 중립적이라고 인정될 수 있다. 하지만 이런 구상이 가져오는 현실적 결과는 아주 독특한 것이어서 주목을 요한다. 시와 역사, 시와 산문을 가르고, 그에 더해 내용과 형식, 주제와 방법을 나눔으로써 결국 '현대시'는 어떤 것이 되는가? 시인으로서 김춘수의 입장이기도 한 비인간적 태도는 그 논리적 귀결로서 예술과 현실 및 전문가와 일반인의 낭만적 분리를 야기한다.

> '느끼는' 주정적 태도는 인간의 일반적 태도라고 하겠다. '느끼는'은 인간만사나 우주 삼라만상에 대하여 '느끼는' 일일 것인데, 시인뿐만이 아니라, 학자도 정치가도 상인도 노년도 소년도 남자도 여자도 다 '느끼는' 인간이기 때문이다. '생각하는' 주지적 태도는 이와는 다르다. 왜냐하면, 이때의 '생각하는'은 예술에 대하여 '생각하는' 일일 것인데, 예술을 또한 시의 형식이나 방법이라고 생각하고 있기 때문에 그 아무나 이 '생각하는'에 참여할 수는 없기 때문이다. 형식이나 방법을 생각하는 사람은 그 방면의 전문가에 국한된다.
>
> ─『형태론』, 45~46면

김춘수의 설명에 의하면, 느끼는 것과 생각하는 것은 주체와 대상이 전혀 다른 행위다. 전자의 주체는 인간 일반이고, 그 대상은 세계 일반이다. 반면에 후자의 주체는 특수 계층이고, 그 대상은 특수 현상이다. 후자는 "형식이나 방법을 기술적으로 구축하는 태도"(『형태론』, 46면)이므로 비평과 창작을 망라하는 것이라 하겠는데, 이 입장에 서면 어느 경우에나 사고와 인식의 대상은 현실과 분리된 예술에 한정된다. 예술의 대상이 예술 그 자체가 되는 사태가 발생하는 것이다. 예술이 스스로를 목적으로 삼는 이 상황은 바로 낭만주의가 창안한 내재주의적 기획의 목표에 해당한다. 생각한다는 것은 예술에 대해 생각하는 것이라는 김춘수의 발언은 "시의 본질은 시 자신이 수행하는 자기 근원의 탐구 속에 있다"[28]는 낭만주의의 상투어와 별반 다를 게 없어 보인다.

대상의 선정에서만큼은 아니지만 주체의 설정에서도 주지적 태도는 낭만적 편향을 드러내는 것으로 여겨진다. 예술의 담당자가 전문가에 국한된다는 생각에서 예술적 천재를 존중하고, 정신적 귀족을 인정하며, 문화적 특권을 보장하는 낭만적 의식의 기미를 엿보는 것이 크게 잘못된 일은 아닐 것이다. 그 정도는 아니라 하더라도 최소한 그러한 제한이 낭만주의가 고착화시킨 "천재적 인간과 평범한 인간, 예술가와 관객, 예술과 사회적 현실의 간극"[29]이나 "아마추어와 거장 사이의 간격"[30]을 표현하고 있음은 분명해 보인다.

시를 형식 즉 방법의 면에서 보고 생각하는 주지적 태도에 대한 기술은 역설적이게도 김춘수가 말하는 고전주의란 곧 낭만주의를 뜻한다는 사실을 입증하는 것으로 마무리된다. 시와 예술과 방법과 기술을 등가로 간주하는 "시라고 하는 예술(방법, 기술)의 입장"(『형태론』, 54면), 더 간단히는 "예술(방법, 기술)의 입장"(『형태론』, 55면)의 실재성을 예증하는 사례와 그에 대한 해석은 김춘수 시론의 거점이 낭만주의에 있음을 여실히 보여준다.

---

28) 츠베탕 토도로프, 『비평의 비평』, 90면.
29) 아르놀트 하우저, 『문학과 예술의 사회사』 3권, 249면.
30) 아르놀트 하우저, 『문학과 예술의 사회사』 3권, 288면.

전자가 보다 윤리적이라 하면 (허무에 대하여 뭐라고 설령 말하고 있
더라도 어디까지든지 그것은 허무에 대하여서이지 그 자신 허무로서 있
지는 않다. 청마의 시를 보면 그것을 느낄 수 있다), 후자는 보다 허무
로서 있음을 알 수 있다. 형식이나 방법에의 사고는 윤리가 개재할 틈
이 없다. 그것은 사고의 논리를 통하여 기술로서 기계화할 수밖에 없는
것이다. Mallarme, Valery, Cocteau 등의 시작태도에서 그들의 지성의 시
작 이전의 허무상태를 역설적으로 볼 수 있다는 것은 흥미 이상의 그
무엇이다. 그들은 인간으로서는 허무를 살고 있었던 것이 아닌가?

— 『형태론』, 46면

시에 대한 비인간적 태도의 내포를 명확히 하기 위해 김춘수는 "기
술하는 태도"(『형태론』, 46면)라는 특이한 술어를 고안했다. 이 인용문은
그런 태도의 현실적 결과를 선명하게 예시한다. "말라르메의 미학은
낭만주의 이론의 극단적인 표현일 뿐이고,"[31] 발레리는 "그의 계승
자"[32]다. 김춘수는 그들이 허무로서 있다고 하고, 이는 허무를 사는 것
이라 덧붙인다. 허무는 낭만주의의 주요 이념의 하나고, 그것의 체현은
낭만주의의 주요 기획의 하나다. 낭만주의자들은 낭만적인 것을 정의
하고 표현했을 뿐만 아니라 "낭만주의를 하나의 생의 목표 또는 프로
그램으로" 만들고자 했던바 이를 위해 "낭만화라는 처방"[33]을 내리기
까지 했다. 김춘수의 "기술하는 태도"는 바로 이 기획에 참여하고 있
는 것으로 보인다.

허무의 구현은 외적으로는 기술의 기계화를 초래하고, 내적으로는

---

31) 츠베탕 토도로프, 『비평의 비평』, 35면.
32) 츠베탕 토도로프, 『비평의 비평』, 148면.
33) 아르놀트 하우저, 『문학과 예술의 사회사』 3권, 228면.

윤리의 부정을 야기한다. 윤리 의식은 가치 판단을 전제로 하고, 가치 판단은 진리 추구를 배경으로 삼는다. 그러므로 윤리를 배제하는 것은 가치의 척도를 파기하고, 진리의 지평을 제거하는 일과 다르지 않다. 다시 말하거니와 김춘수가 말하고 있는 것은 부정적 윤리가 아니라 윤리의 부정이다. 특정한 윤리를 무시하거나 파괴하는 일은 별반 새로울게 없다. 그런 행동은 일상적으로 경험할 수 있는 것이다. 하지만 윤리 일반을 거부하는 것은, 그것도 "사고의 논리를 통하여" 그렇게 하는 것은 정말로 특별한 행위라 하지 않을 수 없다. 시의 본질에 대한 김춘수의 논의는 결국 이렇게 허무주의를 표명하는 것으로 종결된다.

이 시론집을 쓰면서 김춘수는 「서론」 첫 문장에다 "시에 대하여는 본질론적 입장과 발생학적 입장에서 그 개념을 말해볼 수가 있을 것"(『형태론』, 18면)이라고 적었다. 이 말대로 이 책에는 지금까지 살핀 본질론과는 다른 발생학적 추론이 포함돼 있다. 시의 발생과 "진화(진보 내지 발전에 대하여)"(『형태론』, 97면) 기술한 부분들이 이에 해당한다. 여기에서도 김춘수는 본질론에서와 마찬가지로 낭만적 의식을 뚜렷하게 드러낸다. 발생학적 논의에서 문제가 되는 낭만적 미학은 '역사주의'인데, 그 원칙은 다음과 같이 요약된다.

① 시는 항상 시대에 따라 역사적으로 전개해 간다.

— 『형태론』, 19면

② 시와 산문을 구별하는 눈은 시대의 풍조라고 생각한다.

— 『형태론』, 32면

역사주의는 낭만주의의 시대의식이었고, 역사의식은 그 지적 작업의 추진력이었다. 낭만주의는 "인간정신, 정치제도, 법, 언어, 종교, 예술 등의 본질은 오직 그 역사적 기초 위에서만 이해될 수 있고 또 이런 것들은 역사적 삶 속에서 가장 직접적이고 가장 순수하며 본질적인 모습으로 나타난다는 사상"[34]을 창안해 냄으로써 스스로를 계몽주의와 구별했다. ①에서 김춘수는 역사주의의 기본 원칙을 천명한다.

또한 역사주의는 문화적 가치의 역사적 기원을 강조함으로써 상대주의를 그 규범으로 정립했다. 모든 것이 역사적이라고 말하는 것은 모든 것이 상대적이라 말하는 것과 같다. 진리의 절대성을 부정하고 가치의 상대성을 역설하는 상대주의는 주관주의와 함께 낭만주의 미학을 구성하는 근본 원리다. 상대주의는 "이제는 더 이상 절대적 가치를 믿지도 않고 또 그 상대성과 역사적 제약성을 고려하지 않고서는 더 이상 어떤 가치도 믿을 수 없게 된 세대들의 세계관을 나타냈다."(『형태론』, 224~225면) ②는 그런 상대주의의 표명이다.

김춘수는 상대주의적 입장을 분명히 하기 위해 "풍조"란 말 옆에 "fashion"이란 단어를 부기하기까지 했다.[35] 물론 그도 풍조가 일정한 양식으로 고착될 수 있음을 부정하지는 않는다. "시대의 풍조도 상당히 완고한 것이 있어", "일조일석에 어찌할 도리는 없다"(『형태론』, 20면)는 점을 인정하는 것이다. 하지만 풍조의 고정성이란 참으로 무상한 것이어서 일정한 성격을 운운할 것이 되지 못한다.

---

34) 아르놀트 하우저, 『문학과 예술의 사회사』 3권, 221면.
35) '풍조'는 'fashion'일 수도 있고, 'mode'일 수도 있다. 전자는 개성과 특성을 강조한다.

「불노리」나 송강가사도 그 당시에 있어서는 시로서 통했을 것이다. 그러나 오늘날은 이런 산문 내지 운문을 시라고 일정할 수 없는 오늘날의 풍조가 있다. 시대의 풍조를 초월한 시라는 것을 아무도 말할 수는 없다. 영원한 시라는 것은 한갓 공허한 수사에 지나지 않는다.

—『형태론』, 32면

「불놀이」는 1919년에 나왔고, 이 시론은 1958년에 씌어졌다. 그 사이에 같은 작품이 시가 됐다 안 됐다 할 정도라면 시대의 풍조란 그야말로 조변석개하는 것이라 하지 않을 수 없다. 역사적 원리로서 시대의 풍조나 당대의 경향으로서 오늘날의 풍조가 이 정도라면 김춘수의 발생학은 급진적 역사주의의 근본적 상대주의를 내포한다고 말해도 무방할 것이다. 시론으로 제기된 상대주의는 이념으로 제시된 주관주의와 마찬가지로 극단적이어서 낭만적이고, 낭만적이어서 친연적이다.

김춘수의 역사주의가 낭만적 의식의 소산임을 증명하는 좋은 예가 있다. 이상의 운명에 대한 언급이 그것이다. 김춘수는 이상을 "유일한 한국의 국제적 모더니스트"로 규정하고, 그의 시를 "그의 인간과 함께 한국시사상의 한 이단인 동시에 한 위관이기도 하다"(『형태론』, 57면)고 평가한다. 하지만 그는 자의식의 병적 악순환을 벗어나지 못하고 파멸해 갔는데, 김춘수는 어쩌면 그 파탄이 필연이 아닐 수도 있었을 것이라 추정하고 있다. 이상이 의식의 비극을 피하려면 어찌해야 했을까? 김춘수가 제시하는 해법을 그의 논리에 따라 정리한다.

① 이상은 의식으로는 이미 동양인이 아니었고, 그의 교양은 근대에 국한되는 서구적인 것이었다.

② 서구 근대의 파탄을 극복할 서구인의 갱생의 열쇠는 근대 이전의
　 서구에 있는 것인지도 모른다.
③ 이상 시의 일단이 종교 의식에서 나왔었다면 새로운 안계가 열렸
　 을는지도 모른다.
④ 기독교 세계에 적극적으로 접근해 갔다면 어찌 되었을지 생각해
　 볼 일이다.

─『형태론』, 110~111면

　이상은 왜 "자기부패작용"을 멈추지 못했던가? "절대적으로 복종할
수밖에 없는 어떤 가치에의 구속"(『형태론』, 106면)을 찾지 못했기 때문
이라는 것이 김춘수의 대답이다. 상식적으로 볼 때 그런 행위가 가능
한 가치란 종교 이외에는 없을 텐데, 김춘수는 그것을 근대 이전의 중
세의 기독교로 지정한다. 김춘수는 키에르케고르의 말을 빌려, "신 앞
의 내─피조물의식─기독교"(『형태론』, 68면)가 될 수 없었던 것이 비극
의 원인이라고 단정한다.
　다소 과장해서 말한다면, 이런 설명은 이상이 루소처럼 "기독교적
공동체가 붕괴된 이후 유럽이 처해온 문화적 위기에 대한 의식을 표
현"[36]했다고 하는 것과 다를 바 없다. 주지하듯이 낭만주의 중세에 대
한 관계는 고전주의의 고대에 대한 관계에 비견되는 것이다. 이상의
해석에 관한 한 김춘수는 관점은 서구 낭만주의자의 시각에 전적으로
의존하고 있는 것으로 보인다.
　낭만주의는 역사에 대한 구체적인 해석학적 기술을 개발함과 동시

---

36) 아르놀트 하우저, 『문학과 예술의 사회사』 3권, 99면.

에 '유출설적 역사철학'이라는 추상적 형이상학을 또한 고안했다. 이것은 "역사적 현상들이란 독립적인 원리들의 기능이요 발현이며 구체화일 뿐이라는" 역사관으로, 이에 따르면 "역사는 알 수 없는 미지의 힘들이 지배하는 영역처럼 보이며, 개개의 현상들 속에서는 불완전하게밖에 표현될 수 없는 한층 높은 이념들의 토대처럼 보인다."[37] 김춘수 시론에서 발생학은 바로 이 논리에 따라 구상된 것이다.

> 운문은 산문에 비하여 리듬의 세련화 질서화 미화를 꾀한 정신의 소산이다. 이 중 미화라는 심미의식이 물론 압도적이고 근본적이기는 하나, 그것(심미의식) 이전에 시대의 문화양식을 낳은 인간의 체험에서 빚어진 인간에의 이념이 있다. 다시 말하면, 인간 체험에서 빚어진 인간에의 이념이 한 시대의 문화양식을 낳고, 그에서 다시 심미의식이 파생되어 운문을 낳은 것이다. 그러니까 운문의 정신인 산문의 리듬의 세련화 질서화란 산문의 리듬의 자연상태를 인간의 이념이 비인간적이라고 배척한 데서 생긴 현상이다.
>
> —『형태론』, 15면

운문의 발생 과정을 기술하고 있는 이 대목은 『한국현대시형태론』 맨 앞 쪽에 나온다. 산문시는 근대에 들어와서 생긴 장르이므로, 여기서 운문은 근대 이전의 시 일반을 가리킨다. 시는 일련의 계기를 거쳐 생겨나는데, 그에 관여하는 요인들은 인과 관계에 따라 순차적으로 배열된다. 인간의 체험이 있고, 거기에서 인간에 대한 이념이 빚어진다. 거기서 다시 문화 양식이 산출되고, 그로부터 심미 의식이 파생된다.

---

37) 아르놀트 하우저, 『문학과 예술의 사회사』 3권, 222면.

시는 인간에 대한 이념으로부터 두 단계를 거쳐 생성되는 심미 의식의 소산이다. 체험이란 이념을 구성하는 질료 이상일 수 없을 것이므로, 시의 기원으로서 최고의 원리이자 유출의 근원이 되는 것은 무엇을 뜻하는지 제대로 알기 어려운 "인간에의 이념"이 된다.

이 시론을 마무리하는 장에다 김춘수는 "사족으로서의 부언"이란 제목을 붙이고, 형태론의 의의를 간단히 언급했다. 왜 형태론인가? 앞선 검토에 따르면 시란 곧 예술이고, 예술이란 곧 방법이자 기술이기 때문이라는 답이 가능할 것 같다. 이것은 본질론적 대답이다. 발생학적으로는 어떤 답변이 가능할까? 이에 대한 김춘수의 응답은 시의 가치에 대한 답까지를 담고 있다.

> 정신의 방향과 사적 위치를 증명하는 구체적인 대상은 양식 외에 아무것도 없다. Rococo, Gothic 등은 무엇을 말하는가? 시도 문화의 양식을 밑받침으로 한 형태가 정신의 방향과 사적 위치를 증명하는 것이라는 것은 두말할 여지가 없을 것 같다.
>
> —『형태론』, 96면

시의 형태란 문화의 양식에서 유출되는 것이고, 문화의 양식이란 정신의 방향에서 유출되는 것이다. 역사란 이런 유출의 토대이자 무대다. 시란 무엇인가라는 질문에 김춘수는 처음부터 끝까지 낭만적으로 대답한다.

5. 결론과 과제

『한국현대시형태론』과 『처용단장』 수록 평문을 대상으로 김춘수 시론의 낭만적 성격을 규명했다. 두 자료는 시론의 출발점과 귀착점을 보여준다고 생각해 택했다. 유형이 다른 텍스트를 동일 주제하에서 대비적으로 분석하는 근거는 논리적 상동성 및 개념적 유사성에 찾았다. 연구의 필요성은 두 가지 차원에서 제기했다. 먼저 연구사에서 김춘수 시론의 낭만적 성격이 일정 부분 검출됐음에도 그것을 낭만주의적 관점에서 고찰하고, 해당 용어로 지칭하는 작업이 아직 이뤄지지 않았다는 사실을 연구 동기의 하나로 삼았다. 그리고 시론 자체에서 낭만주의에 반대하는 입장과 낭만주의에 근거하는 서술이 상충하고 있어, 양자의 관계를 해명할 필요가 있다고 여겼다.

김춘수는 시론을 제기하는 태도의 차원에서는 낭만주의에 대해 부정적인 입장을 취했지만 시론 자체는 낭만주의적 원리에 입각해 기술했다. 필자의 태도로 표명된 반낭만주의적 입장의 실상을 이해하고 보면, 그의 시론은 내용에서나 논리에서나 낭만적 이념과 미학을 기반으로 삼고 있음을 분명히 알 수 있다. 본론에 상술한바 시론의 이념적 배경과 시작의 동기 및 시의 본질과 가치에 대한 김춘수의 견해를 낭만주의의 술어로 적시한다.

① 시론의 이념 : 개인주의, 주관주의, 상대주의, 허무주의
② 시작의 동기 : 소외의식, 보상심리, 순수유희, 감각표현
③ 시의 본질 : 예술성, 내재성, 형식성, 기술성

④ 시의 가치 : 역사주의, 유출설적 역사철학

이 같은 결론은 제한된 자료에서 귀납된 것이므로 김춘수 시론 전반에 적용된다고 단언할 수는 없으나, 최소한 김춘수의 시론 중에서 널리 알려진 대목들이 여기에서 벗어난다고 보기는 어려울 것 같다.[38) 하지만 이것은 단편적인 증거 제시에 그치는 것이므로, 시론 전체를 대상으로 한 총괄적인 검토가 이어져야 할 것이다. 그리고 그런 포괄적인 작업은 김춘수가 동인지 <로만파>를 통해 본격적인 시작 활동을 시작했다는 점을 지적하는 데서부터 시작할 수 있을지도 모르겠다.

---

38) 예를 들어 다음과 같은 발언들이 그렇다. "나는 친구가 될 수 없는, 민족으로부터 계급으로부터 도피하고 싶을 뿐이다. 관념(이데올로기)의 감상에 사로잡힐 수는 없다. 이것이 또한 시를 생각할 때의 나의 결백성이다. 민족에게 계급에게 시를 내줄 수는 없다.", "도피의 시적 적극적 의의가 여기에 있다고 생각해 본다. 완전을 꿈꾸고 영원을 꿈꾸고, 불완전과 역사를 무시해 버린다. 아주 아프게 무시해 버린다. 그걸 견딜 수 있을까? 나는 시를 쓰면서 나에게 물어본다. 그걸 견디지 못하면 산문을 쓰라!", "이런 비전문가적인 처신은 시를 생의 구원이게 한다. 시작은 생활로부터의 해방이기 때문이다. 그런가 하면, 말라르메처럼 '지성의 축제'(폴 발레리)를 유일한 생의 보람으로 삼으면서 시작을 '지성의 축제'의 으뜸으로 여기는 태도도 구원이다.", "시작은 하나의 장난 (game)이지만, 횔더린과 같은 로맨티스트에 있어서는 이 장난 위에 '위험한'이란 말이 붙어 있었다. 내 경우에는 '위험한'이라는 이 로맨틱한(비장한) 형용사 대신에 '오묘한'이란 형용사를 붙이고자 한다.", "시인이 성실하다면 그는 그 자신 앞에 펼쳐진 허무를 저버리지 못한다. 그러나 기성의 가치관이 모두 편견이 되었으니 그는 그 자신의 힘으로 새로운 뭔가를 찾아가야 한다. 그것이 다른 또 하나의 편견이 되더라도 그가 참으로 성실하다면 허무는 언젠가는 초극되어져야 한다."(『김춘수 전집』, 2권 : 354~358면, 379면)

'순수 언어'의 추구와 현대시의 방향

－김춘수 시론 연구

1. 김춘수 시론을 이해하기 위한 두 가지 전제

김춘수의 시론은 창작의 논리와 밀접하게 연관을 맺고 있다. 그는 '시란 어떤 것인가'라는 질문에 대한 기술보다는, '시를 어떻게 창작할 것인가'라는 미적 실천의 문제에 많은 관심을 기울였다. 한국의 현대 시사를 기술하거나 다른 시인들의 시를 평가할 때, 김춘수의 창작 주체로서의 시선은 끊임없이 개입한다. 엄밀하게 말한다면, 김춘수의 시론은 통일적인 체계와 논리 아래서 구축된 것이라 보기 어렵다. 그의 시론은 어떤 창작 주체의 위치를 취할 것인가 하는 선택의 논리에 의

* 하재연 / 한양대학교 국어국문학과 박사후 과정

거해 개진된다.

여기에서 김춘수 시론을 이해하는 데 필요한 두 가지 전제를 상정해 볼 수 있다. 첫째는, 김춘수 시론이 때로 보여 주는 통일성의 균열을 그대로 이해하는 것이다. 한 시인의 시론과 창작의 결과물이 완전히 일치할 수 없다는 것은 당연한 사실이다. 시론의 정치한 논리가 시에 대입될 수 없으며, 시론의 논리가 일관된 것이라고 해도 창작의 과정 속에서 무수한 어긋남을 가질 수밖에 없기 때문이다. 김춘수의 시론은 많은 부분 창작 주체의 입장에서 전개되면서, 이러한 균열과 모순에 처한 시인으로서의 난처함을 드러낸다. 김춘수 시론의 모호한 지점이나 서로 충돌하는 부분을 무시한 채 완결된 체계적 논리를 이끌어낸다면, 확대 해석이나 편의적 수용이 될 수 있는 위험이 있다. 김춘수 시론에 대한 생산적인 접근 방식은, 각 부분들이 갖는 독자성을 존중하면서 부분의 논리가 제시하는 시론적 의의를 이끌어낼 때 가능해질 것이다.

다음으로 생각해야 할 점은, 김춘수 시론의 이와 같은 특징이 미적 실천의 문제를 제시한다는 사실이다. 객관적 타당성을 상실할 위험에도 불구하고 김춘수가 지속적으로 제기하는 문제들은, 한국 현대시의 방향과 문학사라는 지형도 속에 놓여 있는 개별자들의 미학적 선택에 대한 요구이다. 그의 시론에 대한 해석과 평가가 논쟁적이고 다양한 형태로 나타나는[1] 원인을 여기에서 찾을 수 있다. 김춘수의 문제 제기

---

1) 권혁웅이나 이창민 역시 김춘수의 '무의미', '관념', '대상' 등의 용어가 모호하여, 그것을 수용하거나 시 해석에 적용할 때 매우 상이한 결과가 나오고 있거나 혹은 나올 수 있음을 지적하였다. 논자들의 견해와 이에 대한 비판의 자세한 사항은

와 요구에 대한 각각의 상이한 입장들이 매우 현장적인 성격을 띠고 제출될 수 있기 때문이다.

이 글에서는 이 같은 두 가지 사실을 전제하면서, 김춘수 시론의 특질과 의의가 한국현대시사에서 차지하는 위상을 논하려 한다. 대상이 되는 시론집은 『한국현대시형태론』(1959), 『시론(작시법을 겸한)』(1961), 『시론(시의 이해)』(1971), 『의미와 무의미』(1976), 『시의 표정』(1979)[2]이다.

2. 시의 언어와 시인의 기술

김춘수는 시의 언어와, 언어의 형태에 많은 관심을 가졌다. 한국시사를 형태론적으로 구상해 본 『한국현대시형태론』(1959)은 그의 시도가 이후의 시론에 어떻게 지속될 것인지를 보여 주는 작업이다. 이 글의 서문에서 그는 산문을 "자연발생적 리듬"으로, 운문을 "인위적 리듬"으로 규정한다. 여기에서 운문의 중요한 전제조건이 되는 것은 인위적이라는 점이다. 인위적이라는 것은 지적 통제와 조작을 필요로 하는 개념이다. 따라서 시의 형태는 필연적으로 지적 통제와 조작에 대한 요구를 담고 있다는 것이다.

권혁웅, 「한국현대시의 시작방법 연구-김춘수·김수영·신동엽의 시를 중심으로」, 고려대 박사학위논문, 2000, 50~57면 ; 이창민, 「김춘수 시 연구」, 고려대 박사학위논문, 1999, 6~11면 참조.
2) 이후 『시의 이해와 작법』(1989), 『시의 위상』(1991) 등의 시론집이 간행되었다. 『시의 이해와 작법』은 앞의 두 권의 『시론』을 새로운 편집 의도에 맞추어 수정, 보완한 것으로 보이며 『시의 위상』 역시 일정 부분 앞 시기의 시론들을 반복, 변주한 것이라 생각하여 논의에서는 제외하였다.

이어 김춘수는 시에 대한 태도를 "느끼는 태도"와 "생각하는 태도"로 나누고 있다. 그에 의하면, 전자가 내용 편중의 낭만주의적이고 주정적인 태도라면 후자는 형식 편중의 고전주의적이고 주지적인 태도이다. 여기에 어떤 가치판단이 개입되어 있는 것은 아니다. 그러나 그가 한국의 낭만주의를 비판하면서 "형태에의 무관심"을 들고 있다는 사실에서, 이후 김춘수 시론의 방향이 <언어에 대한 자각>과 <형태를 만드는 기술>의 측면으로 향하게 되는 시초를 발견할 수 있다.

> <느끼는>은 <느끼는> 인간의 일반적 태도 위에서 보다 깊게 보다 그답게 <느끼는> 그것이기 때문에 여기에는 항상 뜨거운 인간적인 태도가 있다. 그러나 <생각하는>은 <느끼는> 인간의 일반적 태도를 일단 의식적으로 포기한 태도이기 때문에 싸늘한 비인간적인 태도가 있을 따름이다. 전자가 보다 윤리적이라 하면(허무에 대하여 뭐라고 설령 말하고 있더라도 어디까지든지 그것은 허무에 대하여서인지[대하여서이지 : 인용자 바로잡음]그 자신 허무로서 있지는 않다. 청마의 시를 보면 그것을 느낄 수 있다) 후자는 보다 허무로서 있음을 알 수 있다. 형식이나 방법에의 사고는 윤리가 개재할 틈이 없다. 그것은 사고의 윤리를 통하여 기술로서 기계화할 수밖에 없는 것이다.3)

형식이나 방법에의 사고에 윤리가 개재하지 않는다고 말할 때의 "윤리"란 일반 사회와 생활에서 통용되는 윤리를 말한다. 김춘수는 "사고의 윤리"를 강조함으로써 시의 기술에 요구되는 논리가 일상의 윤리의

---

3) 『한국현대시형태론』, 46면. 본문에서 인용하는 김춘수의 글은 모두 『김춘수전집 2 : 시론』, 문장사, 1984(중판)에서 인용하며 지금부터는 각각의 시론집의 제목과 전집의 면수만 표기하겠다.

논리와는 다른 것임을 지적하였다. 여기서 "허무"라는 말은 모호하지만, 도덕관념이나 생활의 가치판단이 시적 언어에서 배제되어야 함을 강조한 것이라 볼 수 있다.

이러한 인식은 <시의 언어>가 갖는 특수성에 대한 강조로 나아가게 된다. 시의 기술이란 언어에 대한 기술이며, 언어에 대한 기술은 궁극적으로 '시의 언어'에 대한 관심과 맞닿아 있다. 시인은 <시의 언어>가 갖는 특수성을 자각해야만 한다. 시인은 "도구로서의 언어와 인연을 끊은 사람"[4]이다. 일상의 언어가 갖는 지시성과 유용성의 제거는, 시인에게 새로운 선택의 방향을 제시한다. 그는 언어에 어떤 생각을 담을 것인가 보다는, 언어의 조작과 기술을 통해 어떤 새로운 형식을 창출해야 할 것인가라는 문제에 직면하게 된다. 여기서 새로운 형식의 창출은 새로운 의미의 창조를 이끌어내는 과정이 된다.

한국 현대시에 대한 김춘수의 평가와 정리 작업은 이와 같은 전제를 바탕으로 하고 있다. 그는 한국 현대시의 출발인 신시(新詩)는 전통적 형태의 해체만 있을 뿐, 충분히 자각된 형태가 그것을 대신하지 못했으며 황석우와 김소월을 거쳐 한국의 현대시가 자유시로 자리잡게 된다고 말한다. 그가 자유시의 전개 과정에서 새로운 현대시를 이끄는 중요한 동력으로 보고 있는 것은 "형태에 대한 자각"이며 시의 기법에 대한 인식이다. 김춘수가 전 시론집에 걸쳐 정지용의 「백록담」과 같은 산문시편들이나 이상, 김구용의 시를 높이 평가하는 논리도 여기에서 파생된 것이다.

---

4) 장 폴 사르트르, 정명환 역, 『문학이란 무엇인가』, 민음사, 1998, 22면.

　　芝溶의 「백록담」은 李箱의 것과 함께 한국에서는 처음으로 산문시라
는 장르를 개척한 것이라 할 것인데, 향가 이래의 한국시는 여기서 새
로운 전개에의 사고를 경험하여야 하였던 것이다. 왜냐하면, 이미 지적
한 바와 같이 산문과 줄글(산문체)로서의 시형태와 내용으로서의
imagism이 이전의 시에서는 볼 수 없었던 결합을 일단 보여 주었기 때
문이다.

―『한국현대시형태론』, 76면

　　김춘수는 언어의 기법에 대한 인식이 곧 장르에 대한 인식으로 이어
진다고 보았다. 김춘수가 산문시의 의의를 강조한 이유는, 한국 현대시
의 내용과 형식이 재래적인 것을 답습하고 있다고 진단했기 때문이다.
"자연발생적"이고 "감성적"인 산문에서, "기교적"이고 "논리적"인 형태
로 진화한 것이 운문이지만, 여기에 대한 또 다른 반동이 시를 산문으
로 이끌어간다는 것이다. 산문은 "형식과 내용의 양쪽"에 모두 걸린다.
형식에 있어서 산문은 기존 시의 정형성을 탈피했다. 또 내용에 있어
서는 시의 서정이 갖는 주정적이고 낭만주의적인 성격을 넘어서 주지
적인 정신을 갖고 있다. 김춘수가 『백록담』 앞의 시편들을 "완고한 서
정주의"라 평가하면서, 『백록담』의 시편들에 더 가치를 두는 이유는
여기에 있다.

　　김춘수의 이러한 논의는 1950년대 이후 시단의 전통 서정주의에 대
한 문제제기로 이해할 수도 있다. 그는 "현대정신의 상황하에서는 체
험의 다양함을 억지로 단순화한다는 것은 무의미한 일이기 때문에 순
전한 서정시라는 것은 현대에 있어 더욱 난처한 입장에 서게 된다"(『시
론(시의 이해)』, 315면)고 했다. 형식에 대한 혁신은 정신의 혁신과도 관

련된다. 형식에 대한 무자각적 태도와 대상과 주체에 대한 비분리적 인식을 갖는 전통 서정주의는, 예술의 혁신을 담당하기 어렵다. 김춘수 는 "절대적인 시"를 못 가지게 되었으므로 "작법을 곧 시라고 생각하 는 태도"(『시의 표정』, 565면)를 갖게 된 것이라고 말하였다.

이 같은 주장은 그 자신이 지적했던 것처럼 "혁명적"인 것일 수도 있다. '작법=시'라는 등식은 급진적이거나 독단적일 수 있기 때문이다. 그러나 역설적으로, 이러한 표현은 김춘수 시론이 갖는 문제 제기의 성격을 더욱 강화시킨다. 김춘수의 단언은, 시의 혁신과 새로운 예술을 이끄는 힘이 어디에서 오는가에 대한 문제 의식이 한국의 현대시사에 필요하다는 항변으로 들리기 때문이다.

김춘수는 "절대적인 시"가 더 이상 존재하지 않는다는 것을 기정사 실화했다. 여기에서 시의 현대성이 어디에서 비롯하는가가 암시된다.[5] 절대적이고 완결된 세계로서의 시에 대한 믿음은 사라졌다. 시 속에서 얼마만큼 완결된 세계를 구현할 수 있는가보다, 깨어진 현실 속에서 어떤 시작 방법 하에 시를 생산할 것인가가 문제시되는 것이다.

---

5) 이러한 점에서 『한국현대시형태론』에서 김춘수가 시형태의 해체 상태에 대한 우려를 표명했다고 보는 박윤우의 논의는 수긍하기 어렵다. 그는 김춘수가 형태의 해체현상을 시대성과 관련된 일시적인 것으로 보고자 함으로써 그가 완결된 형태미를 구현하는 것으로서의 자유시형에 대한 이상을 고수했다고 논하였다. 그러나 김춘수는 완결된 형태미의 구현을 자유시의 이상으로 보았다기보다, 장르의 해체가 결국에는 서정시의 확대된 개념을 획득하면서 전개되어 나간다고 보았던 것이라 하겠다. 박윤우, 「김춘수의 시론과 현대적 서정시학의 형성」, 『한국현대시론사』, 모음사, 1992, 414~415면 참조.

3. 서술적 이미지와 관념의 배제

김춘수의 형태에 대한 관심과 무의미시론의 사이를 매개하는 중요한 개념은 "서술적 심상(descriptive image)"이다. 김춘수는 심상을 "敍述的(descriptive)"인 것과 "比喩的(metaphorical)"인 것으로 나누고, "서술적 심상이란 심상 그 자체를 위한 심상"(『시론(시의 이해)』, 243면)이며 "비유적 심상은 관념을 말하기 위하여 도구로서 쓰여지는 심상"(『시론(시의 이해)』, 247면)이라 구분하였다. 이어 전자는 이미지가 관념의 도구로 쓰여져 있지 않고 그 자체를 위하여 동원되고 있기 때문에 "순수"하며 후자는 이미지가 관념에 봉사하는 역할을 하고 있기 때문에 "불순"하다고 말한다. 따라서 "서술적 심상으로만 된 시는 일종의 순수시"(『시론(시의 이해)』, 260면)가 된다.

여기서 "서술적 이미지"는, "descriptive"를 "묘사적"이라고 해석하기도 한다는 점을 참고할 때 "묘사적 이미지"라고 번역하면 좀 더 이해하기 쉬운 의미가 된다.6) 그럼에도 이 두 가지 개념이 규정할 수 있는 범위가 어디까지인지는 모호하다. 또 이미지가 갖는 역할에 대한 두 가지의 명확한 구분은 논리적 극단성을 피할 수 없다. 한 편의 시에서 하나의 일관된 방향으로 이미지가 조직되어 있지 않은 경우가 많을 뿐

---

6) 김종길은 이미지를 대별할 경우 "서술적 이미지"보다는 "묘사적 이미지"라는 말이 더 적절하다고 보았다. 이어 그는 김춘수의 이 두 가지 구분을 비판하면서 서술적 이미지가 그 자체를 위하여 동원되기만 하는 것은 아니며, 그러한 이미지에는 "절대적 심상"이라는 말이 더 어울린다고 하였다. 비유적 이미지와 서술적 이미지의 역할을 이렇게 제한할 때 편협성을 자초한다는 것이다. 김종길, 「시의 곡예사」, 『문학사상』, 문학사상사, 1985. 10, 123~125면 참조.

아니라, 이미지의 기능 역시 서로 간에 넘나들기 때문이다. 김춘수가 이미지의 구분을 각각의 시에 적용할 때 혼란이 생기는 것은 이 때문이다.[7] 김춘수 스스로 서술적 이미지의 시들 사이에서도 "발상의 뉘앙스 차"가 단순하지 않다고 지적하고 있다. 이러한 논리적 결함에도 불구하고 김춘수가 서술적 이미지를 강조하는 이유는 명확하다. 그는 서술적 이미지를 강조함으로써 시 창작의 자각된 방법론을 강조하려 한 것이다.

이러한 원시적 서술적 심상이 차차 자아와 피아의 구별이 생기고 주관과 객관이 의식 내부에서 분련이 된 뒤에까지도 시에 나타나게 되었

---

7) 김춘수에 따르면 서정주의 「문둥이」는 시 전체가 비유가 됨으로써 이미지 그 자체에 목적이 있지 않은 "비유적 이미지"의 시이다. 각 연은 어떤 인상의 강조나 장면의 제시가 아니라 형이상학적인 암시를 알리고 있다. 박목월의 「불국사」는 서술적 이미지로 된 극단의 경우이다. 빈사, 즉 서술어를 생략함으로써 의미론의 입장으로는 판단의 유보상태를 불러 오는 "physical poetry"의 전형이다. 이상의 「꽃나무」는 관념이 아닌 심리적인 어떤 상태의 유추로 쓰이고 있는데, 그것은 이미지 그 자체가 심리적이 되어 버린 어떤 상태이다. 따라서 서술적 이미지로 쓰인 시라고 할 수 있다(『의미와 무의미』, 365~369면). 그러나 김춘수의 이러한 적용은 혼란스럽다. 박목월의 시가, 대상에 대한 설명이나 시인의 관념을 배제했다는 점에서 "서술적 이미지"의 시라는 것은 수긍할 수 있다. 그러나 서정주의 시가 장면의 제시가 아니라 형이상학적인 암시를 알리고 있는 것이라고 할 때, 이상의 시와 어떤 구분이 생기는지 모호해진다. 그 방법에 있어서는 상당히 차이가 나지만, 이상의 시 역시 어떤 장면이나 인상의 제시를 위한 것이 아니라는 점에서는 서정주 시와 같다. 이상이 표현하고자 하는 '꽃나무'도 하나의 알레고리로 읽힐 수 있다고 보면, 과연 김춘수가 말한 대상이나 관념이 사라진 것인가에 대한 의문을 가질 수 있다. 서정주의 '문둥이'는 시적 대상이 현실의 '문둥이'에서 출발했다는 것과 대조적으로 이상의 '꽃나무'는 현실의 '꽃나무'와는 거의 절연되어 있는 시적 상태라는 데에서 김춘수가 두 시를 구분했을 수도 있다. 그러나 이때는 박목월의 '불국사'가 서정주의 '문둥이'와 동일한 처지에 놓이게 된다는 점에서 또 다른 문제가 생겨난다.

는데, 원시적인 그것이 보다 자연발생적 기계적 본능적인 그것이라고 한다면 이것은 보다 의식적, 창조적, 지적인 그것이라고 할 것이다. (…중략…) 여기에는 자각된 방법론에 의한 기술과 시에의 이념이 밑바닥에 깔려 있다.

—『시론(시의 이해)』, 252면

서술적 이미지는, 외계를 모방하고 재현하는 데 그치는 것이 시의 언어가 아니라는 점을 자각한 시인의 산물이라는 데에서 원시적인 묘사의 언어와 구분된다. 그것은 의식적이고 창조적이며 지적인 작업이다. 이러한 작업은, 대상을 인식할 때 일상적 관념을 배제하면서 대상과 언어와의 관계를 더욱 밀착시킨다. 그러나 언어에서 의미가 완전히 배제될 수는 없으므로, 이때 기존의 관념과는 다른 새로운 대상의 의미가 창조된다.[8]

이미지가 관념의 도구로 쓰이지 않아야 한다는 것은 시의 언어가 시인이 말하고자 하는 어떤 사상에 대한 설명이 되어서는 안 된다는 뜻이다. 시의 언어는, 일상적인 대화나 산문에서 쓰이는 지시적 언어의 일의성을 탈피해야 한다는 뜻도 된다. 이렇게 본다면, "순수시"란 물론

---

[8]

위의 삼각형에서 대상과 언어는 관념을 통해서만 연결된다. 대상을 파악하기 위해 언어는 대상을 관념화시키고, 따라서 대상과 언어는 직접 만날 수 없다. 언어는 대상을 놓치고, 대상은 언어에 의해 관념화되면서 실체를 잃는다. 시의 언어는 이러한 관념의 매개에 부단히 저항하면서 대상을 포착하고자 한다.

사회적 참여나 이데올로기를 거부한다는 의미에서의 그것이지만, 보다 넓은 의미에서 언어의 순수성을 통한 새로운 의미를 창출한다는 측면에서의 순수시라고 보는 편이 정확하다.9) 김춘수가 그의 시론에서 전통 서정시에 대해 줄곧 부정적인 입장을 견지하고 있는 것은, 전통 서정시의 언어들이 언어와 대상과의 관계를 새롭게 파악하고 사물의 다양한 의미를 추구한다는 측면에서의 "순수"를 갖고 있지 못하다고 보았기 때문이다.10)

김춘수가 말하는 순수의 추구는 일상어 혹은 산문어에서 유지되는 기표-기의의 결합관계를 해체하려는 시적 언어의 기도(企圖)이기도 하다. 기표-기의 관계가 언어 안에서 완강하게 유지될 때, 언어 기호의 지시적 역할을 넘어설 가능성은 축소된다. 기표-기의 관계가 해체된

---

9) 월라이트는 은유의 종류를 둘로 나누면서 전통적 개념의 은유를 외유(치환은유 epiphor)라 부르고 교유(병치은유diaphor)라는 새로운 개념을 정립하였다. 병치은유의 근본적인 가능성은 새로운 특질과 의미를 만들어내는 광범위한 존재론적 사실에 놓여 있다. 병치 은유는 지금까지 묶여지지 않은 요소들을 결합하여 새로운 존재에 이르게 만든다는 것이다. 따라서 치환은유의 기능이 "의미를 암시하는 데" 있다면 병치은유의 기능은 "존재를 창출하는 데" 있다(필립 월라이트, 김태옥 역, 『은유와 실재』, 한국문화사, 2000, 67~96면 참조). 월라이트의 논의에서 병치은유는 김춘수가 사용하는 서술적 이미지와 거의 동일한 내포를 지닌다. 의미를 암시하고 나타내기 위해서가 아니라 새로운 의미론적 가능성과 존재의 창출에 그 목적이 있기 때문이다. 김춘수의 시와 서술적 이미지를 병치은유의 실례로 본 예로 홍문표, 『현대시학』, 양문각, 1987, 158~159면 ; 권혁웅, 앞의 글, 6~9면 참조.

10) 김동환은 김춘수의 서술적 이미지를 선경후정이라는 시상 전개 방식을 근간으로 하는 전통적 서정시의 세계를 의미하는 것으로 보아야 한다고 했는데, 이러한 논의는 김춘수가 말하는 "순수"의 방법론을 흔히 순수시라고 얘기하는 전통 서정시의 "순수"와 혼동하였기 때문에 온 결과다. 김동환, 「김춘수 시론의 논리와 그 정체성」, 『한국 현대시론사 연구』, 문학과지성사, 1998, 297~299면 참조.

언어 그 자체에 대한 집중은 새로운 의미와 자유로운 언어를 위한 조
건이다. 김춘수의 무의미 시론이 탄생하게 되는 지점은 여기에서이다.

> 같은 서술적 이미지라 하더라도 사생적 소박성이 유지되고 있을 때
> 는 대상과의 거리를 또한 유지하고 있는 것이 되지만, 그것을 잃었을
> 때는 이미지와 대상은 거리가 없어진다. 이미지가 곧 대상 그것이 된다.
> 현대의 무의미시는 시와 대상과의 거리가 없어진 데서 생긴 현상이다.
> 현대의 무의미시는 대상을 놓친 대신에 언어와 이미지를 시의 실체로서
> 인식하게 되었다고 할 수 있다.
>
> ─ 『의미와 무의미』, 369면

이미지와 대상의 거리가 없어진다는 진술은, 시인이 이미지를 통해
대상의 어떤 속성이나 관념을 묘사하려는 것이 아니라 이미지가 곧 대
상이 됨으로써 이미지와 언어 그 자체가 말한다는 의미를 갖는다. 무
의미시가 대상을 놓쳤다는 것은, 언어를 통해 대상에 대한 일정한 관
념을 설명하려는 시인의 태도가 사라졌다는 뜻이다.[11] 기의─기표의
긴밀한 결합이 하나의 대상을 일상언어 차원에서 지시하던 관계가 사
라졌기 때문에, 예전에 표현하고자 했던 "대상"은 사라진다. 대신 그

---

11) 김춘수의 무의미 시론은 많은 부분 말라르메가 말한 "시인의 사라짐"에 기대어
있는 것 같다. 말라르메는 시의 내적 구조와 여백들이 만들어내는 새로운 의미
의 창출에 대해 말함으로써, <시의 순수>가 가질 수 있는 의의에 최대의 가능
성을 부여하였다. "The inner structure of a book of verse must be inborn ; in this
way, chance will be totally eliminated and the poet will be absent. from each
theme, itself predestined, a given harmony will be born somewhere in the parts of
the total poem and take its proper place within the volume(…)" : Mallarmé,
Stéphane. trans. Bradford Cook. "Crisis in Poetry", *Mallarmé : Selected prose poems,
Essays & Letters,* Baltimore : The Johns Hopkins Press, 1956, p.41 참조.

166   김춘수

자리에 언어와 이미지가 실체로서 자리잡는다. '대상의 무화', '관념의 배제' 등이 '무의미'의 '의미'와 엇갈리면서 의미를 불투명하게 하고 해석의 다의성을 야기하였지만, 언어와 이미지에 대한 김춘수의 이와 같은 적극적인 의미 부여에 의해, 1950년대 이후 한국 순수시의 향방이 새로운 가능성을 얻은 것은 사실이다.

4. 새로운 언어와 존재 창출의 시도

> 시는 진보하는 것이 아니라 진화한다는 것이라는 가설이 성립된다고 한다면, 어떤 시는 언어의 속성을 전연 바꾸어 놓을 수도 있지 않을까? 언어에서 의미를 배제하고 언어와 언어의 배합, 또는 충돌에서 빚어지는 음색이나 의미의 그림자나 그것들이 암시하는 제이의 자연 같은 것으로 말이다.
>
> ─ 『의미와 무의미』, 378면

시의 언어에 대한 자각이 대상에 대한 새로운 인식 방법에서 시작되었다면, 언어의 속성을 바꿀 수도 있는 무의미시가 추구하는 목적은 새로운 언어와 존재의 창출에까지 가 닿는다. 이를 위해 김춘수가 필요하다고 본 것은 대상에 대한 현상학적 시선, 즉 판단중지의 시선이다. 김춘수는 우리 시단(詩壇)이 시를 쓴다는 행위에 대한 형이상학적 의미 부여를 하지 못하고 있다고 말한다. "기교(엘리어트식으로 말하면 예술작용)가 인생에 직결된다는 적극적인 의미를 아직 절실하게는 자각 못 하고 있을 때, 미학으로서의 시는 그 소극적인 면만이 드러나고 동시에 그것은 비장하나 피상적인 인생론에 의하여 배척"(『의미와 무의미』,

427면)된다는 점을 인식해야만 한다는 것이다. 대상에 대한 현상학적 시선이라는 것은, 현실에서 통용되는 대상에 대한 관념을 배제하는 것, 괄호치는 것을 말한다. 괄호치기를 통해 이제 대상 인식에서 관념의 자리를 대체하는 것은 언어의 작용이다. 말라르메적인 의미에서 우리가 '꽃!'이라고 부를 때에만, 실재하는 꽃이 아니라 그것의 음악과 본질 그리고 부드러움을 가진 것으로서의 '꽃'이 살아나는 것처럼 말이다.[12]

대상에 대한 판단 중지를 통해 사물의 새로운 의미를 창출하려는 주체의 시선은, 사물을 도구화 시켰던 현실의 논리를 탈피하여, '나'의 외부에 존재하는 다른 타자로 그것을 인식할 수 있는 가능성을 제공한다. 주체에 아무 영향도 끼칠 수 없는 도구로서의 사물에 대한 반응이 아니라 "타자들이 모두 존재 차원에 있다는 점"[13]을 인식한 것이다.

---

12) Mallarmé, Stéphane. 앞의 글, 42면 참조. 대상에 대한 판단 중지 상태에서 본질 직관을 통해 개체를 넘어서는 종을 파악할 수 있다는 논리는 후설에게서 비롯되었다. 종으로서의 <빨강>을 지시할 때, 빨간 대상은 우리 앞에 나타나고 이런 감각으로 우리는 지시되지 않은 빨간 대상까지도 보게 된다. 이 <빨강>은 대상 안에서 개별적으로 한정된 특징을 지시하는 것은 아니다. 오히려 우리는 단일하고 동일한 빨강을 새롭고 의식적인 태도로 지시한다. 이런 태도를 통해 개체가 아닌 종이 정밀하게 대상이 된다. 아도르노는 후설의 이러한 <관념화된 빨강>이 실재하는 개체를 배제하는 비실재적 관념일 뿐이라는 점에서 비판하였다. 개별적인 빨강이 종으로서의 빨강으로 되는 것은 그 두 가지를 모두 담는 언어에 의해서만 가능하다는 것이다. 이러한 아도르노의 후설 비판은 역설적이게도 여기서는 말라르메의 순수 언어의 지점, 즉 현실 너머에 있는 어떤 것을 지시함으로써 "대문자 책"이 구현하는 세계로 가 닿는 통로에 대한 길을 열어 놓는다. Adorno, Theodor W., *Against Epistemology*, trans. Willis Domingo, Oxford : Basil Blackwell, 1982, 97~99면 참조.

13) 이승훈, 「김춘수, 시선과 응시의 매혹」, 『작가세계』, 세계사, 1997년 여름, 49면. 이승훈은 여기서 사르트르의 타자 개념을 빌어 김춘수의 세계에 대한 시선을 설

무의미시의 "無"를 "nothing"이 아니라 "Being"으로 해석할 수 있으며, 그것이 사물과 직관의 관계 혹은 존재와 인식의 관계를 드러내고자 하는 노력이었다는 주장14) 또한 이와 비슷한 지적이다.

　　그러나 기교나 메타포는 수사학의 차원에서만 이해할 수는 없는 일이다. 그것들은 시의 속성이기도 하다. 메타포란 그 어원이 말하다시피 그것은 부단히 자기의 현재를 초월하려는 의지에서 나타나는 어떤 현상(언어적 현상)이다. 그것은 곧 창조를 뜻한다. 예술작품이란 전체적으로도 하나의 메타포가 되어야 하겠거니와 부분적으로도 메타포는 필수적이다. 시의 기교란 바로 초월에의 한 방편을 두고 하는 소리라야 한다. 요컨대 초현실주의에 있어서의 자동기술과 같은 것이다. 그것은 곧 방법론에 연결돼야 한다.

　　　　　　　　　　　　　　　—『의미와 무의미』, 454면, 밑줄 인용자

인용문에 등장하는 "초월"이라는 용어의 함의를 명확히 개념화시킬 수 있을만한 충분한 논의가 이후 김춘수에게서 개진되고 있지는 않다. 어쨌든 김춘수는 여기에서 시의 기교가 단지 수사의 차원이 아니라 "하나의 스타일이 생에 대한 어떤 발상을 보여주고 있는가"(『의미와 무의미』, 443면)라는 질문의 차원에서 이루어져야 한다는 점을 강조하고 있다. 시란 자연 언어를 초월하는 언어의 창출이며, 대상의 새로운 의

명하고 있다.
14) 이에 대해서는 고정희, 「김춘수의 무의미론 小考」, 『김춘수 연구-시인 김춘수 송수기념평론집』, 학문사, 1982, 383~385면 참조. 이에 반해 김춘수가 오히려 존재 자체를 무로 하려고 했다는 상이한 논의를 제출하고 있는 입장에 대해서는 권기호, 「절대적 이미지」, 위의 책, 485~489면 참조.

미를 실체화하는 것이고, 주체와 사물과의 관계에 대한 새로운 인식을 정초한다는 점에서 "창조"가 되는 셈이다. 그는 시적 트릭이란 인생 혹은 우주의 불가사의에 대한 하나의 "도전의 방법"이라는 점에서만 의미가 있을 뿐, 그렇지 못할 때는 단순한 하나의 재치에 지나지 않는 것이 된다고 말하였다. 무의미시의 기술에 대한 자각적 태도는 이처럼 세계와 존재의 비밀에 대한 인식의 방법으로까지 확장된다.

그런데 여기에서 이를 위한 방법론의 한 예로 초현실주의의 자동기술법이 등장하고 있다는 사실을 주목할 수 있다. 김춘수는 조향의 글을 인용하면서 자동기술법이 "타자" 곧 "무의식의 자아"를 드러냄으로써 무의식과 의식, 즉자와 대자의 대립을 해소시키고 변증법적 지양에 의해 우주적 통일을 이룩한다고 보았다. 자동기술법의 적극적 의의는, 의식의 심층에 있는 무의식을 길어올림으로써 '나'의 타자인 무의식과 의식의 통합 즉 주체와 객체의 변증법을 꾀한 데서 찾을 수 있다는 것이다. 그러나 이러한 김춘수의 논리는 시의 기법을 심리학적 측면으로 무분별하게 연결시키면서, 의미의 혼란과 모순을 일으키고 있다.

> 자동 기술이란 결국 이들 분열 또는 대립의 상태에 있는 我들을 변증법적으로 지양시켜 통일케 하는 어떤 작용이다. 그것은 또한 실존의 渾身的 投射라고도 할 수 있다. 이때의 실존이란 하나의 종합이다. (…중략…) 그러나 그것은 생물과 인간의 변증법적 지양을 완성한 새로운 차원의 자연(神)이 되어야 한다는 뜻이 된다. 자동 기술의 적극적인 의의가 바로 여기에 있다.
>
> —『시의 표정』, 555면

이미지를 상징으로 사용하는 것은 피안의식이 작용하고 있는 증거라
고 할 것이다. 즉, 사물의 의미를 탐색하는 태도다. 이미지를 순수하게
사용하는 것은 사물을 그 자체로서 보고 즐기는 태도다. 이 두 개의 태
도가 나에게 있어서는 석연치가 않다. 혼합되어 있다.

　　　　　　　　　　　　　　　　　　　—『의미와 무의미』, 462면

　　첫 번째 인용문은 자동기술법이 갖는 적극적인 의의를 설명하고 있
다. 자동기술법에 의해 쓰이는 시 역시 김춘수에게 있어서는 무의미시
이다. 그가 일관되게 논하였던 서술적 이미지의 자유연상이 자동기술
법과 곧바로 연결될 수 있는가에 대한 논의는 차치하고서라도, 자동기
술법이 여러 주체들을 지양시켜 통일시킨다는 주장에 대해서는 의문
을 가질 수밖에 없다. 자동 기술에 대한 과도한 의미 부여는 무의미
시론의 존재 의의를 확정하려는 시도로 보인다. 언어의 힘에 의해 새
로운 존재를 건설하려는 김춘수의 무의미시론이 갖는 필연적 결과의
하나는 "존재를 끝끝내 증명할 수 없다는 절망"[15]에 부딪치는 일이다.
아마도 김춘수는 이 절망을 이겨내기 위한 무의미시의 기획의 일환에
서 위와 같은 주장을 제출하였을 것이다. 그러나 이와 같은 김춘수의
기획은 애초의 출발점과는 화해하기 힘든 충돌과 갈등을 일으킨다. 자
아와 외부 세계를 분리하여 사물을 인식하는 시의 언어에 대한 자각적
태도를 강조하고 대상을 판단 중지의 차원에서 응시함으로써 새로운
시적 의미를 만들어 내려고 했던 시론의 실험과, 주체들의 소박한 "종
합"은 쉽게 매개될 수 있는 차원의 것이 아니다.

---

15) 이승훈, 「김춘수론─시적 인식의 문제」, 『현대문학』, 현대문학, 1977. 11, 261면.

두 번째 인용문에서 김춘수는 자신의 시 창작이 두 개의 태도를 동시에 포함하고 있음을 밝히고 있다. 이러한 두 가지 태도가 일으키는 균열은 창작에 있어서는 생산적일 수도 있으나, 시론의 논리에서 그대로 드러날 때는 모순과 깨어짐을 면치 못한다. "피안의식"과 "즐기는 태도"가 화해될 수 있기 위해서는, 보다 많은 단계의 매개가 필요하며 그에 대한 구체적 설명과 논리의 개진 또한 이루어져야 한다. 주체와 객체의 변증법은 하나의 고정된 점에서 이루어지는 것이 아니기 때문에, 역사에 대한 의식이 배제된 채 이루어질 수는 없다. 그는 자신의 시론에서 "역사"를 배제하였는데, 그것은 일종의 "완전"과 "영원"을 꿈꾸는 자의 태도다.16) 완전을 꿈꾸는 태도가, 본질적으로 불완전한 힘들의 대립과 갈등관계를 통해 이루어지는 끊임없는 과정인 변증법을 추구하는 태도에 다가가기는 어렵다.

역사의 배제는 인간이라는 주체의 가능성에 대한 유보 혹은 판단 중지를 이끌어 오기 마련이다. 따라서 김춘수의 논리는, 주체와 모순을 간직한 외부 혹은 세계와의 갈등과 투쟁 속에서 일어나는 역사적 사건인 변증법에로가 아니라, 무분별한 "종합"에로 나아갈 위험을 가지고 있다. 유용성과 관념을 배제한 시적 언어의 가능성을 극대화시킨 것이

---

16) 구모룡은 김춘수가 역사를 불완전과 등가로 파악했기 때문에 영원의 반대편에 있는 역사를 배제하였다고 지적한다. 따라서 김춘수가 꿈꾸는 완전은 '무역사성'의 원리를 기반으로 하는 삶의 배제를 통해 도달되는 지향점이라는 것이다. 이러한 지적은 김춘수의 시세계에 대한 전반적 해석으로 보이는데, 여기에서는 이와 같은 논리를 김춘수의 『의미와 무의미』 이후 나타나는 시론에 적용할 수 있을 것 같다. 자세한 점은 구모룡, 「완전주의적 시정신」, 『김춘수 연구 : 시인 김춘수 송수기념평론집』, 학문사, 1982, 408~412면 참조.

무의미시의 논리였다면, "있는 그대로의 사물을 반영하기 위해서 주체
는 사물로부터 받은 것보다 더 많은 것을 사물에게 돌려주어야"[17] 한
다는 말을 상기할 필요가 있다. 무의미시론의 논리는, 주체와 외부세계
와의 사이에 놓여 있는 심연을 인정하고 언어라는 형식에 집중할 때
새로운 창조의 논리가 될 수 있기 때문이다.

5. 유희의 전략

한 비평가는 김춘수의 무의미시를 비판하는 글에서, 김춘수가 '역사'
를 부인함으로써, '이성'의 전개로 이루어지는 역사의 보편성과 전체성
에 대한 인식을 사상(捨象)하였다고 논하였다.[18] 때로 그의 시론은 논리
의 객관성과 보편성을 상실하면서, 해석의 모호성과 불가지성을 초래

---

17) M. 호르크하이머·Th. W. 아도르노, 김유동·이상훈·주경식 역, 『계몽의 변증
   법』, 문예출판사, 1995, 255면
18) 서준섭, 「순수시의 향방」, 『작가세계』, 세계사, 1997년 여름, 86~88면 참조. 그
   는 헤겔의 『정신현상학』을 인용하여 이성은 진리의 원천으로서 <진리는 전체이
   다>라는 인식, 즉 주관성을 넘어서는 전체성에 대한 인식이 그에게 필요함을
   주장하였다. 이러한 견해는 김춘수의 시론을 논하는 데는 부적절하거나 불충분
   해 보인다. 김춘수의 시론은 역사를 배제한다는 점에서 이성과 주체의 역할을
   부인한 것이다. 세계의 분열과 이원성을 받아들이는 근대 과학의 세계관을 내재
   화하여(김춘수의 시와 시론이 근대 과학의 논리에 닿아 있다는 생각에 대해서는
   김인환, 「과학과 시」, 『상상력과 원근법』, 문학과지성사, 1993을 참조할 수 있다)
   시의 언어에 대한 자각적 인식과 조작을 통해 새로운 시의 형태를 정초하겠다는
   발상은, 거대 이성에 대항하는 '작은 이성과 주체'의 역할을 제출한 것으로 볼
   수도 있다. 따라서 김춘수 시론은 진리는 곧 전체라는 헤겔적 세계관에 대한 미
   학적 반발의 형식이다. 그는 관념이나 이데올로기와 무의식적으로 결합하는 언
   어의 속성과 단절하고, 구체적 사물과 만나는 존재로서의 언어를 강조하였다.

하기도 하였다. 그의 시론의 논리에 이렇게 균열이 있을 때, 시론과 시의 정당한 대응은 애초부터 불가능한 것이었을지 모른다.

그러나 김춘수의 시는 시론의 논리와 조금씩 엇갈리는 지점에서, 그 의의를 획득한다. 논리로 환원되기 어려운, 미완결적이고 총체적이지 않은 세계에 대한 시적 인식은 <진리는 전체다>라는 명제에 대한 부정이거나, 부분의 진실에 대한 문제제기일 수 있다. 김춘수의 성공한 시들은 언어의 끊임없는 연상과 연쇄를 통해, 일상 언어의 의미 작용을 해체함으로써 새로운 의미의 공간을 창출해 낸다. 하나의 이미지가 다른 이미지의 의미 동일성을 부정하거나, 언어의 대립과 차이를 통해 새로움을 만들어 내는 김춘수 시의 언어적 특징은 유희의 속성과도 동일하다. 김춘수는 "유희는 그 자체 하나의 해방(자유)"(『의미와 무의미』, 379면)이라고 말한 바 있다. 김춘수의 시와 시론이 보여 주는 시의 언어에 대한 하나의 태도는, '언어의 즐김'[19]을 생산할 가능성으로 재해

---

19) 바르트는 말라르메가 언어의 소유주라고 여겨져 왔던 저자를 언어 자체로 대체할 필요성을 인식하고 예견함으로써, 독자의 자리를 회복시켰다고 말한다. 바르트에 의하면 이전의 개념이었던 "작품"은 하나의 일반적인 기호처럼 작용하며, 따라서 기호 문명의 제도적 범주를 표상한다. 이와 반대로 "텍스트"는 기의의 무한한 후퇴를 실천하고 지연시킴으로써 기표의 무한성, 즉 유희의 개념에 관계한다. 따라서 텍스트는 "즐김", 다시 말해 분리가 없는 즐거움에 연결된다. 바르트의 논의는 의미를 지연시키는 기표 자체의 유희성을 강조함으로써, 작품의 의미를 이해하는 독자가 아니라 텍스트의 언어를 동시에 생산하고 즐기는 실천 주체로서의 독자의 위치를 창출한다(롤랑 바르트, 김희영 역, 『텍스트의 즐거움』, 동문선, 1997, 29면~47면 참조). 김춘수의 시론이 독자의 '즐김'을 생각하고 있었는지 논하기는 어렵다. 이는 시대적으로 시인의 '즐김'조차 허용되기 힘들었던 한국 현대 시사의 특징이기도 하다. 그러나 작가의 '즐김'에서 언어의 '즐김'이라는 매개를 통해 독자의 '즐김'은 마련될 수 있을 것이다. 언어의 '즐김'에 대한 금욕적인 통제가 다른 나라보다 심한 한국 문학의 특수성은 역사의 특수성

석될 수 있다.

그러나 김춘수의 시론이 "생물과 인간의 변증법적 지양"이라는 과도한 임무를 언어에 부여할 때, 그 논리는 파열될 위험을 갖는다.[20] 이것은 김춘수 시론이 거부하고자 했던 또 하나의 관념으로서 시창작의 논리를 압박할 수 있기 때문이다. 김춘수의 "순수시론" 또는 "무의미시론"의 의의는 한국 현대시사에 결핍되어 있는 어떤 부분을 보충하고 확장시킴으로써, 한국현대시를 보다 풍성하게 만들 수 있는 가능성을 제공하였다는 데서 찾아볼 수 있었다. 그런데 그의 시론이 절대적이고 단일한 가치로 치환되고, 전체를 포괄하는 변증법적 논리인 것처럼 제시되는 순간 김춘수의 "순수"와 "무의미"는 일종의 도그마가 되어 버리는 위험을 내포한다.

> 그가 말하는 넌센스는 시의 승화작용이고, 설사 시에 그가 말하는 <의미>가 들어있든 안 들어있든 간에 모든 진정한 시는 무의미한 시이다. (…중략…) 그런데 김춘수의 경우는 이런 본질적인 의미의 무의미의 추구를 하는 것이 아니라, 먼저부터 <의미>를 포기하고 들어간다. 물론 <의미>를 포기하는 것이 무의미의 추구도 되겠지만, <의미>를 껴안고 들어가서 그 <의미>를 구제함으로써 무의미에 도달하는 길도 있다. 그리고 실제에 작품활동에 있어서 한 사람이 꼭 이 두 가지 방법 중에 하나만 지켜야 한다는 법은 없다. (…중략…) 또한 작품형성의 과정에서 볼 때는 <의미>를 이루려는 충동과 <의미>를 이루지 않으려는 충동이

에 기인한다. 이런 측면에서 한국현대시사 안에서 김춘수의 시론이 제기하는 '언어'와 '유희'의 문제는 유효하다.
20) 이러한 경향은 김춘수 시론의 후반부인 『의미와 무의미』(1976), 『시의 표정』(1979)에 오면서 나타나고 있다.

서로 강렬하게 충돌하면 충돌할수록 힘있는 작품이 나온다고 생각된다. 이런 변증법적 과정이 어떤 先入主 때문에 충분한 충돌을 하기 전에 어느 한쪽이 약화될 때 그것은 작품의 감응의 강도에 영향을 줄 뿐만 아니라 작품의 성패를 좌우하는 치명상을 입히는 수도 있다. (…중략…) 소위 순수를 지향하는 그들은 사상이라면 내용에 담긴 사상만을 사상으로 생각하고 大忌하고 있는 것 같은데, 詩의 폼을 결정하는 것도 사상이라는 것을 잊어서는 안된다. 이런 미학적 사상의 근거가 없는 곳에서는 새로운 시의 형태는 나오지 않고 나올 수도 없다."21)

"모든 진정한 시는 무의미한 시"라는 김수영의 단언은 본질적으로는 맞는 진술이지만, 김춘수의 시론이 제기하는 현실적인 유효성을 완전히 배제해 버린다. 김수영이 "<의미>를 이루려는 충동과 <의미>를 이루지 않으려는 충동"의 변증법적 과정을 논하였다는 것은 김춘수 시론이 가질 수 있는 도그마적 속성에 대한 의미심장한 지적이다. 한 편의 시는 시인의 처음 의도에 의해 완전하게 재단된 완결된 집적물이 아니라, 끊임없는 충돌과 긴장관계 속에 놓여 있는 유동하는 텍스트라는 점을 상기해야 한다. 김춘수의 "무의미"나 "순수"의 추구는, 시인이 지향해야 하는 단일한 가치처럼 제시되는 순간 유연성과 자기 부정의 가치를 잃어버린다. 이는 김춘수가 제시한 언어의 유희적 전략의 측면과도 배치된다.

김수영이 말한 시의 형태와 사상의 관계 역시 김춘수 시론이 가지고 있는 맹점을 지적해 준다. 내용에 담긴 것뿐이 아니라 시의 형태를 결정하는 것도 사상이라는 점은, 현실과 떨어져 있는 시의 언어가 우회

___

21) 김수명 편, 『김수영 전집 2 : 산문』, 민음사, 1981, 244~245면.

적으로 또는 역설적으로 현실과 만나게 되는 지점을 설명해 준다. 시의 언어가 현실의 관념과 절연해야 한다는 지적이, 시의 새로운 형식의 추구나 독자의 텍스트 수용 또한 현실과 유리된 채 진행되어야 한다는 말과 동일한 의미로 사용되어서는 안 된다. 유용성을 추구하지 않은 언어의 순수성은 독자와의 만남에 의해, 또 현대시사의 전개 과정 속에서 그 역사적 의미를 얻을 수 있게 된다. 역사와 현실에 대한 이러한 가능성을 배제하지 않을 때, 김춘수가 말하는 '언어의 순수'는 굳어진 또 하나의 관념이 될 수 있는 위험에서 벗어난다.[22)]

김춘수의 시론은 시의 본질인 '언어'에 대한 근본적 질문을 던짐으로써, 시와 시인과의 관계 그리고 현대시의 방향에 대한 의의 있는 문제의식을 제시했다. 그러나 그가 무의미시론을 반복하여 논하면서 모순에 부딪치거나 도그마적인 논리를 보여 준다는 사실은, 김춘수 시론에서 경계해야 할 점을 분명히 해 준다. 김춘수 자신이 말한 것처럼 시는 사물과 말 사이의 "영원한 설레임"이고, 주체의 내부와 외부를

---

22) 김춘수 역시 무의미시론을 정립하면서 김수영을 의식하고 있었음은 여러 번 언급되어 왔다. "내가 50년 이상, 내가 가장 콤플렉스를 느낀, 의식한 시인이 김수영이야. (…중략…) 그런데 그가 사회문제를 들고 나오는 바람에 더 의식적으로 난 이쪽으로 무의미쪽으로, 더 반대쪽으로 간 것 같아요. 그 사람을 너무 의식한 나머지 실험적인, 지금으로 말하면 그런 시가 무의미쪽으로 자꾸 추구해 들어갔고, 그 과정에는 그런 게 있었단 말이지."(최동호·김춘수 대담, 『문학과 의식』, 문학과의식사, 1999년 봄, 119면) 이와 같은 진술은 그의 시론집에서도 이미 언급되었다. 김춘수가 김수영과 대척하면서 자신의 시론을 형성해 갔다는 사실은, 한국 현대 시사의 긴장과 갈등 관계 속에 새로운 형식과 논리의 시론이 어떻게 탄생하는가를 보여 준다. 그러나 한편 김춘수가 자신의 논리적 정당성을 확보하기 위해, 무의미시론의 의의를 지나치게 확대하거나 절대적인 논리처럼 제시하게 되는 이유도 추측해 볼 수 있게 한다.

끊임없이 서성이는 형식이라는 점을 잊지 않을 때에만, 그의 시론은 논리의 유동성과 가치를 얻는다. 그리고 이때에만 현대시의 방향에 대한 김춘수의 모색이 단일한 가치가 아니라 의의 있는 선택의 방향으로서 제시될 수 있을 것이다.

김춘수 시 연구의 현황과 전망

1. 김춘수 문학의 의의와 다층적 연구

대여 김춘수(1922~2004)는 한국 현대시문학사를 가장 충일하게 증거할 수 있는 시인 중 한 사람이다. 김춘수 그 자신의 문학적 경험과 그를 둘러싼 논의들은 한국 현대 시문학사의 주요한 쟁점들을 종합하고 있다.[1] 1946년 『해방 1주년 기념 사화집』에 작품을 발표하면서 시작된

---

* 이강하 / 전북대학교 국어국문학과 박사수료
1) 김현은 김춘수를 서정주, 김수영과 함께 해방 이후 시사에 가장 강력한 영향을 미친 시인으로 규정했고(『한국문학사, 민음사, 1973), 김준오는 참여시와 대립하는 순수시의 기수로 김춘수의 시사적 위치를 확인시켰고(『한국현대문학사』, 현대문학, 1989), 김용직은 김춘수를 해방 이후 등단한 시인 중에 가장 견고한 언어를 구사하는 시인으로 평가했고(『해방기 한국 시문학사』, 민음사, 1989), 권영민은 1960년대 이후 형식과 기법에 관심을 기울이고 있는 대다수의 시인들이 김춘수

그의 문학적 이력은 작고 직전인 2004년 『김춘수 시(시론포함) 전집』을 감수하기까지 현대시사의 흐름을 주도하면서 전개되었다.[2] 김춘수의 시와 시론이 가지는 시사적인 가치는 단순히 그 양의 방대함이나 그의 문단에서의 위치에서 기인하는 것이 아니다. 김춘수는 장구한 문학활동 기간 동안 한 순간도 고정된 시 형태나 시 정신에 안주하지 않고[3] 탐색을 멈추지 않는 시인으로서 부단한 자기부정을 통한 시 쓰기의 방법론을 모색하며 현대시의 문제적 담론들을 생산하였다.

김춘수의 문학적 경험은 해방 이후부터 현 시점까지 현대사와 문학이 상호접촉하는 문화사회학적인 국면, 서구의 근대가 비자율적 상황에서 받아들여진 이후 한국문학에 반영되고 갱신되는 양상, 현대문학 비평의 갈래와 흐름, 그가 계승한 해방 이전의 시문학사의 계보와 그 이후 그의 궤적을 따르는 문예사조적 계보, 동서양의 정신사적인 차이와 같음, 창작방법론과 시론, 비교문학 및 학제간 연구 등 동시대의 거장인 서정주나 김수영을 통해서는 추출할 수 없는 문학사를 적시해 준다.

김춘수에 대한 연구는 작품과 시론에만 국한된 것이 아닌 다층적인 차원에서 김춘수를 '둘러싸고' 전개되고 있다. 김현의 「존재의 탐구로서의 언어-김춘수론」(『세대』, 1964. 7) 이후로 현재까지 이루어진 방대

의 영향을 받았다고(『한국현대문학사』, 민음사, 1993) 기술했다.

2) 김춘수는 생몰기간 동안 시집 및 시선집 24권, 수필집 및 소설 6권, 시론집 8권, 전집 4권을 출간하였다. 「기획특집 제2차 한국문인 실태보고서」(『문학사상』, 2002년 6월)에 의하면 1986년 이후 가장 많은 시를 발표한 시인으로 김춘수가 선정되었다. 다른 다작 시인들과의 비교에서 김춘수 문학이 돋보이는 까닭은 창작 방법론의 긴장이 작고 직전의 시가지 팽팽하게 고조되고 있다는 점이다.

3) 남기혁, 「김춘수 전기시의 자아 인식과 미적 근대성」, 『한국시학연구』 1, 1998, 64면.

한 양의 연구들은 특정한 경향을 명시하기 힘들 정도로 비평의 거의 모든 분야에서 진행되고 있다.[4] 현재까지 박사논문 26편, 석사논문 67편, 그 외의 학술지 논문이 100편을 상회하는 것으로 확인된다.[5] 특히 시인의 작고 이후에는 그동안 축적된 연구방법론에 대한 반성적인 비평 등이 진행되고 있는 현황이다. 이 글은 김춘수 문학연구의 자료 현황을 제시하고 향후의 연구방향의 지향점을 모색하는 것을 목적으로 한다. 따라서 개별 텍스트의 분석이나 특정한 방법론의 사용은 이루어지지 않는다.

2. 김춘수 시 연구의 현황

통상적으로 한 작가의 연구를 위해서 선행되는 작업에는 시기구분과 연구사의 범주화가 있다. 김춘수의 경우 시기구분은 비교적 명확하게 정리되고 있다. 대게 이승훈[6]식의 구분방법과 정효구[7]식의 구분방

---

4) 김춘수가 의식적으로 참여문학에 대해서 거부를 표명하였던 만큼 그가 경도되었던 모더니즘과는 상반된 경향인 리얼리즘 비평에서도 안티적인 입장, 또는 현실세계의 부정이라는 인식론적 공통성을 기반으로 그에 대한 연구가 전개되었다.

5) 이 정보는 'KERIS 학술연구정보서비스(www.riss4u.net)', 'DBPIA(www.dbpia.co.kr)', '국회도서관(www.nanet.go.kr)'의 검색정보를 종합한 것임(검색어 : 김춘수, 모더니즘, 현대시론, 무의미시, 처용).

6) 이승훈, 「존재의 기호학」, 『문학사상』, 1984. 8.
이승훈, 「처용의 수난과 통사구조의 해체」, 『현대시사상』, 1992년 봄.
이승훈, 「포스트모던즘의 시적 기법-김춘수의 『처용단장』 3부와 4부를 중심으로」, 『모더니즘 시론』, 문예출판사, 1995.

7) 정효구, 「김춘수 시의 변모 과정-창작방법론을 중심으로」, 『20세기 한국시와 비평정신』, 새미, 1997.

법이 원용되고 있다. 이승훈은 김춘수의 시 연구의 대표적인 논자로서 각 기점마다 시기구분을 행하고 있는데, 그것을 종합해 보면 '존재의 추구와 탐구기', '순수한 이미지의 추구기', '리듬이 환기하는 적나라한 실존에의 몰입기', '예술과 종교에 대한 성찰기', '동양적 시선을 통한 서양적 삶의 성찰기', '포스트모더니즘 기법의 실험기'의 여섯 단계로 그 문학전기를 구분할 수 있다. 이 구분법을 참조한 이창민[8]은 각각의 시기를 표현양식으로 대치하여 다음과 같이 나타냈다.

[표 1]

연 번	시 기	해당시집	표현양식
1	1948~1954	『구름과 薔薇』, 『늪』, 『旗』, 『隣人』, 『第一詩集』	감 상 적 낭만주의
2	1954~1959	『꽃의 素描』, 『부다페스트에서의 少女의 죽음』	관 념 적 실존주의
3	1959~1969	『打令調 其他』	유 희 적 순수주의
4	1969~1980	『處容』, 『狼山의 樂聖 白結先生』, 『金春洙詩選』, 『꽃의 素描』, 『南天』, 『비에 젖은 달』	신 화 적 상상주의
5	1980~1992	『라틴點描 其他』, 『샤갈의 마을에 내리는 눈』, 『處容斷章』, 『돌의 볼에 볼을 대고』	예 술 적 도피주의
6	1992~1999	『서서 잠자는 숲』, 『金春洙 詩全集』, 『壺』, 『들림, 도스토예프스키』, 『의자와 계단』	폐 쇄 적 기교주의
인용자	2001	『거울 속의 천사』	
	2002	『쉰한 편의 悲歌』	

---

8) 이창민은 각각의 표현형식에 대응되는 창작방법으로 '정조 표현과 형식 조탁', '릴케 시 변형과 개념어 구사', '서술적 심상 구축과 돌발적 비유 조성', '설화 변형과 연작 구성', '비평적 서술과 자전적 기술', '자기 표절과 혼성 모방'을 각각 설정하였다.
이창민, 『김춘수 시연구』, 고려대 박사논문, 1999.

정효구는 위의 표에서 1~3까지 해당하는 시기를 제1시기로, 4~5까지를 제2시기로, 나머지를 제3시기로 구분하고 각각의 단계를 통해서 이루어지는 변증법적인 의식의 흐름과 시작방법의 변모양상을 고찰한다. 제1시기는 존재의 의미 찾기와 의미 부여의 특징을, 제2시기는 언어에 대한 허무적인 양상과 언어 자체를 부정하는 이미지에 경도된 특성을, 제3시기는 구체적인 현실세계를 수용한 산문시의 창작 경향을 드러낸다고 고찰한다. 정효구의 구분 방법은 무의미시를 기점으로 전후의 맥락을 살피는 것으로서, 변모양상을 규명하고 있는 대부분의 논자들9)이 택하고 있는 시기구분 방법이다. 언급한 이승훈의 구분방법도 사실상 '무의미시'가 전후기 구분의 중심기점이 되고 있다.10)

이견이 없이 받아들여지고 있는 구분방법11)은 김춘수 시와 연구사를 이해하는 데 유용하다. 김춘수 연구는 그의 시작방법과 동일한 연대기적 궤적을 따라서 전기에는 존재론적인 시연구, 중기에는 무의미시와 무의미 시론에 대한 집중적인 연구, 후기에는 변모양상 및 후기

---

9) 김두한, 「김춘수 시 연구」, 대구효성여대 박사논문 1991.
   이기철, 「김춘수론」, 『한민족어문학 영남어문학』 22, 한민족어문학회, 1992.
   신상철, 「김춘수의 시세계와 그 변모」, 『현대시의 연구와 비평』, 새미, 1997.
   최라영, 「김춘수 무의미시 연구」, 서울대 박사논문, 2004.
   이민정, 「김춘수 시연구」, 경원대 박사논문, 2006.
10) 이승훈은 김춘수시의 일관된 특성을 '존재에의 경도'로 보면서 초기 시편들은 '이데아의 세계'를 탐구했던 존재론적 시로 보고 『打令調』 이후의 후기 시편들은 형언할 수 없는 갈망의 표출인 '무의미시'로 보았다.
   이경철, 「김춘수 시의 변모양상」, 『동양어문집』 제23집, 253면.
11) 무의미시의 처음과 끝의 기점은 김춘수가 시론이나 대담을 통해서 피력한 바가 있어서 거의 정설로 받아들여지고 있다.
   정민구, 「김춘수 시의 무의미성 연구」, 전남대 석사논문, 2007, 1~3면 참조.

시에 대한 연구가 이루어 졌다. 그러나 2008년에 작성된 논문에서조차 『김춘수 시전집』(2004, 현대문학)에 수록된 2000년 이후의 작품에 대한 언급이 없는 점에서 시기구분은 다시 종합적인 측면에서 고찰되어야 할 것이다. 특히 2000년 이후에 출간된 작품집 『거울 속의 천사』(민음사, 2001)와 『쉰한 편의 비가』(현대문학, 2002)가 이전의 것과는 변별되는 새로운 국면의 시적 긴장과 유희를 선보이고 있다는 점에서 시기구분은 재고되어야 할 필요성이 있다.

　김춘수 문학연구의 범주는 단순하게는 공시적인 측면과 통시적인 측면으로 나눌 수 있다. 공시적인 측면의 연구는 앞서의 시기구분인 '무의미시 이전—무의미시—무의미시 이후'의 작품들에 대한 시기별 연구이다. 통시적인 연구는 각 시기 간의 변모양상을 고찰한 것이다. 그러나 이러한 범주화는 상당수의 연구가 '무의미시'에 집중되어 있기 때문에 지나치게 편의적일 수밖에 없으며 다층적으로 이루어지고 있는 김춘수 연구의 범위를 축소시킨다.[12] 또 다른 방법으로 시인의 의식지향에 따른 범주화, 정신사적인 입장에서의 범주화(인식론, 심리학, 이미지), 문예사조에서 소급한 범주화(모더니즘, 한국시의 계보, 비교문학, 시론), 문학주체에 따른 범주화(텍스트 본위, 작가 본위, 독자 본위) 등이 논자의 목적에 따라서 행해지고 있다. 그러나 어느 범주화도 명확하게 경계를 나누지 못하고 자기논리와 관계된 범주만을 집중적으로 관찰하

---

12) 김춘수 시 연구에 관한 논의는 모두 직간접적으로 '무의미시', '처용', '존재론'에 관련되어 있다. 한편 이를 기준으로 하는 연구사 검토는 계속해서 중복되고 있는 현실이다. 이것을 기준으로 했을 경우에는 동일한 하위범주가 연속해서 나타날 수밖에 없다. 따라서 이 글에서는 그 하위범주를 기준으로 범주화를 실행했음을 밝힌다.

고 있는 실정이다. 이유는 논문에 있어서 범주화의 문제 자체가 주변적인 것이고 김춘수 문학 연구가 경계의 장벽 없이 거의 모든 분야를 횡단하며 때로는 일원론적인 가치의 기준으로 평가되고, 때로는 다원론적인 방법론이 동원되어서 진행되고 있기 때문이다.

이 글에서는 범주화의 기준을 마련하지 않고 귀납적인 방법을 사용할 것이다. 이러한 방법은 이 글의 성격이 자료제시형의 성격을 갖는만큼 후행 연구자들이 자료검색이나 동향파악을 용이하게 하기 위함이다. 탈경계의 비평방법이 동원되는 상황에서 섣부른 범주화는 오히려 혼란만을 가중시킬 수 있다는 판단이 전제되었다. 따라서 본고에서는 어떤 선행연구의 범주화 방법도 따르지 않고 실용적인 목적의 자료제시를 위해서 되도록 세분화해서 그동안 축적되어져 온 김춘수 문학연구를 제시해 보겠다.

[표 2][13]

범 주	공시성	통시성
변모양상	박은희(1999), 정효구(1996), 이경철(1988), 이민정(2006), 이기철(1992), 김두한(1992), 남기혁(1998), 이창민(1999)	
이미지 분석	오택근(1999), 현승춘(1996), 문혜원(1995), 권기호(1982)	이영섭(2004) 정미혜(1995) 손자희(1983) 송승환(2008)
기호학	정유화(1991), 임수만(1996)	김광엽(1994)
수용미학	김영미(2004)	
신화적 상상력	김혜순(1983), 임문혁(1991)	김종태(2003) 이명희(2002)

---

13) 자세한 서지사항은 참고문헌을 참조.

범 주			공시성	통시성
창작방법론	수사법		김두한(1986), 오형엽(2006)	
	시의식 및 동기		이경교(1998), 강은교(1996), 이진흥(2001)	
	소재, 인물		박선희(1988)	오정국(2000)
	종합		류순태(2007)	
시론연구			황동규(1977), 김준오(1990), 김인환(1984), 남기혁(1999), 오세영(2004), 이승훈(1993), 최라영(2004), 박윤우(1992), 박철희(1982)	이형권(1998)
상호텍스트성	김수영과의 비교	시론	최동호(2008), 이광호(2005), 오형엽(2002), 김승구(2005), 이찬(2004)	
		모더니티	이은실(2008), 박미경(2008)	
		시작법	노철(1998), 박종원(2005)	
		개별작품	장소원(2007)	
		담론	조두섭(2001)	이민호(2000)
		종합	이은정(1998), 김의수(2002)	강영기(2003) 조강석(2008)
	다른 시인들과의 비교		이인영(1999),	박은희(1999)
	비교 문학		이승욱(1999), 정선아(2007), 김미자(2007), 김용하(2003), 김재혁(2001)	김은정(1999)
학제간 연구			지주현(2008), 진수미(2008), 양인경(2008), 정끝별(1997)	윤호병(2001)
종교관련 연구			이민호(2006), 이진흥(1997), 손진은(1992)	조명제(1998)
존재론적 연구			문혜원(1994), 박경옥(1998), 이진흥(1981), 김용태(1986), 조달곤(1982), 이승훈(1972), 김 현(1964), 채종한(2001), 조명제(1987, 1988)	강연호(1994) 진순애(1999) 조명제(1988) 이형권(1998)
정신분석			최창현(2003), 김창근(1986), 이성희(2007), 김현(1970), 최하림(1976), 장윤익(1982)	전미정(1997) 서진영(1998) 권 온(2007)
정치·사회학			이동하(1989)	
생태주의			진창영(2001), 엄경희(2004)	

이 글의 목적이 특정한 논지를 전개하는 것이 아닌 만큼 위의 범주화 방법은 정보제공의 차원에서 귀납적인 방법을 사용하였다. 기존의 논의에서는 김현, 이승훈, 김준오, 김인환 등 김춘수 문학과 친연성을 갖는 논자들의 선행연구를 천편일률적으로 반복하고 있다. 본 글에서는 가급적이면 기존에 언급된 논의의 중복을 피하고 기존 논의를 수렴하여 발전시킨 박사논문과 최근의 학술지 논문 위주로 살펴보겠다.[14]

김두한[15]은 김춘수 시문학의 범주를 '무의미시 이전의 시', '무의미시', '무의미 이후의 시'로 각각 나누어 논지를 전개한다. 김춘수 관련 최초의 박사학위 논문 작성자로서의 그의 범주 구분은 이후의 연구자들에게 있어서 일종의 전범으로 사용되고 있다. 무의미시 이전의 시는 대상을 해독한 정서적 의미나 관념적 의미를 감각화한 것이다. 이때 대상은 의미에 의하여 변형되며, 시와 대상은 의미를 매체로 간접적으로 연결된다. 무의미시는 심상주도형과 리듬주도형으로 구분되는데, 전자는 각 행들의 통사적인 규칙은 무시되고 전체로서의 의미만 부각되는 추상화의 기법을 따르고 있으며 후자는 심상의 소멸 뒤에 오는 리듬이 지배인자인 시로서 시니피앙의 흐름으로 이루어져 있다. 무의미시 이후의 김춘수의 시는 존재론적 역설의 세계관 위에 쓰여진 시로서 무의미시 이전의 시와 무의미시의 변증법적 지양태로서의 모습을 보여준다. 이민정[16] 역시 김두한과 동일한 통시적 구분을 사용하여 초기시에서부터 '무의미시'를 거쳐 후기시까지의 시세계를 총체적으로

---

14) 순서는 <표 1>의 내림차순에 의해 진행됨.
15) 김두한, 앞의 글.
16) 이민정, 앞의 글.

검토하고 있다. 김춘수 시는 초기시에서부터 후기시에 이르는 '무의미'의 단계는 세계와 자아간의 소통에 대한 물음→비소통→소통이라는 관계양상과 일치한다고 할 수 있다.

이미지 분석 분야에서 송승환[17]은 무의미시의 개념이 발생시킨 혼란을 극복하기 위해서 사물시의 개념을 중심으로 김춘수의 시를 연구하였다. 김춘수가 제시한 시론을 참조하였던 무의미시의 분석 방법론에 대해서 의문—시론에 의존적인 무의미시의 분석이 무의미시의 개념에 혼란을 가중시켰다—을 제기하고 오페르트(Kurt Oppret)가 처음 사용한 사물시(Dinggedicht)의 개념을 원용하였다. 김춘수가 명명하고 지향한 '무의미시'는, 본래 사물의 물질성을 탐구하고 사물의 있는 그대로의 모습을 묘사하려 했다는 점에서 사물시의 개념에 속한다. 문혜원[18]은 김춘수 시가 비유적 이미지에서 서술적 이미지로 옮겨가는 과정을 검토한다. 이데아에 대한 동경은 '꽃'을 위시한 비유적 이미지로 드러나고 이데아에 대한 포기는 '무의미시'의 창작방법론으로 드러난다. 이러한 이미지의 변모는 예술의 효용론적인 가치에서 윤리나 의미에서 벗어난 '놀이로서의 예술'로의 정신사적 변모에 대응한다. 한편 오택근[19]은 김현,[20] 신정순,[21] 손자희,[22] 김현자[23]의 김춘수 시에 대한

---

17) 송승환, 「김춘수 사물시 연구」, 중앙대 박사논문, 2008.
18) 문혜원, 「김춘수의 시와 시론에 나타나는 이미지 연구」, 『한국현대문학연구 한국의 현대문학』 3, 한국현대문학회, 1994.
19) 오택근, 「물의 원형상징 연구」, 『우리어문연구』 12, 1999.
20) 김현, 「꽃의 이미지 분석」, 『문학춘추』, 1965. 2.
    김현, 「식물적 상상력의 개발」, 『현대시학』, 1970. 4.
    김현, 『상상력과 인간』, 일지사(서울), 1975.
21) 신정순, 「김춘수 시에 나타난 빛·물·돌의 이미지와 상상력의 질서」, 이화여대

상상력 논의를 수렴하면서 김춘수 '물'의 이미지에 깃든 원형적 상상력을 추적하고 있다. 김춘수 시의 이미지 분석은 최근에는 회화와 영상의 분야에서 더욱 활발하게 전개되고 있는 양상이다.

기호학 연구의 대표적인 논자로는 김광엽[24])을 들 수 있다. 특히 이 논문은 텍스트 안팎의 논의들을 수렴하고 있어서 기존의 폐쇄적인 기호학 논의의 한계를 극복하고 있다. 김광엽은 육사와 청마와 김수영과 김춘수의 시를 공간 개념의 관점에서 비교·대조하여 공시적으로는 각 시인의 공간의 위상학을, 통시적으로는 상호텍스트의 계보학을 작성하여 한국현대문학의 좌표를 그리고 있다. 각 시인 모두 민족적 터전과 정체성을 잃어버린 비극적이고 억압적인 현실을 토대 위에서 창작을 했으며, 시인의 의식이 집약된 창작물을 통해서 공간적 상상력을 개진한다. 육사는 식민지의 역사적 상황을 초월적 현재공간으로 확인하고, 청마는 도피한 공간을 생명의 공간으로 가장하고, 김수영은 역설과 아이러니를 통하여 역설적 폐쇄공간을 상정하고, 김춘수는 역사로부터의 도피를 개방공간으로 착각한다. 청마와 김춘수는 자아와 세계와의 대결 국면에서 세계에 대한 도피, 세계에 대한 굴복 또는 외면이라는 점에서 동질성을 갖는다. 세계에 대한 청마의 무행위는 김춘수의 무의미로 탈바꿈 하게 된다. 세계와의 관계가 단절될 때 세계는 의미로부터 단절되고 시적 자아는 시적 공간 안에서 행방을 차차 감추면서

석사, 1981.
22) 손자희, 「김춘수 시 연구-이미지 중심으로」, 중앙대 석사, 1983.
23) 김현자, 『시와 상상력의 구조』, 문학과 지성사, 1982.
24) 김광엽, 「한국 현대시와 공간 구조 연구-청마와 육사, 그리고 김춘수와 김수영을 중심으로」, 서강대학 박사논문 1994.

'처용'의 설화공간에 의지하게 된다. 공간투쟁과 공간확장의 주체인 '나'의 사물화는 세계 내에서의 현존재의 불안을 외면하는 '나'의 방법론적 전략이다. 김광엽은 참여시로 대변되는 육사와 김수영을 갈등의 시학으로, 청마와 김춘수의 시학을 화해의 시학으로 결론짓고 있다. 공간기호학을 『처용단장』에 국한시켜서 적용하고 있는 정유화[25]는 '바다'와 '감옥'을 『처용단장』의 지배소로 설정한다. '바다'와 '감옥'은 각각 공간의 '상승 / 하강'이라는 대립되는 공간기호를 창출한다. 두 지배소의 대립성은 『처용단장』에 역동성을 부여하고 '무의미시'의 모호함과 다의성을 창출한다.

김영미[26]는 김춘수의 「처용단장 제1부」를 중심으로 무의미시가 독자에게 어떻게 읽혀질 수 있는가를 수용미학의 입장에서 살펴보았다. 「처용단장 제1부」은 중첩서술과 병치의 장치로 인해서 독자가 텍스트를 읽고 의미를 만드는 데 좌절하도록 만든다. 독자는 재독을 통해서 끊임없이 의미를 만들어 가는데, 이 과정에서 제목은 시적 의미에 대한 최소한의 정보를 제공하게 된다. 그것은 독자로 하여금 '처용'을 이 시의 화자로 인식하게 하고, 이 시를 처용의 발화로 읽히도록 유도한다. 김영미의 논의는 김춘수 연구를 전례 없이 독자반응의 차원에까지 확장시킨 의의는 있으나, 수사법이나 시작법의 범주에서 논의를 전개시키는 방법이 오히려 더 적확했을 것이라고 판단한다. 왜냐하면 김영미 논지의 핵심은 시제(詩題)와 본문과의 수사학적인 영향관계라고 할 수

---

25) 정유화, 「탈이념의 자족적 폐쇄공간─김춘수의 <처용단장>을 중심으로」, 『어문연구』111, 한국어문교육연구회, 2001.
26) 김영미, 「무의미시의 독자반응론적 연구」, 『국제어문』 32, 국제어문학회, 2004.

있는데, 이것은 그가 본문 내에서 지적하는 것처럼 '텍스트와 독자의 양자의 교섭작용'보다 작가에 의해 그 효과가 결정되고 예상되는 텍스트 내부의 수사학적인 장치에 더 가깝기 때문이다. 이와 관련하여 김춘수는 시작법27)을 통해서 제목과 본문의 상호작용을 상술한 바 있다.

신화적 상상력에 관한 연구는 대부분이 공시적인 연구로서 '처용'과 관련된 연구이다. 이명희28)는 김춘수가 현실세계에서는 극복할 수 없는 허무의식을 신화적인 상상력으로 대응하여 억눌린 역사를 구원하려는 의지를 보인다고 한다. 이명희의 논의는 '무의미시'에서 최소한의 의미만을 찾고 주로 형식논의가 주를 이루고 있는 김춘수 비평의 흐름에서 신화적 상상력의 능동적인 현실 대응력을 간파하고 있어서 주목된다. 이와 비슷한 논의로 김종태29)의 연구가 있다. 김종태는 텍스트 분석에 앞서서 '처용설화'의 상이한 해설들과 변이태를 추적하고 한국 문학에서 '처용'이 응용된 양상을 살피면서 김춘수의 '처용'이 갖는 위상과 의의를 확립하고 있다. 김종태의 연구는 통사구조 속에 숨겨진 내적 의미를 규명하는 방법을 사용하여 일반적으로 '무의미시'의 범주에 속하는 '처용' 연작을 '유의미시'의 관점에서 해부하고 있는 점이 특별하다. 김춘수는 「처용」, 「처용삼장」, 「처용단장 1부」, 「처용단장 2부」를 통해서 자신이 당한 역사적 폭력과 삶의 비극성을 '처용'의 설화적 의미에 투사한다. 김춘수 '처용'의 변별성은 처용가의 영향을 받

---

27) 김춘수, 「시론—시작법을 겸한」, 『시론전집』, 현대문학, 2004, 252~260면 참조.
28) 이명희, 「한국 현대시에 나타난 신화적 상상력 연구—서정주, 박재삼, 김춘수, 전봉건을 중심으로」, 건국대 박사논문 2002.
29) 김종태, 「김춘수 처용연작의 시의식 연구」, 『우리말글』 28, 우리말글학회, 2003.

앉으면서도 처용가의 범주를 뛰어넘는 신화의 현대적 변용에 있다고 할 수 있다. 이 밖의 논의로 '처용설화'가 김춘수 초기시에서는 원본의 성격을 가지다가 후기시에 이르러 단지 시·공간적 배경만을 차용하는 탈설화적 양상을 보인다는 임문혁[30]의 논의가 있다.

김춘수 시의 창작방법론은 연구사 초기부터 현재까지 꾸준히 진행되고 있는 김춘수 연구의 주요 분야이다. 그동안 시작법 연구는 김춘수의 시론에 의존한 연구, 모더니즘 시론에 의거한 김수영과의 대비적 고찰, 수사학적인 장치에의 천착, 처용·예수·이중섭 등 창작 모티브 연구 등에 경도되었다. 노철[31]은 그동안의 방법론을 일신하면서 김춘수와 김수영의 시작 방법을 수사학적 관점을 배제하는 가운데 시인의 내면 인식과 전기적 사실을 토대로 미적 성취를 살펴보고 있어서 주목된다. 김수영은 자유에 대한 억압에서 벗어나기 위해서 전통적 서정시를 탈피한 비시적인 언어를 사용하고 김춘수는 역사적 폭력성에 대한 거부의식으로 유희적 언어를 지향한다. 김수영은 사고의 흐름을 정직하게 표현하려는 반면 김춘수는 해체와 재구성을 사용한다. 김수영과 대별되는 김춘수의 이러한 특징은 첫째, 유년체험을 바탕으로 생겨난 유토피아 지향의식에서 기인한다. 현실세계에 벗어난 유토피아 지향의식은 순수한 절대 언어를 찾게 된다. 그 절대 언어가 무의미의 표상인 서술적 이미지다. 둘째, 언어의 표현자체에 대한 불신에서 기인한다. 언어에 대한 불신은 대상의 기존형태를 해체하여 한 부분만을 취하거나 대상을 다른 환경에 배치하는 아이러니한 수사적 장치를 야

---

30) 임문혁, 앞의 글.
31) 노철, 「김수영과 김춘수의 시작방법 연구」, 고려대 박사논문 1998.

기한다. 현대시사에서 독자적인 면모를 갖춘 김춘수의 이러한 시작 방법은 후배 시인들에게 지속적인 영향을 끼친 것으로 평가된다. 이 밖에 김두한[32]은 독일문학에서 사용되는 '회전율'의 개념을 도입하여 김춘수 시의 운율을 분석하였고 오정국[33]은 김춘수가 시의 소재로 '처용', '이중섭', '예수' 등을 끌어들인 이유와 그 인물들 간의 유기적 관련성을 밝히고 있고 강은교[34] '처용' 모티브와 그 보조 모티브의 분석을 통해서 김춘수의 시가 '유배시'의 전범을 보이고 있다고 밝힌다.

김춘수의 시론 연구는 시론 그 자체를 대한 분석보다는 김수영으로 대표되는 리얼리즘 시론과의 대비적 관점, 시창작을 통한 반영성 여부, 서구 모더니즘 시론과의 비교를 중심으로 전개되어 왔다. 최근의 논의로 이찬[35]의 연구를 들 수 있다. 이찬은 조지훈, 김종길, 김수영, 김우창, 김춘수, 김현의 시론을 분석하면서 20세기 한국 시론의 계보와 지도를 작성하고 있다. 이찬의 연구가 주목할 만한 것은 20세기의 주된 지적 사조인 모더니즘에 대한 계보와 연원을 검토하면서 한국 시문학사(시론사)의 분화와 자율의 국면을 모더니즘의 역사적 보편성과 지역적 특수성에 적절하게 투영하고 있다는 것이다. 이찬에 의하면 모더니즘은 진선미에 대한 새로운 자각을 일깨우는데, 그것의 한국시론사에 대한 전개과정은 다음과 같다.

　1) 유비론적 시학 : 전통적 규범성의 인식 수단으로서의 시적 언어 :

---

32) 김두한, 「김춘수 시의 회전운과 그 기능」, 『문학과 언어』 7, 1986.
33) 오정국, 「김춘수 시의 인물에 관한 연구(Ⅰ)」, 『어문론집』 30, 중국문학회, 2002.
34) 강은교, 「김춘수 시의 모티브 연구」, 『현대문학의 연구』 7, 1996.
35) 이찬, 「20세기 후기 한국 현대시론 연구」, 고려대 박사논문 2004.

진(선험적 진리) – 조지훈, 김종길

2) 초월론적 시학 : 잠재적 가능성의 실천 행위로서의 시적 언어 : 선
(사회적 실천) – 김수영, 김우창

3) 존재론적 시학 : 미적 자율성에 입각한 존재 창조로서의 시적 언
어 : 미(예술적 구조) – 김현, 김춘수

김춘수와 김수영의 비교시론은 주로 그들의 모더니즘 대 리얼리즘이
라는 시론의 대립성과 그에 대한 시 작품의 반영성의 밀도에 천착해 왔
다. 오형엽[36]은 시론 자체만을 정밀하게 분석하여 시론 연구의 새로운
방향을 제시하고 있다. 김춘수와 김수영은 모두 시와 산문이라는 이분
법적 사고에서 시론을 출발한다. 시와 산문의 이분법은 무의미 / 의미(김
춘수), 작용 / 서술(김수영)이라고 할 수 있는데, 이분법적 지향에서 김춘
수는 배제의 방식을, 김수영은 통합의 방식을 추구한다. 그 결과로 김춘
수는 의미가 소거된 극단적인 서술적 이미지로 나아가고 김수영은 의
미와 형식을 일치시키는 온몸의 시학으로 나아가게 된다. 오형엽은 이
러한 현상을 '무의미 시론'의 양 극단으로 규정한다. 김춘수의 경우 의
미가 제거되었고, 김수영의 경우 형식이 제거되었기 때문이다.

김춘수 시론의 단독 연구로는 오세영[37]을 논의를 꼽을 수 있다. 오
세영은 김춘수 무의미 시론에 대한 비판적인 의견을 가진 대표적인 논
자이다. 오세영은 김춘수가 무의미 시론에 대해서 간접이고도 애매한
해명으로 논란만을 증폭시킨다고 지적한다. 무의미시론의 주요 개념이

---

36) 오형엽, 「김춘수와 김수영 시론 비교 연구」, 『한국문학이론과 비평』 16, 2002.
37) 오세영, 「김춘수의 무의미시」, 『한국현대문학연구』 15, 한국현대문학회, 2004.

나 용어들은 초현실주의 시론에서 대부분 차용한 것인데, 그것 역시 왜곡되어 사용되고 있다. 엄격한 의미에서 김춘수의 무의미는 들뢰즈와 같은 후기 구조주의자들의 개념에 가깝지만 서구의 무의미시가 요구하는 이상적 상태와는 거리가 멀다. 다만, 서구의 초현실주의가 대부분 자동기술법에 의존하여 관념의 자유 연상을 중요시 하는 반면에 김춘수의 무의미시는 언어를 정제해서 사용하고 회화적 묘사가 강조된다는 점에서 변별성을 갖는다. 초현실주의의 아류라고까지 가혹하게 비판하는 오세영의 의견은 동일한 모더니즘 계열의 시인에게서 나온 발언이라는 점에서 문제적이다. 오세영과 비슷하게 김춘수의 시론을 비판적으로 바라보는 연구로는 황동규[38]의 논의가 있고 오세영이 언급한 바 있는 들뢰즈의 '무의미'의 개념을 활용하여 김춘수가 말하는 '무의미'를 밝히고 있는 최라영[39]의 논의가 있다. 최라영은 '무의미'가 '의미'의 맥락을 와해하지만 시의 의미적 차원에서 볼 때는 새로운 의미를 창조한다고 한다. 김춘수의 무의미시의 의미창조는 '상황적 무의미', '언어의 무의미', '범주적 이탈', '수수께끼의 양상'의 전략을 통해서 실현된다. 김춘수의 시론이 자기 시에 대한 방향모색과 김수영을 위시한 리얼리즘 문학에 대한 대항적인 입지 구축을 위해 쓰였기 때문에[40] 시론 연구는 그의 시와 불가분의 관계에서 논의될 수밖에 없는데, 시론과 시의 상호 반영성에 대한 평가는 극히 대조적[41]이다. 이러한

---

38) 황동규, 「감상과 제어와 방임－김춘수의 시세계」, 『창작과 비평』 45, 1977.
39) 최라영, 앞의 글.
40) 최라영, 앞의 글, 45~56면 참조.
41) 김춘수의 시와 시론은 양자가 괴리를 보이는 대표적인 예에 해당한다(권혁웅, 『한국 현대시의 시작방법 연구』, 깊은샘, 2001, 61면).

이유는 시작품에 대한 평가의 고저에 따라서 시론을 대하는 관점이 결정된다고 유추할 수 있다. 시론 논의는 항상 김춘수 문학에 동의하느냐, 그렇지 않느냐의 문제와 관련된다.

김춘수 시의 상호텍스트적 읽기는 주로 김수영과의 대비적 관점이 주를 이루고 있다. 두 사람의 대비는 모더니즘 대 리얼리즘이라는 해방 이후 한국문단을 이끌었던 양 축을 동시에 구축할 수 있기 때문에 문학사의 전체성을 검토할 수 있다는 용이성이 있다. 최근에는 양자의 차이와 대립보다는 동일한 시대를 통과했던 두 시인의 공통성을 확인하려는 연구가 양산되고 있다. 조강석[42]은 길항적 관계에 놓였있던 김수영과 김춘수의 대비적 논의를 지양하여 양자의 동질성에 착목하고 있다. 두 시인의 시학은 상호배제적인 두 개의 실체가 아니라 하나의 실체로부터 비롯된 두 개의 양태로 읽혀야 한다는 것이다. 현대시의 존재양식과 존재의의에 대한 이들의 사유의 근저에는 현실을 재현하거나 지시하는 것이 불가능하다는 인식, 자연이나 종교 등의 선험적 세계가 더 이상 인간의 상처를 치유할 수 없다는 인식이 기반하고 있다. 두 시인의 시세계는 초월적 대상과의 부단한 동일시를 도모하지 않는다는 면에서 공통점을 지닌다.

박은희[43]는 김종삼과 김춘수 시의 모더니티를 시간의식을 중심으로

김춘수 문학은 시와 시론이 매우 조화롭게 결합된 바람직한 예로 꼽힌다(권영민, 「인식으로서의 시와 시에 대한 인식」, 『세계의 문학』, 1982년 겨울, 212면).

42) 조강석, 「비화해적 가상으로서의 김수영과 김춘수 시학 연구」, 연세대 박사논문, 2008.

43) 박은희, 「김종삼·김춘수 시의 모더니티 연구 : 시간의식을 중심으로」, 성신여대 박사논문, 2003.

연구한다. 두 시인의 시 의식의 기반에는 사회역사적 모더니티의 일직선적 시간관에 대한 부정이 자리하고 있으며, 그 시간의식은 미적 모더니티의 특수성 내에 위치하는 것으로 파악한다. 그들은 공통적으로 허무의식을 기반으로 근대적 시간의 불모성과 고착성을 극복함으로써 세계에 대면한 자아의 결핍을 해소하는 방향으로 나아간다.

이은실[44] 모더니즘의 역사적인 성립배경과 동시대적인 철학·문화·사회·미학적인 성향을 간파하여 김수영과 김춘수 시의 정체성을 규명한다. 자유와 창조를 향한 두 시인의 실천의지는 그들의 시에서 모더니티를 향한 출발점이자 중심축이 되면서 모더니티의 구체적 과정을 보여주는 세 가지 측면으로 나타난다. 첫째 주체의 양상 측면에서 세계와의 철저한 거리두기를 실현하는 김춘수의 절대 순결성을 향한 미학은 주체의 결벽적인 자유의지의 실천을 향한 방법론이 된다. 이에 반하여 김수영의 시의 반란성은 변화와 변혁을 향한 과감한 행동으로 시작된다. 둘째, 세계인식의 측면에서 두 시인은 공통적으로 세계를 부정적으로 인식하지만 그에 따른 대응방식은 서로 다른데, 김춘수는 존재의 유한함과 그것으로 인한 비극적 인식으로 역사적인 유한함을 벗어난 존재의 영원성을 동경하고 김수영은 궁핍하고 어두운 현실을 '온몸'의 시학으로 맞선다. 셋째는 시작구성의 원리를 통해서 드러나는 모더니티의 양상이다. 김춘수는 내용이나 의미의 전달을 위한 일상적 차원의 언어가 아니라 하나의 사물처럼 시각화하여 언어를 보여준다. 따라서 언어는 의미가 아니라 이미지 자체가 목적이 된다. 김수

---

44) 이은실, 「김춘수와 김수영 시의 모더니티 비교연구」, 부경대 박사논문, 2008.

영에게 시는 표현형식의 차원이라기보다는 현실을 인식하고 토로하기 위한 기본적인 사유의 장으로 인식된다.

김의수[45]는 혼성모방, 자기표절 등의 메타성, 타 장르를 시적 문맥에 맞게 수용하는 개방된 창작방법론, '예수·처용·이중섭' 등과 관련된 일종의 전기적 서술과 설화수용 양식, 릴케·말라르메·샤르트르·발레리 등 외국문학과의 영향관계, 한국 현대문학 계보에서의 시인의 위치 등을 다각적으로 탐구하면서 김춘수 시의 상호텍스트성을 총체적으로 규명하고 있다. 자기 텍스트 내부에서 일어나고 있는 단어 및 어구들의 중복과 인용을 '열림'과 '조응(correspondence)'의 현상으로 파악하고 이러한 내부 지시성이 '방사', '확산', '누적', '집중'이라는 미학적 효과를 창출하고 있음을 논증하였다. 한편 상호텍스트성의 범위가 다수의 선조 시인들의 텍스트까지로 향하고 있다는 점을 지적하면서 시적 '영향'과 '포용'의 관계까지를 폭넓게 고찰하였다.

이민호[46]는 전후에 창작된 현대시의 전반적인 세계인식을 '불확정성'으로 진단하고 김춘수와 김수영과 김종삼의 시를 담화론적인 측면에서 분석한다. 각 시인들은 전후의 억압적인 현실에서 야기된 주체의 위기를 현실에 대한 부정과 허무와 부재의식으로 저항하고 쇄신하려고 한다. 김춘수의 경우 통사론의 해체와 문맥적 정보의 지연을 통해서 미의식을 재구성하고 탈역사화를 추구한다. 이때 변증법적인 역사 속의 인간은 소외와 고립을 느끼고 내면적 아름다움으로 구경 속으로

---

45) 김의수, 「김춘수 시의 상호텍스트성 연구」, 서울대 박사논문 2002.
46) 이민호, 「현대시의 담화론적 연구─김수영·김춘수·김종삼의 시를 대상으로」, 서강대 박사논문 2000.

몰입해 가는 치유를 경험하게 된다.

이은정[47]은 김수영시와 김춘수시를 언술 양식, 상상력과 지향의식, 시적 인식과 시론의 측면에서 비교 분석하였다. 수직적 상승지향과 지상적 이미지를 배제하는 식물적 이미지와 상응을 통해 현실의 금제와 육체로 상징되는 버거움에서 벗어나려는 의식을 추구하는 김춘수의 시학은 시적 사변과 개인적 실전의 시적 형상화라는 특성으로 집약된다. 이에 반하여 김수영은 서술의 원리와 의미의 실현에 무게중심을 두는데, 개인적 역사체험보다 공유한 체험으로서의 혁명이 그의 시적 인식에 영향을 미치게 된다.

서구문학에 대한 동경과 영향에서 시창작을 출발했던 김춘수 문학은 비교문학분야에서도 활발하게 진행 중이다. 김용하[48]는 김춘수와 릴케의 시어 '꽃'과 '천사'를 중심으로 그동안 릴케의 영향권 아래에서 파악되었던 김춘수 문학의 한계를 벗어나 김춘수 시가 지닌 독자적인 시의 생성원리인 타자성에 기반한 미적 윤리성을 해명하고 있다. 릴케가 서구의 '나르시즘'에 입각한 절대적 자아의 완성을 추구했다면 김춘수는 서구적 주체의 한계를 인식하고 주체와 객체 양자를 동시에 구제하려는 방향으로 나아갔다. 김은정[49]은 릴케의 문학의 이입과정과 이입과정에서의 굴절현상을 반성적으로 고찰할 비교문학의 필요성을 제안하면서 논의를 전개한다. 김춘수는 초기 릴케의 존재의미를 밝

---

47) 이은정, 「김춘수와 김수영 시학의 대비적 연구」, 이화여대 박사논문 1993.
48) 김용하, 「언어의 위기 극복과 미적 윤리성의 발견-김춘수와 릴케의 시어 꽃과 천사를 중심으로」, 『어문학』 82, 한국어문학회, 2003.
49) 김은정, 「김춘수와 릴케의 비교문학적 연구」, 『어문연구』 32, 어문연구학회, 1999.

히려는 관념론에 경도되어 창작에 임하지만 후기에 접어들면서 관념의 과잉에 대한 회의로 '무의미시'로 선회하게 된다. 그러나 릴케는 후기시에서 사물 스스로 말하도록 하는 '사물시'의 개념으로 나아가면서 새로운 시적 경지에 도달한다. 김은정은 릴케를 거부했던 김춘수가 우연하게도 릴케의 전철(사물시=무의미시)을 밟고 있다고 지적한다. 김은정의 이러한 논지는 전적으로 김춘수의 고백에 의존하고 있다는 점에서 문제적이다. 김은정이 지적한 '우연성'에 대한 논의는 재고할 필요성이 있다. 한편 독문학 연구자로서 김재혁[50]은 릴케 시와의 텍스트 비교를 통해서 릴케와는 다른 김춘수 시의 시적 변용에 대해서 밝히고 있다.

학제간 연구는 이미지를 중시하는 김춘수 시의 성향을 반영하여 회화와 영상 분야에서 진행 중이다. 문장이 세계와 갖는 관계는 그림이 세계와 갖는 관계와 유사하다. 양자는 공통적으로 표현이라는 미메시스(mimesis)의 단계에서 수용이라는 세미오시스(semiosis)의 단계로 귀착된다. 이러한 메커니즘을 통해서 진수미[51]는 김춘수 시의 변천과정(단순모방→본질모방→모방론을 폐기하는 지점)을 회화가 구상에서 추상으로 전개되어 온 과정에 대입하여 김춘수 시의 회화성과 또한 그것을 수용하는 양상을 고찰한다.

양인경[52]은 근대 모더니즘 시(김수영, 김종삼, 김춘수) 시와 영화와의

---

50) 김재혁, 「시적 변용의 문제」, 『독일어문학』 16, 2001.
51) 진수미, 「김춘수 무의미시의 시작 방법 연구―회화적 방법론을 중심으로」, 서울시립대 박사논문 2003.
52) 양인경, 「한국 모더니즘시의 영화적 양상 연구」, 한남대 박사논문 2008.

관련성을 규명하고 있다. 모더니즘은 청각에서 시각에로의 미학사적 변천이라고 볼 수 있는데, 영화와 시가 공유하고 있는 이미지즘에 기반한 수사학적인 측면에서 양자의 상호관계를 규명하고 있다. 김춘수의 경우 자기고백적인 시의 특성을 자유간접시점 쇼트를 적용하여 분석하였고 무의미시의 특성을 초현실주의 영화와 인상주의 영화의 기법을 적용해서 고찰하였다. 무의미시의 수사적 방법론인 서술적 이미지 구축을 위해서 김춘수는 형식주의 무성영화 촬영 방식인 서사적 시퀀스를 배제하고 카메라의 작동에 의해 이미지의 병치나 충돌을 통한 쇼트들만 나열하는 영화적 방식을 사용한다. 또한 리듬의 시각화를 위해서 초현실주의 영화나 아방가르드 영화의 방법을 사용한다. 양인경의 논의는 그동안 추상적으로만 이루어져 온 시와 영화의 관련성에 대한 논의를 실증적으로 구체화한 의의가 있으나 서정과 서사라는 장르의 근본적인 표현법의 차이와 그것이 극복되는 과정을 생략하고 있다.

종교관련 연구로는 김춘수가 자주 인용한 '예수'와의 관련성 아래 기독교를 중심으로 이루어 졌다. 이진흥[53]은 텍스트의 내용과 성서의 내용을 비교하면서 예수를 통해서 형상화된 시인의 내면의식을 추적하고 있다. 이민호[54]는 김춘수 시에서 크리스토폴 환타지가 구현되는 양상은 '거인 이미지'다고 말한다. 현상적 자아를 잠식하는 속죄양의 자아를 구원하기 위해서 시인은 성인의 이미지 속에 안착하려는 욕망의 소산으로 거인 이미지를 구축한다.

'꽃'으로 지배되는 존재론적 연구는 초기 김춘수 시 연구의 중심테마

---

53) 이진흥, 「김춘수의 <예수를 위한 6편의 소조> 연구」, 『논문집』 11, 1997.
54) 이민호, 「전후 현대시의 크리스토폴 환타지 연구」, 『문학과종교』 11, 2006.

였다. 최근에는 초기시에서 보이는 존재론적 탐구가 무의미시로 연결되는 의식의 기제에 대한 논의가 주를 이루고 있다. 강연호[55]는 김춘수의 시세계가 무의미시로 급격한 변화를 일으킨 것 같아도 실제로는 일정한 '존재탐구'라는 준거에 의해서 진행된다고 파악한다. 초기시에서 보이는 관념론적인 존재탐구의 경향은 무의미시에 이르러 관념에 대한 회의로 나타나고 후기시에 이르면 허무의 양태로 드러난다. 「꽃」 연작시에 드러난 현존재에 대한 갈망은 호명행위를 통해서 관계론적으로 드러난다. 이것은 유년의 체험이 투사된 것으로서 세계와의 동일시를 갈망하는 김춘수의 타자적 욕망을 암시한다. 무의미시로 전환되는 과정은 언어로 이루어진 호명으로는 세계에 대한 동일시가 불가능하다는 것을 인식하고 사물 그 자체를 드러내는 방법으로 이루어진다. 그러나 이 방법 역시 언어의 의미를 여전히 배제할 수 없는 한계를 드러내고 다시 의미의 세계로 돌아오게 되는 것이다. 후기시에 보이는 허무와 절망과 슬픔의 정조는 초기시에서부터 천착해 왔던 존재탐구의 연장장선으로 보는 것이 타당하다.

　　정신분석학 연구는 김현[56]으로부터 출발한다. 김현은 시인의 유년 시절을 재구해서 두 가지 콤플렉스를 추적한다. 김춘수는 유년기에 두 개의 콤플렉스를 형성하게 되는데, 하나는 부유함에 대한 부끄러움이고, 다른 하나는 성에 대한 부끄러움이다. 부유함에 대한 부끄러움은 여성적 태도를 낳고, 식물적 상상력으로 예술적 등가물을 얻는다. 성에 대한 부끄러움은 거세 콤플렉스를 낳는데, 처용은 거세콤플렉스에 대

---

55) 강연호, 「언어의 긴장과 존재의 탐구」, 『어문논집』 33, 1994.
56) 김현, 앞의 글.

한 등가적 표현이다. 이성희57)는 김춘수 시의 고통과 환상의 이미를 해부한다. '처용'은 김춘수의 고통을 주제로 하는 하나의 시나리오인데, 김춘수에게 고통은 해결할 수 없는 경험의 선험적 형식으로 인식된다. 고통이 해결될 수 없다는 점에서 히스테리적인 주체가 생성되고 '처용'을 통해서 결여가 상징화된다. 김춘수 문학의 결여는 '바다'라는 환상을 통해서 내면적인 회복을 이룬다.

정치사회학 연구는 매우 미진한 편이다. 이동하58)는 김동리, 서정주, 김춘수 등 이념을 배제한 순수문학을 표명하는 문인들의 표리부동한 정치적 성향을 지적한다. 이들의 정치적 성향을 배제하더라도 순수문학이론이라는 문학방법론 자체가 독재정권 하에서는 분명한 이데올로기의 표현이라는 것이 이동하의 논리다. 아울러 이동하는 이들의 작품과 독재정권 속성과의 연관성을 찾는 작업을 제안한다.

엄경희59)는 인공시학으로 불리는 김춘수의 시에서 반어적으로 생태주의적인 요소를 찾아내고 있다. 김춘수는 탈미메시스의 관점에서 자연을 묘사한다. 이 경우 자연은 현실 재현이 불가능한 심미성의 차원으로만 드러난다. 엄경희는 김춘수가 잃어버린 시원을 드러내는 자연적 표상에서 점차적으로 인간의 개입이 없는 순수한 자연을 표상하는 시의 도정을 보여준다고 진단한다. 엄경희의 논의에서 과연 '자연'을

---

57) 이성희, 「김춘수 시의 고통과 환상의 의미」, 『한국현대문학연구』 21, 한국현대문학회, 2007.
58) 이동하, 「순수문학과 독재정권-김동리・서정주・김춘수의 경우」, 『대학문화』 12, 서울시립대, 1989. 2.
59) 엄경희, 「김춘수의 자연시에 나타난 심미성 연구」, 『한국문학이론과 비평』 25, 2004

그 보다 상위 범주인 '사물'과 동일시할 수 있는가의 문제가 남는다. 진창영60)은 서정주, 김춘수, 정일근의 시를 신라주의와 생태주의의 관점에서 논한다.

이주열61)은 유년의 상처와 몽상이 해학적인 처용에 상응되어 시인의 세계관을 정화한다고 한다. 이때 처용의 성격은 한국의 전통적인 관용과 해학으로서의 역할을 한다. 이인영62)은 무의미시 이전부터 무의미시 이후까지 김춘수 시를 관통하는 기제로 '허무의식'을 꼽는다. 근대의 직선적인 시간관과 미래에 대한 낙관적인 전망을 부정했던 김춘수는 '순간성'의 첨탑 위에서 '심미성'만을 유일한 시적 구원의 방법론으로 삼는다. 이상으로 각 범주에 속한 논의들을 대략적으로 살펴보았다. 본 논의는 기존 논의에서 되풀이 되어 왔던 연구들을 생략하고 주로 최신 연구들을 중심으로 살펴보았음을 밝힌다.

3. 김춘수 시 연구의 전망

김춘수 시 연구는 현재에도 지속적으로 생산되고 있다. 60년대부터 이어져온 연구들은 과거의 것들을 반영하고 변증법적으로 갱신하는 과정을 통해서 학계의 최신 이론들을 김춘수 문학이라는 단일한 계열로 구축하고 있다. 본 글은 이러한 김춘수 연구 관련 연구들을 분야별

---

60) 진창영, 「현대시의 신라정신과 그 생태주의적 요소 고찰」, 『어문학』 74, 2001.
61) 이주열, 「한국 현대시의 해학성 연구」, 한국외대 박사논문 2004.
62) 이인영, 「김춘수와 고은 시의 허무의식 연구」, 연세대 박사논문 1999.

로 범주화하고 소개하는 것을 목적으로 하였다.

범주화의 기준은 귀납적인 방법을 택하였고 병렬적인 기술을 하였다. 범주화를 실행함으로써 연구 현황을 객관적으로 전달하는 것을 목적으로 하였기 때문에 연구자가 제시한 '키워드' 위주의 단순한 범주화를 실행하였다. 뚜렷한 기준; 정신사적인 기준, 사조별 기준, 통시적 기준(작품, 연구논문), 문학작품 연구기준(작가본위, 작품본위, 독자본위) 등을 적용했을 때 생기는 여러 문제점을 염두해 두었기 때문이다. 김춘수 시 연구사의 검토를 통해서 다음과 같은 몇 가지 문제점을 도출할 수 있다.

첫째, 작가의 전기적 연구가 전혀 진척을 이루지 못하고 있다. 김현 등이 논의한 유년시절과 일본 형무소에서의 경험, 작가 본인이 시론과 대담에서 밝힌 내용들이 최근의 논문에서까지 반복 재인용 되고 있다. 생체험이 근거가 되는 정신분석학 연구가 답보상태에 직면하고 역사주의 비평이 희귀한 것은 작가의 전기적 연구가 미진한 것과 관련된다. 작가의 삶을 재구성할 수 있는 전기적 고찰이 필요하다.

둘째, 모더니즘과 리얼리즘의 대결구도가 자기반영성의 한계에 머물러 있다는 점이다. 김현이 지적한 것처럼 우리 근대문학은 '착란된 풍토'에서 유입되고 성장해 왔다. 어느 한쪽도 계보의 정당성에서 자유로울 수 없는 근대성의 미학을 현재적 관점에서 다시 천착할 필요성이 있는 것이다. 계몽적 현대성/미적 현대성의 연속적인 징후관계에 있는 '탈식민주의적 관점'과 '포스트 모더니즘적 관점'이 상호의 영향관계를 통해서 다시금 제기되어야 할 것이다. 김춘수와 김수영 각각의 논의는 포스트 모더니즘과 탈식민주의적 관점에서 어느 정도의 진척을 보이고 있는 상황이지만 양자의 비교적 관점은 여전히 구태의 것들이 반복되고 있는 상황이다.

셋째, 독자 본위의 연구 방법론의 부재이다. 김춘수가 천착했던 문제 중의 하나는 창작방법론이다. 물론 창작방법론에 대한 논의는 활발하게 진행 중이다. 그러나 대부분의 논의가 생산자 위주로 집중되고 있다. 창작은 독자의 반응 속에서 완결된다. 시인이 창작방법론을 통해서 기대하는 효과, 곧 수사학적인 장치만을 분석할 것이 아니라 예상되는 직접적인 독자의 반응을 분석하는 일도 병행되어야 할 것이다.

넷째, 2000년대 이후의 작품까지를 망라한 종합적인 연구가 이루어져야 할 것이다. 아직 김춘수 시 전체를 대상으로 하는 논문은 생산되지 않은 상황이다. 후기시를 논할 때도 2,000년대 후반의 시는 간과되고 있는 실정이다. 김춘수 시 연구의 의식의 흐름을 완성하기 위해서는 시 전체를 대상으로 하는 종합적인 연구가 이루어져야 한다.

본 글은 연구들 간의 유기적인 관련성을 밝혀내지 못하고 연구사의 지적 동향을 제시하지 못한 한계를 지니고 있다. 다만 후행하는 연구자들을 위한 객관적인 자료제시의형의 글이 되고 있다. 김춘수 문학 연구서를 독서하는 것만으로도 한국현대문학에 대한 최소한 상식적인 지평이 열릴 것으로 기대한다.

김춘수 '처용연작'의 시의식

1. 서론

김춘수의 '처용연작'은 시인 스스로에 의해서 창안된 시론인 「무의미시론」에 힘입어 많은 논객들에 의해서 '무의미시'라는 일반적인 평가를 받고 있는 것이 사실이다. 김춘수가 무의미시에 관하여 "논리와 자유연상이 더욱 날카롭게 개입하게 되면 대상의 형태는 부숴지고, 마침내 대상마저 소멸한다. 무의미의 詩가 이리하여 탄생한다."[1]라고 한 것에서 알 수 있듯 자칭 무의미시에는 이미지를 초월하려는 연상의 방법이 극대화하여 전개되고 있다. 하지만 그의 의도처럼 '처용연작'에서

---

* 김종태 / 호서대학교 한국어문화학부 교수
1) 김춘수, 『김춘수전집 2』, 문장사, 1982, 387면.

완전한 이미지의 소멸이나 의미의 파괴가 이루어진 것은 아니었다. 그 동안 '처용연작'에 대한 평가는 「무의미시론」을 뛰어넘지 못한 채 창작자가 알려준 의도대로 작품을 해석하는 안이한 방법에 얽매이는 한계점을 드러내기도 하였다. 가령 김준오가 "무의미시론 속엔 이런 극기를 바탕으로 하여 두 개의 의식이 일관되게 흐르고 있는 것을 또 볼 수 있었다. 리얼리티의식과 자유의식이 그것이다."[2]라고 하면서 "그의 리얼리티의식과 자유의식은 인습을 벗어났고 그래서 그의 무의미시와 무의미시론이 탄생했다."[3]라는 논의는 김춘수의 자기 시론을 뒤따라간 감이 없지 않다.

시를 포함한 모든 문학 텍스트는 언어라는 질료로 이루어진 바 그 의미를 완전히 소거한 문학 작품이 있을 수 없다. 그러므로 그의 시를 무의미시라는 명칭으로 일반화시켜 놓은 채 의미 혹은 시의식을 추출하는 것이 불가능한 것으로만 단정하는 것은 김춘수 시를 이해하는 올바른 방법이 되지 못한다. 다만 전통적인 서정시의 창작 방법론과는 다른 형식의 창작 기법을 사용하는 김춘수 류의 시들에서 볼 수 있는 언어의 자유로운 운용을 통한 시니피에의 변주와 극대화에 대한 관심과 이해가 선행된다면 그의 시에 대한 다채로운 의미 해석과 시의식 규명이 가능해질 것이다. 이와 같은 적용은 그의 대표작인 동시에 무의미시의 전형으로 지칭되는 '처용연작'에도 마찬가지로 적용될 수 있는 문제이다.

'처용연작'이 패러디의 근원을 두는 향가 「처용가」는 『삼국유사』의

---

2) 김준오, 「처용시학」, 『김춘수연구』, 학문사, 289면.
3) 김준오, 위의 논문, 291면.

'처용랑 망해사(處容郞 望海寺)'조(條)에 전해온다. 자신의 아내가 역신(疫神)과 사통(私通)하는 것을 목격한 처용은 체념 어린 노래를 부르게 되고 역신은 그러한 처용의 행동에 감복하여 물러나게 된다. 「처용가」는 벽사진경(僻邪進慶)의 노래가 되어 후대에 전승된다.[4] 향가 「처용가」가 고려가요 「처용가」에서는 무속적 요소가 짙은 노래로 변주되고 처용희(處容戲)가 고려 시대에 유행하기도 하면서 처용의 상징성은 한국 문학의 원형으로 자리잡기 시작한다. 「처용가」에 나타난 시의식은 인고·용서·자학·관대·울분 등으로 다양하게 해석될 수 있다. 「처용가」를 해석하려는 관점은 첫째, 순수문학적 측면,[5] 둘째, 민속학적 측면,[6] 셋째, 역사적 측면[7] 등으로 나뉜다.[8] 그동안 여러 시인들에 의해서 변용된 처용 신화는 처용가를 해석하는 위와 같은 다양한 관점에서 영향받은 바 크다. 이 중에서 위에 언급된 김준오의 논의와 함께 김현,[9] 김

---

4) 신라 「처용가」가 벽사진경(僻邪進慶)의 수단으로 쓰이게 된 것은 후대(後代)의 일로, 고려 「처용가」가 형성되기 전후의 일이다. 신라 「처용가」는 고려 「처용가」보다 무속적인 요소가 약하다.

5) 정병욱, 『한국시가문학사』 상, 한국문화대계 5권, 고려대학교 민족문화연구소, 89~96면.

6) 김열규, 『한국민속과 문학연구』, 일조각, 1971.

7) 이우성, 「삼국유사소재 처용설화의 一分析」, 『김재원박사회갑기념논총』, 김재원박사회갑기념논총 간행위원회, 1969.

8) 처용의 정체에 대한 논의는 아직도 활발히 진행되고 있으며 동해용의 아들이었다는 주장, 신라 말에 유행했던 역병(疫病)을 치료했던 무의(巫醫)였다는 주장, 신라 호족의 아들이었다는 주장, 아라비아 상인이었다는 주장 등이 제기되고 있다. 「처용가」를 전승·변용하여 창작한 현대시로는 신석초, 서정주, 김춘수 등의 성과를 거론할 수 있다. 신석초의 「處容巫歌」는 처용무(處容舞)를 소재로 하여 「처용가」의 무속적(巫俗的) 요소에 불교적 상상력을 가미한다. 또 서정주는 「처용가」의 서사적 내용과는 상관없이 신라 정신으로서의 집단 무의식을 시화(詩化)한다. 홍경균, 「처용 그 인간화와 예술화의 과정」, 『문학과 언어』 2집, 1981 참조 및 인용.

주연,10) 이승훈11)의 논의는 '처용연작' 연구의 물꼬를 트고 있다.

김춘수의 '처용연작'은 이제까지 신라 처용이 현대적으로 변용된 시 작품 중에서 가장 주목할 만한 성과를 보인다. 그만큼 처용을 다양하게 변주시킨 시인은 없었다. 김춘수는 1963년 소설 「처용」(『현대문학』, 1963. 6)을 발표한 이후로 「잠자는 처용」(『현대문학』, 1965.10), 「처용」(『자유공론』, 1966.5), 「처용삼장」(『한국문학』, 1966.6), 「처용단장 Ⅰ부」(『현대시학』, 1969. 4~1970.6), 「처용단장 Ⅱ부」(『현대시학』, 1973.5~1973.9), 「처용단장 Ⅲ부」(『현대문학』, 1990.4~1991.1), 「처용단장 Ⅳ부」(『현대문학』, 1991.2~1991.6)를 지속적으로 발표하였다. 「처용」, 「처용삼장」, 「처용단장 Ⅰ부」, 「처용단장 Ⅱ부」의 화자는 처용이며 시인 자신이다. 그러나 이 처용은 신라 처용 그대로가 아니라 충분히 현대화하고 변용된 처용이다. 물론 김춘수의 유년 시절의 경험이 삽입되어 있는 것도 사실이다. 본고는 「처용」, 「처용삼장」, 「처용단장 Ⅰ부」, 「처용단장 Ⅱ부」를 중심으로 김춘수 '처용연작'의 시의식의 요체와 그 시의식의 역동적 구조를 살피고자 한다.

---

9) 김현의 「김춘수와 시적 변용」은 김현 저서 『상상력과 인간』(문학과지성사, 1979)에 수록되었다가 다시 『김춘수연구』에 재수록되었다. 이 글의 3장인 「처용의 시적 변용」은 초기 처용시편은 주로 논의하면서 이미지와 상징에 주목하고 있다.

10) 김주연의 「명상적 집중과 추억」은 시집 『처용』의 해설로서 발표되었다가 『김춘수연구』에 재수록되었다. 그는 「처용단장」에 나타난 시의식을 "억압된 어린 시절의 욕망"이라고 주장하고 있다.

11) 이승훈은 김춘수에 관한 여러 편의 논문을 발표한 바 있는데 그 중에서 최근에 간행된 그의 저서 『모더니즘의 비판적 수용』(작가, 2002)에 수록된 「김춘수의 처용단장」과 『모더니즘 시론』(문예출판사, 1995)에 수록된 「포스트모더니즘의 시적 기법」이 주목된다. 그는 처용단장 1, 2부가 모더니즘의 기법을 보여준다면 3, 4부는 리얼리즘과 반리얼리즘 기법이 뒤섞인 후기 현대주의적인 기법을 보여준다고 주장한다.

또한 이 논문은 신라 「처용가」와의 비교 연구라는 측면보다는, 그동안 무의미시로 평가되면서 난해하게 분석되어 왔던 '처용연작'의 시의식을 분석하는 측면에 중심점을 둘 것이다. 또한 이 시편들에 나타난 시의식의 구분을 위하여 각 시편들에 나타나는 자아의 성격을 내성적 자아, 유폐적 자아, 탈전기적 자아라는 세 가지 유형으로 나누어 보았다.[12] 시작품에서 자아는 시인이 세계 형상으로부터 스스로를 구분하는 요체인 동시에, 그 자신에 대한 각각의 의식 또는 관념이므로 자아의 성격을 파악하는 일은 시의식을 이해하는 데 많은 도움을 준다. 작품의 시의식을 추출하는 일은 자아의 세계 대응 양상을 추출하는 일과 관계되는 것은 이 때문이다. 또한 작품의 시의식을 제대로 추출한다면 처용가와의 상관성은 당연히 이해될 수 있는 문제일 것이다.[13]

2. 내성적 자아와 소외의식(「처용」, 「처용삼장」)

「처용」, 「처용삼장」은 「처용단장 Ⅰ, Ⅱ, Ⅲ, Ⅳ부」의 서막격이다. 그

---

12) 시적 자아에 대한 연구는 클리언스 브룩스와 로버트 펜 워렌의 『Understanding Poetry』(1960, 1976 by Holt, Rinehart and Winston)에 잘 정리되어 있다. 이 책은 「Poetry as a way of saying」에서 시적 자아와 작품의 관계에 관하여 세 가지 유형으로 분류하여 설명하고 있다. 첫째, "미지의 자아가 말하는 비개인적인 시", 둘째, "자아는 분명하게 드러나나 허구적인 시", 셋째, "시인 자신이 자아로 나타나는 시"이다. 본고는 이와 같은 논의를 참조하였다.
13) 「처용단장 Ⅲ부」, 「처용단장 Ⅳ부」에 이르러 신라 「처용가」와의 주제적이고 소재적인 연관성은 희박해진다. 또한 앞 시기의 '처용연작'과의 연관성을 거의 잃어버리는 듯하다. 「처용단장 Ⅲ부」, 「처용단장 Ⅳ부」에 대한 논의는 차후의 논문을 통하여 발표할 계획이다.

는 처용에 관한 장시를 계획하였는데 그 계획을 이루지 못하고 우선 「처용」을 발표한다. 그 다음에 발표된 「처용삼장」은 각각 독립된 세 편의 시로 이루어졌다. 여기에는 어떤 유기적 관련성이 있다. 「처용단장 Ⅰ부」는 「처용」, 「처용삼장」과 시의식이나 창작 기법 면에서 많이 닮아 있다. 그의 '처용연작'에는 「처용가」의 처용이 구체적인 모습을 드러내지는 않고 있으나 처용의 정신이 은밀히 내재해 있기 때문에 시의 화자가 시인 자신인 동시에 신라 처용이라는 점을 짐작할 수 있다. 김춘수가 이러한 소재에 관심을 가지게 된 것은 상처와 소외의식을 어떻게 처리해야 하는 문제에 대하여 고민하면서부터이다. 거기에는 파란만장했던 한국 근대사 속에서 시인 자신이 겪어야 했던 삶의 비극성14)을 처용의 인고주의적 해학을 통하여 극복해 보겠다는 의도가 있었다.15) 물론 그러한 비극성의 구체적 서사를 이해하기 위해서는 시인의 생애에 대한 이해가 선행되어야 하겠지만, 여기서는 객관론적인 연구 방향을 유지하기 위하여 그의 생애에 대한 언급은 가급적 삼가고자 한다. 연작이 거듭될수록 그의 고민은 여러 각도로 복잡해져 갔다. 그의 고민이 배어 있는 시의식을 추적하다보면 신라 「처용가」와의 상관성은 자연스럽게 밝혀진다.

인간들 속에서
인간들에게 밟히며

---

14) 본고는 "비극", "비극성"이라는 용어를 "피할 수 없는 운명과의 갈등으로 인하여 생기는 인간의 고통과 불행 혹은 슬프고도 비참한 세상이나 인생에서 일어나는 죽음과 파멸과 패배"라는 일반적이고 사전적인 의미로 사용한다.
15) 「달아나는 눈」(『문학사상』, 1977. 12)은 김춘수가 자신의 삶을 회고하는 글이다.

잠을 깬다.
숲속에서 바다가 잠을 깨듯이
젊고 튼튼한 상수리나무가
서 있는 것을 본다.
남의 속도 모르는 새들이
금빛 깃을 치고 있다.

—「처용」전문16)

　　이 작품과「처용가」와의 연관성은 처용의 아내를 급탈한 역신의 폭
력성과 김춘수가 겪은 역사적 폭력성이 통할 수 있다는 점에서 파악된
다.17) "인간들 속에서 인간들에게 밟히며 잠을" 깨는 처용은 초기 처
용 연작시편의 핵심 시의식을 보여준다. 그는 외부 세계의 폭력으로부
터 비롯된 자의 소외의식을 견뎌내고 있다. 이러한 상황은 흡사 역신
과 자기 처의 사통을 바라볼 수밖에 없었던 신라 처용의 그것과도 같
다. 화자는 고통과 슬픔을 이겨내고 있으며 이러한 인고의 정신이야말
로 "젊고 튼튼한 상수리나무"를 바라보게 만드는 힘이 된다. 그러나
갖은 모욕을 인고의 정신으로 무화시키는 작업은 당사자의 가슴에 상
처의 흔적을 남긴다. "남의 속도 모르는 새들"이란 영웅적 행위에 아
낌없는 찬사를 보내는 이들이다. 이들의 행위는 완전히 없어지지 않을
처용의 상처는 생각하지 않고 "금빛 깃"이라는 허망한 수식만을 선사
할 뿐이다. 김춘수는「처용」을 통해서 처용이 행한 성자적 자기 완

---

16) 본고에 인용된 시는 민음사 판 『김춘수시전집』(1994)의 표기를 따랐다.
17) 이 점에 관해서는 김준오의 논의가 주목된다(위의 논문, 269면). 김준오는 김춘
　　수의 역사적 상처를 일제와 한국전쟁이라는 두 가지 맥락으로 정리하고 '처용연
　　작'에 나타난 스토이즘에 관하여 주목하고 있다.

성[18])을 말하려 하지 않으며 그 이면에 존재한 슬픔과 방황의 세계에 대한 강조에 초점을 맞춘다. 시인은 「처용삼장」을 통해서 이러한 앙금을 제거하려는 시도를 다시 한다.

> 그대는 발을 좀 삐었지만
> 하이힐의 뒷굽이 비칠하는 순간
> 그대 순결은
> 쪨이 좀 틀어지긴 하였지만
> 그러나 그래도
> 그대는 나의 노래 나의 춤이다.

> —「처용삼장 1」 전문

"그대"는 순결을 잃은 자이며 "나"는 순결을 잃은 자를 여전히 사랑하는 자이다. "하이힐의 뒷굽이 비칠하는 순간"이라는 짧은 시간에 그대의 순결성은 훼손된다. 순결의 파괴는 순간적이라는 뜻이다. 그대가 순결을 잃었다는 사실을 알게 된 화자의 마음은 더욱 크게 틀어졌을 것이다. 그러나 화자는 "그대는 나의 노래 나의 춤이다"라고 말하며 그대의 상처를 감싸안는다. 이는 처용이 사통하는 아내와 그녀의 정부의 네 다리를 본 후 폭력성으로 맞서지 않고 춤추며 노래한 행위와 그대로 통한다. 5행에서 접속부사가 두 개 보인다. 4행에 "하였지만"이

---

18) 처용은 헌강왕에 의해서 나라의 정치를 돕는 일을 맡게 되면서 미인과 결혼하게 된다. 바다 용왕의 아들이었던 처용은 이와 같은 일을 겪으면서 인간으로 변화한다. 처용은 스스로가 용이라는 동물성의 모습에서 인간의 본래 모습으로 변화하는 동시에 그를 침범한 다른 악마성(역신)을 아내를 매개로 하여 변화시키고 있다. 이러한 과정은 처용에게 인내와 극기를 요구하였다.

있기 때문에, 생략해도 의미 전달에 큰 지장을 초래하지는 않는 5행은 고통의 한계상황에 부딪힌 화자의 절망이 매우 크다는 것과 그 절망이 끝내 승화될 수 없음을 강조하는 기능을 한다. 승화될 수 없는 절망 앞에서 자아는 더욱 내성화하는 경향을 보이게 마련이다. "나의 노래 나의 춤"이라는 인식은 내성적 자아가 자아의 상처를 인식한 후에 나타나는 자책적인 발언이다.

김춘수는 여자가 "순결을 잃는다는 것은 사랑하는 사람에게는 커다란 인간적 고뇌를 안겨 준다"[19]고 말한다. 순결을 상실한 애인을 바라보며 그것을 용서하려는 화자의 태도에 인간적 고뇌는 충분히 배어 있다. 「처용삼장 1」이 그대의 순결 상실에 대한 이야기라면 「처용삼장 2」는 그대의 실종을 이야기한다. 그대는 유월에 실종된다. 다음 달인 칠월에는 절망적인 사건들이 몰아 닥쳐야 하겠지만 오히려 "산다화"가 피고 "눈"[20]이 내리는 평화롭고 아름다운 상황이 전개된다. "주전자의 물"을 끓이는 화자의 안온한 모습은 고달픈 현실을 무화시키려는 노력이라 할 만하다. 마침내 떠나간 그대는 "내 발가락의 티눈"으로 남아서 발걸음 옮길 때마다 가슴 아프게 한다는 것이 「처용삼장 2」의 내용이다. 다음에서 「처용삼장 3」을 살펴보자.

---

19) 김춘수, 「처용삼장에 대하여」, 『김춘수 전집』 2권, 문장사, 1982, 468면.
20) 특히 주목해야 할 것은 "눈"의 상징성이다. "삼월에 눈이 오면/ 샤갈의 마을의 쥐똥만한 겨울 열매들은/ 다시 올리브 빛으로 물이 들고/ 밤에 아낙들은/ 그 해의 제일 아름다운 불을/ 아궁이에 지핀다"(「샤갈의 마을에 내리는 눈」 부분)라는 구절에서도 그렇듯이 김춘수 시에서 눈은 주로 순결, 희망, 생명력을 상징하고 있다.

바람이 인다. 나뭇잎이 흔들린다.
바람은 바다에서 온다.
생선 가게의 납새미 도다리도
시원한 눈을 뜬다.
그대는 나의 지느러미 나의 바다다.
바다에 물구나무선 아침 하늘
아직은 나의 순결이다.

— 「처용삼장 3」 전문

"바람"과 "바다"의 심상이 중심을 이루고 있는 시다. 김춘수에게 바다는 개인적 경험의 총합으로 기능한다. "바다"는 김춘수 시에 자주 나타나는 "눈"과 유사한 상징성을 지닌다. "바다"에서 불어오는 "바람"은 "납새미 도다리"의 "시원한 눈"을 뜨게 한다. 바람은 순결을 상실한 그대를 원형적 순수 상태로 환원시켜 줄 것이며, 그때 화자는 그대가 아직도 "나의 지느러미 나의 바다다 아직은 나의 순결이다"라고 자신 있게 말할 수 있을 것이다. 상처를 치유하고 순결을 회복하려는 의지가 앞의 두 시보다 적극적이다. 앞의 시에서는 그대의 훼손과 실종이 승화될 가능성은 희박했지만 이 시는 "바다"와 "바람"의 심상으로 순결 회복의 가능성을 어느 정도 확보되고 있다.

「처용」과 「처용삼장」[21]은 외부의 폭력으로 인한 소외의식과 상실감

---

21) 김현은 「김춘수와 시적 변용」(『김현문학전집』 3권, 문학과지성사, 1993, 202면)에서 "그의 거세 콤플렉스는 그의 시에 번번이 나오는 새의 못 날음으로 표상된다. 그의 새는 특히 「샤갈의 마을에 내리는 눈」 이래로 자꾸 내려앉는데, 그것은 "난다"는 남성적 욕망의 거세 현상 중의 하나이다."라고 하면서 이 시를 순결에 대한 집념과 거세에 대한 막연한 동경으로 해석한다.

에 관하여 이야기한다. 그러나 그러한 비극성에 대한 극복 의지가 구체화하는 양상을 보여주지는 않았다. 김춘수는 이 작품들을 통해 신라 처용이 어떻게 자신의 불행을 인식하고 그것을 해결해 나갔느냐의 문제를 스스로의 삶 속에 적용시키고 싶었다. 이들 시편들에는 시인의 삶의 모습들이 구체적으로 나타나 있지는 않지만 이는 문학적 형상화 과정에서 나타날 수밖에 없는 변용이며 허구화이다. 즉 이 자체가 「처용」과 「처용삼장」의 무의미적 요소라고는 할 수 없을 듯하다.

3. 유폐적 자아와 한의 내면화(「처용단장 Ⅰ부」)

「처용단장 Ⅰ부」는 시인이 처용 연작을 본격적으로 구상하게 되면서 발표된 작품이다. 김춘수는 "한의 처용과 이별하고 또 다른 처용과 만나게 되었을 때"[22] 이를 쓰게 되었다고 말했지만 「처용단장 Ⅰ부」에도 여전히 한의 정서는 개입되며 오히려 한의 의식이 심화되는 양상을 보여준다. 앞 시편들에서의 자아는 쉽게 상처받으면서도 깊이 자기를 돌이켜 보는 내성적 경향을 보여주었다면, 「처용단장 Ⅰ부」의 자아는 유년이라는 한정된 공간 속에 갇혀 있는 유폐적 성격을 지니게 된다. 유폐적 자아는 내성적 자아보다 비극적 상황에 대하여 더 많은 인식과 반응을 보여준다. 김춘수는 다음과 같이 「처용단장 Ⅰ부」에 관하여 설명한다.

---

22) 김춘수, 「처용, 그 끝없는 變容」, 『김춘수 전집』 2권, 문장사, 1982, 574면.

　　무의미한 자유 연상이 굽이치고 또 굽이치고 또 굽이치고 나면 詩 한
편의 草稿가 종이 위에 새겨진다. 그 다음 내 의도[意識]가 그 草稿에
개입한다. 詩에 리얼리티를 부여하는 작업이다. 前意識과 의식의 팽팽한
긴장관계에서 詩는 완성된다. 그리고, (말할 필요도 없는 일일는지 모르
나) 나의 自由聯想은 현실을 일단 폐허로 만들어 놓고 非在의 세계를 엿
볼 수 있게 하겠다는 의지의 旗手가 된다. "處容斷章" 제 1부는 나의 이
러한 트레이닝 끝에 씌어진 連作이다.23)

　　위에 인용된 김춘수의 언급처럼 「처용단장 Ⅰ부」는 의식과 전의식
혹은 의식과 무의식 사이에서 파동하는 자유 연상 방법을 사용하고 있
으며 이러한 자유연상을 통하여 시적 리얼리티를 파괴하려고 하는 의
도를 보인다. 시인에게 현실 상황의 리얼리티는 혹독한 억압으로 다가
왔기 때문에 그는 그러한 외압 조건을 자유 연상의 방법으로 극복하여
내면의 자유를 얻고자 하였던 셈이다. 이는 곧 언어에서 시니피앙와
시니피에의 연결 고리의 느슨해짐이며 나아가 언어의 의미 해체 전략
이기도 하다. 이러한 점에서 "김춘수는 서술적 표상을 오브제로 만들
뿐만 아니라 이후 자신이 썼던 작품에 있는 서술적 표상을 다른 시에
서 반복하거나 서술적 표상마저 해체한 언어의 기표를 시작 방법으로
사용한다."24)라고 한 노철의 지적은 적절해 보인다. 「처용단장 Ⅰ부」
는 해체와 재구성이라는 일관된 시작 방법을 가지고 있기는 하지만 작
품의 간결하고 단순한 문장 속에는 주요한 이미지군을 형성시키기도

---

23) 김춘수, 「의미에서 무의미까지」, 『문학사상』, 1973. 9, 385면.
24) 노철, 「김수영과 김춘수의 시작 방법 연구」, 고려대 대학원 박사학위 논문,
　　1998, 114면.

하였다. 바다와 눈의 심상이 그것이다. 이 두 심상은 시인의 유년 체험
과 밀접한 연관성을 보여준다.

> 바다가 왼종일
> 새앙쥐 같은 눈을 뜨고 있었다.
>
> ―「처용단장 Ⅰ-1」 부분25)

> 내 손바닥에 고인 바다
> 그 때의 어리디 어린 바다는 밤이었다.
>
> ―「처용단장 Ⅰ-8」 부분

「처용단장 Ⅰ부」는 김춘수의 의식을 밑바닥에서 조종하고 있는 것
이 억압된 어린 시절의 욕망이라는 사실을 드러낸다. 그것은 한 내성
적인 소년의 감정 세계다. 그가 얼마나 내성적이었나 하는 것은 왼종
일 더불어 살 수밖에 없는 무변(無邊)의 바다를 "새앙쥐 같은 눈을 뜨
고 있었다"라고 말하는 대목에서 명백하게 찾아진다.26) 이 표현은 "나
는 왼종일/ 새앙쥐 같은 눈으로 바다를 바라보고 있었다."와 같은 뜻이
다. 즉 화자는 외부 세계에 대한 적대 의식과 두려움으로 가득 차서
바다를 응시하고 있다. 이러한 적대 의식은 "성장을 거부하는 것이고
미계발을 자처하는 것이며 현실을 부정하고 자기를 은폐하는 심리"27)

---

25) 본고는 부의 순서를 로마 숫자로 작품 번호는 아라비아 숫자로 표기한다. 가령
    "Ⅰ-1"은 처용단장 1부의 첫 번째 시를 뜻한다.
26) 김주연, 「명상적 집중과 추억」, 시집 『처용』 해설, 민음사, 1974, 25면.
27) 이은정, 「의미와 무의미, 그 불화와 화해의 시학―김춘수의 처용단장」, 『시안』,
    시안사, 121면, 2002. 가을호.

와 연결된다. 이와 같은 심정은 "그 때의 어리디 어린 바다는 밤이었다."는 표현으로 구체화한다. 어릴 적 모습이 담긴 위의 시에서 '바다'의 심상은 원래의 순결성을 잃어버린 채 왜곡되어 있다. 김춘수는 유년의 상처와 결핍을, 유년 생활의 가장 주된 배경이었던 바다의 왜곡과 변질로 표상한다.

김춘수는 자신이 유년 시절 경험한 바다에 대하여 "바다는 병이고 죽음이기도 하지만, 바다는 또한 회복이고 부활이기도 하다. 바다는 내 유년이고, 바다는 또한 내 무덤이다. 물새가 거기서 날고 죽는다. 물새의 죽음은 그러나 죽음을 남기지 않고, 거기서는 증발하거나 가라앉아 버린다."[28]라고 하면서 바다가 자신의 삶과도 매우 밀접하게 관련되고 있음을 밝힌다.[29] 항구에서 태어나 그곳에서 유년의 시간을 보낸 시인에게, 바다는 때로는 상징화되고, 때로는 외부의 정경이 되어 시 속에 나타난다. 「처용가」의 처용 역시 바다와 밀접한 관계를 맺고 있다. 주지하다시피 처용은 동해 용의 아들이었다. 그는 타향 경주에서의 고독과 아내의 사통으로 인한 절망감을 이기기 위하여 어린 날의 바다를 떠올렸을지 모른다. 김춘수는 자신이 어린 시절 본 충무의 바다와 처용의 고향인 동해 바다를 연결시켰던 것이다.

---

28) 김춘수, 「내가 가장 사랑하는 한마디 말」, 『문학사상』, 1976. 6.
29) 이승훈도 『시론』(고려원, 1990, 235면)에서 다음과 같이 말하고 있다.
"그의 경우 바다는 첫째로 병·죽음이면서 동시에 회복·부활을 표상하고, 둘째로 유년 시절이면서 지금은 가고 없는 무덤의 세계를 표상하고, 셋째로 물새가 날고 있는, 그러면서 어떠한 흔적도 남기지 않고 물새가 죽은 그러한 공간, 곧 완전한 추상의 세계를 표상한다. 그리고 그는 무엇보다 셋째의 의미를 사랑한다. 따라서 「눈물」이 셋째의 세계를, 「처용단장 I-8」이 둘째의 세계를, 「처용단장 I-9」가 첫째의 세계를 함축함은 거의 명백하다."

눈보다도 먼저
겨울에 비가 오고 있었다.
바다는 가라앉고
바다가 있던 자리에
군함이 한 척 닻을 내리고 있었다.
여름에 본 물새는
죽어 있었다.
물새는 죽은 다음에도 울고 있었다.
한결 어른이 된 소리로 울고 있었다.
눈보다도 먼저
겨울에 비가 오고 있었다.
바다가 가라앉고
바다가 없는 해안선을
한 사나이가 이리로 오고 있었다.
한쪽 손에 죽은 바다를 들고 있었다.

— 「처용단장 Ⅰ-4」 전문

우울한 분위기를 제시하고 있는 위의 시에서도 바다의 심상이 중요한 의미를 이룬다. "겨울의 비", "군함", "죽은 물새"는 바다의 원형성을 훼손하는 데 기능하는 소재들이다. 아름답고 맑은 바다의 이미지를 희구하였던 시인에게 바다의 부정성은 존재의 근간을 위태롭게 할지 모른다는 위기의식으로 발전한다. 김춘수의 시에서 "눈"은 주로 순수와 순결을 상징한다. 그렇다면 겨울에 눈이 아닌 비가 내리고 있는 겨울 바다는 존재의 원형성을 회복하기에 더욱 멀리 있는 것 같다. 순수와 순결을 상징하는 "눈"의 상징성이 소거되면서 비 내리는 겨울 바다는 비극적 분위기를 강화한다. 다시 겨울 바다가 사라진 자리에 "군함"이 닻을 내리고 있다는 진술이 나온다. "군함"은 전쟁을 치르기 위한 커다란 배이므로 바다의 풍요로운 원형성을 회복시키지 못한 채 오히려 세계에 폭력을 휘두르는 존재가 된다. 그런데 화자는 이 세계의 폭력성에 대하여 저항하는 태도를 지향하지 않은 채 그것을 내면화하게 된다. 다만 공포만이 존재한다. 이러한 공포 분위기 앞에서 물새는 죽을 수밖에 없다. 여기 물은 새가 살 수 없이 오염되었기 때문이다. 물새는 여름의 시간 동안 아름다웠던 바다를 기억한다. 물새가 죽어서도 울고 있는 것은 사라진 바다에 대한 미련과 동경 때문이다. 죽은 물새는 "한결 어른이 된 소리"의 울음을 통해서 더 깊은 죽음의 세계로 치닫는다.[30]

울지 말자,
山茶花가 바다로 지고 있었다.
꽃잎 하나로 바다는 가리워지고
바다는 비로소
밝은 날의 제살을 드러내고 있었다.
발가벗은 바다를 바라보면
겨울도 아니고 봄도 아닌
雪晴의 하늘 깊이

---

30) 권영진은 「김춘수 시 연구 Ⅰ」(숭전대 국어국문학회, 『숭실어문』 3집, 1986, 88면)에서 이 작품을 분석하면서 "純潔의 消滅과 함께 바다는 그 存在性을 상실하고 마는 것이다. 여기서 김춘수에게 있어서 바다는 純潔과 함께 할 때만이 存在한다는 것을 알 수 있다."라고 하면서 바다 이미지와 순결성은 통한다고 통찰한다. 이는 시인이 경험한 유년의 바다가 주는 상징성이 그의 시의식 전체에서 중요한 부분을 차지하고 있으며 이 바다는 때묻지 않은 순진무구함을 내포한다는 점에서 적절한 지적이다.

울지 말자,
산다화가 바다로 지고 있었다.

— 「처용단장 Ⅰ-11」 전문

앞의 시와는 전혀 다른 느낌을 주는 시다. "산다화"로 인하여 바다
가 "밝은 날의 제살을 드러내"게 되니 이제 슬퍼하지 말자고 화자는
말한다. "눈은/ 라일락의 새순을 적시고/ 피어나는/ 山茶花를 적시고
있었"(「처용단장 Ⅰ-2」 부분)던 것처럼 산다화는 바다의 속살을 적시며
상처받은 바다를 위무한다. "발가벗은 바다"는 산다화와의 결합을 통
하여 서서히 지난날의 상처를 치유한다. "울지 말자"라는 시구가 반복
되어 「처용단장 Ⅰ부」의 비극성은 나지막하게 내면화한다. 그렇다고
그것이 완전히 극복되었다고는 할 수 없다. 김춘수는 「처용단장 Ⅰ부」
를 통해서 유년의 소외와 고독을 시로 그려내면서 동시에 그것의 승화
를 시도했다. 시인의 이러한 의지 뒤에는 지울 수 없는 비극적 체험이
도사리고 있다. "탱자나무 울이 있었고/ 탱자나무 가시에 찔린/ 서녘
하늘이 내 옆구리에/ 아프디아픈 새 발톱의 피를 흘리고 있었다"(「처용
단장 Ⅰ부-13」 부분)라는 구절에서 알 수 있듯 고통은 여전히 남아 있다.
요컨대 「처용단장 Ⅰ부」는 비극 극복을 향한 강한 절규를 형상화했다
기보다는 그 비극을 인식하고 그것을 내면화하는 경향을 보이는 작품
이다. 다음에서 언급될 「처용단장 Ⅱ부」에서 비극 극복을 향한 강렬한
절규를 읽을 수 있다.

4. 탈전기적 자아와 비극 극복 의지(「처용단장 II부」)

「처용단장 II부」는 앞서의 작품들과 구분되는 기법상의 특징을 지니고 있다. 「처용단장 I부」가 색채 이미지를 중심으로 한 심상의 대립 구조를 택하여 풍경 묘사에 치중하였고 그러한 풍경 묘사를 통하여 화자의 감정을 전달하고자 한 것에 반해 「처용단장 II부」는 단어(주로 서술어)의 반복을 통하여 형성되는 운율을 작품 전면에 내세운다.[31] 「처용단장 II부」는 「서시」가 맨 앞에 있고 나머지 시들은 각각의 일련 번호를 달고 있다. 화자는 서술어의 반복을 통해 자신이 처한 비극성을 더욱 강력하게 극복하고자 하는 의지를 나타낸다. 「처용단장 I부」가 심상을 중심으로 하여 삶의 비극성을 인식하는 데 초점을 두었다면 「처용단장 II부」는 작품의 전체 구조를 지배하는 운율 의식을 통하여 삶의 비극성으로부터 탈출하고자 하는 의지를 표출시킨다. 이 무렵에 나타나는 두드러진 특징 중의 하나가 전기적인 내용의 소거이다. 전기적 화소에 대한 형상화를 극도로 줄임으로써 자아는 현실의 문제에서 더욱 자유로워질 수 있었다. 이 시편의 자아를 탈전기적 자아라고 일컫는 것은 이 때문이다.

"나는 말을 부수고 의미의 粉末을 어디론가 날려 버려야 했다. 말에 의미가 없고 보니 거기 구멍이 하나 뚫리게 된다. 그 구멍으로 나는 요

---

31) 「처용단장 II」부가 빠른 템포의 리듬을 보여주고 있다는 사실은 다음과 같은 논문에서 자세히 언급되고 있다.
김두한, 「김춘수 시 연구」, 효성여대 대학원 박사학위 논문, 1991, 115~127면.
이창민, 「김춘수 시 연구」, 고려대 대학원 박사학위 논문, 1999, 102~109면.
노철, 『한국현대시 창작방법연구』, 월인, 2001, 147~148면.

즘 허무의 빛깔이 어떤 것인가를 보려고 하는데, 그것은 보일 듯 보일 듯하고 있다. 그래서 나는 「處容斷章 제2부」에 손을 대게 되었다."32)라는 시인의 자작시 해설에서 짐작할 수 있듯, 김춘수는 「처용단장 Ⅱ부」를 통하여 문법을 따르는 통사 구조의 와해, 시니피앙(signifiant)과 시니피에(signifie)의 완전한 분리 등의 방법을 통하여 언어에서 의미를 제거시키고 언어의 형식성만을 시의 문맥 위에 내세우려고 노력한다. 이는 현실과 역사가 상징적으로 추상화되어 있는 언어의 존재 의의를 부정함으로써 현실과 역사를 초월하고자 한 의도에서 비롯되었다. 언어의 의미를 초월하는 것이 역사적 언어로부터 해방되는 길이라고 생각했던 것이다. 이 시도는 시어와 문맥이 무의미화하는 과정을 보여주기는 하지만, 완전한 무의미시에 도달하지는 않았다. 그러므로 「처용단장 Ⅱ부」에는 사라지지 않은 "의미의 粉末"을 여전히 가지고 있다. 그가 "무의미시"라고 내놓은 것들에는 여전히 무의미화하기 이전의 의미가 남아 있다.

> 돌려다오.
> 불이 앗아 간 것, 하늘이 앗아 간 것, 개미와 말똥이 앗아 간 것,
> 여자가 앗아 가고 남자가 앗아 간 것,
> 앗아간 것을 돌려다오.
> 불을 돌려다오. 하늘을 돌려다오. 개미와 말똥을 돌려다오,
> 여자를 돌려주고 남자를 돌려다오.
> 쟁반 위의 별을 돌려다오.
> 돌려다오.   ―「처용단장 Ⅱ-1」전문

---

32) 김춘수, 『김춘수전집』 2권, 문장사, 1982, 388면.

이 시 역시 서술어의 반복이 도드라진 작품이다. "이 시는 의식의 상태를 서술적 표상과 무의미한 리듬으로 구축하고 있을지라도 의미를 형성하는 술어가 두드러져 의미의 해체가 완전하게 이루어지지 못하고 있다."[33]라고 한 지적 역시 이러한 서술어의 반복성에 대한 통찰이겠다. 아홉 번이나 반복되고 있는 "돌려다오"와 여섯 번 반복되고 있는 "앗아간 것"으로 인하여 특이한 운율을 형성하는 이 시의 화자는 신라 처용이 행한 체념과 인고의 자세와는 달리 강한 어조로써 자신이 잃은 것을 회복하려고 한다. "앗아간 것"이라는 어휘보다 "돌려다오"가 더 많이 반복되는 것을 보아도 화자의 적극성을 짐작할 수 있다. 이 두 어휘의 의미만을 고려하더라도 신라 「처용가」와의 상관성은 어느 정도 드러난다. 한편 시인은 또 다른 이면적인 맥락을 통하여 작품의 구조를 역동적으로 심층화시킨다. 2, 3행과 5, 6행을 자세히 살펴보면 언어와 실제, 시니피앙과 시니피에의 관계가 전복되고 있다. 2행에서 앗아간 것의 주어가 5행에서는 앗아간 것의 목적어로 나타난다.

이는 역신이 처용 아내를 겁탈했다는 「처용가」의 화소가, 언어가 실제를 배제하고 시니피앙이 시니피에를 회피한다는 의미로 치환되었기 때문이다. 배제와 회피 또한 폭력이다. 인간은 언어를 통하지 않고는 실제의 세계에 다다를 수 없다. 그러나 언어는 인간과 실제의 완전한 만남을 허락하지 않는다. 인간과 실제 사이에 가로놓인 언어는 인간과 시니피에, 인간과 의미의 만남을 영원히 불가능하게 만드는 폭력성을 지닌다. 그러므로 언어가 지닌 의미적 한계를 뛰어넘어야만 인간은 온

---

33) 노철, 위의 책, 148면.

전한 실존을 영위할 수 있다. 그런데 언어의 의미적 한계를 초월하는 일은 인간으로서는 불가능하다. 인간은 근본적으로 언어적 동물이기 때문이다. 그러므로 다만 언어의 의미를 무화하는 과정만을 일삼을 수 있을 뿐이다. 의미가 제거된 언어만을 남기는 일, 시니피에를 상실한 시피니앙만을 남기는 일을 통하여 김춘수는 언어로부터의 해방을 꿈꾸었다. 그는 세계를 지배하고자 하는 언어의 폭력성으로부터 해방되기 위하여 언어의 무의미화를 추구하였던 것이다. 이것이 김춘수의 "무의미시"다. 그것은 완전한 의미의 해체가 아니었다.

> 살려다오.
> 북 치는 어린 곰을 살려다오.
> 북을 살려다오.
> 오늘 하루만이라도 살려다오.
> 눈이 멎을 때까지라도 살려다오.
> 눈이 멎은 뒤에 죽여다오.
> 북 치는 어린 곰을 살려다오.
> 북을 살려다오.

—「처용단장 Ⅱ-3」 전문

이 시 역시 "살려다오"가 일곱 번 반복되면서 운율적 기교가 전면에 부각된다. "살려다오"는 앞의 시에 나온 "돌려다오"와 같은 의미망을 형성한다. 죽어가고 있으면서도 북을 두드려야 하는 "어린 곰"은 역신에게 급탈당한 후 그 순결성을 점점 잃어가고 있는 처용의 아내와 연결된다. 여인에게 순결은 생명과도 같은 것이기 때문이다. 또한 거기에는 인격이 손상되고 존재가 위협받는 경험을 하고 있는 처용 자신의 모습이 투영되었다고도 할 수 있다. 그러므로 이 시의 화자 역시 처용 자신 혹은 시인 자신으로 보아야 한다. 이 "살려다오"의 발화 주체가 처용이라고 한다면 이것은 상처받은 자신에 대한 구원 욕망이며 또한 그 아내에 대한 순결 회복 의지일 것이다. 이 문제는 시인 자신에게도 그대로 적용된다. 요컨대 이 시는 완전한 의미의 소멸을 이루었다고는 할 수 없다. 다만 비유적 의미나 지시적 의미를 의도적으로 제외시키려고 노력했고 또한 그것을 통하여 시인의 전기적 삶에 대한 투영을 자제하는 한편, 운율적 요소를 작품의 전면에 부각시켰을 따름이다.

> 불러다오.
> 멕시코는 어디 있는가,
> 사바다는 사바다, 멕시코는 어디 있는가,
> 사바다의 누이는 어디 있는가,
> 말더듬이 일자무식 사바다는 사바다,
> 멕시코는 어디 있는가,
> 사바다의 누이는 어디 있는가,
> 불러다오.
> 멕시코 옥수수는 어디 있는가,
>
> ―「처용단장 Ⅱ-5」 전문

이 시의 모티프를 제공한 영화 "비바 사파타(Viva Zapata)"의 스토리를 모르고서는 이 시의 의미를 제대로 파악할 수가 없다. 여러 논객들이 이 시를 두고 관념의 기갈 상태에 처해 있는 운율과 이미지 그리고 무의식적인 상징만이 있는 시라고 평가한 것은 엘리아 카잔(Elia Kazan) 감독의 이 영화를 전혀 몰랐기 때문이다. 그렇기 때문에 이 시에 등장하는 소재들에 대하여 "그것은 아무런 의미(대상 혹은 이미지에 대한 관념)도 내포하지 않는 언표들이다."34)라고 주장하는 것은 적절해 보이지 않는다.

김춘수는 "Zapata"를 "사바다"로 발음하고 있다. 신라의 처용은 맥시코의 영웅인 "사바다"라는 인물로 변용된다. 처용 역시 동해 용왕의 피를 받고 태어나 그 탄생부터가 신화적이고 영웅적인 일면을 지니고 있었다는 점, 그리고 비극적인 환경 앞에서 행한 그의 행동과 노래가 길이 전승되어 신화적 원형으로 거듭났다는 점은 "사바다"의 삶이 지닌 영웅성과 신화성에 이어진다. 에밀리아노 사파타(Emiliano Zavata, 1879~1919)는 농민군을 이끌어 멕시코 혁명에 이바지한 멕시코의 농민운동 지도자이다. 정식 교육을 받지 못한 그는 글을 읽고 쓰지 못하는 문맹(文盲)이었다. 그것이 부끄러워 그는 신혼 초야에 아내로부터 글을 배운다. 그는 철저한 토지 개혁을 요구하였는데 이러한 그의 입장과는 다른 주장을 한 혁명 주류파에 의해 암살당했고 죽음 이후에도 그의 투박하나 순수한 삶은 새로운 시대를 꿈꾸는 민초들에게 널리 회자되고 있다.

사바타의 최후는 「처용단장 Ⅲ-36」에 "사바다는 그런 함정이 자기를 기다리고 있는 것을 전연 알지 못했다. 희망을 가지고 계까지 갔지만, 이상하다고 느꼈을 때는 이미 늦어 있었다. 창구와 옥상에서 비 오듯 날아오는 총알은 그의 몸을 벌집 쓰시듯 쑤셔 놓고 말았다. 백마가 한 마리 눈앞을 스쳐 갔을 뿐 아무것도 생각할 틈이 없었다. 그 뒤에 일

---

34) 강상대, 「김춘수론」, 『현대문학』, 현대문학사, 1990. 12, 369면.

어난 일들은 그의 알 바가 아니다. 그의 시신은 말에 실려 가 그의 동포들의 면전에 한 벌 누더기처럼 던져졌을 뿐이다"라고 상세하게 기술되어 있다. 엘리아 카잔과 사바타는 권력의 지배 구조에 저항하였다. 이들은 약자인 민중의 편을 든 정의로운 인간상을 보여주었지만 이들의 양심은 역사의 현장에서 받아들여지지 않았다.

이 시의 주인공은 "사바다"이다. "멕시코"는 그의 조국이며 그가 구원의 개혁을 시도한 터전이었고 "사바다의 누이"는 그에게 모성적 위안을 안겨 준 정신적 기반이었으며 "옥수수"는 서민들이 먹는 주요한 식량이었다. 사바다를 둘러싸고 있는 이 세 가지 요소는 사바다의 죽음으로 인하여 그 의미를 상실한다. "멕시코는 어디 있는가", "사바다의 누이는 어디 있는가", "멕시코 옥수수는 어디 있는가"라는 진술에서 조국과 민족에 대한 사바타의 간절한 애정이 느껴진다. 이렇게 절규하는 것은 나아가 영웅의 죽음과 정의의 몰락에 대한 회한에 찬 목소리이다. 다음 시 역시 지배와 피지배, 권력과 종속의 관계를 문제삼는다.[35]

> 잊어다오.
> 어제는 노을이 죽고
> 오늘은 애기메꽃이 핀다.
> 잊어다오. 늪에 빠진
> 그대의 아미,

---

35) 「처용단장 II-5」의 해석은 권혁웅의 「김춘수 시 연구」(고려대 대학원 석사학위 논문, 1995, 52~53면)와 이창민의 「김춘수 시 연구」(고려대 대학원 박사학위 논문, 1999, 106~107면)를 참조하였다.

휘파람새의 짧은 휘파람,
*
물 아래 물 아래 가던 새,
본다.
호밀 밭에 떨군
나귀의 눈물,
딱나무가 젖고
뭇 별들이 젖는다.
지렁이가 울고
네가래풀이 운다.
개밥 순채,
물달개비가 운다.
하늘가재가 하늘에서 운다.
갠 날에도 울고 흐린 날에도 운다.

—「처용단장 Ⅱ-8」 전문

　위에 인용된 시는 「처용단장 Ⅱ부」의 마지막 시의 뒷부분으로 '처용
연작'의 시의식의 단서를 보여주는 작품이다. 인용된 구절은 김수영의
「풀」을 연상시킨다. 김수영의 "풀"처럼 이 시에 나오는 "지렁이", "네
가래풀", "개밥 순채", "물달개비", "하늘가재" 등은 여리면서도 끈질긴
생명력을 가지고 있는 것들이다. 이들이 울고 있는 이유 역시 그들이
받은 상처로 인한 것이다. "운다"라는 동사는 '처용연작' 전체의 시의
식을 꿰뚫어 보여 주는 단어이다. 그 울음에는 인간 세계와 우주 자연
안에 존재할 수밖에 없는 온갖 모순으로 인한 좌절이 들어 있다. 이
시에 나타난 울음에는 그러한 좌절과 그 좌절을 강건하게 무화시키려
는 의지가 함께 한다. 즉 이들은 그 상처를 인식하고 견디는 데에 그

치지 않고 '운다'라는 적극적인 행동 양식을 통하여 그러한 상처를 극복하려고 애쓰고 있는 것이다.

5. 결론

이 글은 김춘수의 「처용」, 「처용삼장」, 「처용단장 I 부」, 「처용단장 II부」를 중심으로 '처용연작'의 시의식을 규명하였다. 김춘수는 자신이 겪었던 역사와 이념의 폭력성을 처용이 당한 비극성과 연결시키는 과정에서 「처용」, 「처용삼장」을 시작할 수 있었다. 「처용」, 「처용삼장」은 내성적 자아를 내세워 상처에 대한 인식을 중심으로 한 작품들이다. 그러나 그러한 상처에 대한 객관화가 부족하여 그 상처 앞에서 주저하는 시의식이 나타난다. 「처용단장 I 부」는 유폐적 자아를 내세워 유년의 상처에서 비롯된 한의 의식이 심화되면서 비극을 내면화하는 양상을 보여주는 연작시이다. 「처용단장 I 부」에서는, 동해 용이었던 처용의 동해 바다와 시인의 유년의 배경이었던 충무로의 바다를 관계 짓고 결핍과 고독으로 일관하던 자신의 유년을 상징적으로 형상화한다. 이 무렵의 처용 관련 시편들은 인간 삶의 비극성을 인식하고 그것을 형상화하는 데 주안점을 둔다.

「처용단장 II부」는 탈전기적 자아를 내세워 「처용」, 「처용삼장」, 「처용단장 I 부」에 나타나는 비극과 한을 격렬한 어조를 통하여 극복하고 초월하고자 하는 시의식을 보여주는 연작시이다. 이 시편은 「처용단장 I 부」보다 무의미시적인 성향이 강한 작품이다. 김춘수는 「처용단장

Ⅱ부」에서 언어에서 의미를 소거하려는 의도를 보이는 한편, 반복되는 운율을 강화하여 운율 자체가 의미적 요소로 기능하게 하였다. 그러나 본고는 운율이 형성시킨 의미에 대한 분석보다는 단어와 통사 구조 속에 숨겨져 있는 작품의 내적 의미를 규명하는 데에 주력하였다. 그것이 시의식의 추출에 더욱 용이하다고 판단되었기 때문이다. 「처용」, 「처용삼장」, 「처용단장 Ⅰ부」가 삶의 비극성을 인식하는 쪽으로 시의식이 집약된다면 「처용단장 Ⅱ부」는 그러한 비극성을 극복하려는 몸부림을 보여 주었다.

김춘수는 '처용연작'을 통하여 신라 처용의 신화성을 해체시키고 우리 시대 처용의 모습을 자신의 삶과 연결시키면서 다양한 각도에서 보여주었다. '처용연작'의 화자는 시인 자신이기도 하겠으며 처용처럼 그 삶 속에서 비극적 사연을 경험한 바 있는 인물이라고도 할 수 있다. 이처럼 신화를 재해석하고 재창조하려는 노력은 "작가는 신화를 사용함으로써 그의 사적이고 특유한 경험을 뛰어넘을 수 있고 보편성을 얻을 수 있다. 또는 그 신화적 밑바탕으로 인하여 문학은 일차적으로 그 호소에 있어 비합리적이거나 혹은 신화는 과학과 기술에 의한 통치에 항거하여 싸우는 데 있어서 예술가의 최상의 무기이기도 하다."[36]라는 견해에 이어진다. 김춘수의 '처용연작'은 처용가의 영향을 받았으면서도 처용가의 범주를 뛰어넘는 상상력을 보여주었다.

---

36) S. N. 그렙스타인, 「신화 비평이란 무엇인가?」, 신동욱 외, 『신화와 원형』, 고려원, 1992, 22면.

김춘수의 시적 정서와 기독교적 심상

1. 문제의 제기

　라이너 마리아 릴케와 T. S.엘리엇에 경도되었던 시인 김춘수는 현실과 무관하게 관념을 추구했고[1] 다시 관념을 벗어나 무의미시를 추

＊ 김효중 / 대구가톨릭대학교 국어국문학과 명예교수

1) 김춘수가 초기시에서 관념시를 추구하게 된 것은 릴케를 만나면서부터였으며, 이 것은 그가 「두 번의 만남과 한 번의 헤어짐」(『현대시학』, 1976. 1)에서 언급한 데서 확인된다. 즉 그는 18세 되던 1940년 동경의 어느 한 고서점에서 구입한 일본어 번역본으로 릴케시집 『사랑은 어떻게』를 접하면서 릴케를 만나게 되었다. 이 시는 그에게 하나의 계시처럼 다가갔고 이를 계기로 하여 시의 존재를 알게 되었다는 것이다. 릴케를 다시 접하게 된 것은 1946년 「말테의 수기」를 읽으면서부터였으며 새로운 감동을 받아 시창작을 하게 되었다. 그러던 중 자신은 릴케와 기질적으로 다르고 릴케의 후기시가 납득이 잘 안 된다는 생각 때문에 1962년경 릴케와 결별하였다가 자신의 시 「그리움이 언제 어떻게 나에게로 왔던가」(『현대

구했으며 시니피에의 세계보다는 시니피앙 세계를 끊임없이 모색했다. 그래서 그의 시세계는 독자들에게 낯설고 생경한 것으로 혹은 실험적으로 느껴지게 하기도 했으나, 그는 서정주와 함께 한국시문학사의 양대 산맥을 이루었으며 모더니즘 계열의 시로써 한국시단의 활력소로 제공하고 후배 시인들에게 지대한 영향력을 발휘했다.

김춘수의 시세계를 논할 때 일반적으로 다음과 같이 크게 세 가지로 분류하는 경향이 강하다. 첫째, 릴케와의 조응 아래 초기시를 특징짓는 '관념시', 둘째, 『처용단장』을 기점으로 특징지어지는 '무의미시', 셋째, 관념시와 무의미시 실천 이후, 언어의 시니피앙과 시니피에의 관계에서 시니피앙에 역점을 두어 언어의 명명행위를 극단으로까지 추구한 결과에서 나온 '떠오는 시니피앙'의 세계이다.[2]

그런데 이와 같은 특징 외에 김춘수를 논할 때 반드시 주목해야 하는 것은 무엇보다도 그가 시에서 끊임없이 추구한 기독교적 심상이다. 그의 기독교에 대한 깊은 관심은 성경에 대한 풍부한 지식과 독해를 통한 것임을 시 창작 속에서 확인할 수 있다. 그렇다고 그가 기독교도임을 천명하는 일은 한 번도 없으며 실제로 기독교 신자도 아니다. 그런데, 그가 종교인이고 아니고는 작품을 창작하거나 이해하는 데 필수적인 요건은 아니다.

한편, 간과해서 안 될 사항은 이와 같은 그의 종교적 관심이 어떤 도그마에 빠진다든가 혹은 주제에 집요하게 집착한다든가 하는 것과는 무관하게 그가 철저히 추구해온 작품 자체의 미학성과 객관성을 유

시학』, 2003. 3)에서 다시 릴케를 만나게 되었다는 것이다.
2) 윤호병, 「김춘수의 시세계」, 『현대시의 아가페』, 푸른사상, 2005, 19면.

지하고 있다는 점이다. 즉 그는 많은 시작품 속에서 성경을 인유하거나 소재를 채택할 때 철저히 객관적 입장을 취하고 있다.

시어의 의미를 살린 순수 수정의 시에서 출발한 그가 무의미시에 이르는 과정에서 집요하게 추구한 시정신은 아무래도 절대적 세계, 순수의 세계이며 그 끝은 비애 혹은 슬픔의 정조에 맞닿아 있음을 알게 된다.3) 그리고 이러한 시적 정조는 궁극적으로 기독교적 심상을 통하여 시적으로 형상화되었다.

김춘수는 기독교 정신을 그 배면에 깔고 성경의 상황을 이미지 서술만을 통하여 객관적으로 형상화하고자 하였다. 그래서 시창작과정에서 그의 독특한 시적기법 즉 성서의 인물, 지명, 식물 이미지 등 성경에 등장하는 사물들을 객관적 상관물로 자유롭게 활용하였다.

본 논문의 연구목표는 김춘수 시의 배경을 이루는 다양한 요소 가운데 특히 기독교 정신이 반영된 시편들4)을 구체적으로 살펴봄으로써 시적 원천을 규명하고자 하는 데에 있다. 아울러 본론의 전개과정에서 논지의 집약을 위해 필요한 문학과 종교의 상관성에 주목할 뿐 아니라 작품 자체에 깊은 천착함으로써 김춘수 시가 확보한 시의 미학성과 객

---

3) 김춘수의 전기 시세계를 "그의 독특한 개인적 체험과 함께 인생과 세계에 대한 근원적 슬픔에서 비롯된 울음과 눈물의 미학이 이뤄낸 비애미가 그 본질"(신규호, 『한국 현대시와 종교』, 국학자료원, 2003, 173면)로 본 것도 같은 맥락에서 언급한 것이다.

4) 이 논문의 연구대상은 다음과 같다. 즉 시집 『구룹과 장미』(1947)에 수록된 「예배당」, 「막달라·마리아」, 『타령조·기타』(1977)에 수록되어 있는 「예수를 위한 여섯 편의 소묘」라는 제목 아래 쓰여진 「마약」, 「아만드꽃」, 「요보라의 쑥」, 「세째번 마리아」, 「가나에서 혼인」, 「겟세마네네에서」 등 6편과 『비에 젖은 달』(1980)에 수록된 「둘째번 마리아」, 「나자로여」, 『라틴 점묘·기타』(1987)에 수록된 「마드리드의 어린 창부」 등이다.

관성을 도출해내고자 한다.

2. 김춘수의 시적 정서와 기독교 심상

1) 낯익고 친숙한 존재로서의 하나님

하나님이 기독교를 표상하는 시어임은 주지하는 바와 같다. 김춘수의 시에 반영된 기독교 정신은 이와 같은 성서적 인물을 인유하는 독특한 기법을 통하여 전달된다.

> 사랑하는 나의 하나님, 당신은
> 늙은 비애다.
> 푸줏간에 걸린 커다란 살점이다.
> 시인 릴케가 만난
> 슬라브 여자의 마음속에 갈앉는
> 놋쇠 항아리다.
> 손바닥에 못을 받아 죽일 수도 없고 죽지도 않는
> 사랑하는 나의 하나님, 당신은 또
> 대낮에도 옷을 벗는 어리디어린
> 순결이다.
> 삼월에
> 젊은 느릅나무 잎세에서 이는
> 연둣빛 바람이다.
>
> ─ 김춘수, 「나의 하나님」 전문

이 시의 4행에서 서슴없이 밝힌 하나님은 "시인 릴케가 만난/ 슬라 브 여자의 마음속에 갈앉은/ 놋쇠 항아리다."라는 표현에서 김춘수가 릴케의 사상을 수용하고 있음을 보여준다. 릴케는 두 번의 러시아여행 을 통하여 러시아인들의 신앙심에 감동을 받았고 이 정서적 감동을 시 로 형상화하기에 이르렀다. 그가 파악한 신은 "높이 군림하는 초월적 인 신이 아니고 각자 앞에 있는 개개의 물건 속에 내재하는, 그리하여 함께 생성, 유전하는 신."[5]이었다. 위의 시에서 하나님은 절대신으로 군림하는 신이 아니고 우리들 주변에 보통 존재하는 신이다. 이것은 이 시에서 하나님이 "늙은 비애, 놋쇠 항아리, 순결, 연둣빛 바람"으로 비유되고 있는 점에서 확인된다. 그러므로 하나님은 외경(畏敬)으로서 의 존재가 아니고 보통 사람과 같은 존재로서 신과 인간 사이의 간극 이 소멸되어 낮익고 친숙한 존재로 전환된다.

한편, 위에서 본 바와 같이 김춘수의 시와 릴케 시 사이의 공통점은 절대신으로부터 버림받은 존재로서의 인간이기보다는 그러한 신을 자 신의 주변에 가까이 두고 싶은 욕망과 두려움의 욕망에서 찾아볼 수 있음[6]을 간과할 수 없다.

---

5) 신과 종교에 관한 릴케의 사상은 톨스토이의 영향이 컸으며 자신의 내부적인 고 독감과 지성인의 고민이 순박한 러시아적 신앙과 신에 대한 친밀감으로 변전될 수 있었다. 순박과 겸허, 그것이 러시아인들의 특색이었으며 그로 인하여 오히려 무례할 만큼 인간과 신의 거리가 단축되는 것이다(박찬기, 『독일문학사』, 일지사, 1980, 458면).
6) 릴케가 그의 「두이노의 연가」의 '첫번째 연가'에서 절대신에 대한 외경심과 그러 한 외경심을 자신의 것으로 전환시키고자 했듯이 김춘수 역시 절대신에 대한 외 경심과 의구심과 자신의 개인적인 인고의 체험을 기저로 하여 『처용단장』을 창작 하였다. 이것은 「장편 연작시 '처용단장' 시말서」에서 분명히 확인되는 바, 이 시 의 집필동기의 하나가 바로 '폭력·이데올로기·역사'이다. 처용은 역사에 희생

2) 예수의 죽음과 그 존재의 본질 추구

김춘수는 시창작 과정에서 예수라는 인물에 대하 끊임없이 관심을 두었는데, 이것은 「눈물」과 「예수를 위한 여섯 편의 소묘」7)에서 확인된다. 그가 예수에 대해 관심8)을 가지게 된 것은 예수라는 인물이 단순히 역사적인 인물에 그치지 않고 이념이고 종교이고 사상이니 만큼 자연스러운 일이며 그의 서구적 취향과도 무관하지 않으며9) 막연하고 추상적인 것이 아닌, 구체적인 성경 지식을 바탕으로 한 것이다.

> 남자와 여자의
> 아랫도리가 젖어 있다.
> 밤에 보는 오갈피나무,
> 오갈피나무의 아랫도리가 젖어 있다.
> 맨발로 바다를 밟고 간 사람은

된 개인이고 역신은 역사이며 이때의 역사는 역사의 약한 의지, 즉 악을 대변하는 것으로 설명한다.

7) 김춘수가 예수에 대해 얼마나 관심을 표하고 있는지는 다음의 술회에서 드러난다. 즉 "「예수를 위한 여섯 편의 소묘」는 최근작이다. 앞으로도 예수를 소재로 한 시가 쓰여질 듯하다. 예수에 대한 매력은 날이 갈수록 더해 간다. 그러나 예수는 나에게 자꾸 주제를 강요하고 있어 거북할 때가 없지도 않다."(「후기」, 『김춘수전집』 1, 문장, 1984, 309면)고 그는 언급하였다.

8) 김춘수는 「예수에게는 친구가 없었다」(『김춘수전집』 3, 문장, 1983, 167~169면)에서도 성서적 지식을 근간으로 예수라는 인물을 조명해 보면서 속세적인 인간과 비교하며 진정한 벗은 어떤 사람인가를 서술하고 있다.

9) 김춘수가 그의 첫 시집 『구름과 장미』의 표제에 대하여 매우 '상징적인 뜻'이 있다고 하면서 "구름은 매우 낯익은 말이지만 장미는 낯선 말인 이른바 박래어로서 구름이 자연스럽게 감각으로 다가왔다면 장미는 관념으로 왔다."(김춘수, 「의미에서 무의미까지」, 『김춘수전집』 2, 문장, 1986, 381면 참조)고 술회한 바 있듯이, 김춘수는 전통적인 것과 서구적인 것을 동시에 추구하였다.

새가 되었다고 한다.

발바닥만 젖어 있었다고 한다.

—「눈물」 전문

이 시의 구조를 이미지 형성에 따라 나누어 보면, 전반부는 1행부터 4행까지, 후반부는 5행부터 끝행까지이다. 시의 문맥상, '남자와 여자'와 '오갈피나무'는 "아랫도리가 젖어 있다."라는 공통점이 있어서 섹스 이미지와 연결시켜 풀이할 수도 있다.

그러나 김춘수 자신[10]은 "이것은 하나의 트릭이다."라고 하면서 '정석적인 순서'와 '진실을 위한 뜻이 없는 허구'가 동시에 존재함을 강조하였다. 그는 허구란 실은 그것을 만드는 사람의 관념의 틀에 지나지 않는다고 보고 관념이 필요하지 않을 때 허구는 당연히 자취를 감추어야 한다고 설명한다. 그리하여 "관념은 없다"고 단호히 주장하면서 이미지의 서술성, 순수이미지, 절대이미지를 강조하면서 동시에 관념의 배제, 설명의 배제를 강조한다. 특히 시인 자신이 "예수를 염두에 두고 있었다"고 밝힌 점으로 보아 후반부 3행은 예수에 관련된다.

그리고 '바다'와 '맨발'의 관계는 "예수께서 물 위를 걸어오시는 것을 본 제자들은 겁에 질려 엉겁결에 '유령이다', 하며 소리를 질렀다."[11]에 관계되고 '발바닥'과 '아랫도리'는 우리들의 눈에 보이지 않는 부분 즉 은밀하게 감추어진 부분에 관계된다. 이 시에서 이 둘의 관계는 '물', 궁극적으로는 '눈물'의 개입으로 인해서 하나의 무드를 형성

---

10) 김춘수, 「대상의 붕괴」, 『심상』, 1975. 6.
11) 「마태복음」 14 : 26

하게 된다.[12] 이 무드는 비애 혹은 절망의 정서인데, 그의 시에 드러나는 기독교적 심상의 특징의 일부이기도 하다.

> 예수는 눈으로 조용히 물리쳤다.
> ──── 하나님 나의 하나님,
> 유월절 속죄양의 죽음을 나에게 주소서.
> 낙타 발에 밟힌
> 땅벌레의 죽음을 나에게 주소서
> 쌀을 찧고
> 뼈를 부수게 하소서.
> 애꾸눈이와 절름발이의 눈물을
> 눈과 코가 문드러진 여자의 눈물을
> 나에게 주소서.
> 하나님 나의 하나님.
> 내 피를 눈감기지 마시고 잠재우지 마소서.
> 내 피를 그들 곁에 있게 하소서.
> 언제까지나 그렇게 하소서.
>
> ─「마약」 전문

이 시는 김춘수 시에 드리운 릴케적 요소를 강하게 보여주는 시이다. 릴케는 실존주의 이론의 금과옥조인 "사물 그 자체!"라는 외침을 일찍이 몸으로 실천한 시인인데, 그 거침없는 편린들이 이른바 사물시를 포함해서 비가(悲歌) 전편에 편재해 있다. "사물 그 자체로!"는 무엇보다 사물의 의미는 사물의 입장에서 읽혀져야 한다는 것이다. 다시

---

12) 윤호병, 같은 책, 32~33면 참조.

말하면, 사물의 의미가 인간의 공리적·세속적 관계로 파악되어서는 안 되고 사물은 그 자체가 의미를 갖는다는 인식과 같은 뿌리를 가지고 있다.13) 이런 의미에서 김춘수는 위의 시에서 '예수'라는 인물을 철저히 한 사물로 인식하고 그 본질을 제대로 파악하고자 하였음을 보여 준다.

한편, 그는 성경에 전하는 예수의 자전적 펴력에 바탕을 두되 그의 상상력에 의한 이미지 창출을 통하여 시적 감동을 유발하고 있다. 예수 생애의 정점은 십자가에 못 박혀 죽음을 당한 것이고 그 죽음은 "속죄양의 죽음, 낙타 발에 밟힌 땅벌레의 죽음" 즉 가장 힘없고 약한 자의 죽음까지 대신하고자 한 것이며, "살을 찢고/ 뼈를 부수는" 아픔을 주는 처절한 것이고 "애꾸눈이와 절름발이의 눈물"과 "눈과 코가 문드러진 여자의 눈물"을 수반하는 죽음이다. 이러한 죽음을 예수가 받는 것은 속죄의 제물로서 가장 큰 값을 지불하는 것이 된다는 뜻이다. 그리고 그러한 죽음은 인간의 구원이라는 가장 값진 포상을 얻을 수 있는 것이다.

특히 이 시에서 "피"는 '십자가에 달려 피 흘리시는 메시아'를 상징하는 것으로서 작품의 핵심이다. 이것은 간절한 기도의 형태로 나타나고 있는데, 죽음을 달라는 기도이며 유월절14)에 양의 죽음을 자신에게

---

13) 릴케의 이와 같은 시적 실천은 아래에 인용하는 「가을날」에서 분명히 확인된다. "주여, 시간이 되었습니다, 여름은 아주 위대했습니다./ 당신의 그림자를 해시계 위에 던지고/ 평원에는 바람을 불어 줍소서."(김주연, 「독일시인론」, 열화당, 1983, 205면에서 재인용)
14) 유월절은 B.C. 13세기 이스라엘 사람들의 조상이 이집트에서 탈출한 것을 기념하는 절기이며 유대인의 3대 축제일의 하나이다.

허락할 것을 간절히 청하는 기도이기도 하다. 그런데, 이 시의 부제 내용은 예수의 고통을 덜어주기 위하여 마약을 주었다는 것인데, 실제로 성경에서는 '마약' 대신 '신포도주'[15]를 준 것으로 되어 있다. 이것은 이 시의 첫행 "예수는 눈으로 조용히 물리쳤다."와 관련된다. 김춘수는 예수가 마약을 물리침으로써 십자가에 달려 끔찍하게 겪어야 할 고통을 감내하고 이 극한의 고통을 통하여 세상을 구원할 수 있다고 믿는다는 의미를 부여하고 싶었던 것이다. 이 대목에서 시인의 상상력이 가미된 것을 확인할 수 있다. 이런 점에서 김춘수는 철저히 성경적 지식에 바탕을 두어 시 창작에 전념하되, 위에서처럼 주제적 특성에 따라서 성경의 내용과는 달리 인유하였음을 알 수 있다.

> 예수가 숨이 끊어질 때
> 골도가 언덕에는 한 동안
> 천둥이 치고, 느티나무 큰 가지가
> 부러지고 있었다.
> 예루살렘이 잠이 들었을 때
> 그날 밤
> 올리브숲을 건너 겟세마네 저쪽
> 언덕 위
> 새벽까지 밤무지개가 솟아 있었다.
> 다음날 해질 무렵
> 생전에 예수가 사랑하고 그렇게도 걷기를 좋아하던
> 갈릴리호숫가

---

15) 「마태복음」 27 : 28, 「마가복음」 16 : 36, 「누가복음」 23 : 36, 「요한복음」 19 : 28.

아만드꽃들이 서쪽을 보여
시들고 있었다.

—「아만드꽃」 전문

이 시의 내용은 크게 세 부분, 즉 첫 행부터 4행, 5행부터 9행, 10행부터 15행까지 나누어 볼 수 있다. 첫 부분에서 예수의 숨이 끊어질 때 골고다 언덕에 천둥이 친 사살은 성경에 기초한 것이고 느티나무 큰 가지가 부러지고 있었다는 현재진행형의 묘사는 시인의 상상력이 가미되어 그 상황과 분위기를 더욱 실감나게 재연하고 있는 부분이다. 둘째 부분에서 가장 핵심이 되는 시어는 밤무지개가 새벽까지 솟아있었다는 사실인데, 이는 예수의 죽음이 얼마나 값진 것인가를 상징하는 시적 언술이다. 왜냐하면, 무지개는 태양이 빛나는 낮에 생기는 것이지 밤에 생기는 것은 아니며 시인의 독특한 상상력에 의한 결과이기 때문이다.

끝부분의 아만드꽃이 시들고 있었다는 것은 또한 예수의 죽음을 애도하는 것임을 암시하고 있다. 전지전능한 하느님의 아들, 예수가 가장 하찮은 죽음을 당하고 가장 쓸쓸하고 조용한 애도를 받고 있다는 내용 속에서 역설이 발견된다. 바로 이와 같은 예수의 죽음은 가장 위대한 죽음이며 가장 엄숙하고 큰 애도의 분위기가 감싸고 있음을 보여주는데, 이것은 전적으로 시인 김춘수의 시적 상상력에 기인한 것이다.

너무 달아서 흰빛이 된
해가 지고, 이따금 생각난 듯
골고다 언덕에는 굵은 빗방울이

잿빛이 된 사토(砂土)를 적시고 있었다.
예수는 죽어서 밤에
한 사내를 찾아가고 있었다.
예루살렘 쑥을 파는 사내
요보라를 그가 잠든
겟세마네 뒤쪽
올리브숲 속으로, 못 박혔던 발을 절며
찾아가고 있었다.
─── 안심하라고.
쑥은 없어지지 않는다고
안심하라고.

—「요보라의 쑥」 전문

　이 시는 '가난하고 목마른 자'를 옹호하는 예수[16]의 사상이 집약적
으로 드러나는 시이다. 기독교를 사랑의 종교로 인식하는 이유는 바로
이와 같이 비천한 자, 가진 것이 없는 약자에게 최대의 관심과 사랑을
강조하고 실천하고자 하기 때문이다. 예수가 생각하는 비천한 사람은
「산상수훈」의 팔복의 "성령이 가난한 자", "의에 주리고 목마른 자"이
다. 단순히 "가난한 자"가 아니라 "심령이 가난한 자"이고 "주리고 목
마른 자"가 아니라 "의"에 주리고 목마른 자라는 것이다. 그러나 결국
엔 "가난하고 목마른 자들아, 다 내게로 오라"고 하면서 모든 이들을
품어 안는다는 데에 예수의 사랑과 관심의 뜻이 있다. 이 시의 "쑥을

---

16) 예수가 세상에 온 것은 부자를 위해서가 아니라 죄인과 가난한 사람들을 위해
　서임을 선포하고 있다(「누가복음」 4 : 18, 7 : 22). 그리고 부자와 가난한 사람에
　대한 예수의 생각은 '부자와 나자로'(「누가복음」 16 : 19~31)에서 확인된다.

파는 사내"는 바로 그러한 사람을 대변한다.

"너무 달아서 흰빛이"될 정도의 강렬한 해가 진 시간적 배경과 굵은 빗방울이 적시고 있는 "잿빛이 된 砂土" 즉 골고다 언덕을 공간적 배경으로 하는 이 시의 분위기는 삭막하고 죽음처럼 광막한 정적이 감돌 뿐이다. 죽은 예수가 "못 박혔던 발을 절며" 찾아가는 대상은 "예루살렘에서 제일 가난한 사내"이며 찾아가는 시간은 모든 사람이 다 잠든 밤이다. 이 가난한 사내는 "유월절에 쑥을 파는 사내"이다. 이 대목에서 시인은 예수가 부활하여 박애정신을 실천하고 있음을 확실히 보여준다. 그 사내에게 "……안심하여라", "쑥은 없어지지 않는다고/ 안심하여라"고 한 것은 곧 예수의 죽음으로 인하여 천지가 뒤바뀌어 그의 생업으로서 쑥 파는 일을 못하게 된다거나 하는 일은 없을 것임을 약속하고 일러주는 것이다.

그러므로 이 시에서 세인의 눈으로 보면, 이러한 하찮은 일에 관심을 쏟는 것이 부질없는 일일 터이나, 이렇듯이 가난한 사람을 돌보는 일을 최우위(最優位)에 둔 예수의 면모를 읽을 수 있다.

결국 이 시는 김춘수의 예수에 대한 인물 해석이 정확히 드러나는 작품이다. 즉 시의 문맥에 따르면, 예수는 가난한 자의 구원을 누구보다 먼저 약속하고 가난한 자의 축복과 승리를 꿈꾸는 인물이다.

가을이 짙어 가고 있었다.
천막절이 내일모레로 다가오고 있었다.
나귀를 탄 사람들이
예루살렘 쪽으로 가고 있었다.
석양을 받은 키 큰 유카리나무들이 길가에

드문드문 빛나고 있었다.
예수가 하는 말에 귀기울이는
마리라의 볼에 우물이 지고
웃을 때 고은 잇바디가
상아빛으로 빛나고 있었다.
베타니아 마을
말타네 집 헛간방에서
오랜만에 참으로 오랜만에 잇바디를 드러내고
예수도 한 번 웃어 보였다.

—「세째번 마리아」 전문

이 시에 나오는 마리아는 예수의 친구 나자로의 누이동생인 베다니아의 마리아[17]인데, 언니 마르다와는 대조적인 성격을 가지고 있다. 이 시는 '마리아의 몫'을 옹호하는 예수의 입장을 김춘수 시인 나름대로 해석하여 시적으로 형상화한 작품이다. 즉 '평등보다 자유가 우선하고 도덕보다도 놀이가 우선한다'고 보는 것이 예수의 입장이다. 이를 성서[18]에 의거하여 보면, 예수가 마르다의 집을 방문했을 때 언니 마르다는 분주히 손님 접대준비를 하고 있는데, 동생인 마리아는 예수의 발아래 앉아서 예수의 이야기를 듣기에 열중한다. 마르다는 예수에게 동생을 꾸중해 달라고 불평하는데 예수는 "마르다야, 네가 많은 일로 염려하고 근심하나, 몇 가지만 하든지 혹 한가지만이라도 족하니라.

---

17) 마리아라는 이름의 여자는 신약성서에 여섯 명이 나오는데, 예수의 어머니, 막달라 마리아, 베다니의 마리아, 마가 요한의 어머니, 야고보와 요셉의 어머니 마리아, 바울의 동역자인 마리아(「로마서」 16 : 6)다.
18) 「누가복음」 10 : 38~42, 「요한복음」 11, 12 참조.

마리아는 이 좋은 편을 택하였으니 빼앗기지 아니하리라 하시니라."[19] 고 마리아를 칭찬하고 옹호한다.

위의 시에서 "말타네 집 헛간방에서/ 오랜만에 잇바디를 드러내고/ 예수도 함께 한 번 웃어보였다."는 구절은 바로 위와 같은 맥락에서 풀이된다.

이 시에 나오는 유카리나무[20]는 「세째번 마리아」, 「가나에서의 혼인」 등의 시편에 쓰이고 있어 김춘수의 시세계를 함축적으로 보여주는 식물적 비유이다. "석양을 맞은 키 큰 유카리나무들이 길가에/ 드문 드문 빛나고 있었다."는 시의 문맥상 유카리나무의 이중성 즉 치료와 해방 가운데 치료의 개념으로서 상서로운 의미로 쓰이고 있음을 알 수 있다.

> 유카리나무 사이 사이
> 삼우러의 빨간 들꽃이 피고
> 남풍은 어느새 말을 다 자라게 하고
> 포도알을 살찌게 하고 있었다.
> 해질 무렵 햄몬산
> 감람나무 숲에서 바람이 일면

---

19) 「누가복음」, 10 : 41~42.
20) 유카리나무는 호주 원산인데, 식민지의 부산물로 유럽에 건너오게 된 나무이며 자신의 의지와는 무관하게 흩어져 살아가야만 하는 일종의 '디아스포라(Diaspora)'에 관계된다. 호주 원주민들 사이에서 '키노(Kino)'라고 불리는 이 나무의 속성은 '유카립투스(Eucalyptus)'이며 'Eu'는 '완벽하다'는 뜻을, 'Calypto'는 '수술로 뒤덮인 것'을 의미한다. 심한 상처를 치료하는데 사용되었던 이 나무는 '시드니 페퍼민트'라는 질병치료제의 원료를 제공하지만 다른 식물의 성장을 방해하기도 한다(윤호병, 『현대시의 아가니페』, 푸른사상, 2005, 39~40면 참조).

가나마을은 한동안

해발 오백 미터 높이에서

기쁜 뜻 즐거운 듯 몸을 흔들곤 하였다.

승교(乘轎)에서 내린 신부의 이름은 마리아

열 여섯 살,

예수는 그날 가나마을을 위하여

땀 흘리며

한 섬 여덟 말의 물을

잘 삭은 포도주로 바꿔주고 있었다.

—「가나에서의 혼인」 전문

이 시는 성경의 「카나의 혼인 잔치」[21]에 그 원천을 두고 있다. '카

---

21) 김춘수는 가나로 표기하였으나, 새로운 번역에서는 카나로 표기되어 있으며 「카
나의 혼인 잔치」를 성경에서 그대로 인용하면 다음과 같다.
"사흘째 되던 날, 갈릴래아 카나에서 혼인 잔치가 있었는데, 예수님의 어머니도
거기에 계셨다. 예수님도 제자들과 함께 그 혼인 잔치에 초대를 받으셨다. 그런
데 포도주가 떨어지자 예수님의 어머니가 예수님께 "포도주가 없구나." 하였다.
예수님께서 어머니에게 말씀하셨다. "여인이시여, 저에게 무엇을 바라십니까?
아직 저의 때가 오지 않았습니다." 그분의 어머니는 일꾼들에게 "무엇이든지 그
가 시키는 대로 하여라."고 말하였다. 거기에는 유다인들의 정결례에 쓰는 돌로
된 물독 여섯 개가 놓여 있었는데, 모두 두세 동이들이었다. 예수님께서 일꾼들
에게 "물독에 물을 채워라." 하고 말씀하였다. 그들이 물독에 다 가득 채우자,
"이제는 그것을 퍼서 과방장에게 날라다 주어라." 하셨다. 그들은 곧 그것을 날
라 갔다. 과방장은 포도주가 된 물을 맛보고 그것이 어디에서 났는지 알아보지
못하였지만, 물을 퍼온 일꾼들은 알고 있었다. 그래서 과방장이 신랑을 불러 그
에게 말하였다. "누구든지 먼저 좋은 포도주를 내놓고 손님들이 취하면 그보다
못한 것을 내놓는데, 지금까지 좋은 포도주를 남겨두셨군요." 이렇게 예수님께
서는 처음으로 갈릴래아 카나에서 표징을 일으키어 당신의 영광을 드러내셨다.
그리하여 제자들은 예수님을 믿게 되었다."(「요한복음」 2 : 1~11, 『성경』, 한국
천주교중앙협의회, 2005, 156~157면)

나의 혼인 잔치'에서 포도주가 떨어지고 말았는데, 예수가 나타나 물로 포도주를 만드는 기적을 보여 주고, 혼인 잔치는 그 포도주로 인하여 더욱 기쁘고 즐겁게 이어졌다는 내용의 성경 구절이다. 포도주는 죄의 사함과 생명을 뜻하며 사람들을 기쁘게 하는 것이다.

이 시에서 시인은 카나에서의 혼인 잔치 그 자체를 '유카리나무,[22] 빨간 들꽃, 남풍, 포도알, 가나마을, 잘 삭은 포도주' 등의 서술적 이미지를 통하여 객관적으로 서술하고자 하였다. 1행, 2행의 "유카리나무 사이 사이/ 3월의 빨간 들꽃이 피고", 3행의 "남풍은 밀을 자라게 하고", 9행의 "기쁜 듯 즐거운 듯 몸을 흔들곤" 하였으며, 15행의 "잘 삭은 포도주로 바꿔주고 있었다."와 같은 표현들은 그와 같은 시적 분위기를 형성하는 데에 한몫을 하고 있다. 이것은 김춘수 자신의 고백[23] 처럼 60년대로 접어들면서 시는 관념으로 굳어지기 전에 어떤 상태가 아닐까 하는 시에 대한 새로운 인식을 하게 되면서 얻게 된 기법이다.

이 시에서 주목되는 것은 혼인잔치인데, 이외에도 성서에 잔치는 자주 언급되고 있다. 그것은 중동사람들이 잔치를 통해서 손님을 접대하는 일을 덕목으로 삼는 분위기였기 때문에 예수도 잔치에 자주 참여했다. 그리고 그러한 연유로 예수는 "보라, 저자는 먹보요 술꾼이며 세리와 죄인들의 친구"[24]라는 비난을 면치 못했다. 그럼에도 불구하고 예수가 갈릴리 카나의 혼인잔치에 함께하고 그들을 축하해 주기 위하여 물로 포도주를 만든 것에 김춘수가 주목하는 것은 잔치를 한층 더 놓

---

22) 각주 21) 내용 참조.
23) 김춘수, 「나의 문학 실험」, 『중앙일보』 1996. 3. 23.
24) 「마태복음」 11 : 19.

은 축제의 기쁨을 드러내려는 예수의 휴머니티 정신이다.

> 꽃과 메뚜기만 먹던 스승,
> 허리에만 짐승 가죽을 두르고
> 요단강을 건너간 스승,
> 라비여,
> 이제는 나의 때가 옵니다.
> 내일이면 사람들은 나를 침뱉고
> 발로 차고 돌을 던집니다.
> 사람들은 내 손바닥에 못을 박고
> 내 옆구리를 창으로 찌릅니다.
> 라비여,
> 내일이면 나의 때가 옵니다.
> 베드로가 닭 울기 전 세번이나
> 나를 모른다고 합니다.
> 볕에 굽히고 비에 젖어
> 잿빛이 된 어깨를 하고
> 요단강을 건너간 스승
> 라비여.

— 「겟세마네에서」 전문

이 시에서 가장 주목되는 부분은 "라비여"가 2회 반복되고 있는 점이다. 이 자리는 성서대로라면 '하느님이시여'가 놓여야 할 자리이다. 이것은 무엇을 의미하는가? 김춘수는 기독교에 깊은 관심을 표명하고 있으나 그 자신은 기독교 신자가 아니므로 하느님의 존재를 신앙적으로 믿는 것은 아니다. 그러므로 그의 시적 상상력이 발휘되어 나타난 것이 바로 이 부분이며 여기에 그의 시적 진실이 있으며 그의 예수관이 선명히 드러났다고 할 수 있다. 이 시의 문맥에 따르면 라비는 세례 요한을 가리키며 "꿀과 메뚜기만 먹던 스승/ 허리에만 짐승 가죽을 두르고/ 요단강을 건너간 스승"으로 비유한 데서 확인된다. 세례 요한으로부터 세례를 받은 예수는 세례 요한을 가리켜 "선지자보다 나은 자",25) "켜서 비치는 등불"26)로 지칭하고 공경하여 "내가 진실로 너희에게 말하노니 여자가 낳은 자 중에 세례 요한보다 큰 이가 일어남이 없도다,"27)고 하였다. 라비로서 상징되는 세례 요한은 금욕과 절제의 삶을 살았던 사람인데, 당시 정치적으로 몰려 마침내 처형되었다.

이 시의 핵심은 "라비여/ 내일이면 나의 때가 옵니다."이다. 이 구절은 복음서에는 나와 있지 않은, 전적으로 시인의 상상력에 의한 표현이다. 다만 카나의 혼인잔치에서 "예수께서 가라사대 여자여 나와 무슨 상관이 있나이까? 내 때가 아직 이르지 못하였나이다."28)라고 한 점을 참고로 할 필요가 있다. 갯세마네에서 체포되기 직전의 예수의 심정은 매우 착잡했을 터인바, 아무 것도 모르는 제자들은 모두 잠이 들었고 홀로 쓸쓸히 눈을 뜨고 앉은 채 고통을 면해 달라고 기도하다가 하느님의 뜻에 맡기겠다는 데서 예수의 인간적인 면모가 드러난다. 이와 같은 간절한 기도는 사람의 아들로서 예수의 고독한 실존의 절규이다. 그러므로 "나의 때"는 십자가의 모욕과 죽음의 때를 의미한다.

---

25) 「마태복음」 11 : 9, 「누가복음」 7 : 26.
26) 「요한복음」 5 : 35.
27) 「요한복음」 11 : 11.
28) 「요한복음」 2 : 4.

그리고 예수는 바로 그 십자가의 죽음을 통하여 오히려 세상을 이기고 자신이 짊어진 모든 임무를 완성한 것이었다.

3) 인류 구원의 원점으로서의 예루살렘

예루살렘은 이스라엘 민족이 오랜 세기에 걸쳐 그들의 의지와는 무관하게 흩어져 살아야 했던 일종의 '디아스포라'를 끝내고 정착하게 된 곳, 모든 인류의 구원의 원점에 해당하는 곳이다. 그러면서 아직도 또 다른 분쟁을 야기할 뿐인 곳이 또한 예루살렘이기도 하다.

「마드리드의 어린 창부」에서 시인은 자신이 혐오하고 거부한 폭력 이데올로기 역사가 아직 끝나지 않았음을 시사하고 있다.

> x마드리드에는 꽃이 없다.
> 다니엘 벨은
> 이데올로기는 이제 끝난다고 했지만
> 유카리나무에 피는
> 하늘빛 꽃은 바다 건너
> 예루살렘에 가야 있다.
> 마드리드의 밤은
> 어둡고 낯설고
> 겨울이라 그런지 조금은
> 모서리가 하얗게 배래지고 있다.
> 그네가 내미는 손이
> 작고 차갑다.
>
> ―「마드리드의 어린 창부」 전문

이 시는 크게 '마드리드'로 표상되는 라틴문화권에 대한 시인의 관심[29]과 '예루살렘'으로 표상되는 기독교 정신이 반영된 점에서 김춘수 시 중에서 주목할 만한 작품이다. 이 시에서 쓰인 '이데올로기, 예루살렘, 마드리드'는 매우 중요한 시어이다. 왜냐하면, 이 시어들은 김춘수의 시세계를 종합하고 있기 때문인데, 구체적으로 보면, 김춘수의 '폭력·이데올로기·역사'에 대한 삼각관계 도식 및 지배와 피지배의 소멸을 "이데올로기는 이제 끝났다."라는 다니엘 벨의 말을 인용하여 강조하고 있고 '예루살렘'을 통하여 기독교 정신을 암시하고 있기 때문이다. 그가 자신은 정작 신자가 아니면서 그의 시에 끊임없이 기독교 정신이 분출하는 것은 기독교 정신의 핵심이 궁극적으로 이데올로기의 소멸, 지배와 피지배에서 벗어난 평화 정신에 놓이기 때문이다.

그러므로 이 시에서 시인이 강조하는 점은 어둡고 낯선 마드리드의 밤과 어둠에서 벗어나야 한다는 것이고 인류 구원의 예루살렘에 가야 한다는 것이다. 즉 '예루살렘에 피는 하늘 빛 유카리나무의 꽃'은 이 시의 핵심이다. 치료와 해방의 이중성을 지닌 유카리나무의 꽃이 예루살렘으로 가야 하는 이유는 분쟁의 중재와 해결, 지배와 피지배의 완전 해소의 역할을 할 수도 있다고 믿기 때문일 것이다. '작고 차가운

---

29) 김춘수의 라틴문화권에 대한 지대한 관심은 그의 시세계를 논할 때 매우 중요한 비중을 차지하고 있는데, 예컨대 『라틴 점묘·기타』에서 스페인에 관련되는 시편이 열아홉 편이나 되고 이 시집의 서문에서 "오래 전부터 라틴문화권을 동경해 왔다."고 밝히고 있으며, 고야, 피카소, 달리, 미로, 우나무노, 오르테가 이 세트 등의 화가와 철학자를 배출한 스페인에 대해서 그가 남다른 애정을 가진 것을 보면, 이것이 확인된다. 그러나 이 부분에 대한 것은 본고의 논지에서 벗어나므로 본고에서 논외로 하고 다음 과제로 미루고자 한다.

그네의 손', 즉 마드리드의 어린 창부의 손은 거대 식민지국을 형성했던 과거의 영광, 일백 미터 넘는 거목으로서의 유카리나무와도 같았던 영광과 침잠, '작고 차가운 손'으로 대표되는 침잠을 반영한다.

3. 결론

이 논문은 김춘수의 시적 정서와 기독교 심상에 관하여 구체적으로 살펴보는 데에 목표를 두고 논의를 전개한 결과 다음과 같은 결론을 얻었다.

김춘수는 기독교적인 것에서 시의 소재를 적극적으로 채택하였는데, 그것은 어디까지나 철저히 관념을 배제하는 입장에서 이미지의 서술성, 순수이미지, 절대이미지 추구에 토대를 두고 있다. 즉 이 글에서 연구대상으로 삼은 작품들은 그가 추구하는 객관성, 미학성의 확보 차원에 도달하고 있음을 확인할 수 있다. 김춘수는 성격의 상황을 이미지 서술만을 통하여 객관적으로 형상화하고자 했다. 그러나 성경이 암시하는 내용 혹은 의미를 완전히 배제할 수 있었는지는 여전히 의문으로 남는다.

한편, 김춘수 자신은 기독교 신자가 아니면서 그의 시에 끊임없이 기독교 정신이 분출하는 것은 기독교 정신이 궁극적으로 추구하는 것이 이데올로기의 소멸, 지배와 피지배에서 완전 해소를 통한 평화의 세계이기 때문이다. 그가 이러한 세계를 지향한 것은 그의 개인적 체험 즉 일제치하에서 겪었던 불미스러운 고문에 바탕을 둔 것이기도 하다. 그는 평소에도 스스로 자신은 역사주의자가 아니고 "역사에 대해서는 늘 절망적, 허무적 입장을 지켜왔다. 그래서 나는 반동으로 신화주의자가 됐는지도 모른다."[30]고 언급해온 터이다.

이처럼 역사에 회의를 느낀 김춘수는 누군가가 "역사에 말뚝을 박아야"[31] 했고 예수가 바로 그 임무를 해냈다고 주장했다. 그가 「예수를 위한 여섯 편의 소묘」 등 전적으로 예수라는 인물에 관심을 집중하고 있음은 위와 같은 이유에서 이해된다.

한편, 그의 시창작의 비밀을 캐내는 데 있어서 무엇보다 중요한 것은 하나님, 예수 등의 성서적 인물과 예루살렘, 골고다언덕, 겟세마네, 가나, 베타니아 마을 등의 공간적 이미지와 유카리나무, 요보라쑥, 아만드꽃, 올리브숲 등의 식물적 이미지를 인유한 것인데, 그것을 정확한 성서적 지식을 바탕으로 하면서 동시에 거기에 시인의 놀라운 상상력이 가미되어 있다는 점이다. 이것들은 인류구원의 원대한 이상과 기독교 정신을 표상하고 있는 것들이다.

무엇보다도 그가 최대의 관심을 둔 예수에 대해서는 예수의 신성보다는 인성에 초점을 맞추고 있으며 하나님을 보통 인간으로서 낯익고 친숙한 존재로 인식하게 하는 것 등은 그의 시세계에서만 발견되는 독특한 국면이다.

---

30) 김춘수, 『꽃과 여우』, 민음사, 1997, 216면.
31) 김춘수, 앞의 책, 172면.

현실의 도피, 환상의 창조

─무의미시의 가능성

1. 연구의 실마리

한 작가의 총체적인 면모를 밝히기 위한 접근 방법은 실로 다양하다. 더구나 김춘수처럼 오랜 시간에 걸쳐 지속적인 실험을 해왔으며, 그 실험이 학계와 문단에 큰 파장을 일으킨 경우라면 더 말할 것도 없다.

과연 김춘수에 대한 논의는 매우 다각적으로 이루어져 왔다. 이 가운데서도 최근에는 전통적인 서정의 초기시나 인간 실존의 문제에 천착하는 「꽃」의 시편들에서 1969년도에 출간된 『타령조・기타』 이후의 무의미시들로 조명과 관심이 이동되고 있다. 무의미시에 대한 논의는

---

* 윤지영 / 동의대학교 국어국문학과 교수

크게 두 가지로 수렴된다. 하나는 무의미시의 문학사적 가치를 따지는
것이고, 다른 하나는 무의미시의 형식과 기법을 규명하는 것이다.

이 가운데 전자의 논의들은 무의미시가 시도되던 동시대의 연구들
에서 주로 발견된다. 한편에서는 이 새로운 실험이 곤궁한 현실을 외
면한 '무의미한 말장난'이라고 보는 반면1) 다른 한편에서는 무의미시
의 실험성에 대한 긍정적인 가치를 부여하는 견해도 적지 않다. 무의
미시가 이승훈에 의해 '비대상시'로 이어지고,2) 1980년대를 거쳐 90년
대로 접어들어 기표와 기의를 엇갈려 조직하는 기법이 젊은 시인들에
게 보편적인 시작 기법으로 채택되기 시작하면서 그 평가는 새로운 국
면으로 접어든다. 무의미시에 대한 다분히 직관적이고 선언적인 평가
대신 무의미시의 구성원리에 주목하면서 보다 과학적이고 객관적인
논의가 가능해진 것이다. 80년대부터 활발하게 진행되기 시작한 무의
미시의 기법과 형식에 대한 연구는 지시적 의미의 삭제, 해체와 재구
성, 언어 유희, 묘사주의, 의미의 무화, 병치 은유, 환유적 언술 방식
등의 술어를 통해 구성원리를 설명한다.3)

---

1) 황동규, 「감상의 제어와 방임」(『창작과비평』, 1977, 가을) ; 최하림, 「원초경험의
변용」(『문학과지성』, 1978, 봄) ; 고정희, 「김춘수의 무의미론 소고」(『시와의식』,
1981, 가을) 등의 논의들 외에도 무의미시에 대한 초기의 연구에서 사회 윤리적
인 차원에서 내려지는 가치 판단은 부정적인 경우가 대부분이었다.
2) 이승훈은 자신의 '비대상 시론'이 김춘수의 '무의미 시론'에서 시사받은 것임을
인정하지만, 김춘수의 경우 대상에서 출발하여 비대상의 문제로 나아갔다면, 그
자신은 그 과정을 거치지 않고 바로 연상의 문제나 리듬의 문제에서 출발한다고
말한다(이승훈, 「비대상시」, 『시문학』, 1981, 10).
3) 무의미시의 기법과 형식에 대한 접근으로 가장 먼저라고 할 수 있는 것은 김두한
의 논문이다. 그는 「김춘수시 연구」(효성여자대학교 박사논문, 1991)에서 김춘수
시세계 전반을 다루는 가운데 무의미시를 심상주도형과 리듬주도형으로 구분하

이와 같은 과학적 분석은 우리 시사에서 무의미시 이전과 이후의 차이를 명료하게 드러내고 무의미시의 선구적 위치를 강조하는데 근거로 사용된다. 즉, 무의미시 이전의 작품들이 주로 시인의 외부 또는 내부에 존재하는 시적 대상을 묘사하거나 그로부터 촉발된 정서나 관념을 표현하는 것에 반하여 무의미시는 기표와 기의를 엇갈리게 조직함으로써 새로운 사물을 창조하는데 성공했다는 것이다.

그러나 이러한 연구들은 무의미시의 형식적 특질을 밝히는 것 이상으로 나아가지 못하고 있다. 시작 방법과 형식에 대한 규명이 개별 무의미시를 해석하는데 별다른 도움이 되지 못하고 있는 것이나 무의미시의 시사적 의의에 대해 일찍부터 제출된 포괄적인 판단을 뒷받침하는 정도로 쓰일 뿐이라는 것만 보아도 무의미시의 시작방법에 대한 연구가 김춘수의 시세계를 밝히는 다양한 연구 가운데 고립된 하나의 영역을 차지할 뿐이라는 혐의를 부인할 수 없다.

이 글은 무의미시를 고찰한 그간의 연구들이 개별적으로는 타당성

여 거의 처음으로 무의미시의 형식적 특질을 체계적으로 설며하고자 시도하였다. 이은정은 「김춘수와 김수영 시학의 대비적 연구」(이화여자대학교 박사학위 논문, 1992)에서 언술 양식, 시적 구조 등의 층위에서 김수영과 김춘수의 시를 대비함으로써 김춘수의 무의미시가 통합적 질서를 깨뜨리는 실험을 통하여 의미와 통사의 해체로 나아갔다고 지적한다. 이와 같은 연구를 필두로 무의미시에 대한 시작 방법은 지속적인 주목을 받게 된다. 김수영과의 비교를 통하여 무의미시의 시작 방법을 밝히는 연구는 권혁웅과 노철에 의해 다시 시도되고 있으며, 권혁웅은 여기에 신동엽을 더 추구하여 비교하고 있다(권혁웅, 『한국현대시의 시작방법 연구』, 깊은샘, 2001 ; 노철, 『한국현대시 창작방법연구』, 월인, 2001). 이와 같은 비교 연구 이외에 김춘수 시의 기법적 측면을 다룬 연구는 휠라이트의 견해를 따라 그의 무의미시가 병치은유라는 견해를 보인 현승춘의 『김춘수의 시세계와 은유구조』(제주대학교 석사학위논문, 1993)과 필자의 『김춘수시 연구—무의미시의 의미』(서강대학교 석사학위논문, 1998) 등이 있다.

과 정합성을 지니고 있으나 답보 상태를 벗어나지 못하고 있는 것은 그 연구들이 고립적으로 진행되어 서로 연관성을 갖지 못한 때문이라는 생각에서 출발한다. 서로간의 연결점을 갖지 못하는 기존 논의들의 간극을 메워 반복적으로 재생산되는 무의미시의 기법에 대한 논의를 일단락 짓고, 그로부터 보다 발전적인 방향으로 논의를 진행시키는 것을 목적으로 한다. 그리고 이를 위해서는 새로운 방법론이 아니라 다른 시각이 필요하다고 보아 '환상'이라는 술어를 끌어들이려고 한다.

새로운 개념을 사용하는 문제가 단순히 말만 바꾸어 논의를 반복하는데 지나지 않을 위험에도 불구하고 이와 같은 시도를 하는 것은, 새로운 개념이 새로운 시각의 수용을 전제로 하며 그 결과 동일한 현상을 전혀 다른 각도에서 보게 하여 이전에는 보이지 않던 새로운 문제를 보여줄 수 있을 것이라는 기대 때문이다. 그러나 그럴만한 타당한 근거 없이 그와 같은 원론적인 가능성만으로 새로운 술어를 끌어들일 수는 없다. 이 논의에서는 '환상시'와 무의미시의 형식적·구조적 유사성을 그 단서로 삼는다.

따라서 이 글은 무의미시와 환상시의 형식적 유사성을 밝히고 무의미시를 환상시로 재정의하는 과정을 통해, 기존의 논자들이 이미 밝혀낸 무의미시의 형식과 기법의 의의를 새롭게 하고, 한국 현대시사에서 무의미시가 차지하는 위치를 재정립하려는데 목적이 있다. 그리고 이러한 논의가 다행히 성공적으로 이루어진다면 김춘수의 무의미시가 개인적 서정의 표출이나 전형화된 삶의 제시라는 한국 현대시에 대한 완고한 이원적 분류로는 포착될 수 없는 새로운 종류의 출현임을 보일 수 있을 것이고,[4] 더 나아가 이러한 이원론적 대립 양상에 대한 새로운 문제제기를 할 수 있을 것이다.

2. 환상시의 조건과 가능성

무의미시의 환상성을 규명하기 위해서는 먼저 환상성에 대한 고찰이 필요하다. '환상적인 표현', '환상적인 이미지', '환상적인 분위기'라는 수사들에서 볼 수 있듯이, '환상'이라는 용어는 특수한 함의를 지니지 않고도 광범위하게 사용될 수 있고, 또 매우 한정적인 개념으로 사용될 수도 있기 때문이다. 90년대 말부터 환상에 대한 학문적이고 체계적인 접근이 활발하게 진행되고 있음에도 불구하고 시를 환상과 관련지어 논의하는 경우는 그리 많지 않다는 사실[5]도 이 글에서 환상에 대한 함의를 확실히 하고 넘어가야 하는 이유이다.[6]

이는 환상이 포괄적 개념과 협의의 개념의 두 가지로 혼용되고 있기

---

4) 김춘수의 무의미시가 개인적 서정의 표출과 전형화된 삶의 제시라는 이원론적 잣대로 재단되어 왔음을 단적으로 보여주는 것은 김수영과 김춘수를 대비한 연구가 적지 않다는 사실이다(이은정, 앞의 글 ; 노철, 앞의 글 등). 이와 같은 관점은 김춘수를 서정주, 김수영과 함께 한국현대시의 주축으로 기술하는 대부분의 문학사에서 발견된다(김윤식·김현, 『한국문학사』, 민음사, 1973 ; 김준오, 「순수·참여와 다극화시대」, 『한국현대문학사』, 현대문학, 1989).
5) 노혜경, 「세기말 시의 환상성, 환각과 환멸 사이로 난 좁은 길」(『오늘의 문예비평』, 1997, 가을) ; 정끝별, 「세계를 지연시키는 자기 증식의 언어」, 『천 개의 혀를 가진 시의 언어』(하늘연못, 1999).
6) 필자는 이 두 가지 유형을 한국 현대시에서 환상에 대한 논의의 필요성을 주장한 다른 글에서 양식과 장르의 개념을 빌어 각각 '환상적인 시'와 '환상시'로 명명한 바 있다(윤지영, 「'환상적인 시'와 '환상시'의 가능성」, 서강여성문학회, 『한국문학과 환상성』, 예림기획, 2001). 이후 환상시의 가능성과 개념에 대한 논의는 이 글에 바탕하였음을 밝힌다.

때문에 야기된 결과로서, 이 글에서 무의미시와의 관련 양상을 살펴볼 환상은 토도로프가 소설에서만 가능한 것이라고 말했던 협의의 개념이다. 환상에 대한 과학적 탐구를 시도한 토도로프에 의하면, 환상은 특정한 효과를 야기시키는 특정한 구조의 장르이다. 우선 환상은 초현실적인 사건을 제시하고 있어야 한다. 그러나 이것만으로는 환상이라고 할 수 없는데, 그 초현실적이고 비현실적인 사건을 독자가 사실로 받아들여 경이로움을 느끼거나 과학적이거나 이성적인 합리화를 통해 하나의 관념에 대한 비유로 읽으면 환상은 발생하지 않는다. 환상은 이러한 두 가지 반응 사이에서 주저할 때 발생한다.

그런데, 여기서 한 가지 해결하고 넘어가야 할 사항은 토도로프가 제안하고 있는 환상이 소설을 염두에 둔 개념이었다는 점이다.[7] 이는 토도로프의 환상론이 특정한 시대의 특수한 현상을 바탕으로 수립된 귀납적인 시학이었다는 것과 관련된다. 그가 논의의 근거로 삼은 텍스트들은 후기 낭만주의 시대의 문학 작품에 국한되어 있으며, 그 결과 그의 논의는 꿈이나 시각적 환영은 물론, 허구 장르 중에서도 고대의 신화나 민담, 현대의 과학적 환상물을 논의하기에는 지극히 제한적인 것이 되고 만다. 그가 시에서 환상이 논의될 수 없음을 보이기 위해 예로 든 시 또한 사물로서의 언어, 자목적적인 언어, 자동사적인 언어, 생성 중인 언어, 존재로서의 언어를 지향하는 낭만주의 시대의 작품이다.[8] 환상은 후기 낭만주의 시대에 출현한 특정 장르의 소설 양식을

---

7) 토도로프는 이와 같은 견해를 '환상은 허구에서만 존재한다'는 단언으로 명시하기까지 한다(츠베탕 토도로프, 이기우 역, 『환상문학서설』, 한국문화사, 1996, 167면).

설명하기 위한 역사적 장르인 것이다.

그럼에도 불구하고 그가 환상을 정의하기 위해 끌어들인 개념들은 이론적 장르 구분을 막론하고 일군의 텍스트들이 갖고 있는 특징을 설명하기에 매우 유효한데, 이러한 점을 고려하여 환상의 전제 조건을 소설이라는 특정 장르에 국한지을 것이 아니라 소설이 지니는 양식적 특성의 차원 정도로 완화시켜 작용하여야 할 것이다.

그렇게 보았을 때, 토도로프가 제안한 환상의 가능성은 시에서도 자유롭게 타진될 수 있다. 우선, 초현실적인 사건에 대한 수용자의 주저하는 반응과 관련해서는 초현실적인 사건이라는 조건을 초현실적인 이미지, 혹은 비일상적인 이미지의 연쇄라는 조건으로 수정할 수 있다.[9] 그리고 구조와 형식가 야기하는 수용자의 반응은 주저함에서 낯선 이미지에 대한 합리화의 좌절로 유연하게 재정의할 수 있다.

특히 세심히 검토해 보아야 할 것은 텍스트의 구조와 관련되는 두 번째 조건이다. 수용자의 주저함을 합리화의 좌절로 대치하는 것은 시가 소설에 비해 기본적으로 맥락이 불완전하고 불충분하게 제시된다는 사실과 연관된다. 다시 말해 소설에서는 충분한 세부 묘사와 설명이 가능하며, 독자는 주어진 정보를 바탕으로 그 정보의 진위를 판단

---

8) T. Todorov, 이기우 역, 『상징의 이론』(한국문화사, 1995), 223~264면 참조.
9) 이처럼 시에서의 환상을 이미지와 연관시키는 것은 환상이라는 용어의 기본적인 속성과도 연관되는 것이다. 환상이라는 단어는 라틴어 'phantasticus'에서 나온 말이다. 그것은 그리스어 'Φαντάζω'에서 파생된 단어로, '가시화하다, 명백하게 하다'라는 의미를 가진다. 따라서, 환상에서 무엇보다도 이미지가 기본 단위가 됨은 당연하다(로즈마리 잭슨, 『환상―전복의 문학』, 서강여성문학회 역, 문학동네, 2002). 그러나 서사적인 경향이 우세한 시들 또한 존재한다는 점을 염두에 두면 이를 초현실적인 사건이라고 포괄적으로 사용해도 무방할 것이다.

내리게 된다. 그러나 시를 읽어가는 과정에서 그 정보의 진위를 판단하려는 생각 따위는 애당초 개입하지 않는다. 시의 경우 그러한 정보 자체가 제한되어 있기 때문에 많은 부분이 독자의 능동적인 재구를 기다리며 개방되어 있으며, 독자는 화자의 권위를 침해하지 않는 범위 내에서 그것들을 바탕으로 합리화하려는 시도에 더욱 주력하게 된다. 그리고 대부분의 경우, 원관념을 찾고 기표의 움직임을 포착하려는 시 읽기의 관습 덕에 시에서는 초현실적인 사건이나 풍경은 하나의 의미로 환원되거나 아예 무시된다. 그 결과 시의 독자가 보이는 반응은 주저함과는 거리가 멀다. 다만, 초현실적인 사건의 합리화에 실패하는 경우, 당혹스러움이 있을 뿐이다. 따라서 시의 하위 장르로써 환상이 가능할 수 있는 조건은 첫째, 비현실적이고 낯선 이미지들이 제시되어 있을 것, 둘째, 그 이미지들이 합리화되지 않아 당혹감을 초래할 것이라고 수정할 수 있다.

이러한 조건은 토도로프가 특정한 효과를 유발하는 특정한 읽기의 방법으로 환상을 규정한 것으로 다시 설명할 수 있다. 그는 환상을 유발하는 읽기를 <시적 읽기>나 <우의적 읽기>도 아닌 읽기라고 소극적으로 정의한다.10) 가령, 독자는 단어에 대한 단어(word for word), 즉 단어의 물질성 자체로 지각하며 텍스트를 읽을 수도 있고, 텍스트에 제시된 단어를 다른 어떤 의미에 대한 것으로 읽을 수도 있다. 토도로프에 의하면 전자가 <시적 읽기>라면 후자가 <우의적 읽기>에 해당한다. 이처럼 텍스트를 시적으로 읽게 되면 초자연적인 사건이나 낯선

---

10) 토도로프, 위의 글, 132면.

이미지보다는 각운, 운율, 수사적 문체 등과 같은 면이 전경화되고[11] 우의적으로 읽게 되면 초자연적인 사건을 하나의 의미나 테마로 환원시켜 버리게 된다. 따라서 시적인 읽기나 우의적인 읽기는 텍스트의 초자연적인 사건을 아예 간과하게 만들거나 합리화시키기 때문에 환상을 불러일으킬 수 없다.

그렇다면 합리화도 되지 않고 기표 자체에 주목하게도 하지 않는 <환상적 읽기>란 무엇인가. 토도로프는 각각의 읽기 방법을 의미작용과 관련지음으로서 이에 대한 설명을 대신한다. 언어는 언어 그 자체, 언어가 환기하는 개념, 그 언어가 지시하는 대상으로 이루어져 있으며, 언어의 의미는 이들 언어를 이루는 세 요소들이 맺는 관계에 따라 축자적(literal) 의미, 지시적(referential) 의미, 비유적(allegorical) 의미로 구분된다.

축자적 의미란 언어 요소인 기표가 그 자체를 지시함으로써 발생하는 의미이며(①), 지시적 의미는 개념을 매개로 하여 경험 세계의 대상을 환기하는 경우(②)를 말한다. 예를 들어 샛별과 금성은 동일한 지시 대상을 갖고 있기 때문에 지시적 의미는 동일하지만, 그 지시 대상을 가리키는 기호 자체가 다르다는 점에서 축자적인 의미는 다르다.[12] 그리고 우의적 의미는 하나의 언어 기호에서 다른 언어 기호를 환기하는 경우(③)를 말한다. 따라서 축자적 의미와 지시적 의미는 단일한 언어

---

11) 이러한 지적은 야콥슨이 제시한 언어의 여섯 가지 기능 가운데 메시지 자체를 지향하는 시적 기능에 대한 설명과도 연관된다(Roman Jakobson, 신문수 역, 「언어학과 시학」, 『문학 속의 언어학』, 문학과지성사, 1989).
12) 축자적 의미와 지시적 의미의 차이에 대해서는 Gerald Mead의 The Surrealist Image : A Stylistic Study(Peter Lang, 1978)를 참조.

기호 내에서 발생하는 의미로, 우의적 의미는 하나의 언어 기호와 또 다른 언어 기호 사이에서 발생하는 의미로 정리할 수 있다. 이를 기호의 삼각형을 이용하여 살펴보면 그 관계가 좀 더 명확해질 것이다.

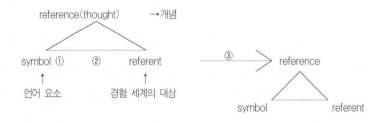

이 가운데 언어의 축자적인 의미를 읽는 것이 시적 읽기라면, 비유적인 의미를 읽어내는 것이 우의적 읽기이고, 환상적인 읽기란 언어의 지시적 의미를 읽어내는 것을 말한다. 즉, 환상은 경험 세계의 대상을 참조하도록 하는 지시 작용에 기반하여 읽을 때 가능하다고 할 수 있다.

그러나 어떤 텍스트를 시적으로 읽을 것인가, 우의적으로 읽을 것인가, 혹은 지시적으로 읽을 것인가 하는 문제에 있어 독자는 결코 자유롭지 않다. 일상적인 언어활동에서는, 그 발화가 지향하는 바가 아무리 난해하고 비일상적인 의미들이라 하더라도 어떤 일관된 의미를 찾아내기 마련이다. 또한 시 장르의 관습은 시를 읽을 때, 반복과 어감, 운율과 이미지 등 기표 자체에 주의를 놓치지 않도록 한다. 따라서 어떤 시 텍스트가 시적으로 읽히지 않고, 우의적으로도 읽히지 않는다는 것은 해석과 의미작용을 지향하는 일반적인 독서 관습과 기표에 주목하는 시 장르의 읽기관습을 교란시키는 구조여야 한다.

아쉽게도 토도로프는 그러한 구조에 대해 테마적으로 다루고 있을 뿐 형식적인 면에서는 언급하고 있지 않다. 다만, 시적 읽기를 시도할 만큼 텍스트의 언어적 자질들이 자율적이고 자동사적이지 못할 때, 그리고 대안적으로 우의적인 읽기를 시도할 만큼 텍스트의 비현실적이고 낯선 풍경들 사이의 인과성을 찾기 어려울 때, 그래서 오로지 텍스트를 세계와의 관련하에서 지시적으로 읽는 것 이외에는 다른 방법이 없을 때 초현실적이고 비일상적인 풍경이 그 자체로 유지될 것이라고 추측할 수 있을 뿐이다.13)

3. 무의미시의 조건과 환상으로서의 가능성

환상시로서의 무의미시의 가능성을 살피는 논의인만큼 가장 쉬운 방법은 앞서 도출해낸 환상시의 조건을 무의미시가 얼마나 만족스럽게 충족시키고 있는가를 살피는 것이다. 그러나 그와 같은 방법은 환원론에 빠지기 쉬우며 문제를 지나치게 단순화하여 생산적이지 못하다. 따라서 다소 우회하더라도 이 장에서는 무의미시에 주목하여 그 형식적이고 기법적인 측면을 살펴보면서 환상시의 가능성을 살펴보는

---

13) 근대 이후 시에서도 언어의 지시적인 기능이 아니고서는 다른 방법으로 읽을 수 없는 작품들이 출현하기 시작하는데, 그 대표적인 경우가 이미지즘이라고 할 수 있다. 낭만주의적 서정에 대해 반기를 들면서 주창된 이미지즘 시는 철저하게 시적 대상을 물질적으로 재현하는데 중점을 두고 있으며, 따라서 그와 같은 작품에서 어떤 포괄적인 주제를 밝혀내거나 기표가 갖는 물질적 특성에 주목하면서 읽는 것은 불가능하다.

방향으로 이야기를 풀어갈 것이다. 무의미시의 형식적 특성을 살피기 위해 가장 먼저 검토해 보아야 할 것은 이미지 혹은 시어 차원이다. 이미지 혹은 시어는 시의 기본적인 구성 요소일 뿐 아니라 무의미시를 정의내리는데 김춘수가 잣대로 제시한 것이기도 하며, 환상을 정의내리는데도 중요한 변별요소이기 때문이다.

김춘수는 「한국현대시의 계보」라는 글에서 현대시의 유형을 <대상을 갖지 않는 서술적 이미지 중심의 시>, <대상을 갖고 있는 서술적 이미지 중심의 시>, <대상을 가지고 있는 비유적 이미지의 시>로 분류하고,[14] 이 가운데 첫 번째 유형의 시를 '무의미시'라고 명명한다. 그에 따르면 이 첫 번째 유형의 시는 외부 대상을 갖지 않기 때문에 '의미마저 소멸된 시'이며 가장 '자유로운 시'이다.[15]

무의미시에 대한 이와 같은 간략한 정의는 많은 논란거리를 낳는다. 가장 주요한 반론은 대상과 의미를 갖지 않는 이미지란 있을 수는 없다는 것이다. 시를 일종의 담화라고 하였을 때, 주체(subject), 지시대상(object), 언어(linguistic medium) 가운데 어느 하나라도 제거되면 언어작용은 이루어질 수 없으며,[16] 따라서 대상을 소멸시키고 그로 인해 의미

---

14) 여기에서 분명히 하고 넘어가야 할 점은 '서술적'이라는 용어의 적절성 문제이다. '서술'이란 시간의 흐름에 따른 사상(事狀)의 변화를 포함하는 개념으로서, 사상의 정지태보다는 변화태를 보여주는 것이기 때문에 추상적인 설명의 형태로 나타날 수밖에 없다. 따라서 그가 말하는 '서술적'이라는 술어는 'descriptive'에 대한 부적절한 개념으로서 엄밀히 말하면 '묘사적'이라는 것이 정확할 것이다. 따라서 이후 논의의 정밀함을 기하기 위하여 '서술적 이미지'는 '묘사적 이미지'로 바꾸어 부르도록 할 것이다.
15) 김춘수, 「한국현대시의 계보-이미지의 기능면에서 본」, 『김춘수 전집 2』(문장, 1986), 376면.
16) Philip Wheelwright, 김태옥 역, 『은유와 실재』(문학과지성사, 1982), 21~31면.

가 제거된다는 주장은 지시대상과 기의가 제거되고 주체와 기표만이 남는다는 것을 의미하는 바, 이는 언어의 필요조건 자체를 위반하는 것이기 때문이다.

그러나 문제는 그처럼 간단하지 않다. 실제로 김춘수가 대상을 갖지 않는 이미지 중심의 시를 무의미시라고 했을 때 실제로 아무 것도 지시하는 것이 없는 이미지를 의미하는지, 아니면 '용(龍)'이나 '유니콘' 같이 현실 세계에 존재하지 않는 대상을 지시하는 이미지들을 이야기 하는 것인지가 분명하지 않기 때문이다. 따라서 그가 무의미시를 정의하기 위해 사용한 <묘사적 이미지 VS. 비유적 이미지>, <대상을 갖는 이미지 VS. 대상을 갖지 않는 이미지>라는 기준을 전반적으로 검토해 볼 필요가 있을 것이다.

우선 이미지를 묘사적 이미지와 비유적 이미지로 나눈 것은 그 기능에 따른 것이라면, 이미지를 대상의 유무에 따라 나눈 것은 이미지의 내용을 기준으로 한 것이라고 정리할 수 있다. 이미지를 묘사적인 것과 비유적인 것으로 나누는 객관적인 기준을 김춘수가 명시적으로 밝힌 바는 없다. 다만, 묘사적 이미지는 이미지 자체를 위한 이미지, 비유적 이미지는 어떤 관념을 위한 이미지로 구분하고 있을 뿐이다.

그러나 한국의 대표시를 논하는 자리에서 '설명어'를 비유적인 이미지와 등가적인 것으로 보고 있음을 추론할 수 있다. 그는 정지용의 「지도」 가운데 한 구절인 '천변열도부근 가장 짙푸른 곳은 진실한 바다보다 깊다'에서 '깊다'가 감각적 인상을 알리는 것이고, 서정주의 「문둥이」에서 '새와 하늘빛이/ 문둥이는 서러워' 라는 구절에 사용된 '서러워'는 형이상학적 암시를 알리는 것이라고 구분한다. 또한 박목월의 「불국사」에는 '흐는히 젖는데'를 제외하고는 설명어가 없다고 보면서, '설명이 없으니까 인상의 강도 같은 것도 알 수 없다. 묘사적 이미지로 된 아주 극단의 경우다'라고 말하고 있다.[17] 즉, '진리'나 '사랑', '정의' 등과 같이 감각적으로 인지할 수 없는 추상어나 '서럽다', '슬프다'와 같이 정서를 드러내는 형용어들을 비유적 이미지로 간주한 것이다.

이와 같은 기준에서 볼 때, 김춘수의 초기시와 중기시에서는 단언 비유적 이미지들이 주를 이루다가 무의미시를 시도하게 되면서 점차로 묘사적 이미지에 집중하는 것을 알 수 있다. "어쩌다 바람이라도 와 흔들면/ 울타리는/ 슬픈 소리로 울었다"로 시작하는 「부재」나 "나는 시방 위험한 짐승이다./ 나의 손이 닿으면 너는/ 미지의 까마득한 어둠이 된다"로 시작하는 「꽃을 위한 서시」에서 공통적으로 눈에 띄는 비유적 이미지는 '울다'라는 정서 표출의 시어이다. 뿐만 아니라 중기시에 속하는 「꽃을 위한 서시」에서는 '위험', '미지', '존재', '무명', '추억' 등과 같이 감각적으로 묘사되지 않는 추상적인 관념어들이 사용되어 있다. 초기시가 주로 '울음', '눈물', '슬픔' 등과 같은 정서 표현의 비유적 이미지들인데 반하여, '꽃'의 시편들이나 「시와 나목(裸木)」 연작 등은 절대 순수나 실존과 같은 관념을 '꽃'에 비유하거나 '시(詩)'를 '나무'에 비유하는 등 추상적 관념의 비유적인 이미지가 우세한 시들이다.

그러나 이미지가 다른 관념이나 정서를 환기하지 않는 것만으로는 무의미시의 충족 조건이 되지 않는다. 이미지가 묘사의 기능을 하되,

---

17) 김춘수, 앞의 글, 367~375면.

그 묘사의 대상이 현실에 존재하지 않아야 한다. 실제로 김춘수가 대상을 갖지 않는 이미지로 이루어진 시의 예로 제시한 작품들을 살펴보면, 이미지가 환기하는 상이 전혀 없는 것이 아니라 비현실적이고 비일상적인 모습을 띠고 있다.[18]

　이러한 기준으로 그의 초기시와 중기시를 살펴보면, 묘사적인 이미지가 주를 이루는 작품들이라 하더라도 대부분 일상적이고 현실적인 대상을 갖고 있다. 그러나 후기시로 접어들면서 일상적인 대상을 떠올리기 어려운 이미지들을 사용한 작품들이 늘어난다. 다음 작품들이 그러한 예에 해당한다.

　　㉠ 사과나무의 천(阡)의 사과알이
　　　 하늘로 깊숙이 떨어지고 있고
　　　 뚝 뚝 뚝 떨어지고 있고
　　㉡ 금붕어의 지느러미를 움직이게 하는
　　　 어항에는 크나큰 바다가 있고
　　　 바다가 너울거리는 녹음이 있다

　　　　　　　　　　　　　　　　　　—「시3」에서

　　㉢ 벽이 걸어온다. 늙은 홰나무가 걸어온다.
　　　 머리가 없는 인형이 걸어온다.
　　　 (어디서 오는 것일까.)
　　㉣ 노오뜰담 사원의 회랑의 벽에 걸린 청동시계가

---

18) 김춘수가 예로 들고 있는 작품들은 전봉건·김종삼·김구용·김광림·김영태·이승훈·조향 등의 작품으로 하나같이 비현실적인 풍경을 그리고 있다(김춘수, 「한국현대시의 계보」, 365~383면).

밤 한 시를 친다.
ⓜ 어딘가, 늪의 바닥에서 거무리가 운다.
　그 눈물 위에 떨어져 쌓이는
　붉고 붉은 꽃잎.

　　　　　　　　　　　　　　　　　　　　—「벽이」의 전문

　위의 두 작품은 모두 묘사적 이미지가 주를 이루고 있다. 그러나 앞에서 예로 들었던 「인동잎」과 달리 일상에서 발견할 수 없는 낯선 풍경들을 환기시키고 있다. 우선 「시3」을 살펴보면, <ⓐ 하늘로 사과가 떨어지는 풍경>, <ⓑ 바다가 들어 있는 어항과 그 속의 금붕어>라는 두 개의 이미지 시퀀스로 이루어져 있다. 그리고 '사과알'은 땅으로 떨어지는 게 아니라 '하늘로' 떨어지고(ⓐ), 금붕어가 물살을 휘젓는 것이 아니라 '바다'가 '금붕어의 지느러미'를 움직이게 만들고 있다(ⓑ). 「벽이」 역시 마찬가지이다. <ⓒ 걸어오는 벽―걸어오는 늙은 홰나무―걸어오는 머리 없는 인형>, <ⓓ 종소리가 울려오는 노오뜰담 사원>, <ⓔ 거무리의 눈물과 붉은 꽃잎>이라는 세 개의 이미지 시퀀스로 이루어져 있다. 이때 개별 시어들이나 시퀀스는 하나의 상을 또렷이 환기시킨다. 그러나 이들의 결합으로 이루어지는 풍경은 낯설고 비일상적이다.

　따라서 위의 작품에서 볼 수 있듯 '대상을 갖지 않는 묘사적 이미지'라는 텍스트 구성 요소는 무의미시의 조건을 충족시키는 동시에 환상으로서의 조건을 충족시키고 있다고 할 수 있다. '묘사적 이미지'란 관념이나 정서와 같은 이미지 이외의 것을 환기하지 않는 것을 의미하는 바, 지시적 의미와 연관된다고 할 수 있다. 그리고 묘사적 이미지로 이루어진 시 텍스트는 시적 읽기나 우의적 읽기가 아닌 환상적 읽기를 가능하게 하는 필요조건을 충족시킨다. 또한 '대상을 갖지 않는다'는 것은 앞서 살펴보았듯 이미지가 아무 것도 지시하지 않는다는 말이 아니라 일상적 현실 세계에서 지시 대상을 찾을 수 없는 것을 뜻한다고 할 때, 이 또한 비현실적이고 초현실적인 사건과 풍경을 그리고 있어야 한다는 환상시의 기본조건을 충족시키고 있는 것이다.

그러나 이는 그야말로 기본 조건을 충족시키고 있을 뿐, 환상이 되기에 충분한 조건은 아니다. 예컨대, 위의 두 작품 모두 묘사적 이미지가 주를 이루고 있으며 환기하는 풍경은 낯선 것이 분명하지만, 「시3」에서 <하늘로 떨어지는 사과>는 <땅으로 떨어지는 사과>를 역전시킨 것에 불과하며, <금붕어의 지느러미를 움직이게 하는 바다>의 경우도 마찬가지이다. 말하자면 낯설고 비현실적인 이미지가 역전된 것이며, 그 원상이 무엇인지를 쉽게 떠올릴 수 있다. 그것은 토도로프가 말한 우의적 읽기의 결과이며, 따라서 환상은 실패한 것이라고 말할 수 있다. 반면에 「벽이」에서는 '벽'이나 '늙은 홰나무' 등이 '걸어온다'는 이미지가 어떤 상황을 왜곡시킨 것인지 얼른 짐작하기 어렵다. 그 결과 제시된 이미지를 하나의 엄연한 풍경으로 받아들이지 않을 수 없다.

이처럼 비현실적인 이미지를 보여주면 즉각적으로 의미를 찾는 것이 어려울지는 모르나, 이미지들끼리 비교·대조·분류하는 과정에서 다시 원래의 대상을 추론하는 것까지 차단하지는 못한다. 따라서 환상의 효과를 야기하기 위해서는 낯설고 비현실적인 풍경을 비유적으로 읽히지 않게 할 필요가 있다.

이를 위해 김춘수는 다양한 전략을 구사한다. 그 전략에 대해서 김춘수가 이미지를 구분한 것만큼 체계적으로 설명하고 있지는 않지만 그의 무의미시를 분석함으로써 다음과 같은 몇 가지 방법을 추론해낼 수 있다. 가장 간단한 방법은 작품의 제목과 본문을 어긋나게 설정하는 방식이다.

> 서재에서 보면
> 하늘 한쪽이 흔들리고 있다.
> 하늘 한쪽이 흔들리며 기울어지고 있다.
> 그런가 하면
> 짐승 한 마리 숲을 나와
> 바다로 가고 있다.
> 바다는 진눈깨비 내리고 있다.
> 지금은 꽃샘바람도
> 자고 있는데
> 꿈에서는 봄이 와서
> 탱자나무 사이 사이
> 샛노란 죽도화가 피고 있다.
>
> ―「당초문-혹은 장 폴 사르트르」의 전문

이 작품은 묘사적 이미지로만 표현되어 있다. 또한 '하늘 한쪽이 흔들리고 있'는 풍경이라든지, '짐승 한 마리 숲을 나와/ 바다로 가고 있'는 풍경 같은 것은 현실 세계의 풍경이라기 보다는 꿈속의 풍경처럼 비현실적으로 보인다. 그러나 이 작품은 지시된 풍경으로부터 '꿈 속의 풍경'이라는 이차적인 의미를 읽어내는 것조차 차단한다. 본문을 '당초문'이라는 제목 및 '장 폴 사르트르'라는 부제와 연결하려고 할 경우에 당황하지 않을 수 없는 것이다. 본문에서 떠올린 '꿈 속의 풍경'과 이들 제목과는 어떠한 인과성이나 인접성도 없기 때문이다. 그리하여 독자들은 자신이 본문의 풍경을 과연 바르게 형성한 것인가를 의심하고 그로 인해 최종 의미를 확정짓는데 주저하게 된다. 제목이나 부제는 독자들이 작품을 대할 때 가장 먼저 접하는 것이며, 작품의 전체 의미를 하나로 수렴하는 지표인 만큼 본문과 제목, 또는 부제를 엇갈리게 조직하는 것은 묘사적 이미지가 하나의 관념으로 수렴되는 것을 제어하기 위한 중요한 장치의 하나이다.

그러나 제목을 덮어두고 본문의 의미만을 따르기로 한다면 여전히 이러한 전략만으로는 대상으로부터 자유로울 수 없으며, 낯선 풍경은 하나의 관념으로 환원된다. 따라서 의미로부터 자유롭기 위해서는 보다 직접적인 방법이 필요하다.

> 활자 사이를
> 코끼리 한 마리 가고 있다.
> 잠시 길을 잃을 뻔 하다가
> 봄날의 앵두밭을 지나
> 코끼리는 활자 사이를 여전히
> 가고 있다.
> 너무 작아서 잘 보이지도 않는
> 코끼리,
> 코끼리의 발바닥도 반짝이는
> 은회색이다.
>
> ―「은종이-책장을 넘기다 보니 은종이가 한 장 끼어 있었다」의 전문

이 작품을 구성하고 있는 이미지들은 구체적인 대상을 환기시킨다. 그런데, 코끼리는 있어야 할 초원이 아닌, '활자 사이를 걸어가고' 있고, 그 코끼리는 '너무 작아서 잘 보이지도 않는'다고 표현하고 있다. 사물을 그 사물이 원래 있어야 할 곳이 아닌 전혀 예기치 않은 곳에 놓음으로써 이미지들 간의 공간적인 인접성을 파괴하고 있으며, 원래 사물이 지니고 있는 속성을 전도시킴으로써 현실에서는 볼 수 없는 전혀 새로운 이미지를 만들고 있는 경우이다. 이러한 이미지들의 조합은 다른 어떤 관념을 환기하지도 않는다. 다만, 이미지들이 지시적인 차원으로 읽힘으로써 하나의 낯선 풍경을 불러일으킬 뿐이다.

그렇지만, 이 작품의 제목은 이 작품이 완전히 의미로부터 자유롭게 되는 것을 가로막는다. 다시 말해, '은종이'라는 제목과 '책장을 넘기다 보니 은종이가 한 장 끼어 있었다'라는 부제는 화자가 화창한 봄날, 책을 읽다가 '책장' 사이에 끼어 있는 '은종이'를 보고, 그 종이의 색깔과 네모난 형상에서 코끼리를 떠올리고, 봄날의 나른한 분위기를 코끼리의 권태로운 습성과 연관짓고, 다른 요소들을 이에 따라 조정한 것임을 조금만 주의 깊은 독자라면 유추해 낼 수 있기 때문이다. 그렇게 되면 각각의 시어는 지시적 의미를 잃고 비유적인 의미로 환원된다. 그러나 만약 제목마저 전혀 상관없는 것이었다면 낯선 풍경은 그 자체를 유지하고, 그 풍경의 의미도 찾기 어렵게 되어 독자는 당혹감을 느끼지 않을 수 없게 된다. 즉, 이 장면을 환상으로 읽게 되는 것이다.

그 이외에도 원상의 모습을 부분적으로 다르게 변형시키거나 원상을 구성하는 모습의 일부를 지우고 숨기는 방법, 그리고 원래의 대상이 존재하는 공간적 위치나 시간적 순서를 전도시키는 방법 등을 생각할 수 있다. 이러한 전략들을 일관하는 하나의 방법은 이미지들 간의 인접성을 파기하는 방법으로 수렴된다. 다시 말해, 공간적으로 인접해 있는 이미지들은 떨어 뜨려 놓거나 현실에서라면 그 사물이 전혀 있을 수 없는 위치에 사물을 위치시킴으로써 파기시킬 수 있을 것이고, 시간적인 연속성으로 연결된 이미지라면 시간을 도치시키거나, 아예 시간성을 탈각시킴으로써 탈현실화를 획득할 수 있을 것이다. 이러한 방법으로 논리적인 인과성 또한 왜곡시킬 때 텍스트는 묘사적이지만 현실에 대상을 갖지 않은 상태를 유지할 수 있게 하며19) 환상시의 조건을 충족시키게 하는 것이다.

4. 새로운 문제

그렇다면 마지막으로 이처럼 무의미시를 환상시로 재정의함으로써 진전되는 논점은 무엇인가. 앞서 언급하였듯 무의미시를 환상시로 재정의하는 일은 환상이 지니고 있는 구조적이고 형식적인 특성을 빌어 무의미시의 구조적·형식적 특성을 빌어 무의미시의 구조적 특성을 설명하기 위한 것이다. 그리고 그것을 한 마디로 정리하자면 재현, 혹은 모방의 구조라고 말할 수 있다.

무의미시의 기본적인 구성 요소에서부터 이와 같은 사실을 확인할 수 있다. 대상을 갖지 않는 묘사적 이미지란 비록 그 대상이 현실에서

---

19) D. Lodge, <u>Metaphor and Metonomy</u>, *The Mode of Moderrn Writing*(Edward Arnold, 1977) 참조.

찾아볼 수 없는 것이라 하더라도 지시적 의미 작용을 주요 기능으로 하는 것을 의미한다. 또한 구성의 차원에서 볼 때에도 무의미시는 모방과 재현에 기대어 있다. 기표 자체에 주목하는 <시적 읽기>는 물론 비현실적인 풍경과 초현실적인 사건을 합리화하는 <우의적 읽기>를 차단하기 위해 김춘수가 사용하는 탈현실화(nonrealization)의 전략,[20] 즉 리얼리티를 위반하는 전략은 기본적으로 공간적인 인접성과 시간적인 연속성, 그리고 논리적인 인과성을 전제로 하여 성립되는 것이다. 이는 바로 환유적 구성원리로서 유사성에 의한 대체를 기본 양태로 갖는 은유적 구성원리와는 전혀 다른 인식론에 뿌리를 두고 있는 것이다. 그리고 이와 같은 환유적인 구성원리는 기본적으로 서사의 구성 원리이며, 재현과 모방을 실현하는데 사용된다. 다시 말해 무의미시는 재현과 모방에 뿌리를 두고 있는 것이다.

이미지를 대상으로부터 자유롭게 하기 위해 김춘수가 고안한 무의미시가 재현과 모방의 인식론에 뿌리를 두고 있음은 그의 시론에서도 확인할 수 있다.

> 사생이라고 하지만 있는(실재) 풍경을 그대로 그리지 않는다. 집이면 집, 나무면 나무를 대상으로 좌우의 배경을 취사선택한다. 경우에 따라서는 어느 부분은 버리고 다른 어느 부분은 과장한다. 대상과 배경의 위치를 실지와는 전연 다르게 배치하기도 한다.[21]

---

20) R. Cardinal, *Figure of Reality : A perspective on the poetic imagination*(Barnes & Noble books, 1981), p38.
21) 김춘수, 앞의 글, 387면.

위의 인용문은 무의미시가 '사생', 즉 현실 세계에 존재하는 대상의 모방에서 출발하고 있음을 보여준다. 그리고 일상적이고 친숙한 대상을 부분적으로 취사 선택하거나 왜곡하고, 실제의 구성과 다르게 배치하는 방법을 통해 의도적으로 왜곡하고 있다고 말한다.

김춘수는 이와 같은 왜곡을 대상과 관념으로부터 자유로와지는 방법이라고 보았으나 위의 인용문은 대상과 관념으로부터 자유롭기 위해서는 먼저 대상과 관념이 있어야 하며, 그것에 대한 모방과 재현에서 출발하는 수밖에 없다는 아이러니를 보여준다. 일상적인 대상의 모방에서 시작하여 비현실적이고 낯선 것을 창조하는 방법은 일반적인 경우를 생각하더라도 쉽게 수긍할 수 있다. 즉 인간의 사고로는 '없음' 자체를 생각하기 어렵다. '없음'은 '있음'에 기대어서만 생각할 수 있다. 마찬가지로 비일상적이고 비현실적인 대상 역시 처음부터 만들어지는 것이 아니라 일상적이고 현실적으로 존재하는 것에서 출발하여 만들어지는 것이다.[22]

이와 같은 사실은 완전히 무의미시, 혹은 환상이 불가능하다거나 실패할 수밖에 없다는 것을 의미하는 것이 아니다. 오히려 무의미시와 의미의 시, 환상과 모방에 대한 새로운 시각이 필요함을 의미한다. 가령, 과연 김춘수의 무의미시가 기존의 많은 논자들이 지적했듯이, 김수영류의 현실 반영의 시와 대척점에 있다고 볼 수 있을 것인가, 그리고 현실과 언어, 참여와 순수, 리얼리즘과 모더니즘 같이 한국 현대시를

---

22) Susan Stewart, 1979, pp.51~52(Brain MacHale, Making (non)sense of post-modernist poetry, Michael Toolan, (ed.), Language, Text and Context(Routledge, 1992), p.7에서 재인용).

대별하기 위해 사용되어 온 이원론적 잣대들이 과연 얼마만큼 합리적인 것이며, 생각처럼 그 구분이 명확한 것인가를 재고하도록 요청한다.

　프로이드는 문학 작품을 창조하는 태도를 둘로 구분하는데, 하나는 기성의 소재를 취하는 것이고 다른 하나는 자기 마음대로 새로운 것을 창조하는 것처럼 보이는 것이다. 이러한 관점은 캐서린 흄에게서도 발견된다. 그녀 역시 창조적 활동을 가능하게 하는 충동을 모방 충동과 환상 충동의 두 가지로 구분하는데, 이 가운데 기성의 소재를 취하는 것은 모방 충동과 새로운 것을 창조하는 것처럼 보이는 것은 환상 충동과 각각 대응된다. 흄은 환상 충동을 모방 충동만큼이나 본질적인 것이라고 지적하면서 모방 충동이 아리스토텔레스 이래 서구 문명을 지배해 왔다고 주장한다.[23]

　프로이드는 기성의 것을 이용하는 경우와 새롭게 창조하는 경우를 구분하기는 하였지만, 후자의 경우에도 "실제로 어떤 것을 발명해낼 수는 없다. 그것은 단지 서로에게 낯선 요소들을 결합할 수 있을 뿐"[24]이라고 말한다. 즉 직접적으로 전혀 다른 비-인간적 세계를 창조해내는 것이 아니라, 이미 존재하는 세계의 요소들을 전도시키는 것, 환언컨대 친숙한 것들의 구성 관계를 새롭게 재-결합시킴으로써 낯설고 친숙하지 않으며 그리고 명백하게 '새롭고' 절대적으로 '다른' 어떤 것을 산출하는 것처럼 보일 뿐이라는 것이다.[25] 이를 고려할 때, 환상 충동은 모방 충동에 뿌리를 두고 있으며, 이 둘은 단절된 전혀 다

23) Kathryn Hume, 한창엽, 역, 『환상과 미메시스』(푸른나무, 2000), 67면.
24) 프로이드, 앞의 책, 70면.
25) 로즈마리 잭슨, 서강여성학회 역, 『전복으로서의 환상』(미간행).

른 충동이 아니라 연속된 선상에 존재하는 것이라고 결론 내려도 좋을 것이다.

과연, 시의 본질은 환상뿐 아니라 그만큼의 모방에 의지하고 있다고 말할 수 있다. 다시 말해, 앞서 언급한 김소월이나 박목월, 혹은 신경림 등의 제 작품과 이상, 김춘수, 김종삼 등의 작품은 환상 충동과 모방 충동에 있어 정도 차이를 갖는 다고 말할 수 있는 것이다. 단적으로, 가장 환상적이고 창조적인 것처럼 보이는 무의미시만 해도, 오히려 대상을 지시하고 모방하며, 현실을 재현하는 것을 떠나서는 만들어질 수 없다. 따라서 현실 반영적 시들의 기본적인 전략이 재현과 전형의 창조라고 할 때, 무의미시는 이들과 연장선에 놓여 있다고 보아야 할 것이다.

사실상 한국 현대시는 환상 충동보다는 모방 충동이 우세한 경향을 보여왔다고 해도 과언은 아니다.[26] 한시(漢詩)라든지 시조 등과 같은 고시가들의 경우 또한 비현실적이고 낯선 것을 새롭게 창조하기보다는 현실 세계와 밀착하여 그와 같은 것들을 재현하고, 그로부터 촉발되는 정서를 담는 것에 편향되어 있었다. 환언하자면, 에이브람즈 좌표 가운데 모방의 축과 표현의 축이 주도적이었다고 말할 수 있을 것이다. 그 이유는 아마도 시를 도(道)의 전달 수단으로 보는(文以載道) 효용론적인 시관에 입각해 있기 때문일 것이며, 이러한 경향은 동아시아 시작품의 보편적인 특질이라고 할 수 있을 것이다.

이러한 경향은 근대 이전의 서양시관에 있어서도 크게 다르지 않다.

---

26) 노혜경, 앞의 글.

플라톤이 모방론을 경계하면서 시인을 공화국에서 추방해야 한다고 말할 때에도, 이에 반해 아리스토텔리스가 예술을 인간 행위의 모방으로 설명하려고 할 때에도, 예술의 주된 목적은 이상(理想)을 재현하는 데에 있었으며, 그 전제는 효용론적인 입장에 있었기 때문이다. 낭만주의에 이르러서야 시는 이상의 재현을 위한 타동사적인 것이 아니라 스스로 존재를 현현해 보이는 미적인 구조체로써 인정될 수 있었다.

무의미시의 구성요소와 구성원리를 분석하면서 토도로프가 제안한 개념의 환상이 시에서도 가능하며 무의미시가 그 대표적인 예라는 것을 앞에서 살펴보았다. 이 글의 논지는 무의미시가 모방적·재현적 특성에 뿌리를 내리고 있다는 점을 규명하기는 했으나, 더 많은 새로운 문제를 야기한다. 시문학사를 양대별하는 기준의 적합성 문제, 그리고 무의미시 뿐 아니라 시 전반, 더 나아가 인식 전반이 모방에 의지하고 있는 것은 아닌가, 혹은 역사적으로 특정한 시기에 시문학이 표현의 양식에서 모방과 재현의 양식으로 전환된 것은 아닌가 하는 문제를 지속적으로 탐구하여야 할 것이다.

김춘수의 시와 산문에 출현하는 '천사'의 양상

─ 릴케의 영향론 재고(再考)의 관점에서

1. 서론

이 논문에서 고찰하고자 하는 바는 김춘수 문학의 미시적인 국면이다. 시인이 반세기가 넘는 기간에 남긴 방대한 분량의 시와 산문에는 '천사'라는 표현이 다수 출현한다. 특히 노년기에 접어든 시인이 『거울 속의 천사』라는 시집을 간행했다는 사실은, 김춘수의 문학에서 '천사'가 차지하는 비중을 알려주는 지표가 된다. 물론 그간 김춘수의 문학에 수시로 나타나는 '천사'에 관심을 기울인 선행연구가 없었던 것은 아니나, 대체로 그러한 성과는 릴케의 영향으로 대변되는 비교문학적

---

* 권 온 / 고려대학교 국어국문학과 박사수료

접근에 치중한 것이어서 이 글에서 중점을 두는 방향과는 거리가 있다. 김춘수의 시와 산문에 나오는 '천사'에 주목하는 이 논문은 기존의 연구에서 시도한 비교문학적 접근을 일정 부분 수용하면서도, 그것을 수정하고 보완하여 극복할 수 있는 어떤 지점을 지향하고자 한다. 이 논문은 김춘수가 말하는 '천사'가 단순한 서구적 개념이 아님을 구체적인 작품 분석을 통해서 밝히는 것을 목적한다. 또한 그러한 작업에 의해 김춘수 문학의 본질적 특성의 한 국면이 밝혀지기를 기대한다.

김춘수의 시와 산문에서 지속적으로 출현하는, 시인의 이른바 시적 자아의 하나로 볼 수 있는 '천사'에 관심을 기울인 대표적 선행 연구자로는 류신과 김재혁을 꼽을 수 있다. 류신은 논문 「천사의 변용, 변용의 천사-김춘수와 릴케」의 머리말에서 다음과 같이 언급한다. "이 글의 목적은 김춘수의 시 도처에 출몰하는 다양한 천사들 사이에 접속사처럼 존재하는 관계의 사유를 탐색하는 데 있다. 관념시, 무의미시, 순수시, 절대시라는 기존의 해석틀에 연연하지 않고 그의 작품 전체를 관통하는 천사들 사이의 보이지 않는 맥락과 맥리(脈理), 그 '연속성의 잠재력'을 추적해보자는 것이 이 글이 뜻하는 바이다. 그리고 일찍이 릴케가 혼을 바쳐 천착했던 천사상은 김춘수의 천사를 이해하는 결정적인 단초가 될 것이다."[1] 또한 김재혁은 자신의 책 『릴케와 한국의 시인들』의 5장인 「릴케와 김춘수에게 있어서 '천사'」의 서두에서 이런 발언을 한다. "이렇게 릴케에 대한 김춘수의 관심은 당연히 '천사'라는 릴케 나름의 개념에 대한 이해 추구와 관련을 맺는다. 릴케의 작품에

---

1) 류신, 「천사의 변용, 변용의 천사-김춘수와 릴케」, 『비교문학』 vol.36, 2005, 220면.

서 '천사'는 중요한 역할을 한다. 따라서 이 개념에 대한 이해는 두 시인의 작품 세계를 열어주는 중요한 열쇠가 될 수 있을 것이다. '천사'가 갖는 의미와 기능의 기본 카테고리는 무엇인가? 이것을 알아보고 두 시인의 '천사'에 대한 이해의 공통점과 차이점을 추적해보는 것이 이 장의 목표이다."[2]

'천사'는 반세기가 넘는 김춘수의 시작 활동을 관통하는 하나의 주제어가 된다는 점에서, 일찌감치 이에 주목한 류신과 김재혁의 시도는 존중되어야 마땅하겠다. 그러나 이들 선행 연구의 의의를 상당 부분 인정하면서도, 아쉬운 점이 없는 것은 아니다. 무엇보다도 문제가 되는 것은 김춘수와 짝을 이루고 있는 릴케이다. 인용 부분에서 잘 드러나듯이 류신과 김재혁이 보기에 릴케의 시 혹은 릴케의 '천사'는 김춘수의 시 혹은 김춘수의 '천사'를 이해하는 "결정적인 단초" 또는 "중요한 열쇠"가 된다. 이러한 견해는 이른바 '꽃' 시편을 비롯한 김춘수의 초기시를 릴케 등 외국의 문학이나 철학의 영향의 소산으로 파악하려는 비교문학적 논의[3]와 동궤를 이룬다. 이 논문은 김춘수의 시에 드러난 릴케 등의 영향력을 지나치게 부각시킨 기존의 관점에 이의를 제기하고자 한다. 따라서 이 논문은 릴케의 '천사' 혹은 서구적 개념의 일방적 수용으로서의 김춘수의 '천사'가 아닌 시인의 독자성이나 고유성을 보유한 '천사'를 드러내는데 초점을 맞추고자 한다.

---

2) 김재혁, 「릴케와 김춘수에게 있어서 '천사'」, 『릴케와 한국의 시인들』, 고려대학교출판부, 2006, 128~129면.
3) 대표적 논의로 이재선의 「한국현대시와 R. M. 릴케—그 영향을 중심으로」(『한국문학의 원근법』, 민음사, 1996, 338~369면)가 있다. 이재선은 이 글에서 릴케와 박용철, 릴케와 김춘수의 영향 관계를 논한다.

선행연구에서 다뤄진 김춘수의 '천사' 시편은 그 범위가 협소하고 편중된 편4)이어서 그것의 온전한 실상을 드러내기에는 무리가 있다고 판단된다. 김춘수의 작품에 등장하는 '천사'의 속성을 제대로 파악하기 위해서는 가능한 많은 사례를 실증적으로 살펴보는 작업이 긴요할 것이다. 김춘수의 시 세계를 포괄한다고 볼 수 있는 『김춘수 시전집』(현대문학, 2004)에 의거할 때, 시인의 시 가운데 '천사'라는 표현이 작품(표제 포함)에 출현하는 것은 총 36편에 달한다. 김춘수 시의 전개과정을 시집 『구름과 장미』(1948)에서 시집 『부다페스트에서의 소녀의 죽음』(1959)에 이르는 전기 시, 시집 『타령조·기타』(1969)에서 시집 『비에 젖은 달』(1980)에 이르는 중기 시, 시집 『라틴점묘·기타』(1988)에서 시집 『달개비꽃』(2004)에 이르는 후기 시로 구분한다고 했을 때, 시기별로 전개되는 '천사' 시편의 현황은 다음과 같다.

전기 시 3편 : 「나비」, 「호수」, 「릴케의 장」
중기 시 4편 : 「유년시時·1」, 「디딤돌·2」, 「처용단장 1-10」,5) 「천사」

---

4) 김춘수의 '천사'를 논한 선행연구의 문제점 중 하나는 김춘수의 전체 시 세계에 산포된 '천사' 시편의 범위를 확인하지 않은 채, 주관적이고 자의적인 판단에 의해 작품을 선정하고 논의한다는 점이다. 또한 류신의 경우 8편(「나비」, 「릴케의 장」, 「천사」(404면), 「처용단장 3-42」, 「실제失題」, 「소냐에게」, 「거울」, 「천사」(991면))을, 김재혁의 경우 3편(「릴케의 장」, 「천사」(991면), 「제1번 비가悲歌」)을 선택함으로써 논의의 폭과 깊이를 스스로 제한하고 있는 것으로 판단된다.
5) 이 시는 시인의 중기 시에 해당된다. 김춘수의 「처용단장」 연작은 1, 2부와 3, 4부의 발표시기의 간극이 상당하다는 점에 유의해야 한다. 「처용단장」 연작이 『처용단장』이라는 한 권의 책으로 출간된 시기는 1991년이지만, 개별 작품이 잡지(1, 2부는 『현대시학』, 3, 4부는 『현대문학』)에 연재된 시기는 편차가 크다. 곧 1부는 1969~1970년, 2부는 1973년, 3부는 1990~1991년, 4부는 1991년이다. 아직까지도 이와 같은 사실을 파악하지 못한 채 「처용단장」 연작을 논하는 여러 연구의

후기 시 29편 : 「토레도 대성당」, 「처용단장 3-12」, 「처용단장 3-32」,
「처용단장 3-42」, 「처용단장 3-43」, 「엉겅퀴풀」, 「그늘」,
「식탁 –꿈에 본」, 「실제失題」, 「나비가」, 「네 살난 천
사」, 「소냐에게」, 「드미트리에게」, 「소피야에게」, 「치
혼 승정僧正님께」, 「나타샤에게」, 「대심문관大審問官
–극시劇詩를 위한 데생」, 「또 의자」, 「거울」, 「명일
동 천사의 시」, 「두 개의 정물」, 「밤이슬」, 「또 일모日
暮」, 「허유虛有 선생의 토르소」, 「천사」(991면), 「이문
異聞」, 「제1번 비가悲歌」, 「제6번 비가悲歌」, 「춘일만
보春日漫步」

상기한 바와 같이 오랜 시간 동안, 김춘수의 시에 지속적으로 등장
하는 '천사'는 시인이 애용했던 어휘 중 하나임에 틀림없다. 특히 김춘
수의 시작 활동 후반부에 '천사'라는 시어(詩語)가 집중적으로 출현한다
는 사실은, '천사'가 시인의 삶에서 또 그의 시 세계에서 담당하는 막
중한 역할을 알려주는 하나의 지표로 생각된다. 그럼 이제부터 김춘수
의 다채로운 시편에 나타나는 '천사'의 모습을 몇 개의 유형으로 나누
어 살펴보기로 하겠다. 더불어 필요할 경우 시인의 산문에 노출된 '천
사' 역시 도입해서 함께 논의하기로 한다.

오류는 시정되어야 한다.

6) 이 논문에서 다룰 김춘수의 시는 『김춘수 시전집』(현대문학, 2004)에서 인용함을
원칙으로 삼는다. 이하 작품을 인용하거나 필요할 경우 『김춘수 시전집』의 면수
를 밝히기로 한다.

2. 작품에 나타난 '천사'의 양상과 의미

1) '원초적 천사'

김춘수의 시와 산문에 출현하는 '천사'의 여러 양상 중 우선적으로 주목되는 하나의 유형은 소위 '원초적 천사'이다. 여기서 말하는 '원초적 천사'는 유년의 시인에게 다가온 첫 '천사'를 가리킨다. 김춘수가 유년 시절 최초로 파악한 '천사' 혹은 '원초적 천사'는, 시인에게 하나의 원체험(原體驗)으로서 각인되어 있는 것으로 볼 수 있다. 전기적 기록 등을 참조할 때, 시인은 유치원 보모이자 선교사의 아내였던 서양 여성에게서 '천사'라는 이상한 말을 반복적으로 듣고서, 이국적 환상을 키웠을 것으로 짐작된다. 김춘수의 '원초적 천사'는 서양 선교사의 아내에게서 '천사'라는 낯설고 신선한 '말'을 듣는 입장에 있었던, 청자로서의 수동적 역할을 담당해야 했던 한 민감한 소년(의 상상력)과 긴밀하게 결속된 개념으로 볼 수 있다. 더불어 시인의 '원초적 천사'의 개성적 면모는 한국 고유의 전통적 요소의 도입으로 힘을 얻는다. 곧 "행주치마를 두른 천사"라는 기표에는 '호주' 또는 '서양'이라는 이국적 요소와 '한국' 또는 '동양'이라는 전통적 요소가 행복하게 결합하고 있는 것이다. '천사'에 관한 시인의 주목할 만한 발언을 참조하면서 본격적인 논의를 시작해 보자.

김춘수가 나이 여든에 펴낸 시집 『거울 속의 천사』(2001)의 후기에는 다음과 같은 대목이 나온다.

"나는 어릴 때 호주 선교사가 경영하는 유치원에 다니면서 천사란 말을 처음 들었다. 그 말은 낯설고 신선했다. 대학에 들어가서 나는 릴케의 천사를 읽게 됐다. 릴케의 천사는 겨울에도 꽃을 피우는 그런 천사였다. 역시 낯설고 신선했다. 나는 지금 세 번째의 천사를 맞고 있다. 아내는 내 곁을 떠나자 천사가 됐다. 아내는 지금 나에게는 낯설고 신선하다. 아내는 지금 나를 흔들어 깨우고 있다. 아내는 그런 천사다."7)

시인 자신의 발언에 따르면, 김춘수는 평생 동안 '천사'와 세 번 조우한 셈이다. 어떤 사물이나 대상 혹은 행위에 '처음'이라는 명사나 '첫'이라는 관형사가 부가될 때, 그 사물이나 대상 혹은 행위는 남다른 의미를 소유하게 된다. 따라서 시인이 유치원에 다니던 어린 시절, '천사란 말'을 처음 들었을 때 '그 말'을 "낯설고 신선"하게 여긴 것은 자연스러운 반응인 셈이다.

> 호주 아이가
> 한국의 참외를 먹고 있다.
> 호주 선교사네 집에는
> 호주에서 가지고 온 뜰이 있고
> 뜰 위에는
> 그네들만의 여름하늘이 따로 또 있는데
>
> 길을 오면서
> 행주치마를 두른 천사를 본다.

—「유년시時·1」(236면) 전문

---

7) 김춘수, 『거울 속의 천사』, 민음사, 2001, 119면.

이 시의 제목은 '유년시'이다. 표제 그대로 '어린 시절'의 인상적인 순간들을 포착하고 있다. 이 시의 숨겨진 화자는 유년의 시인으로 보아도 무방할 텐데, 여기서 일차적으로 주목되는 것은 "호주 아이", "호주 선교사네 집", "호주에서 가지고 온 뜰", "그네들만의 여름하늘", "천사" 등 일련의 외래적 요소이다. 그런데 이 시가 음미할 만한 작품으로 부상하는 계기는 외래적 요소와 더불어 "한국의 참외"나 "행주치마"와 같은 우리의 전통적 요소가 개입하고 있기 때문이다. 이 시의 특장은 독자의 기대를 연속적으로 배반하는 지점과 관련될 수 있다. "한국의 참외", "호주에서 가지고 온 뜰", "그네들만의 여름하늘", "행주치마를 두른 천사"는 독자의 일상적인 예상을 뛰어넘는 어떤 파격일 수 있기 때문이다.

김춘수는 언젠가 자신의 첫 시집 『구름과 장미』를 회고하며 이런 말을 한 적이 있다.

1947년에 낸 나의 첫 시집의 이름이 『구름과 장미』다. 이 시집명은 매우 상징적인 뜻을 지니고 있다. 구름은 우리에게 아주 낯익은 말이지만, 장미는 낯선 말이다. 구름은 우리의 고전시가에도 많이 나오고 있지만, 장미는 전연 보이지가 않는다. 이른바 박래어다. 나의 내부는 나도 모르는 어느 사이에 작은 금이 가 있었다. 구름을 보는 눈이 장미도 보고 있었다. 그러나 구름은 감각으로 설명도 없이 나에게 부닥쳐왔지만, 장미는 관념으로 왔다. 장미도 때로 감각으로 오는 일이 있었지만, 양과자를 먹을 때와 같은 '손님이 갖다주는 선물'로 왔지, 제상에 놓인 시루떡처럼 오지 않았다. 장미를 노래하려고 한 나는 나의 생리에 대한 반항으로 그렇게 한 것이 아니라, 그것은 하나의 이국 취미에 지나지 않았다. 나는 반항의 자각을 지니지 못했다. 몇 년 뒤에 그것은 관념에의

기갈과 함께 왔다. 그때부터 나는 장미를 하나의 유추로 쓰게 되었다.[8]

그리 긴 분량은 아니지만, 김춘수의 이와 같은 언급은 시인의 시 세계를 이해하는 중요한 단초가 될 수 있다고 생각한다. 시 「유년시時·1」에 제시되는 일련의 외래적 요소들은 시인자신의 표현을 빌리자면 소위 "장미" 계열의 어휘로 볼 수 있다. "구름" 같은 "우리의 고전시가에도 많이 나오고 있"는 "아주 낯익은 말"이 아닌 "낯선 말" 혹은 "박래어"가 이 작품의 주조를 형성하고 있다. 그러나 여기서 유의해야 할 점은 시인이 어느 한 쪽을 완전히 긍정하거나 또는 부정하고 있지 않다는 사실이다. "나의 내부는 나도 모르는 어느 사이에 작은 금이 가 있었다. 구름을 보는 눈이 장미도 보고 있었다."는 김춘수의 언급은 이 같은 정황을 잘 보여준다. 이 작품에서 "호주" 관련 어휘들과 "천사"가 "장미" 계열이라면 "한국의 참외"와 "행주치마"는 "구름" 계열의 표현이라 말할 수 있다. 따라서 김춘수의 시 「유년시時·1」은 그의 시를 추동하는 두 개의 인자를 드러내는 '매우 상징적인 뜻을 지'닌 작품으로 생각된다. 특히 2연 2행에 제시된 "행주치마를 두른 천사"는 "낯익은 말"과 "낯선 말"의 결합, 다시 말해서 '고유하고 전통적인 요소'와 '이국적이고 외래적인 요소'가 결합되었다는 점에서 문제적인 어구로 판단된다.

H2O는 화학용어,
수소와 산소로 분해된다.

---

8) 김춘수, 『김춘수 시론전집 Ⅰ』, 현대문학, 2004, 528면.

다섯 살 나던 해
주님 생일날 아침 나는
교회의 첨탑을 보았다. 첨탑에 꽂힌
은빛 커다란 십자가를 보았다.
거꾸로 매달린
종이천사를 보았다.
천사의 날개를 보고
천사의 오동통한 허벅지를 보았다.

— 「제6번 비가(悲歌)」(1054면) 1연

하늘에서 막 내린
새도 아닌데 날개를 접고
도독한 볼기짝 너머 갈매빛 나는
네 불두덩에는 왜
불알이 없었나,
걷힌 그늘 풀밭에
알몸인 채 갸우뚱 모로 누운
네가 천사,
너는 지금도
면도한 날의 아침처럼 내 눈에 포르스름하다.

— 「네 살난 천사」(793면) 전문

이 두 편의 시는 실상 앞에서 살펴본 시 「유년시時 · 1」과 같은 맥락
에 위치한 작품들이다. 「제6번 비가(悲歌)」와 「네 살난 천사」에 등장하
는 '천사'는 「유년시時 · 1」의 "행주치마를 두른 천사"에서 발원하는
것으로 볼 수 있기 때문이다. 다소 난감할 수도 있는 이 상황을 타개

하기 위해서는 시인의 저작인 『꽃과 여우』를 참조할 필요가 있겠다.

> 나는 댓살 때 호주 선교사가 경영하는 이른바 미션 계통의 유치원에
> 다녔다. (…중략…) 선교사인 원장은 유치원에는 나오지 않고, 유치원
> 운동장과는 탱자나무 울타리로 구분된 선교사네 이층 벽돌집의 이층 베
> 란다에서 흔들의자에 몸을 싣고 꺼풀이 검은 책을 읽고 있는 것을 가끔
> 볼 수 있었다. 눈이 푸르고 머리가 은빛인 그의 아내는 유치원 보모이
> 다. 그녀는 늘 한복을 입고 있었다. 노란 저고리에 남빛 치마다. 천사란
> 말을 곧잘 하곤 했으며 풍금을 힘차게 타며 노래를 하이소프라노로 예
> 쁘게 불러주곤 했다.9)

인용 부분을 토대로 생각해보건대, 시 「유년시時·1」의 "행주치마를
두른 천사"를 '호주 선교사의 아내'이자 '유치원 보모'인 '서양 여성'을
가리키는 표현으로 보아도 무방하겠다. "눈이 푸르고 머리가 은빛인",
"그녀"가 "천사란 말을 곧잘 하곤 했으며", "노란 저고리에 남빛 치마"
로 대변되는 "한복"을 종종 "입고 있었다"는 사실을 감안해야, "행주치
마를 두른 천사"라는 조금은 엉뚱하고 어색한 표현이 이해될 수 있을
것이다. 유년의 시인은 '푸른 눈'과 '은빛 머리카락'을 보유한 서양 여
성에게서 '천사'라는 이상한 말을 반복적으로 접한 후, 그 말을 곱씹으
며 자신의 주위에서 그 실체를 추적했을 것이고 이는 「제6번 비가(悲
歌)」나 「네 살난 천사」 등의 시편으로 형상화된다. 특히 두 편의 시에
서 이른바 '몸' 혹은 '육체'와 관련된 표현들을 눈여겨 볼 필요가 있다
고 생각한다. "허벅지", "볼기짝", "불두덩", "불알", "알몸" 등의 어휘

---

9) 김춘수, 『꽃과 여우』, 민음사, 1997, 25면.

들에는 김춘수 특유의 개성이 내재한다고 판단된다. 또한 이는 우리의 전통적인 요소와 무관한 것이 아닐 확률이 높다.

> 크리스마스가 다가오고 있었다. 우연히 예배당 근처를 지나가다 예배당에서 풍금 소리가 들리고 합창 소리가 새어나오고 해서 나는 절로 발을 그쪽으로 돌리게 됐다. 예배당으로 들어가지는 못하고 밖에서 창문 틈으로 안을 들여다보았다. 천장에는 만국기가 빽빽하게 달리고 그 사이사이 동물들의 그림과 날개 달리고 포동포동 살진 그 애들의 그림이 달려 있다.[10]

> 왠지 원장의 아내(보모)가 자주자주 들먹이던 그 천사가 연상되곤 했다. 그 뒤로는 대중 목욕탕이나 이발관의 벽에 걸린, 그림 속에 나오는 날개 달린 포동포동 살진 애들이 풀밭에 누워 있는 모습들이 오버랩되기도 했다.[11]

시 「제6번 비가(悲歌)」는 크리스마스 즈음의 체험을 담은 작품으로 생각된다. "주님 생일날 아침", "교회의 첨탑", "은빛 커다란 십자가" 등의 표현들은 이러한 추정에 힘을 실어 주기 때문이다. 시인의 산문을 참조할 때, 유년의 화자인 '나'에게 성탄절의 들뜬 분위기는 한층 실감나게 다가온다. "풍금 소리"와 "합창 소리"는 소년의 발걸음을 "예배당"으로 돌리는 계기로 작동한다. 이처럼 김춘수의 시와 산문에는 소위 '기독교(그리스도교)' 관련 표현들이 풍성하게 나타난다. 김춘수가 시집 『구름과 장미』를 회고하면서 자조적으로 언급했던 '이국취미'라

10) 김춘수, 위의 책, 28면.
11) 김춘수, 위의 책, 27면.

는 표현을, 시인에게 다가온 '원초적 천사'에 적용시켜도 아주 터무니없는 말은 아닐 것으로 생각한다.

유년 시절의 김춘수가 서구의 종교사나 사상사에 기록된 '천사'의 개념을 온전히 이해했다고 보기는 어렵다. 하느님께 봉사하고 하느님의 메시지를 인간에게 전하며 하느님의 명령을 실행에 옮기는 천상적 존재[12] 혹은 이성과 자유의지를 부여받은, 태초에 하느님께서 인간을 위해 수고와 도움을 주도록 창조하신 영체(靈體)[13]로서의 '천사'를 유치원에 다니던 시인이 파악했다고 보기에는 무리가 있다. 더욱이 김춘수의 가계(家系)가 유교적 전통을 고수했다[14]는 점을 감안할 때, 그가 호주 선교사가 경영하던 미션 계통의 유치원에서 접한 낯선 말인 '천사'는 단순한 '이국취미(exoticism)'로 폄하될 소지가 있다. 물론 이 와중에 '행주치마'와 같은 한국적 요소의 도입이 시인의 시세계를 균형감 있게 보완해 준 것 역시 사실이다. 요약하자면 한국 고유의 전통적인 요소와 '호주'라는 기표로 노출된 이국적인 요소가, 한 소년의 내밀한 체험 속에서 결합된 사례가 바로 "행주치마를 두른 천사" 또는 김춘수의 '원초적 천사'이다.

2) '러시아적 천사' - 릴케, 셰스토프, 도스토예프스키

김춘수의 시 세계에서(또 그의 삶에서) '천사'가 독특한 위상을 점하는

---

12) 이나가키 료스케, 『천사론』, 김산춘 옮김, 성바오로, 1999, 16면.
13) 페르디난트 홀뵉, 『천사론』, 이숙희 역, 성요셉출판사, 1989, 18면.
14) 김춘수, 『김춘수 시전집』, 앞의 책, 1147면.

것으로 판단되는 까닭은 그것이 지속적으로 출현한다는 사실과 무관할 수 없을 것이다. 시인에게 찾아온 두 번째 '천사'는 시인의 청년기와 장년기를 뚜렷하게 관통하는 이른바 릴케의 '천사'이다. 주지하다시피 릴케의 여러 저작이 김춘수의 문학 세계에 끼친 영향력은 이미 정설로 굳어질 만큼 학계에서 확고하게 인정받고 있다. 시인의 회고[15]에 따르면, 김춘수는 일본에서 대학에 다니던 1940년경부터 삼십대 후반에 접어들던 1950년대 말까지 릴케에게 경도되어 있었던 것으로 보인다. 대학 시절 시인은 헌책방을 돌아다니며 릴케의 시는 물론이고 소설과 기행문 그리고 그에 관한 전기를 구해 읽을 만큼, 릴케 관련 문헌을 샅샅이 섭렵하고자 노력했기 때문이다.

김춘수의 저작에 나타나는 어떤 '천사'가 릴케의 시와 산문에 등장하는 '천사'와 관련된 것이 사실이므로, 이를 릴케의 '천사' 혹은 릴케적 '천사'로 규정해도 크게 문제될 것은 없을 것 같다. 실제로 '천사'라는 항목을 기준으로 릴케와 김춘수를 비교한 기존의 논의[16]에서는 이러한 경향을 견지하고 있다. 김춘수가 릴케의 저작을 넉넉하게 수용한 것이 사실이고, 그 중에는 '천사'와 관련된 것들도 엄존한다. 그러나 '릴케'라는 이름만으로 '천사'에 관한 김춘수의 독서 체험을 포괄하기는 어려울 것 같다. 비록 시인은 자신의 두 번째 천사를 릴케의 '천사'로 규정했으나 이 표현은 수정되는 것이 좋겠다. 시인이 청년기 이후에 스스로 발견하고 깨우친 '천사'는 능동적 독서 체험의 산물로 이해되어야 할 것이다. 곧 김춘수가 독서에 의한 주체적 의식 형성의 단계

---

15) 김춘수, 『꽃과 여우』, 앞의 책, 103면 참조.
16) 류신과 김재혁의 논의가 구체적 사례가 된다.

에 확립한 청장년기의 '천사'는 소위 '러시아적 요소'와 깊이 연관된다고 생각한다. 요약하자면 '셰스토프'와 '도스토예프스키'의 저작에 나타나는 '천사' 관련 표현들은 '릴케'의 그것과 함께, 러시아에 대한 호기심의 맥락에서 김춘수의 여러 텍스트에 공고하게 자리하고 있다. 선행 연구에서도 릴케나 셰스토프 또는 도스토예프스키의 '천사'를 김춘수의 '천사'와 관련시키는 경우가 전연 없었던 것은 아니나, 김춘수의 '천사' 시편에 내재된 러시아 혹은 슬라브 민족에 대한 관심을 일관된 관점에서 언급한 사례는 드물었다. 그럼 이제부터 김춘수가 관심을 기울인 이른바 '러시아적 천사'의 실제를 구체적 작품에서 확인하도록 하자.

> 천사는 프라하로 가서
> 시인과 함께 즐거운 식사를 하고,
> 반 고호는
> 면도날로 제 한쪽 귀를 베고 있었다.
> 누가 가만 가만히
> 디딤돌을 하나하나 밟고 간다.
>
> ─「디딤돌·2」(246면) 전문

프라하 근교의 어느 농가에서 참나무의 닳아서 반들반들한 식탁 하나를 보았습니다. 다리가 조금 굽고 투박했습니다. 밤이 이슥해서 식솔들이 잠든 뒤에 천사가 왔습니다. 천사는 몹시 시장했던지 빵 한쪽을 다 먹고 차를 들며 들릴락 말락 혼잣말로 누군가의 이름을 불렀습니다. 보헤미아 분지의 밤안개가 이윽고 보헤미아 분지를 뭉개고 다 지워버렸습니다. 어인 천사 한 분과 참나무의 닳아서 반들반들한 식탁 하나만

이승에 달랑 놔두고,

—「식탁-꿈에 본」(680면) 전문

하늘 위에 하늘이 있고
바다 밑에 바다가 있고
쟁반 곁에 더 예쁜 쟁반이 있고
속곳을 들춰보니 더 하늘한 속곳이 있고
식탁보는 걷어보니 거기
천사 한 분이 납작하게 엎드리고 있었다.
릴케가 보냈다고 한다.
어떻게 대접을 할까.
프라하에도 곶감과 계피를 꿀물로 달인 수정과가 있을까,
릴케가 있는
그가 겨우내 피운
송이가 큰 함박꽃 곁으로
나는 다가간다.
릴케에게 물어보고 싶은데
무엇을 어떻게 물어야 할까,
이러다 해가 지면 어쩌나,

—「춘일만보(春日漫步)」(1113면) 전문

인용한 세 편의 시가 생산된 시기는 적잖이 이격되어 있다. 곧 시「디
딤돌·2」는 시집『타령조·기타』(1969)에, 시「식탁-꿈에 본」은 시집『서
서 잠자는 숲』(1993)에 그리고 시「춘일만보春日漫步」는 시집『달개비
꽃』(2004)에 수록되어 있다. 상당한 시간적 간극을 두고 산출된 이 시들
을 한 자리에서 고찰하는 까닭은 그것들에 공통적 요소가 내재되어 있

기 때문이다. 시 「디딤돌·2」에서 눈여겨봐야 할 부분은 첫 두 행이다. 이 논문의 주안점인 '천사'는 여기서 "프라하", "시인", "식사" 등의 어휘에 의해 특수화된다. "프라하"와 "천사"와 "식사"가 얽힌 사연은 다음 작품인 「식탁─꿈에 본」에서 심화된다. "프라하 근교의 어느 농가"와 "보헤미아 분지"는 "프라하"를, "식탁"과 "빵 한쪽"과 "차"는 "식사"의 구체적 정황을 보여준다. 그런데 여전히 "시인"의 온전한 면모는 밝혀지지 않았다. 오히려 "누군가"라는 인칭대명사는 막연함을 증폭시킨다. 두 편의 시에서 독자들이 추정할 수 있는 것은 다만 '천사'와 '시인'의 관계가 긴밀하다는 사실이다. '시인' 혹은 '누군가'의 이름을 알기 위해서는 김춘수인 만년작인 「춘일만보(春日漫步)」를 참조해야 한다. 시 「춘일만보(春日漫步)」가 앞의 두 작품과 변별되는 지점은 화자 '나'의 등장과 관련된다. 김춘수와 근거리에 위치한 '나'의 발언에 의해 '프라하의 시인'이 '릴케'임이 드러난다. 소중한 존재인 "천사 한 분"을 보내준 '릴케'에게 화자가 호감을 갖는 것은 자연스러운 일이다. 김춘수가 릴케의 저작에서 흡수한 '천사'는 유년기에 원초적으로 수용한 그것과 구별된다는 점에서 "낯설고 신선"했을 것이다.

> 릴케의 천사는 풀잎이고
> 바람이다.
> 언젠가 그때
> 밥상다리를 타고 어디론가 가버린 그
> 바퀴벌레다.
> 겨울에는 봄이고
> 봄에는 여름이다.

서기 1959년
세모,
릴케의 그 천사가
자음과 모음
서너 개의 음절로 왠지 느닷없이
분해하는 것을 나는 보았다.

— 「처용단장 3-42」(597면) 전문

(…중략…)
루바슈카만 걸치고 겨울 밤
우스리 강을 건너는 그분의
야윈 그림자를
시인 릴케가 보았다고 합니다.
승정님,
승정님의 넓고 넓은 가슴에
씨를 뿌리는 일은
겨레의 몫입니다.
아시겠지만 이 땅에는
교회의 종소리에도 아낙들 물동이에도
식탁보를 젖히면 거기에도
천사가 있습니다. 서열에는 끼지 않은
천사가 있습니다.

슬라브 겨레의 내일을 굳게 믿는
샤토프 올림.

— 「치혼 승정(僧正)님께」(836면) 부분

나타샤,

죄는
피와 살을 소금에 절인
그 어떤 젓갈이다.
7할이 소금이다.
페테르부르크는 보들레르의 시처럼 어디를 가도
나트륨의 냄새가 난다.
나도 한 번
마차 바퀴에 몸을 던져보니 알겠더라.
치통齒痛에도 쾌락이 있다.
몸을 팔고도 왜 소냐는
천사가 됐는가.
불빛이 그리워 우리는 지금
밤을 기다린다.

이승에서는 아무것도 한 일이 없는 건달
와르코프스키 공작.

— 「나타샤에게」(837면) 전문

  김춘수의 시 「처용단장 3-42」는 "릴케의 천사"를 다루고 있다. 이 작
품의 '천사'가 앞에서 다룬 릴케의 '천사'와 변별되는 지점은 무엇인가.
이것은 어쩌면 "범신론"에 기반을 둔 릴케의 "독특한 천사상(像)"과 관
련된 것일 수 있다. 이 시에 거론된 "풀잎", "바람", "바퀴벌레", "봄",
"여름" 등은 김춘수가 파악한 릴케의 범신론적 '천사'이기 때문이다.
특히 한국적인 정서를 환기하는 "밥상다리"와 연결된 "바퀴벌레" 같은
표현은 김춘수의 개성적 인식[17]으로 이해하는 것이 좋을 것 같다. 릴
케의 특이한 천사의 실제를 직접적으로 확인하기 위해서는 김춘수의

또 다른 시 「치혼 승정(僧正)님께」에 주목해야 한다. 이 시가 수록된 시집은 『들림, 도스토예프스키』(1997)이다.

김춘수의 시 「치혼 승정(僧正)님께」는 도스토예프스키의 소설 『악령』에 등장하는 인물인 "샤토프"가 또 다른 인물인 "치혼 승정(僧正)님"에게 보내는 편지의 형식을 띠고 있다. 2연으로 구성된 이 시에서 눈여겨 볼 대목은 1연의 후반부이다. "아시겠지만 이 땅에는/ 교회의 종소리에도 아낙들 물동이에도/ 식탁보를 젖히면 거기에도/ 천사가 있습니다. 서열에는 끼지 않은/ 천사가 있습니다.", "샤토프"가 "치혼 승정(僧正)님"에게 건네는 이 말들에서 키워드가 되는 것은 '천사'이다. 1연 9행에 제시된 "시인 릴케"라는 단어에서 짐작할 수 있듯이, 여기서 언급하는 '천사'의 배후에는 릴케가, 보다 정확하게 말하자면 '러시아'와 접속된 릴케가 위치한다.

릴케가 두 번의 露西亞 여행을 살로메 여사와 함께 하고 난 뒤에 유명한 『사랑하는 하나님의 이야기』라는 小冊子를 내놓고 있다. 거기서 그는 말한다. 교회의 종소리에서, 슬라브 여자들의 머리 위에 얹힌 물동이에서, 식탁의 나프킨 밑에서도 그는 천사를 본다고―露西亞에서는 어디를 가나 천사를 볼 수 있다고 한다. 그는 그래서 露西亞를 두고 고향에 돌아온 듯한 기분이라고 하고 있다.[18]

---

17) 다양한 사물 혹은 대상에서 '천사' 또는 '신(神)'적 요소를 추출하는 김춘수의 이러한 인식은 시인 백석과의 비교를 추동하게 할 수도 있다. 곧 성주신, 조왕신, 터주신, 뒷간신 등 다채로운 신적 존재들이 집안의 요소요소를 담당한다고 믿는 가신신앙을 시에 도입했던 백석을 떠올리게 되는 것이다(고려대학교 민족문화연구소 편, 『한국민속대관 3』, 고려대학교출판부, 1995, 65면 참조).
18) 김춘수, 『김춘수 전집 3 수필』, 문장, 1983, 356면.

인용문을 참조할 때, 시 「치혼 승정(僧正)님께」에서 김춘수가 공감하고 수용한 릴케의 '천사'는 '러시아'라는 필터를 거친 대상으로 보아야겠다. 김춘수는 이 시에서 "이 땅" 곧 '노서아(露西亞)' 혹은 '러시아'에서는 "어디를 가나 천사를 볼 수 있다"는 릴케의 범신론적 인식[19]을 형상화하고 있다. 그런 점에서 '천사'의 성격을 규정하는 어구인 "서열에는 끼지 않은"에 관심을 기울일 필요가 있겠다. 종교사나 사상사적으로 '천사'들의 사회나 세계에는 나름의 '계층' 또는 '위계(位階)'가 존재한다고 이해되는 상황[20]에서, "서열"을 벗어난 '천사'를 제기한 김춘수의 시선은 독창적이다.

시 「나타샤에게」는 도스토예프스키의 소설 『상처받은 사람들』에 등장하는 "와르코프스키 공작(바르코프스키 공작)"이 같은 작품에 나오는 인물인 "나타샤"에게 보내는 편지의 형식을 취한다. 이 작품 역시 이

---

19) 김춘수가 자신의 글에서 밝히고 있는 릴케의 범신론적 인식, 곧 "러시아에서는 어딜 가나 천사를 볼 수 있다"는 발언은 약간의 수정이 필요할 것으로 생각된다. 엄밀한 의미에서 릴케의 범신론적 인식의 대상은 '천사'가 아니라 '하나님' 또는 '신(神)'이기 때문이다. 러시아에서의 체험 이후 릴케는 서구의 세속화와는 뚜렷이 구별되는 이른바 '러시아의 신'을 매우 다양한 공간에서 발견하는데, 이를 동화(童話)의 형식으로 전개한 저작이 『사랑하는 하나님(신) 이야기』(1904)이다. 릴케는 이 책에서 "신은 교회 의식이나 의례적인 기도를 매개로 '위에서' 내려오는 것이 아니라 하찮은 사물 속에 내재되어 있거나 그 넓이와 깊이를 알 수 없는 바다와 동일하다"와 같은 범신론적인 입장을 보여준다(권세훈, 「가난과 고독의 예술」, 라이너 마리아 릴케, 『릴케전집 7』, 권세훈 옮김, 책세상, 2000, 449면 참조).

20) 천사의 전 사회는 먼저 세 위계로 구별되고, 그 세 위계는 다시 세 계층(ordo)으로 나누어진다. 이 천사의 아홉 단계의 명칭은 성서에서 사용되는 천사의 이름을 빌려 온 것으로 위로부터 세라핌, 케루빔, 왕좌, 주권, 힘, 권능, 우두머리, 대천사, 천사의 순으로 되어 있다(이나가키 료스케, 앞의 책, 164면 참조).

논문의 관심사인 '천사'를 다루고 있는데 "몸을 팔고도 왜 소냐는/ 천사가 됐는가."라는 구절이 구체적 대목이 된다. 물론 여기 나오는 "소냐"는 도스토예프스키의 소설 『죄와 벌』의 등장인물이다. 『죄와 벌』에서 도스토예프스키는 몸을 파는 존재인 '창녀' 소냐를 경건하고 순결한 '천사'와 같은 존재로 묘사하고 있으며, 이 점은 김춘수에게 어떤 충격으로 다가선 것으로 보인다. 김춘수는 우리 사회와 민족의 일반적 가치관으로는 선뜻 수용하기 어려운 이러한 모순적 관점을, 러시아와 슬라브 민족에서 발원하는 이질적인 속성으로 해석한 것으로 판단된다.

> 가령 김동인의 소설 「감자」에 나오는 복녀와 「죄와 벌」에 나오는 소냐를 비교해 보라. 복녀는 육체가 무너지자 영혼도 함께 무너진다. 구원될 길이 없다. 그러나 소냐는 육체가 무너졌는데도 영혼은 말짱하다. 소냐는 우리에게는 수수께끼와도 같은 인물이다. 납득이 안 된다. 그러나 슬라브 민족의 피 속에는 그런 괴물스런 패러독스가 숨어 있다.[21]

김동인과 도스토예프스키의 작중 인물 비교에 의해 한국과 러시아, 우리 민족과 슬라브 민족의 속성을 일반화시키는 김춘수의 방식에 이의를 제기할 수도 있겠으나, 큰 틀에서 바라볼 때 "수수께끼와도 같은 인물", "괴물스런 패러독스" 등의 표현은 공감할 만한 것들이다. "육체"의 몰락 속에서도 "영혼"이 건재하다는 사실, 무엇보다도 이를 '구원'이라는 종교적 맥락[22]과 결부된 '천사' 이미지로 표현하는 도스토

---

21) 김춘수, 『꽃과 여우』, 앞의 책, 105면.
22) 도스토예프스키의 작품 속에 종교적 요소가 내재되어 있다는 것은 부인할 수 없는 사실이지만, 거기에는 커다란 모순 혹은 역설이 내재되어 있음에 유의해야

예프스키의 시각은 한국인의 재래의 삶과 의식의 영역을 벗어난 것일
수 있기 때문이다.

> (…중략…)
> 내 친구 셰스토프가 말하더라.
> 천사는 온몸이 눈인데
> 온몸으로 나를 보는
> 네가 바로 천사라고,
> 오늘 낮에는 멧송장개구리 한 마리가
> 눈을 떴다.
> 무릎 꿇고
> 리자 할머니처럼 나도 또 한 번
> 입맞췄다.
> 소태 같은 땅, 쓰디쓰다.
> 시방도 어디서 온몸으로 나를 보는
> 내 눈인 너,
> 달이 진다.
> 그럼,
>
> 1871년 2월
> 아직도 간간이 눈보라치는 옴스크에서
> 라스코리니코프
>
> ─「소냐에게」(823~824면) 부분

──────────

할 것이다. 도스토예프스키는 러시아 정교에 기반을 둔 경건한 분위기의 가정에
서 성장하였으나, 처녀작인 『가난한 사람들』에서 이미 신(神)이 존재하느냐는 문
제를 내세운다. 그는 이 작품에서 운명의 불공정에 대해 항의하며, 신의 올바른
지배에 대한 의혹을 제기하고 있다(김진욱, 「잠언과 성찰」, 도스토예프스키, 『도
스토예프스키 잠언록』, 김진욱 옮김, 문학세계사, 1986, 4~5면 참조).

천사는
전신이 눈이라고 한다.
철학자 쉐스토프가 한 말이지만
토레도 대성당 돔의
천정의
좁은 뚜껑문을 열고 그때
내 육체가 하늘로 가는 것을
그네는 보았다.
색깔유리로 된
수많은 작은 창문들이 흔들리고
지상에서 한없이 멀어져 가는
내 육체의 갑작스런 죽음을
천사,
그네는 보았다.

― 「토레도 대성당」(480면) 전문

김춘수의 시 「소냐에게」 역시 도스토예프스키의 소설 『죄와 벌』과
관련된 작품이다. 이 시는 소설 속의 인물인 "라스코리니코프(라스콜리
니코프)"가 다른 인물인 "소냐"에게 건네는 편지의 형식을 띠고 있다.
앞서 언급했듯이 『죄와 벌』의 '창녀' "소냐"는 '천사'에 비유되었으며,
성(性)과 속(俗)이 공존하는 그녀의 모순적 상황이 김춘수에게 남긴 인
상은 강렬했을 것으로 추정된다. 시인이 '천사' "소냐"를 자신의 작품
에서 반복적으로 다루고 있다는 사실은 이를 입증하는 하나의 증거로
채택될 수 있다. 그런데 이 작품의 경우 시 「나타샤에게」와는 조금 다
른 상황에 위치한다. 셰스토프라는 역사적 인물이 등장하기 때문인데,
이 대목에서 김춘수의 다음 언급을 참조할 필요가 있겠다.

릴케로 하여 촉발된 러시아와 슬라브 민족에 대한 호기심은 나로하
여 러시아 문학과 러시아 사상을 탐색하는 쪽으로 이끌어갔다.
　나는 도스토예프스키, 고골, 고리키, 체호프, 투르게네프 등의 문학을
섭렵했고, 셰스토프, 베르댜예프 등의 사상을 좇아다녔다.[23]

　인용문에 따르면 김춘수는, 릴케의 시와 산문에서 풍성하게 개진된
'러시아적 요소'에 주목하게 되었고, 이는 러시아 문학과 사상의 탐색
으로 확장된 것으로 판단된다. 김춘수는 '도스토예프스키의 문학'과 더
불어 '셰스토프의 사상'에도 관심을 기울이게 되었는데 특히 이들의
문학과 사상에 '천사'라는 공통항이 내재되어 있다는 점이 특이하다.
셰스토프(1866~1938)는 도스토예프스키와 니체로부터 결정적인 영향을
받은 러시아의 철학자 혹은 사상가로 알려져 있으나, 그에 관한 지식
이나 정보는 부족한 형편에 있다. 동시대의 러시아의 종교철학자인 베
르댜예프(1874~1948)는 셰스토프를 가리켜 20세기 초반의 가장 독창적
이고 탁월한 사상가로 평가하면서, 셰스토프의 사상을 근대적 이성에
대한 회의, 반합리주의적 도덕관, 비극·불안·허무를 전제로 한 부정
적 세계관 등으로 요약[24]한 바 있는데, 이와 같은 발언은 김춘수의 시
와 산문을 이해하는데 적지 않은 도움[25]을 줄 수 있겠다.

---

23) 김춘수, 『꽃과 여우』, 앞의 책, 104면.
24) 송희복, 「고리키와 셰스토프」, 『해방기 문학비평 연구』, 문학과지성사, 1993,
　　342면 참조.
25) 김춘수는 「장편 연작시 <處容斷章> 시말서」라는 글에서 "나는 폭력·이데올로
　　기·역사의 삼각관계를 도식화하게 되고, 차츰 역사 허무주의로, 드디어는 역사
　　그것을 부정하는 지경에 이르게 되었다."고 토로한다. 또한 학생 때 읽은 베르
　　댜예프의 『현대에 있어서의 인간의 운명』이란 책의 한 대목인 "지금까지는 역
　　사가 인간을 심판했지만 바야흐로 인간이 역사를 심판해야 할 때가 왔다"를 감

다시 김춘수의 시 「소냐에게」로 돌아가 보자. 이 작품에서 집중해야 할 부분은 "내 친구 셰스토프가 말하더라./ 천사는 온몸이 눈인데/ 온몸으로 나를 보는/ 네가 바로 천사라고,"와 "시방도 어디서 온몸으로 나를 보는/ 내 눈인 너,"일 것이다. 여기서 '나'는 "라스코리니코프"이고 '너'는 "소냐"이며 '내 친구'는 "셰스토프"가 된다. 김춘수는 시 「소냐에게」에서 도스토예프스키와 셰스토프의 만남을 주선하고 있는 셈인데, 셰스토프가 도스토예프스키에게서 압도적 영향을 받았다는 점을 감안하면 이 만남은 자연스럽다. 김춘수는 "천사는 온몸이 눈"이라는 또는 '천사는 전신이 눈으로 되어 있다'[26]는 셰스토프의 언급을 자신의 시와 산문에서 수차례 반복했다. 20대 초입에 처음 접한 이래, 오래도록 시인을 괴롭혀 온 이 구절은 김춘수의 평생의 '화두'[27) 가운데 하나로 생각된다. 시인의 괴로움은 물론 '천사'의 온몸 혹은 전신에 배

동과 확신으로 상기한다. 이와 같은 발언은 김춘수의 정신세계에 끼친 셰스토프나 베르댜예프의 영향력을 추정할 수 있는 근거가 된다(김춘수, 「장편 연작시 <處容斷章> 시말서」, 『處容斷章』, 미학사, 1991, 137면). 셰스토프의 근본적인 정신현상으로 해석되는 현실에 대한 분노, 이성에 대한 항의, 모든 자명한 사실에 대한 부정, 자유롭고 모험적이며 진지한 탐구심 등에서 김춘수의 어떤 모습을 떠올리게 되는 것은 그리 어려운 일이 아닌 것이다(이경식, 「셰스토프의 허무와 창조」, L. 셰스토프, 『도스토예프스키, 톨스토이, 니체』, 이경식 역, 현대사상사, 1987, 499면 참조).

26) 유감스럽게도 김춘수가 "천사는 온몸(전신)이 눈으로 되어 있다"는 셰스토프의 말을, 어느 저서에서 접했는지 확인하기는 쉽지 않다. 배대화에 따르면 셰스토프의 이 진술은 『꽃과 여우』에서 김춘수가 읽은 것으로 언급되고 있는 셰스토프의 체호프론인 『허무로부터의 창조』에는 나오지 않으며, 읽은 것으로 추정되는 도스토예프스키론인 『비극의 철학』에도 발견되지 않는다(배대화, 「김춘수의 『들림, 도스토예프스키』에 대한 시론(試論)적 연구」, 『세계문학비교연구』 제24집, 2008, 165면 참조). 추후 이에 관한 연구가 보충되어야 할 것으로 생각된다.

27) 김춘수, 『꽃과 여우』, 앞의 책, 104면 참조.

치된 '눈'과 무관하지 않을 것이다. 흥미로운 것은 이 괴로움의 방향이 일방적이지 않다는 점이다. 모든 것을 볼 수 있는 존재로서의 천사도 괴로울 것이지만, 천사의 그 많은 눈으로부터 벗어날 수 없는 인간도 괴롭다[28]는 것이다. '천사'와 '인간'의 이러한 역학적 원리를 시 「소녀에게」의 "소녀"와 "라스코리니코프"에게 적용해도 큰 무리는 없겠으나, 양자가 괴로움 속에 전적으로 매몰된다기 보다는 일종의 상호 보완적 관계로 파악하는 것이 낫겠다. "라스코리니코프"에게 "소녀"는 일종의 '수호천사'의 개념으로 다가설 수 있기 때문이다.

시집 『라틴점묘 기타』(1988)에 수록된 시 「토레도 대성당」 역시 셰스토프의 발언을 작품에 도입한 경우이다. 이 작품의 '천사' 역시 "전신이 눈"으로 구성된 존재답게 '보다'라는 행위를 적극적으로 노출시킨다. "내 육체가 하늘로 가는 것을/ 그네는 보았다."와 "내 육체의 갑작스런 죽음을/ 천사,/ 그네는 보았다."에서 시인이 주목하고 있는 것은 '삶'과 '죽음'의 문제로 판단되고 이를 매개하는 역할을 '천사'가 담당한다. 나이가 들면서 인간은 '죽음'을 점차 실감으로 받아들이기 시작한다. 따라서 60대 중반을 넘어가던 시인이 '죽음'에 관한 시를 생산한 것도 이해할만한 일이다.

이번 절에서 살펴본 김춘수의 '천사'는 릴케와 도스토예프스키 그리고 셰스토프와 관련된 소위 '러시아적 천사'였다. '릴케의 천사'를 도입한 김춘수의 시편 자체에는 '러시아적 요소'를 찾기 어려운 것이 사실이어서, '릴케의 천사'를 '러시아적 천사'로 규정하는 것이 어색할

---

28) 김춘수, 남진우 엮음, 『왜 나는 시인인가』, 현대문학, 2005, 349~350면 참조.

수도 있겠다. 그러나 『사랑하는 하나님의 이야기』 등 릴케의 작품에 반영된 범신론적 '천사'(범신론적 '신')는 확고한 것이고, 특히 릴케를 매개로 도스토예프스키나 셰스토프 등 러시아 문학과 러시아 사상에 관한 김춘수의 관심이 증폭된 현상에 주목한다면, 릴케를 포함한 '러시아적 천사'의 개연성에 동의할 수 있을 것으로 생각한다.

3. '시인의 천사'-'아내' 혹은 '여보'

이번 절에서는 시인의 체험이 적극적으로 발현되는 '아내' 관련 '천사' 시편을 다뤄보기로 한다. 시인과 직접 살을 맞대고 삶을 나누던 동반자로서의 '아내'를 '시인의 천사'로 제시하는 것은 타당한 규정으로 판단된다. 김춘수가 일생 동안 추구한 시적 대상 중 하나인 '천사'를 세 가지 범주로 구분할 때, 시인에 앞서 세상을 등진 '아내' 또는 '여보'는 세 번째 '천사'의 이름이 된다. 김춘수가 부인과 사별한 시점은 1999년인데, 그 이후 출간된 시집들인 『거울 속의 천사』(2001), 『쉰한 편의 비가(悲歌)』(2002), 『달개비꽃』(2004)에는 돌아간 '아내'를 그리는 노시인의 심정이 잔잔하게 표현된 시편이 많다. 이 논문에서 관심을 기울인 사례는 '아내'가 '천사'의 형상으로 등장한 경우이다.

> 앵초꽃 핀 봄날 아침 홀연
> 어디론가 가버렸다.
> 비쭈기나무가 그늘을 치는
> 돌벤치 위
> 그가 놓고 간 두 쪽의 희디흰 날개를 본다.

가고 나서
더욱 가까이 다가온다.
길을 가면 저만치
그의 발자국 소리 들리고
들리고
날개도 없이 얼굴 지운,

—「명일동 천사의 시」(960면) 전문

앞에서도 점검했듯이 시집 『거울 속의 천사』(2001)의 후기에서 시인은 "아내는 내 곁을 떠나자 천사가 됐다."는 발언을 한 바 있으며 이는 김춘수의 세 번째 '천사'에 해당된다. 시인의 후기 '천사' 시편 중에는 '죽음'을 의식한 것들이 적지 않은 편이고 이러한 경향은 '아내'를 상실한 이후 심화된다. 인용한 시는 '이승'을 떠나 '천사'가 된 아내를 그리고 있다. 노년의 시인과 아내가 함께 거주하던 장소가 서울 명일동이었으므로, "명일동 천사"는 아내의 다른 이름이 된다. 작품의 1~2행인 "앵초꽃 핀 봄날 아침 홀연/ 어디론가 가버렸다."는 생략된 주어인 "그" 혹은 '아내'의 '죽음'을 암시하는데, 이는 시인의 전기적 기록[29]에 근거한 표현이다.

위에서 '아내'가 이승을 떠난 후 '천사'가 되었다고 말했으나, 여기에는 보완이 필요할 것 같다. 이 시에 등장하는 '천사'의 속성은 그리 단순하지 않다. '아내'가 지상의 삶을 마치고 '천사'로 변한 것이 아니다. '아내'와 '천사'를 이분법적으로 가르기 곤란하다는 이야기이다.

---

29) 시인은 부인 명숙경 여사와 1999년 4월 5일 사별했다(김춘수, 『김춘수 시전집』, 앞의 책, 1150면 참조).

"명일동 천사"는 '아내'이자 '천사'이다. 5행에 제시된 "그가 놓고 간 두 쪽의 희디흰 날개"는 문제적 어구가 될 소지가 다분하다. '날개'가 '천사'와 동의어의 관계에 놓인다고 할 때, 이 표현은 모순이 되기 때문이다. '아내'가 "돌벤치 위"에 '날개'를 남겨놓았다는 것은, '그'가 삶을 마치고 새롭게 '천사'가 된 것이 아니라, 생전에 이미 '천사'였음을 뜻한다. '천사'가 된 '아내'는 아이러니하게도 '천사'의 표상인 '날개'를 잃었다. 김춘수는 이 작품에서 '삶'과 '죽음'을, '아내'와 '천사'를 극단적으로 대립시키지 않는다. 시인은 여기서 '아내'이자 '천사'인 독특한 천사 상(像)을 정립했다.

여보, 하는 소리에는
서열이 없다.
서열보다 더 아련하고 더 그윽한
구배句配가 있다. 조심조심
나는 발을 디딘다. 아니
발을 놓는다.
웬일일까 하늘이 모자를 벗고
물끄럼 말끄럼 나를 본다.
눈이 부신 듯
나를 본다. 새삼
엊그제의 일인 듯이 그렇게
나를 본다.
오지랖에 귀를 묻고
누가 들을라,
사람들은 다 가고 그 소리 울려오는
여보, 하는 그 소리

그 소리 들으면 어디서
낯선 천사 한 분이 나에게로 오는 듯한,

—「제1번 비가(悲歌)」(1049면) 전문

시 「제1번 비가(悲歌)」는 '여보'와 '천사'라는 두 개의 어휘에 집중하는 형국이다. 이 시 이외에도 시집 『쉰한 편의 비가(悲歌)』(2002)에 담긴 여러 편의 시들이 돌아간 '아내'를 그리고 있는데, 여기서 시집 『거울 속의 천사』(2001) 이후 쉬 끝나지 않는 시인의 '아내' 사랑의 심도를 짐작할 수 있다. '여보'라는 감탄사가 추구하는 지향점이 "낯선 천사 한 분"으로 귀결되는 「제1번 비가(悲歌)」의 방식은, "천사란 말"에서 "여보란 말"을 추출하는 김춘수의 시 「두 개의 정물(靜物)」과 연결되는 것이기도 하다. 이 작품의 경우 1~4행인 "여보, 하는 소리에는/ 서열이 없다./ 서열보다 더 아련하고 더 그윽한/ 구배(句配)가 있다."에 각별한 눈길이 간다. '서열'을 부정하고 '구배'를 제시하는 시인의 태도는 2절에서 살펴본 시 「치혼 승정(僧正)님께」의 한 구절과 상통하는 것으로 판단된다. "서열에는 끼지 않은/ 천사"가 바로 그것인데, 이는 다른 작품인 「밤이슬」에서도 반복된다. "서열에도 끼지 않은 그 깐깐하고 엄전한/ 왕따인 천사"가 구체적 사례이다. '서열'을 준수하지 않는 '천사'가 놀라움으로 다가오는 까닭은 일반적으로 알려진 '천사'의 속성과 배치되기 때문일 것이다. 2절에서도 언급한 바 있듯이 서양 중세의 천사론(天使論)에 따르면, 이른바 '천사'의 사회는 '계급'이나 '계층' 혹은 '위계'가 확실히 구별된다. 그러나 김춘수의 '여보(천사)'는 이를 부정한다. 시인이 이승을 떠난 '아내'를 생각하며 고안한 '구배'는 "더 아련하고

더 그윽한" 성격을 갖는다. '서열'이 권위적이고 수직적인 구조를 지향
한다면, '구배'는 비스듬하고 개방된 구조를 띤 '오르막'일 수 있겠다.
'구배'는 '아내'의 인간적인 면모를 돋보기에 하는 시적 장치인 셈이다.
아울러 '천사'의 계층적 속성을 배제하는 김춘수의 개성적 시각은 주
목되어야 마땅하겠다.

> 거울 속에 그가 있다.
> 빤히 나를 본다.
> 때로 그는 군불 아궁이에
> 발을 담근다. 발은 데지 않고
> 발이 군불처럼 피어난다.
> 오동통한 장단지,
> 날개를 접고 풀밭에 눕는다.
> 나는 떼놓고
> 지구와 함께 물도래와 함께
> 그는 곧 잠이 든다.
> 나는 아직 한 번도
> 그의 꿈을 엿보지 못하고
> 나는 아직 한 번도
> 누구라고 그를 불러보지 못했다.
>
> ―「천사」(991면) 전문

시집 『거울 속의 천사』(2001)에 수록된 시 「천사」는 사실상 이 시집
의 표제작으로 볼 수 있다. 거울 속에서 '나' 또는 시인을 빤히 바라보
는 '그'는 '날개'를 소유한 '천사'임에 틀림없기 때문이다. 이 시에서
형상화된 시인의 '아내' 혹은 '천사'의 특이함은 "군불", "아궁이", "장

단지", "물도래" 등의 어휘와 무관하지 않다. 이들 어휘에서 한국적인 전통이나 환경을 떠올리는 것은 자연스럽고, 이것은 김춘수의 '천사' 시편이 서구적이고 외래적 요소의 일방적 이식이 아님을 증명한다. 3 ~5행의 "그는 군불 아궁이에/ 발을 담근다. 발은 데지 않고/ 발이 군불처럼 피어난다."는 언술은 시인의 가편(佳篇)인 「샤갈의 마을에 내리는 눈」을 연상시키며, 신이한 존재인 '천사'의 속성을 환상적 장면으로 재현한다. 아울러 김춘수는 '아내(천사)'인 '그'의 배경으로 '지구'를 제시함으로써, 독자들의 상상력이 개입할 수 있는 무대를 확장시켰다. 시 「천사」는 시인의 세 번째 '천사'인 '아내'를 본격적으로 다룬 작품이다. '거울'의 겉과 속, 밖과 안이라는 근원적 한계에 따른 시인의 애달픈 심정은 11~14행의 "나는 아직 한 번도/ 그의 꿈을 엿보지 못하고/ 나는 아직 한 번도/ 누구라고 그를 불러보지 못했다."에 고스란히 나타난다. 이 시는 이승과 저승, 생과 사의 갈림길에서 시차(時差)를 달리한 부부의 인연을 '천사'라는 표상에 기대어 절제된 필치로 묘사한 작품으로 판단된다.

김춘수의 '아내(천사)' 시편의 매력은 그것에 내재된 복합적 성격과 무관하지 않을 것이다. '아내'와 '천사'는 물과 기름처럼 확연히 단절되지 않는다. 그들('아내'와 '천사')은 '생'과 '사'를 넘나들며 교류하는 존재이다. 또한 '아내'를 가리키는 말인 '여보'와 '천사'의 관계도 독특하다. 시인은 '여보'라는 말 또는 소리에서 고귀함과 신성함으로 무장한 일반적인 '천사'와는 다른 "낯선 천사"를 추출한다. 대개의 '천사'가 가파른 '서열'을 배경으로 삼는다면, 김춘수의 '여보(천사)'는 완만한 '구배'를 주음(主音)으로 삼는다. 그리고 시인의 '아내(천사)' 혹은 '여보

(천사)'가 때로 한국적인 전통이나 환경과 긴밀한 유대를 형성했으니, 이를 시인의 반세기가 넘는 시작 활동의 내밀한 자산으로 기록해도 좋겠다.

3. 결론

이 논문이 김춘수 문학의 본령을 드러낼 수 있는 항목으로 선택한 것은 이른바 '천사'이다. 물론 최근의 학위논문30)을 비롯하여, 김춘수의 시와 산문에 출현하는 '천사'를 다룬 선행연구가 전무한 것은 아니다. 그러나 이들 연구는 대개, 시인의 저작에 제시되는 '천사'의 극히 일부에만 주목하고 있을 뿐이다. 김춘수의 '천사'를 다룬 기존 논의들은 시인 릴케와의 영향 관계를 살피거나 철학자 셰스토프의 잠언에 집중한다. 또는 소설가 도스토예프스키와의 관련 양상을 다룬다. 특히 도스토예프스키의 경우, 김춘수의 시집 『들림, 도스토예프스키』에 끼친 도스토예프스키의 영향력을 검증하는 것이 일반적이다. 이와 같은 일련의 연구는 문학이나 사상 분야에서의 비교 논의로 규정할 수 있을 것이다. 소위 비교문학적 접근이라 칭할 수 있는, 김춘수와 외국의 시인, 작가, 철학자와의 관련성을 밝히는 기존 연구의 의의를 어느 정도

---

30) 강계숙과 조강석의 논문을 예로 들 수 있는데, 이들은 모두 셰스토프의 "천사는 전신이 눈으로 되어 있다"는 잠언에 집중하여 논의를 전개한다(강계숙, 「1960년대 한국시에 나타난 윤리적 주체의 형상과 시적 이념—김수영·김춘수·신동엽의 시를 중심으로」, 연세대 박사학위논문, 2008, 69~76면 ; 조강석, 「비화해적 가상으로서의 김수영과 김춘수 시학 연구」, 연세대 박사학위논문, 2008, 67~69면).

인정할 수는 있다. 그러나 이들 연구가 릴케와 김춘수, 셰스토프와 김춘수, 도스토예프스키와 김춘수의 구도를 각각 단절적인 별개의 사건으로 인식했다는 점은 아쉬움으로 남는다. 이 논문에서 역점을 둔 사항 중 하나는 외국의 문인·사상가와 김춘수의 영향 관계를 부분적이고 파편적인 관점이 아닌 연속적인 구도로 파악하고자 한 점이다.

　김춘수의 문학과 삶에서 '천사'라는 개념 혹은 표현은 평생의 화두로 등장한다. 시집 『거울 속의 천사』의 후기에 실린 시인의 언급에 의하면, 그에게 '천사'는 일생 동안 세 번 찾아온다. 기존 논의에서는 시인이 유치원 시절 접한 '첫 번째 천사'와 아내와의 사별 후 발견하게 된 '세 번째 천사'의 비중이 무척 협소하게 처리되었다. 김춘수의 청·장년기를 관통한 이른바 '릴케의 천사'에 주목한 기존 논의의 빈틈을 메우고, 오롯한 김춘수의 '천사'를 세우기 위해서 이 논문은 다음과 같은 측면에 집중했다. 첫째, 그동안 선행연구에서 간과되어왔던, 김춘수가 유년기에 접한 최초의 '천사'와 노년기에 아내의 죽음 이후 발견한 '천사'의 모습을 구체적 작품 속에서 복원하고자 노력했고, 그 일환으로 전자를 '원초적 천사'로 후자를 '시인의 천사'로 각각 규정했다. 둘째, 시인의 발언에 기반을 둔 이른바 '릴케의 천사'를 확장·보완하고 재구성했으니, 본론 2절에 해당하는 '러시아적 천사'가 바로 그것이다. 김춘수의 산문을 참조한 결과 릴케와 셰스토프와 도스토예프스키를 연결하는 매개체 역할을 담당한 것이 '러시아'였음이 드러났고, 이는 이 논문의 핵심 중 하나인 '러시아적 천사'로 구체화될 수 있었다. 릴케에게서 촉발된 러시아 문학(도스토예프스키)과 러시아 사상(셰스토프)에 대한 김춘수의 열망을 이해할 때, 김춘수가 자신의 시와 산문에서 형상화한 소위 '러시아적 천사'의 근원이 릴케라는 사실을 수용할 수 있을 것이다.

이 논문은 한국 현대시사에 큰 획을 그은, 시인 김춘수의 시와 산문에 지속적으로 등장하는 표현인 '천사'에 관심을 기울였다. '천사'가 직접적으로 제시되는 36편의 시와 다수의 산문을 참조한 결과, 김춘수 시인의 '천사'는 크게 세 부분으로 구분할 수 있었다. 시인이 유년기에 유치원 보모이자 선교사의 아내였던 서양 여성에게서 들었던 '원초적 천사'와 청년기와 장년기에 독서를 통해 접했던 '러시아적 천사' 그리고 평생의 동반자였던 아내의 죽음 이후 발견한 '시인의 천사'가 김춘수의 '천사'이다.

서론과 본론의 서두에서 밝힌 바 있듯이, 이 논문은 서구적 개념의 일방적 수용으로서의 '천사'가 아닌 김춘수의 고유하고 독자적인 '천사'를 추출하고자 노력했다. 본론 2절의 '러시아적 천사' 논의는 기존의 단절적인 시선을 넘어서 통합적인 영향관계를 살피고자 했다는 점에서 의의를 찾을 수 있으나, 근본적으로 외국의 시인, 작가, 철학자와 김춘수의 비교 연구라는 한계를 노정할 수 있다. 바로 이 점을 극복하기 위한 방편으로, 이 논문은 본론 1절과 3절에서 '원초적 천사'와 '시인의 천사'를 적극적으로 도입했다. 결론적으로 김춘수의 개성적 '천사'를 형성하는 주요 인자(因子)는 '한국적 전통'과 무관한 것이 아니었다. '원초적 천사'와 결부되는 "한국의 참외"나 "행주치마", '시인의 천사'와 연결되는 "군불", "아궁이", "물도래" 등의 어구(語句)에서 우리나라의 고유한 전통이나 환경 또는 습속을 떠올리는 것은 자연스러운 일이다. 더불어 '러시아적 천사' 역시 우리 재래의 전통과 무관한 것이 아님을 확인할 수 있었다. "디딤돌", "곶감", "계피", "수정과", "밥상다리", "젓갈" 등은 우리 주변의 친근한 일상이기 때문이다. 여기에 시인의 '개인사'가 결합하면서 김춘수의 '천사'는 개성적으로 구체화된다. 그것은 다름 아닌 '아내' 또는 '여보'라는 이름의 '천사'이다. 요약하자면 김춘수에게 '천사'는 단순한 시적 소재나 제재의 차원을 넘어선 대상으로 볼 수 있다. 시인에게 '천사'는 문학의 본질에 상응하며, 삶의 궤적과 결속된 존재이다.

김춘수 시에 나타난 회화의 수용 양상

1. 현대시와 회화

1) 현대시와 회화의 관련성

문학과 회화의 관계는 고대로부터 상당히 밀접한 수준에서 논의되어 왔다. 로마의 시인 호라티우스(Horatius)는 "시는 그림이다"라고 하였으며 시모니데스(Simonides)는 "시는 소리가 있는 그림이며, 그림은 소리 없는 시"라는 말로 시와 회화의 관련성에 대한 인식을 드러내었다. 이와 같은 인식은 동양의 시서화(詩書畵)일치론과 연관된다. 곽희는 '시는 형체가 없는 그림이요, 그림은 형체가 있는 시'라 하였고, 소동파(蘇東

---

* 백석대학교 국어국문학과 강사

波)는 '왕유(王維)의 시에는 그림이, 그림에는 시가 있다.'고 하여 시와
회화는 하나라는 인식을 드러낸다.[1]

이후 문학과 회화의 상호관련성은 서구의 경우, 필립 시드니, 레마
크, 레싱과 같은 비교문학자들에 의해 구체적으로 연구되었고 바이스
슈타인은 비교문학의 한 범주에 문학과 다른 예술의 상호 조명을 포함
시키며 문학과 회화의 비교문학적 접근의 길을 터놓았다. 이 같은 비
교문학계의 동향은, 문학과 회화의 관계가 이론적 틀을 가지고 적극적
으로 검토되어야 할 필요성을 반증한다. 무엇보다, 문학연구의 범주를
넓히고 다양화할 수 있다는 측면에서 최근의 이 같은 연구는 더욱 적
극적으로 연구되어야 할 필요성을 가지고 있다.

또한 현대시를 문학과 회화의 관계로 논한 연구에는 다음과 같은 성
과가 있다. 먼저, 양자의 관계를 비교문학적 관점에서 논한 윤호병의
연구이다. 윤호병은 학제간 연계성과 연구의 필요성을 들어 폭넓은 연
구성과를 내놓고 있다.[2] 그는 시와 그림을 '전이(轉移)'의 방법으로 비
교 연구하며 '한 편의 그림에 반영되어 있는 주제를 한 편의 시로 옮
긴다.'와 같은 문학적 행위와 더불어 '시를 중심으로 문학의 연구영역

---

1) 조진기, 『비교문학의 이론과 실천』, 새문사, 2006, 99면.
2) 윤호병의 연구는 다음과 같다. 「문학과 회화」, 『비교문학』, 민음사, 1994, 285~
295면 ; 「한국 현대시에 수용된 반 고흐의 그림」, 『비교문학』 제23집, 1998,
24~45면 ; 「언어의 아이콘」, 『시안』제 8호, 2000, 여름, 54~66면 ; 「한국 현대시
에 수용된 마르크 샤갈의 그림」, 『인문언어』 제1권, 2001, 141~157면 ; 「한국 현
대시로 전이된 에드바르트 뭉크의 그림세계」, 『비교문학』 제29집, 2002, 149~
171면 ; 「한국 현대시로 전이된 피카소의 그림세계」, 『영미문화』 제3권, 2003,
173~195면 ; 「한국 현대시로 전이된 김정희의 그림 <세한도>의 세계」, 『비교문
학』 제32집, 2004, 215~248면.

을 확대시킨다.'는 의미에서 비교문학적 접근의 필요성과 타당성을 검토하고 있다. 또한 김효중은 그의 연구[3]에서 비교문학의 주요 관심사 가운데 하나인 '문학과 예술의 상호 조명관계'가 검증되어야 할 필요성을 역설한다. 이외에도 정끝별이 『패러디 시학』에서 시에 나타나는 회화의 수용을 패러디의 범주에서 연구하고 있는 등,[4] 현대시를 문학과 회화의 상관관계로 해석한 연구성과들이 있다. 이같은 연구는 현대시가 회화와의 연관성을 통해 해석의 범주를 넓히고 독자층을 두텁게 하며, 새로운 시각으로 문학성을 검토할 수 있는 가능성을 보여준다는 점에서 의미가 있다. 조동일은 이와 같은 타 장르와의 교섭연구에 대하여 「국문학과 인접문학」에서, 국문학연구가 한국 음악사나 미술사와 공동의 작업을 해야 한다는 필요성과 총체적인 '한국예술사'의 서술이 요구된다는 점을 강조하고 있다.[5] 또한 매체의 다변화로 인하여 장르적 경계 자체가 무색해지고 있는 현대 예술의 동향을 살펴볼 때에도, 문학은 두터운 외피를 벗어던지고 타 장르와의 적극적인 공존을 모색해야할 시점에 와 있다고 할 수 있다. 그럼에도 불구하고 기존의 장르적인 편견은 문학을 문학의 범주 안에서만 논의할 뿐, 회화나 음악과 같은 인접학문 간의 교섭에는 소홀하도록 만들어왔다. 게다가 위에서 언급한 연구성과는 몇몇 연구자에 집중되어 있기 때문에 두터운 연구

---

3) 김효중, 「한국 현대시에 수용된 샤갈의 그림」, 『語文學』 제66권.
4) 그러나 문학과 미술의 상호 관계를 패러디의 시각으로 연구하는 것은 본 연구의 목적과는 차이가 있다. 패러디는 문학이라는 장르 안에서의 창작 방식이며, 본 연구에서 지향하는 바는 문학이 인접 예술 장르와 교섭할 수 있는 가능성의 조명이다.
5) 최숙인, 「문학과 미술의 상호 조명」, 『비교문학』 24권, 1999, 103면에서 재인용.

층이 확보되지 못했다는 점도 문제이다.

이처럼 문학과 회화의 관계를 검토하는 일은 하나의 문학적 영역 혹은 범주로써 논의될만한 가치가 있으며 앞으로도 꾸준히 연구성과가 있어야 할 분야이다.

2) 현대시와 회화의 연구방법론

회화의 시적 수용은 다음의 두 가지 경우로 요약할 수 있다. 그것은 1) 미술작품이나 화가를 시창작의 소재로 삼는 경우와, 2) 미술작품에 대한 해석을 시창작에 수용하는 경우이다. 전자의 경우, 시 텍스트는 원 텍스트와는 전혀 다른 새로운 텍스트로서 주제나 이미지, 기법의 유사성이 없다. 그러므로 이 경우는 본고에서 다루고 있는 '회화의 수용'이라는 측면에서 검토 대상이 아니다. 그러나 후자의 경우, 각각의 텍스트를 주제, 이미지, 기법 등의 작품 해석의 기본 축 안에서 비교 검토함으로써 각 텍스트의 해석을 심화/확장할 수 있다. 그러므로 여기서는 회화 텍스트의 해석을 시에 수용한 작품을 대상으로 시의 주제와 이미지, 기법을 비교 연구하여 각각 텍스트의 미학적 본질을 규명하는 것을 목적으로 한다.

회화의 시적 수용과정을 도표화하면 다음과 같다.

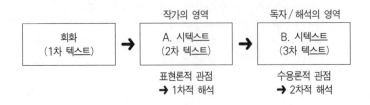

도표에서 알 수 있듯이 회화를 수용한 시는 작가적 수용과 해석과 독자적 층위의 해석에서 각각 새로운 의미를 발생시킨다. 이는 텍스트의 원심적 독해로, 구심적 독해를 기준으로 하던 기존의 독법을 벗어난 해석의 확장을 보여준다. 이때 3차 텍스트는 회화의 이미지와 시의 언어적 진술에 의해 전혀 새로운 의미를 발생시킨다. 이를 정끝별은 "텍스트 문맥의 이동에 의해 구축되는 새로운 의미"라고 언급하고 있다.

여기서는 이러한 회화와 시의 관련성을 바탕으로 김춘수의 시6)에 나타나는 회화의 수용 양상을 살펴볼 것이다. 회화를 수용하고 있는 김춘수의 시는 원 텍스트의 제목·소재·색채·질감·화법(畵法) 따위는 물론 메시지나 사상까지를 언어화함으로써 시의 언어에 구체적 시각성과 의미의 복합성을 부여하고 있다.7) 즉 회화가 가지고 있는 장르적인 성격을 시의 언어로 전이시킴으로써 김춘수 시의 특성인 무의미와 난해한 독법, 인과관계를 탈피한 시적 구조 등이 더욱 선명하게 부

---

3) 김춘수의 시에서 회화를 수용하고 있는 경우는 다음과 같다.

회화 텍스트	김춘수 시 텍스트
달리, <나르시스의 변모>	<나르시스의 노래-살바도르 달리의 그림에>
샤갈, <나와 마을>	<샤갈의 마을에 내리는 눈>
고흐, <해바라기>, <감자 먹는 사람들>, <부러져 튀는 다리>	<반 고호>, <다시 반 고호>
루오, <다친 어릿광대>, <수난 받은 예수>, <교외의 예수>, <풍경>	<루오 할아버지가 그린 유화 두 점>, <어릿광대-루오 씨에게>
뭉크, <기차의 연기>, <소리>	<뭉크의 두 폭의 그림>
이중섭, <새와 나무>, <바닷가의 아이들>, <소>, <동자상>, <부부>, <달과 까마귀>	<이중섭> 연작(1~8)

7) 정끝별, 「비문학 장르와의 경계 허물기와 패러디의 전위성」, 『패러디 시학』, 문학세계사, 1997, 194면.

각될 수 있다. 김춘수는 회화의 주제를 언어적 진술에 의해 전혀 다른 시 텍스트로 형상화하거나, 회화적 이미지를 수용하여 시적 언어로 바꾸는 과정, 회화적 기법을 적용하는 방법을 통하여 그의 시문법을 강화하고 있는 것이다. 그러므로 김춘수 시에 나타난 회화의 수용 양상을 살펴보는 것은 무의미시를 지향한 김춘수의 시세계를 다른 관점에서 조명할 수 있다는 점에서 의의를 찾을 수 있으며, 더 넓게는 '현대시와 회화의 상관관계 연구'라는 비교문학적 접근에 유용할 수 있다.

여기서는 이같은 문제인식을 바탕으로 김춘수의 시에서 주제가 어떻게 표현/변용되어 시에 반영되는가, 회화 작품의 채색, 형태 등에서 발생하는 조형적 이미지가 시적 언어로 전이될 때의 양상은 어떠한가, 회화적 기법이 언어로 형상화될 때의 표현은 어떠한가를 연구할 것이다. 시가 2차 텍스트가 아닌 3차 텍스트로 해석될 때, 시 텍스트는 기존의 독법을 넘어 새로운 의미망을 형성할 것이며, 이와 같은 양상에 대한 연구는 회화와 시, 두 텍스트 각각의 미학적 본질을 강조하면서 동시에 새로운 해석을 요구한다는 점에서 연구될 만한 가치가 있다. 또한 회화의 조형적 이미지와 기법은 문학적으로 수용되면서 시적 언어로 전이되는데, 이와 같은 김춘수의 시도는 시의 지평을 예술의 영역으로 확장할 수 있는 가능성을 보여준다는 점에서 의의를 찾을 수 있다.

2. 김춘수 시에 나타난 회화의 수용방법

1) 회화적 주제의 시적 형상화

김춘수는 회화 텍스트를 수용한 시를 15여편에 걸쳐 쓰고 있다. 그러나 앞서 언급하였듯이 미술작품이나 화가를 시창작의 '소재'에만 국한에서 쓰고 있는 경우를 제외하고 미술작품에 대한 작가의 해석을 바탕으로 새로운 텍스트를 만들어 낸 경우를 간추리면, 「나르시스의 노래 -살바도르 달리의 그림에」, 「샤갈의 마을에 내리는 눈」, 「이중섭 4」, 「이중섭 5」, 「이중섭 6」, 「이중섭 7」, 「이중섭 8」, 「루오 할아버지가 그린 유화 두 점」으로 간추릴 수 있다. 또한 이 중 회화 텍스트의 주제를 수용한 시는 「샤갈의 마을에 내리는 눈」이 대표적이며, 회화 텍스트의 주제를 수용하여 변용시킨 경우로는 「이중섭 4」를 들 수 있다. 이들 작품은 각각 샤갈의 <나와 마을>, 이중섭의 <달과 까마귀>를 수용하였다.

[그림 1] 샤갈, <나와 마을>

먼저 1차 텍스트로서의 회화, <나와 마을>에 대한 기존의 해석을 살펴보면, <나와 마을>의 주제는 고향마을에 대한 샤갈의 회상이라고 할 수 있다.8) 또한 대각선(/)과 원(○)의 교차는 주제를 부각시키는 역할을 하고 있다. 입체파에서 가장 중요시하는 두 가지 충격적인 기법인 모티프의 병렬 배치와 확실한 형상의 투명성은, 이 작품에서 기억과 환상, 다양한 현실의 단편들에서 이미지를 실현하는 방법으로 시도되었다.9) 즉, <나와 마을>은 샤갈의 유년 / 고향에 대한 기억이 기법과 선의 구분을 통하여 병렬적으로 드러나고 있다고 할 수 있다. 암소의 머리와 구분선 안의 젖짜는 형상은 유년의 기억을 환기하며 오른쪽 상단부의 교회와 낫을 들고 있는 사내와 여인, 초록색 얼굴의 사내가 들고 있는 올리브 나무 등은 모두 조합된 선들 위에 배치되어 있다. 즉 선 위에 X자의 분할선을 기준으로 체험적인 세계를 넘어선 실재, 추억이 상징하는 상상의 세계를 표현10)하고 있는 것이다.

김춘수는 「나와 마을」에 대해, "나는 반쯤 졸음에 취한 기분으로 언젠가 본 샤갈의 마을이라는 화제의 그림을 생각하고 있었다. 그러나 내 머릿속을 한순간 샤갈의 마을이라고 하는 하나의 이미지가 스쳐갔다. 시가 한 편 씌어질 것 같은 기분이었다."11)고 쓰고 있다. 김춘수의

---

8) 샤갈은 스스로, "나의 고향 마을은 암소의 얼굴로 상기된다. 인간에게 순응하는 듯한 암소의 눈과 나의 눈이 합해지고 있다."고 밝히고 있다.
   정끝별, 위의 책, 문학 세계사, 1997, 178면에서 재인용.
9) 인고 발터 · 라이너 메츠거, 최성욱 역, 『마르크 샤갈』, 마로니에 북스, 2005, 20면.
10) 인고 발터 · 라이너 메츠거, 위의 책, 20면.
11) 김춘수 외, 「샤갈의 마을에 내리는 눈」, 『시와 시인의 말』, 창우사, 1986, 96면.

시창작에 <나와 마을>에 담겨있는 주제가 샤갈의 그림에 대한 기억 속의 잔상(殘像)을 바탕으로[12] 전이된 셈이다. 이때 주제를 수용한 김춘수는 회화를 언어로 표현함으로써 회화 텍스트의 주제를 시적 표현으로 전이시키고 있다.

샤갈, <나와 마을>		김춘수, <샤갈의 마을에 내리는 눈>
① 올리브 나뭇가지 옆의 눈(과거)	→	3월에 눈이온다(현재)
② 초록 얼굴의 사내	→	봄을 바라고 섰는 사나이
③ 교회와 거꾸로 뒤집힌 집(과거의 유랑의식)	→	밤에 아낙들은/ 그해의 제일 아름다운불을/ 아궁이에 지핀다 (유년의 기억)
④ 올리브 나무(과거)	→	샤갈의 마을에 쥐똥만한 열매들(과거)

이러한 비교는 샤갈의 회화와 김춘수의 시의 표현방법을 비교함으로써 주제를 드러내는 방식을 견주어볼 수 있다는 점에서 유용하다. 먼저, ①의 올리브 나뭇가지 옆의 하얀 점들을 김춘수는 "3월에 눈이 온다"는 시구로 표현하고 있다. 이는 샤갈의 회화에서는 유년의 기억 중 일부로 해석되며, 김춘수의 텍스트에 와서는 '3월에 눈이 오는' 신비적인 분위기의 현재로 표상된다. ②의 경우, 초록 얼굴의 사내는 "나의 얼굴빛을 푸른색으로 한 것은 물리적 중심과 다른 중심을 가진 별세계에 상응하게 하기 위한 필연의 변용"[13]이라는 해석에서처럼 모든 기억을 아우르는 하나의 주체로서의 '나'가 작품이 보여주고 있는 환상적 세계에 상응하고 있다는 의미이다. 이 표현은 김춘수의 시에서

---

12) 윤호병, 「현대시와 마르크 샤갈의 그림」,『문학과 그림의 비교』, 이종문화사, 2007, 113면.
13) 정문규,『샤갈』, 서문당, 1989, 11면.

'봄을 바라고 섰는 사나이'로 전이되는데, 이는 작품에 중심구도가 '사나이'를 중심으로 회화와 일치하는 것을 의미하며, 현재의 바람을 나타냄으로써 과거의 기억과 선명하게 대비시키고 있다. ③은 샤갈 회화에서는 유년시절의 마을 풍경이다. 이 그림에서 교회와 함께 늘어선 집들과 거꾸로 뒤집힌 집은 어느 한 자리에 붙박이로 살지 못하고 떠돌아 다녀야 하는 유태인의 유랑의식[14]과 관계되어 과거의 기억을 드러내며 김춘수의 작품에서는 '아궁이에 불을 지피는 아낙들'에 대한 과거의 기억으로 표상된다. ④의 '올리브 나무'가 '샤갈의 마을에 쥐똥만한 열매들'로 표현되는 것도 과거의 기억을 환기하는 이미지로 작용하고 있다.[15] 즉 '샤갈의 마을'은 표면적으로는 샤갈의 그림 <나와 마을>에 암시되어 있는 화가의 고향인 러시아 유태인 마을 비테브스크를 의미하고, 이면적으로는 시인 자신의 고향을 의미[16]하는 것이다.

이상의 분석으로 볼 때, 샤갈의 회화의 주제는 김춘수 시의 주제와 '고향의 기억'이라는 면에서 서로 상응하고 있다는 것을 알 수 있다. 이러한 주제의 상응은 시 텍스트로 형상화될 때 다음과 같은 특징으로 드러난다.

첫째, 원 텍스트의 특성이자 한계인 화면의 동시적 분할은 시로 전이되면서 시간의 교차를 허용한다. 이는 <나와 마을>이 한 화면에 배

---

14) 권오욱, 「마르크 샤갈 회화의 시적 이미지 연구」, 『새국어교육』 54호, 497면.
15) 김춘수는 이에 대하여 "내가 어린 시절을 보낸 고향의 내 집에는 사투리고 망개라고 부르는 열매……그것의 빛깔이 올리브빛이었다. ……그것과 샤갈 그림에서의 이미지가 오버랩하였는지도 모른다."고 쓰고 있다(윤호병, 앞의 책에서 재인용, 111면).
16) 윤호병, 앞의 책, 111면.

치하고 있는 다양한 기억의 파편들이 시에 이르러 지속성과 영속성을 띠게 되는 것을 뜻한다. 「샤갈의 눈내리는 마을」은 위의 분석에서처럼 현재와 과거가 긴밀하게 조응하고 있으며 이는 원 텍스트인 <나와 마을>의 주제를 수용하되, 회화의 무시간성을 탈피하여 시의 특성을 강화하고 있는 작가의 의도가 드러나는 부분이다.

둘째, 위에서 살펴본 시적 표현들은 회화 텍스트의 각 부분, 즉 1)~4)를 수용한 결과이다. 이는 회화 텍스트의 구성요소들이 시적 표현으로 전이되어 미학적 특성을 띠게 된 경우이다. 예를 들어, '3월에 눈이 온다'는 신비성을 강조하는 역설적 표현으로, '샤갈의 마을에 쥐똥만한 열매들'은 시각성을 강조한 감각적 표현으로 전이되고 있는 것이다.

회화와 시의 이와 같은 상응은 두 텍스트의 주제가 각 장르적 특성에 따라 어떻게 달라지는가를 살펴보게 함으로써 작품 각각의 주제를 강화하고 회화적 / 시적 특성을 부각시킬 수 있다는 점에서 분석의 의의가 있다.

「샤갈의 마을에 내리는 눈」이 서로 상응하는 주제로 다른 표현법을 부각시켰다면, 「이중섭 4」에서는 원 텍스트인 <달과 까마귀>의 주제를 심화 / 확장함으로써 시적으로 변용하고 있다. 이는 앞서의 분석과 달리 회화 텍스트의 시적 의도가 변용됨으로써 나타나는 미학적 측면을 살피는 것을 목적으로 한다.

[그림 2] 이중섭, 〈달과 까마귀〉

이중섭의 〈달과 까마귀〉이다. 이 작품은 어둠이 깃들 무렵을 형상화하고 있다. 둥근 달은 밤을 표상하지만 노란 달의 색과 대비되는 푸른색 하늘은 여전히 해가 지지 않은, 낮과 밤의 공존을 의미한다. 또한 화면을 가로지르는 세 가닥 선은 이 그림의 지주(支柱)가 되어 안정감을 제공[17]하고 있다. 까마귀의 상징인 불길함은 이 그림에서 까마귀들의 역동적인 날개짓과 수선스러움에 의해 밝음으로 대치된다. 색감의 사용 역시 음산함이나 불길함과는 거리가 있다. 그러나 김춘수의 「이중섭 4」에서는 까마귀의 원 상징이 작품의 핵심 주제이다.

---

17) 전인권, 『아름다운 사람 이중섭』, 문학과 지성사, 2000, 261면.

이중섭, 〈달과 까마귀〉		김춘수, 「이중섭 4」
① 밤하늘의 둥근 달(노란색)	→	동짓달 서리 묻은 하늘
② 푸른 색 하늘	→	저무는 하늘
③ 까마귀들	→	저승으로 가는 까마귀

위의 분석을 참고하면, 이 같은 측면이 명확하게 드러난다. 희망과 풍요의 상징인 '노랗고 둥근 달'은 '동짓달 서리 묻은 하늘'로 대치되어 원작의 역동성이 고요하고 음산한 분위기로 바뀌고 있다. 또한 2)에서 보듯이 아직 빛이 가시지 않은 푸른 하늘은 '저무는 하늘'이라는 표현에 의해 절망과 고독의 이미지로 환기되고 있다. 또한 3)에서 김춘수는 원 텍스트의 까마귀를 '저승으로 가는 까마귀'로 해석한다. 이는 작품에 대한 1차적 해석이 작용한 결과이며 김춘수는 이중섭의 〈달과 까마귀〉에서 죽음의 이미지와 저물녘의 고독, 절망을 읽어내고 있는 것이다.

오륙도를 바라고 아이들은
돌팔매질을 한다.
저무는 바다,
돌 하나 멀리 멀리
아내의 머리 위 떨어지거라.

「이중섭 4」의 부분이다. 이 부분은 회화텍스트와는 관련이 없는 부분으로 작가적 해석에 의해 덧붙여진 부분이다. 이때 '아내의 머리 위'는 '아이들의 돌팔매'로 표상된 현실 초극의 의지가 지향하는 곳이다.[18] 좌절된 현실로부터 아내와의 따뜻하고 가족적인 삶을 소망하는 작가의 의지가 드러내는 부분이다. 이형권은 이를, "가족과 함께 평화로운 삶을 살고 싶었으나 시대적이고 예술적인 여건 때문에 그러지 못하고 불행한 삶 속에서 그저 염원만 하고 말았던 전기적 사실"[19]과 연관시키고 있다.

즉, <이중섭 4>는 <달과 까마귀>를 작가적 해석을 적용하여 읽어낸 작품이며 이렇듯 회화와 시의 주제가 전혀 상반될 때, 시 텍스트는 새로운 해석으로 기존 텍스트의 의미망을 변용시킨다는 것을 알 수 있다.

2) 조형 이미지와 시적 언어

회화의 이미지는 조형성을 기초로 형성된다. 레싱은 고통에 대한 '인간적', '자연적' 표현으로서의 문학적 형상화는 조형적 '미'와는 다르다고 쓰고 있다. "문학은 시간의 영속을 특징으로 하고 회화나 조각 등의 미술은 공간에 의거한다."[20]는 것이다. 즉 시의 경우 시간으로 드러나는 것은 조음되는 음이며 회화는 공간을 구성하는 형태와 색이 중점이다. 신혜경은 그의 논문에서 "미술은 시각이라는 감각을 통한 단순 표상에 의해 성립되지만, 문학은 그러한 일차적 표상에 기초해 있는 '기억'이나 '이미지의 보존'이라는 복합 표상으로 이루어진다."고 밝히고 있다.

이러한 근본적인 차이에도 불구하고 이미지가 하나의 언어적 기호

---

18) 이형권, 「김춘수 시의 작품 패러디 연구」, 『한국언어문학』, 제41호, 138면.
19) 이형권, 위의 논문, 138면.
20) 신혜경·김진수, 「이미지의 측면에서 본 문학과 미술의 관계」, 경기대학교어문집, 제 44-1호. 179면.

라면 그것은 말로 옮겨질 수 있을 것이고, 그 말은 또한 또 다른 이미지로 옮겨질 수 있을 것이다.[21] 조형성이 기초가 되는 회화적 이미지는 주지하였듯이 형태와 색으로 나타난다. 이러한 회화적 이미지는 시적 언어로 변용되면서 언어적 표현/변용의 과정을 거친다.

샤갈, <나와 마을>의 이미지	김춘수, 「샤갈의 눈내리는 마을」의 이미지
• 흰 색의 덧칠-모호한 경계선 (색) • 대각선(/)과 원(O)의 교차 (형태) • 흰색 점으로 둘러싸인 푸른열매의 나무 (색) • 붉은 색과 초록 색의 색채 대비(색)	• 3월에 눈이 내린다 (시각적 이미지) • 쥐똥만한 열매들은/ 다시 올리브빛으로 물이 들고 (시각적 이미지) • 그해의 제일 아름다운 불을 아궁이에 지핀다. (시각적 이미지) • 새로 돋는 정맥이 바르르 떤다(역동적 이미지) • 바르르 떠는 사나이의 관자놀이(역동적 이미지) • 눈은/ 수천수만의 날개를 달고/ 하늘에서 내려와 (역동적 이미지)

위의 표에서 살펴본 것처럼 회화의 색과 형태는 시로 전이될 때, 시적 이미지로 나타난다. 원 텍스트인 샤갈의 <나와 마을>의 이미지는 색과 형태를 중심으로 한 조형 이미지이며 김춘수 시의 이미지는 중심 이미지가 감각적 이미지와 역동적 이미지로 구분되어 드러난다. 김춘수는 샤갈의 <나와 마을>에서 쓰고 있는 색채 감각을 시각적 이미지로 전이시키는데, 이와 같은 시도는 '3월에 눈이 내린다', '쥐똥만한 열매들은/ 다시 올리브빛으로 물이 들고', '그해의 제일 아름다운 불을 아궁이에 지핀다'에서처럼 신비성을 강조하거나 회화텍스트의 색채 이미지를 그대로 차용함으로써 감각적 이미지를 강화하고 있다. 특히 붉

---

21) 신혜경·김진수, 위의 논문, 190면.

은 색의 색채 대비를 통하여 사내의 초록색 얼굴을 강조하는 회화텍스트의 색채는 "인물이 초자연적인 색채와 크기로 그려져있다."[22]는 해석에서처럼 초자연성을 드러내고 있으며 이 텍스트가 시 텍스트로 전이될 때 시각적 이미지를 동원한 환상적 풍경으로 그려진다는 점과 연결된다. 즉 회화의 색은 시 전체의 이미지를 환기하는 기능을 하며 김춘수의 경우에는 초자연적인 현상에 의한 환상적 미감을 시창작에 전이시키고 있는 것이다.

또한 대각선(/)과 원(○)이 교차하는 회화텍스트의 형태는 시에서 '새로 돋는 정맥이 바르르 떤다', '바르르 떠는 사나이의 관자놀이', '눈은/ 수천수만의 날개를 달고/ 하늘에서 내려와' 에서처럼 역동적 이미지로 전환되고 있다. 샤갈의 경우, 원근법을 배제하고 일상적 구도를 파괴함으로써 기존의 형태를 무력화시킨다. 이러한 샤갈 작품의 특성은 형태와 색채를 비합리적으로, 불균형적으로 배치함으로써 심리적 세계와 구체적 현실을 연결시켜 어울리게 하는 것[23]으로 나타나는데, 김춘수의 경우에는 역동적 이미지를 환상적 이미지에 투영하여 작품 전반에 흐르는 신비스러움을 강화함으로써 시적 언어의 인과성을 배제한 이미지들의 돌출을 유도하는 작업과 관련된다.

3) 회화 기법의 언어적 수용

다음으로 살펴볼 것은 회화 기법이 언어적으로 수용되고 있는 양상

---

22) 샤갈, 에른스트, 미로, 『현대세계미술전집 9』, 금성출판사, 83면.
23) 권오욱, 앞의 논문, 501면.

이다. 회화 기법의 전이 양상이 가장 특징적으로 드러나고 있는 시는 「나르시스의 노래-살바도르 달리의 그림에」이다. 이 시는 달리의 회화, <나르시스의 변모>를 수용하고 있다.

[그림 3] 살바도르 달리, <나르시스의 변모>

이 그림에서 나르시스는 자기의 얼굴을 보고 사랑에 빠지는 나르시스의 신화 속 인물이다. 달리는 두 나르시스를 한 화폭에 담음으로서 대비를 강조하고 있는 것처럼 보이지만 오른쪽의 나르시스는 실상 나르시스가 아니다. 비슷해 보이나 실은 손가락이 깨진 달걀을 쥐고 있는 모습을 형상화 한 것이다. 달걀의 깨진 틈으로 피어난 수선화는 나르시스가 변모된 모습이며 동시에 생명력을 상징한다는 점에서 헤르만 헤세의 『데미안』의 주인공, 싱클레어를 연상시킨다. 이러한 점을 적용하면 오른쪽의 '변모된 나르시스'는 알을 깨고 나온 수선화, 알을 깨는 노력으로 자아찾기에 몰두한 싱클레어와 같이 '자아의 완성'이라고 볼 수 있다. 달리는 이러한 나르시스를 강조하기 위하여 이중의 나르시스를 형상화한다. 나르시스가 동시에 같은 자세로 물가를 내려다보고 있는 듯한 구도, 오른쪽과 왼쪽의 배경 대비, 변모된 나르시스 위를 줄지어 기어가고 있는 개미떼와 사냥개가 고기를 뜯어먹는 모습이 초현실주의적이다. 김춘수는 이러한 초현실주의 회화의 기법을 「나르시스의 노래-살바도르 달리의 그림에」에서 시적 언어로 수용하고 있다.

여기에 섰노라, 흐르는 물가 한 송이 水仙되어 나는 섰노라.

구름 가면 구름을 따르고, 나비 날면 나비와 팔랑이며, 봄 가고 여름 가는 온가지 나의 양자를 물위에 띄우며 섰으량이면,

뉘가 나를 울리기만 하여라. 내가 뉘를 울리기만 하여라.

(아름다왔노라
아름다왔노라)고,

바람 자고 바람 다시 일기까지, 해 지고 별빛 다시 널리기까지, 한 오래기 감드는 어둠 속으로 아아라히 흐르는 흘러가는 물소리……

「나르시스의 노래-살바도르 달리의 그림에」 부분이다. 이 시에서 김춘수는 달리의 그림을 시적 언어로 펼쳐놓고 있다. 이 시가 한 편의 그림과 같이 읽히는 것은 김춘수가 <나르시스의 변모>에서 읽은 회화

의 기법을 시에 수용하면서 회화 작품에 대한 해석을 시에 투사하였기 때문이다. 1연의 "여기에 섰노라, 흐르는 물가 한 송이 水仙되어 나는 섰노라."는 부분은 변모된 나르시스의 표상이다. 즉 회화의 오른쪽 깨진 달걀위에 피어난 수선화를 형상화한 것이다. 달리의 그림에서 초현실적인 풍경으로 나타난 수선화는 의미를 해독하기 어려운 오브제(object)로, 김춘수는 달리의 오브제를 작품에 수용하고 있는 것이다. 만약 원 텍스트를 고려하지 않고 작품을 해석한다면, 1연의 水仙은 '나'의 은유로서 '꽃'이라는 시어로부터 발생하는 고전적 상징에 집중할 수밖에 없었을 것이다. 그러나 회화의 기법을 견주어 읽으면 김춘수가 회화의 오브제를 작품에 수용하였을 때의 목적―자아와 실존의 탐구라는 '수선화'의 의미 강조―이 보다 분명해질 수 있다.

또한 김춘수는 ( )안의 "아름다왔노라/ 아름다왔노라"는 시구를 배치하고 있다. 이는 흥미롭게도, 한 폭의 캔버스 안에 여러 차원이 병치되어 있는 달리 그림의 특성을 반영한 듯, 내면과 외면을 동시적으로 제시하는 입체적 효과를 내고 있다.[24] 그리하여 ( )안의 시구는 나르시스와 변모된 나르시스의 이중 이미지처럼, 앞 연의 "뉘가 나를 울리기만 하여라. 내가 뉘를 울리기만 하여라."는 비극적 어조와 상반되는 내면의 목소리를 구조적으로 형상화한 것이다.

이렇게 회화적 기법을 시에 수용하고, 구조적으로 형상화할 때, 시는 기존의 독법으로 읽히지 않는다. 그러므로 회화에 대한 사전 검토와 감상은 필수적이다. 이러한 이중의 독해는 장르간의 교섭을 허용하

---

24) 정끝별, 앞의 책, 176면.

여 이해의 폭을 넓히고 감상을 다양화할 수 있다는 점에서 의미가 있다. 또한 의미해석이 어려운 김춘수의 시에 새로운 독법으로 기능할 수 있으며, 나아가 김춘수의 무의미시를 규정하는데 유용하여 김춘수의 시세계를 조명하는 데 일조할 수 있을 것이다.

3. 텍스트의 상호수용과 지평의 확장

지금까지 문학과 회화를 상호 조명하는 비교문학적 시각을 바탕으로 김춘수 시에 나타난 회화의 수용 양상을 살펴보았다. 문학과 회화는 고대로부터 현재까지 밀접한 관계를 유지하고 있으면서도 장르적 구분에 의하여 상호적인 연구가 되지 못했다. 그러나 문학의 범주를 예술의 영역으로 넓히고 감상의 시각을 다양화하는 것은 장르의 경계가 점점 희미해지는 다매체 시대에 문학이 나아갈 방향을 제시할 수 있다는 점에서 의미가 있다.

이러한 필요성을 바탕으로 본고에서는 김춘수 시에 나타난 회화의 수용 양상을 1)회화적 주제의 시적 형상화, 2)조형 이미지와 시적 언어, 3)회화 기법의 언어적 수용으로 구분하여 살피고 있다. 이러한 구분은 회화라는 1차 텍스트가 발생시키는 1차적 해석의 범주, 즉 주제 / 이미지 / 기법을 중심으로 한 회화 텍스트의 기본 분석 범주를 기준으로 한 것이며 앞으로 이러한 기본적인 작품 해석을 바탕으로 작가나 시대의 시, 회화, 문학, 예술을 총체적으로 파악할 수 있는 연구가 요구된다.

또한 김춘수의 경우, 회화가 가지고 있는 장르적인 성격을 시의 언

어로 전이시킴으로써 김춘수 시의 특성인 무의미와 난해한 독법, 인과
관계를 탈피한 시적 구조 등이 더욱 선명하게 부각되어 그의 시세계를
폭넓은 관점에서 조명해볼 수 있었다. 더불어 김영태, 이승훈, 김혜순,
문정희 등 회화를 시창작에 수용하고 있는 시인들에 대한 연구가 계속
되어야 할 것이며, 이를 바탕으로 예술의 상호관계에 대한 연구를 활
성화시켜 문학의 지평을 넓히고 두터운 연구층을 확보하는 일이 무엇
보다 중요하다.

제 3 부

부 록

생애 연보

1922	11월 25일 경남 통영읍 서정 61번지에서 출생. 아버지 김영팔, 어머니 허명하의 3남 1녀 중 장남으로 출생.
1935	통영공립보통학교 졸업. 5년제 경성공립제이고등보통학교(경기공립중학교로 개명) 입학.
1939	11월, 경기공립중학교 자퇴. 일본 동경으로 건너감.
1940	4월, 동경 일본대학 예술학원 창작과에 입학.
1942	12월, 동대학 퇴학. 사상범 혐의로 요코하마 헌병대와 세다가야 경찰서에서 유치되었다 서울로 송치됨.
1943	금강산 장안사에서 요양.
1944	부인 명숙경과 결혼.
1945	통영에서 통영문화협회 결성(유치환, 윤이상, 김상옥, 전혁림, 정윤주 등) 예술운동 전개.
1946	통영중학교 교사로 부임. 48년까지 근무. 9월 『해방 1주년 기념 사회집』에 「哀歌」를 발표. 조향, 김수돈과 함께 동인 사회집 『魯漫派』 발간.
1948	8월 첫시집 『구름과 장미』(행문사) 자비 출판.
1949	8월 마산중학교로 전근. 1951년까지 근무.

1950	3월 제2시집 『늪』(문예사) 출간.
1951	7월 제3시집 『旗』(문예사) 출간.
1952	대구에서 『시와시론』 창간(설창수, 구상, 이정호, 김윤성 등).
1953	4월 제4시집 『隣人』(문예사) 출간.
1954	3월 시선집 『第一詩集』 출간.
	9월 『세계근대시감상』 출간.
1956	5월 유치환, 김현승, 송욱, 고석규 등과 시 동인지 『시연구』 발행.
1958	10월 첫 시론집 『한국현대시형태론』(해동문화사) 출간.
	12월 제2회 한국시인협회상수상
1959	6월 제5시집 『꽃의소묘』(백자사) 출간
	11월 제6시집 『부다페스트에서의 소녀의 죽음』(춘조사) 출간.
	12월 제7회 자유아세아문학상 수상.
1960	마산 해인대학(현 경남대학교 전신) 조교수로 발령.
1961	4월 경북대학교 국어국문학과 전임 강사로 이직.
1966	경상남도 문화상 수상.
1964	경북대학교 국어국문과 교수로 임용. 1978년까지 재직.
1969	11월 제7시집 『打令調·其他』(문화출판사) 출간.
1972	시론집 『시론』(송원문화사) 출간.
1974	9월 시선집 『처용』(민음사) 출간.
1976	5월 수상집 『빛속의그늘』(예문판) 출간.
	8월 시론집 『의미와 무의미』(문학과지성사) 출간.
	11월 시선집 『김춘수 시선』(정음사), 출간.
1977	4월 시선집 『꽃의 소묘』(삼중당) 출간.
	10월 제8시집 『南天』(근역서재) 출간.
1979	4월 시론집 『시의 표정』(문학과지성사) 출간.
	4월 수상집 『오지 않는 저녁』(근역서재) 출간.
	9월 영남대학교 국문과 교수로 재직. 1981년 4월까지 재직.
1980	1월 수상집 『시인이 되어 나귀를 타고』(문장사) 출간.
	11월 제9시집 『비에 젖은 달』(근역서재) 출간.
1981	4월 국회의원.

8월 예술원 회원.

1982   2월 경북대학교에서 명예 문학박사 학위 수여.

4월 시선집 『처용이후』(민음사) 출간.

8월 『김춘수 전집』 전3권(문장사) 출간.

1983   문예진흥원 고문.

1985   12월 수상집 『하느님의 아들, 사람의 아들』(현대문학) 출간.

1986   7월 『김춘수 시전집』(서문당) 출간.

방송심의위원회 위원장에 취임. 1988년까지 재임.

한국 시인협회 회장 취임. 1988년까지 재임.

1988   4월 제10시집 『라틴點描 其他』(탑출판사) 출간.

1989   10월 시론집 『시의 이해와 작법』(고려원) 출간.

1990   1월 시선집 『샤갈의 마을에 내리는 눈』(신원문화사) 출간.

1991   3월 시론집 『시의 위상』(둥지) 출간.

10월 제11집 『處容斷章』 출간.

10월 한국방송공사 이사로 취임. 1993년까지 재임.

1992   3월 시선집 『돌의 볼에 볼을 대고』(탑출판사) 출간.

10월 은관문화훈장 수훈.

1993   4월 제11시집 『서서 잠자는 숲』(민음사) 출간.

7월 수상집 『예술가의 삶』(혜당화) 출간.

11월 수상집 『여자라고 하는 이름의 바다』(제일미디어) 출간.

1994   11월 『김춘수 시전집』(민음사) 출간.

1995   2월 수상집 『사마천을 기다리며』(월간 에세이) 출간.

1996   2월 제12집 『壺』(한밭미디어) 출간.

1997   1월 제13시집 『들림, 도스토예프스키』(민음사) 출간.

1월 장편소설 『꽃과 여우』(민음사) 출간.

11월 제5회 대산문학상 수상

1998   9월 제12회 인촌상 수상.

1999   2월 제14시집 『의자와 계단』(문학세계사) 출간.

4월 5일 부인 명숙경 여사 사별.

2001   4월 제15시집 『거울 속의 천사』(민음사) 출간.

2002   4월 사회집 『김춘수 사색사화집』(현대문학) 출간.

10월 제16집 『쉰한 편의 비가』(현대문학) 출간.

2004   1월 『김춘수 시전집 1』과 『김춘수 시론전집 2』(현대문학) 출간.

제19회 소월시문학상 특별상 수상.

11월 29일 타계.

12월 유고시집 『달개비꽃』(현대문학) 출간.

연구 목록

고경희, 『김춘수 시의 언어기호학적 해석』, 건국대석사, 1993.

강은교, 「김춘수 시의 모티브 연구」, 『현대문학의 연구』 7, 1996.

구모룡, 「위험한 순수—김춘수 문학을 지나서」, 『오늘의 문예비평』 36호.

권영민, 「인식으로서의 시와 시에 대한 인식」, 한국현대문학사』, 민음사, 1993.

권 온, 「김춘수의 시와 산문에 출현하는 천사의 양상—릴케의 영향론 재고의 관점에서」,
   『한국시학연구』 26호.

권 온, 「김춘수 시의 환상적 연구」, 『한국시학회연구』 18호.

권혁웅, 『김춘수 시연구—詩의식의 변모를 중심으로』, 고려대석사, 1995.

권혁웅, 「어둠 저 너머 세계의 분열과 화해, 무의미시와 그 이후—김춘수론」, 『문학사상』,
   1997.2.

금동철, 「예수드라마와 인간의 비극성」, 『구원의 시학』, 새미, 2000.

김경복, 「한국 현대시의 설화 수용 의미」, 『한국서술시의 시학』, 태학사, 1998.

김두한, 『김춘수의 시세계』, 문창사, 1993.

김두한, 「김춘수의 무의미시 「하늘수박」과 『금강경』」, 『비평문학』 31호.

김두한, 김춘수의 포스트모더니즘 시」, 『비평문학』 32호.

김승구, 「시적 자유의 두 가지 양상—김수영과 김춘수」, 『한국현대문학연구』 17집.

김용태, 「김춘수시의 존재론과 Heidegger와의 거리(其一)」, 『어문학교육』 12집.

김용태, 「김춘수시의 존재론과 Heidegger와의 거리(其二)」, 『수련어문논집』 17집.

김지선, 『김춘수의 처용단장 연구』, 한양대학교 석사논문, 1999.

김지선, 「장르 해체적 서술과 자아반영성-오규원, 김춘수 시를 중심으로」, 『인문학연구』 34권 3호, 충남대학교.

김지선, 『한국 모더니즘 시의 서술기법과 주체인식 연구-김춘수, 오규원, 이승훈을 중심으로』, 한양대학교 박사논문, 2009.

김 현, 「꽃의 이미지 분석」, 『문학춘추』, 1965. 2.

김 현, 「식물적 상상력의 개발」, 『현대시학』, 1970. 4.

김 현, 『상상력과 인간』, 일지사(서울), 1975.

김 현, 『한국문학사』, 민음사, 1973.

김광엽, 「한국 현대시와 공간 구조 연구-청마와 육사, 그리고 김춘수와 김수영을 중심으로」, 서강대학 박사논문 1994.

김두한, 「김춘수 시 연구」, 대구효성여대 박사논문 1991.

김두한, 「김춘수 시의 회전운과 그 기능」, 『문학과 언어』 7, 1986.

김두한, 「김춘수의 포스트모더니즘 시」, 『비평문학』 32호, 2009.

김영미, 「무의미시의 독자반응론적 연구」, 『국제어문』32, 국제어문학회, 2004.

김용직, 『해방기 한국 시문학사』, 민음사, 1989.

김용하, 「 언어의 위기 극복과 미적 윤리성의 발견-김춘수와 릴케의 시어 꽃과 천사를 중심으로」, 『어문학』 82, 한국어문학회, 2003.

김유중, 「김춘수 문학을 어떻게 이해할 것인가」, 『한국현대문학연구』 30집.

김은정, 「김춘수와 릴케의 비교문학적 연구」, 『어문연구』 32, 어문연구학회, 1999.

김의수, 「김춘수 시의 상호텍스트성 연구」, 서울대 박사논문 2002.

김재혁, 「시적 변용의 문제」, 『독일어문학』 16, 2001.

김종태, 「김춘수 처용연작의 시의식 연구」, 『우리말글』 28, 우리말글학회, 2003.

김준오, 『한국현대문학사』, 현대문학, 1989.

김춘수연구간행위원회편, 『김춘수연구』, 학문사, 1982.

김현자, 『시와 상상력의 구조』, 문학과 지성사, 1982.

김효중, 「김춘수의 시적 정서와 기독교적 심상」, 『세계문학비교연구』 19권.

남기혁, 「김춘수 전기시의 자아 인식과 미적 근대성」, 『한국시학연구』 1, 1998.

남기혁, 「김춘수의 무의미시론 연구」, 『한국현대시의 비판적 연구』, 월인, 2001.

노 철, 「김수영과 김춘수의 시작방법 연구」, 고려대 박사논문. 1998

동시영, 「처용단장의 울음 계열체와 구조」, 『1950년대 한국문학연구』, 보고사, 1997.

류순태, 「1950년대 김춘수 시에서의 '눈/눈짓'의 의미 고찰」, 『관악어문연구』 24집.

류순태, 「1960년대 김춘수 시의 창작 방법 연구」, 『한국시학연구』 3호.

류 신, 「김춘수와 천사, 그리고 릴케-변용의 힘」, 『현대시학』, 2000.10.

문광영, 「김춘수시의 현상학적 해석」, 『인천교대논문집』 22집.

문혜원, 「김춘수론-절대순수의 세계와 인간적인 울림의 조화」, 『문학사상』, 1990.8.

문혜원, 「김춘수의 시와 시론에 나타나는 이미지 연구」, 『한국현대문학연구 한국의 현대문학』 3, 한국현대문학회, 1994.

문혜원, 「하이데거의 영향을 중심으로 한 김춘수의 시의 실존론적인 분석」, 『비교문학』 20호.

박선희, 「김춘수 시 연구」, 『숭실어문』 8집.

박유미, 「김춘수 시 연구』, 고려대석사, 1987.

박윤우, 「김춘수의 시론과 현대적 서정시학의 형성」, 『한국현대시론사』, 모음사, 1992.

박은희, 「김종삼·김춘수 시의 모더니티 연구-시간의식을 중심으로」, 성신여대 박사논문 2003.

박은희, 「김춘수 시에 나타난 시간성」, 『돈암어문학』 12집.

박철석, 「김춘수론」, 『현대시학』, 1981.4.

박철희, 「김춘수 시의 문법」, 『서정과 인식』, 이우, 1982.

서준섭, 「순수시의 향방-1060년대 이후의 김춘수 시세계」, 『작가세계』, 1997년 여름.

손자희, 「김춘수 시 연구-이미지 중심으로」, 중앙대 석사, 1983.

손진은, 「김춘수에 있어서의 예수-예수를 소재로 한 시를 중심으로」, 『문학과언어』 13집.

신범순, 「무화과나무의 언어」, 『한국현대시의 퇴폐와 작은 주체』, 신구문화사, 1998.

신범순, 「처용신화와 성적 연금술의 상징」, 『Korean Studies』 VOLI CAAKS, 2001.

송승환, 「김춘수 사물시 연구」, 중앙대 박사논문, 2008

신규호, 「김춘수 시의 비애미 연구」, 『어문학』 68호, 한국어문학회, 1999.

신상철, 「김춘수의 시세계와 그 변모」, 『현대시의 연구와 비평』, 새미, 1997.

신정순, 「김춘수 시에 나타난 빛·물·돌의 이미지와 상상력의 질서」, 이화여대 석사, 1981

양왕용, 「김춘수의 <꽃>-명명, 그 설레임」, 『시와시학』 15호.

양인경, 「한국 모더니즘시의 영화적 양상 연구」, 한남대 박사논문 2008.

양혜경, 「김춘수 시세계의 전반적인 특성」, 『문예운동』 100권.

엄경희, 「김춘수의 자연시에 나타난 심미성 연구」, 『한국문학이론과비평』 25집, 2004 12.

연용순, 「김수영과 김춘수 시에 나타난 꽃의 대비적 고찰」, 『국어국문학회』 100권.

오규원, 「김춘수의 무의미시」, 『현대시학』, 1973. 6.

오생근, 「자동기술과 초현실주의적 이미지의 의미와 특성」, 『인문논총』 27집.

오세영, 「김춘수의 <노래>」, 『문학예술』, 1991. 6.

오세영, 「김춘수의 <꽃>」, 『현대시』, 1997. 7.

오세영, 「김춘수의 무의미시」, 『한국현대문학연구』 15, 한국현대문학회, 2004.

오정국, 「김춘수 시의 인물에 관한 연구 (I)」, 『어문론집』 30, 중국문학회, 2002.

오택근, 「물의 원형상징 연구」, 『우리어문연구』 12, 1999.

오형엽, 「김춘수와 김수영 시론 비교 연구」, 『한국문학이론과 비평』 16, 2002.

원형갑, 「김춘수와 무의미의 기본구조」, 『현대시론총』, 형설출판사, 1982.

윤석성, 「한국 현대시의 로만적 아이러니 연구」, 『한국어문학연구』, 53집.

윤재웅, 「머리 속의 여우, 그리고 꿈꾸는 숲」, 현대시, 1993. 2.

윤정구, 「무의미시의 깊은 뜻, 혹은 반짝거림」, 『한국현대시인을 찾아서』, 국학자료원, 2001.

윤지영, 「무의미시 재고—환상과 비교를 통하여」, 『시학과언어학』 8호.

이강하, 「김춘수 시연구의 현황과 전망」, 『국어문학』 46집.

이경민, 『김춘수 시의 공간연구』, 중앙대석사, 2001.

이경철, 「김춘수시의 변모양상」, 『동악어문논집』 23집, 1988. 2.

이기철, 「김춘수 시의 독법」, 『현대시』, 1991. 3.

이기철, 「김춘수론」, 『한민족어문학 영남어문학』 22, 한민족어문학회, 1992,

이남호, 「김춘수의 시의 위상에 대하여」, 『세계의 문학』, 1991년 여름.

이미순, 「김춘수의 <꽃>에 대한 해체론적 독서」, 『梧堂 趙恒瑾 화갑기념논총』, 보고사, 1997.

이봉채, 「김춘수의 꽃 그 존재론적 의미」, 『국어국문학논문집』, 경운출판사, 1990.8.

이명희, 「한국 현대시에 나타난 신화적 상상력 연구—서정주, 박재삼, 김춘수, 전봉건을 중심으로」, 건국대 박사논문 2002.

이민정, 『김춘수 시연구』, 경원대 박사논문 2006.

이민호, 「전후 현대시의 크리스토폴 환타지 연구」, 『문학과종교』 11, 2006.

이민호, 「현대시의 담화론적 연구—김수영·김춘수·김종삼의 시를 대상으로」, 서강대 박사논문 2000.

이성희, 「김춘수 시의 고통과 환상의 의미」, 『한국현대문학연구』 21, 한국현대문학회, 2007.

이성희, 「김춘수 시의 우울 연구」, 『한국현대문학연구』 28집.

이숭원, 「생명의 속살, 죽음의 그늘」, 『현대시』, 1993. 12.

이숭원, 「인간 존재의 보편적 욕망」, 『시와시학』, 1974. 5.

이승훈, 「존재의 해명-김춘수의 꽃」, 현대시학, 1974.5.

이승훈, 「존재의 기호학」, 『문학사상』, 1984. 8.

이승훈, 「처용의 수난과 통사구조의 해체」, 『현대시사상』, 1992년 봄.

이승훈, 「김춘수, 시선과 응시의 매혹」, 『작가세계』, 1997년 여름.

이승훈, 「포스트모던즘의 시적 기법; 김춘수의 『처용단장』 3부와 4부를 중심으로」, 『모
        더니즘 시론』, 문예출판사, 1995.

이승훈, 「김춘수의 처용단장」, 『현대시학』, 2000. 10.

이어령, 「우주론적 언술로서의 <처용가>」, 『시 다시 읽기』, 문학사상사, 1995.

이윤정, 「김춘수 시에 나타난 회화의 수용 양상」, 『인문과학연구』 24집, 강원대학교.

이은실, 「김춘수와 김수영 시의 모더니티 비교연구」, 부경대 박사논문 2008.

이은정, 「김춘수와 김수영 시학의 대비적 연구」, 이화여대 박사논문 1993.

이은정, 「김춘수의 시적 대상에 관한 연구」, 이화여대석사, 1986.

이은정, 「처용과 역사, 그 불화의 시학-김춘수의 <처용단장>론」, 『구조와분석』, 창,
        1993.

이인영, 『김춘수와 고은시의 허무의식연구』, 연세대박사논문 1999.

이진흥, 「김춘수의 <예수를 위한 6편의 소조> 연구」, 『논문집』 11, 1997.

이진흥, 「김춘수의 긴장과 유희의 시학」, 『한민족어문학』 38집.

이진흥, 「김춘수의 꽃에 대한 존재론적 조명」, 『한민족어문학』 8집.

이창민, 「김춘수 시연구」, 고려대 박사논문 1999.

이창민, 「김춘수 시론의 낭만적 성격」, 『우리어문학회』 29집

이창민, 「무의미의 두 차원-김춘수의 시와 시론」, 『시안』 8권 1호.

이 찬, 「20세기 후기 한국 현대시론 연구」, 고려대 박사논문 2004.

이태수, 「김춘수의 근작, 기타」, 『현대시학』, 1978.8.

이형권, 「사물 인식과 존재탐구의 은유적 원리-김춘수의 초기시를 중심으로」, 『한국문
        학이론과 비평』 2집.

임수만, 「김춘수 시의 기호학적 연구」, 서울대석사, 1996.

장광수, 『김춘수 시에 나타난 유년이미지의 변용』, 경북대석사, 1988.

장명희, 「김춘수의 시세계」, 『효성여대 국어국문학연구』 3, 1970.

장윤익, 「비현실의 현실과 무학의 변증법-김춘수의 <이중섭>을 중심으로」, 『시문학』,
        1977. 4.

전병준, 「김춘수 시에서 적극적 수동성의 윤리」, 『한국시학연구』 27호.

정유화, 「탈이념의 자족적 폐쇄공간-김춘수의 <처용단장>을 중심으로」, 『어문연구』
        111, 한국어문교육연구회, 2001.

조강석, 「비화해적 가상으로서의 김수영과 김춘수 시학 연구」, 연세대 박사논문 2008.

조달곤, 「춘수시의 변모와 실험정신」, 『부산산업대논문집』, 1983. 3.

조동제, 「김춘수 시의 현상학적 고구」, 『비평문학』 2호.

조두섭, 「김춘수 시 연구」, 『우리말글』 22권, 2001.

조용복, 「여우, 장미를 찾아가다-김춘수의 문학적 연대기」, 『작가세계』, 1997년 여름.

조명제, 『김춘수 시의 현상학적 연구』, 중앙대석사, 1983.

조명제, 「존재와 유토피아, 그 쓸쓸함의 거리-김춘수의 시세계」, 『시와비평』, 1990, 봄.

조혜진, 『김춘수 시 연구-시간의식을 중심으로』, 성신여대석사, 2001.

정효구, 「대여 김춘수시인 편」, 『시와시학』 15호.

지주현, 『김춘수 시의 형태 형성과정 연구』, 연세대석사, 2002.

진수미, 「김춘수 무의미시의 시작 방법 연구-회화적 방법론을 중심으로」, 서울시립대 박사논문 2003.

진창영, 「현대시의 신라정신과 그 생태주의적 요소 고찰」, 『어문학』 74, 2001.

채규관, 「김춘수, 문덕수, 송욱의 실험정신」, 『한국현대비교시이론』, 탐구당, 1982.

최라영, 「산홋빛 애벌레의 날아오르기-김춘수론」, 대한매일신문신춘문예, 2002.

최라영, 「나는 바다가 될 수 있을까-김춘수론」, 『오늘의 문예비평』, 2003년 여름.

최라영, 「김춘수 무의미시 연구」, 서울대 박사논문 2004.

최승호, 「김춘수시의 의미와 무의미」, 『한국현대시사연구』, 김용직 공저, 일지사, 1983.

최창현, 「한국 현대시 존재탐구의 변모양상」, 『어문론집』 31집, 중앙어문학회, 2003.

최혜실, 「문학에서 해석의 객관성-<처용가>의 해석」, 『한국근대문학의 몇 가지 주제』, 소명출판, 2002.

하재연, 「'순수언어'의 추구와 현대시의 방향 -김춘수 시론 연구」, 『한국근대문학』 2호

한계전, 「존재의 비밀과 유년기의 체험」, 『문학사상』, 2000. 11.

함종호, 「김춘수 무의미시의 발생과 구성원리」, 서울시립대석사, 2002.

황유숙, 『김춘수 시의 의식현상 연구』, 성신여대석사, 1998.

현승춘, 『김춘수의 시세계와 은유구조』, 제주대석사, 1993.

황동규, 「감상과 제어와 방임 - 김춘수의 시세계」, 『창작과 비평』 45, 1977.

필 자_(가나다순)

권 온 고려대학교 국어국문학과 박사수료
김종태 호서대학교 한국어문화학부 교수
김지선 한양대학교 국어국문학과 강사
김효중 대구가톨릭대학교 국어국문학과 명예교수
엄경희 숭실대학교 국어국문학과 교수
윤지영 동의대학교 국어국문학과 교수
이강하 전북대학교 국어국문학과 박사수료
이윤정 백석대학교 국어국문학과 강사
이창민 고려대학교 국어국문학과 교수
조두섭 대구대학교 국어국문학과 교수
하재연 한양대학교 국어국문학과 박사후 과정

편 자

김지선

한양대학교 국어국문학과 박사졸업, 문학평론가
서울산업대학교 외래교수
한양대학교 국어국문학과 강사

글누림 작가총서

김춘수

초판1쇄 **인쇄** 2010년 12월 10일 | 초판1쇄 **발행** 2010년 12월 20일
엮은이 김지선
펴낸이 최종숙 | **책임편집** 이태곤 | **편집** 임애정·오수경 | **디자인** 안혜진 | **마케팅** 문택주
펴낸곳 글누림출판사
등록 제303-2005-000038호(등록일 2005년 10월 5일)
주소 서울 서초구 반포4동 577-25 문창빌딩 2층(우137-807)
전화 02-3409-2055 | **FAX** 02-3409-2059 | **이메일** nurim3888@hanmail.net
홈페이지 http://www.geulnurim.co.kr
ISBN 978-89-6327-089-0 93810
      978-89-6327-084-5(세트)

정가 : 18,000원

* 잘못된 책은 교환해 드립니다.